Chapter 1	....	无事生非 *1*
Chapter 2	....	爱的徒劳 *51*
Chapter 3	....	罗密欧与朱丽叶 *91*
Chapter 4	....	暴风雨 *139*
Chapter 5	....	威尼斯商人 *183*
Chapter 6	....	辛白林 *229*
Chapter 7	....	仲夏夜之梦 *251*
Extra Chapter 1	....	皆大欢喜 *311*
Extra Chapter 2	....	第十二夜 *351*

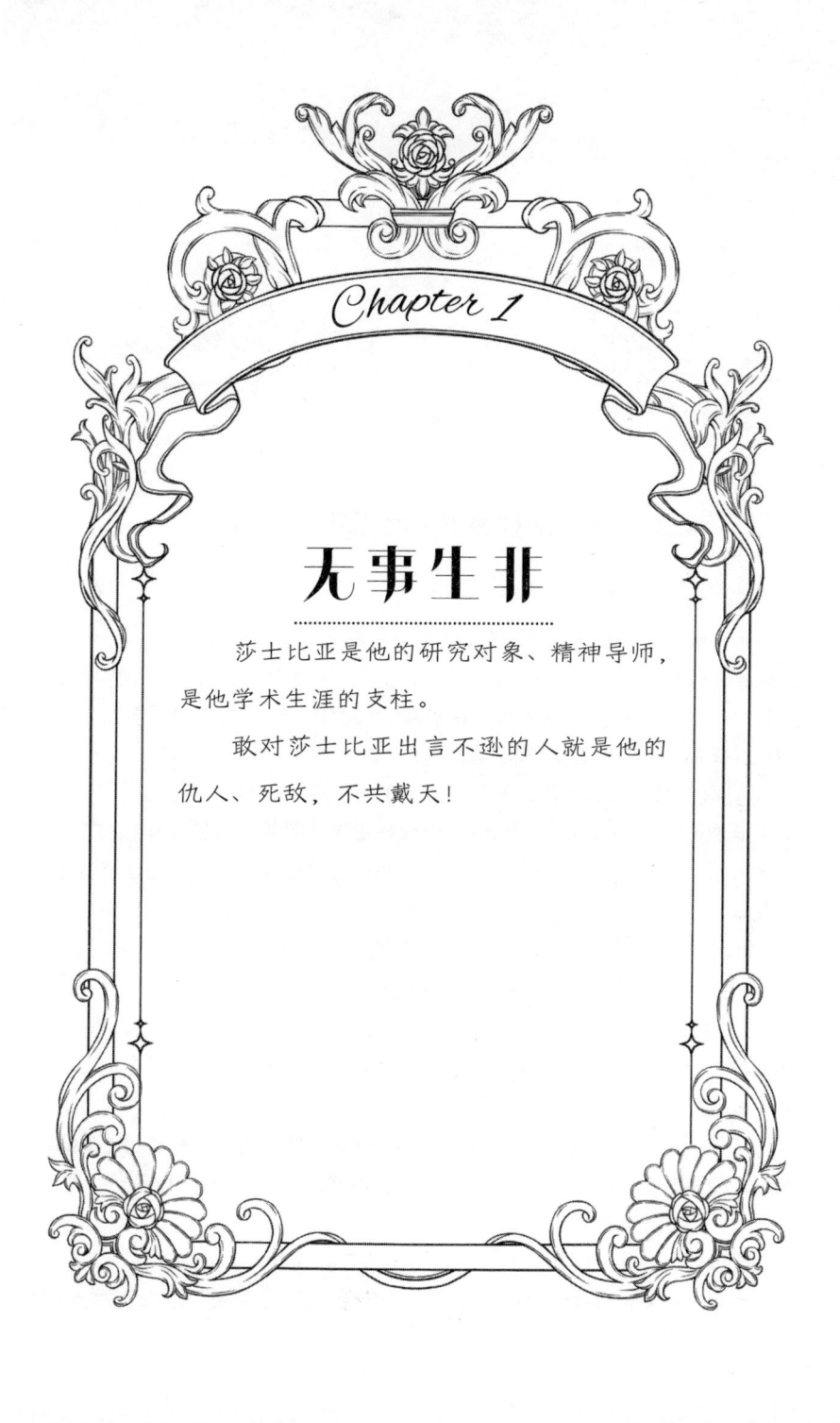

Chapter 1

无事生非

莎士比亚是他的研究对象、精神导师，是他学术生涯的支柱。

敢对莎士比亚出言不逊的人就是他的仇人、死敌，不共戴天！

\ 逆境和厄运自有妙处 \

闻笛是荷清苑的黑户。

乍一看,荷清苑与北京其他"老破小"别无二致。电线从墙面露出来,扎成一捆挂在阳台下。油漆褪了色,看上去灰扑扑的。六层高,没电梯,贴着小广告的单元门已经锈蚀。楼梯踏步高度不一,感应灯不灵敏,冬天回来跺脚也不亮,楼道里黑洞洞的。

这座住宅区的特殊之处在于,它是T大的教师公寓。在校教师可以用相当低廉的租金住在这里,购房也有大幅优惠。其貌不扬的小楼里住着上百名教授。小区绿化带旁晨练的老人也许就是开国第一批院士、某个学科的奠基人。

闻笛就住在这个卧虎藏龙的小区里。然而他既不是教授,也不是家属。他今年二十六,是个前途渺茫的文科博士。

上学期,留校任教的师兄收到邀请,要去海外做一年访问学者。师兄住在荷清苑2号楼302,房子朝南,绿化好,远离马路,噪声小,楼层不高不低,既不会招惹蚊虫,也不用爬楼爬得气喘吁吁。这样绝佳的条件,他不想退租,于是多付了一年的租金,在出国期间保留着公寓。刚巧闻笛跟室友起了龃龉,想在外租房却囊中羞涩。两人一拍即合,口头签了个不合规定的转租协议。闻笛每月把租金转给师兄,为期一年。

五道口的房子,门头沟的价格,这便宜上哪找去。

不久后,老同学于静怡来京工作,闻笛拉她当了室友,租金直降到漠河水平。

闻笛喜滋滋地拎着行李箱搬了进去,希冀小区的学术气息能给他一点灵感。

老天迎头泼了一盆凉水:想得美。

入住不到一个月,闻笛就收到了《外国文学研究》编辑的复审意见。

《外国文学研究》是英美文学领域的核心期刊。上半年,闻笛的论文被审稿人打回,同时附上的还有长达四页的修改意见。审稿人惊人地耐心,逐页批驳他的引用和论据,质疑他的论证逻辑,在最后附上沉重一击——论文观点毫无创新性……

攻击性极大,侮辱性极强。

汉语里难道没有程度副词吗?哪怕说论文观点几乎没有创新性呢?

被从头到脚全盘否定后,闻笛痛定思痛,挑灯夜战,大幅修改,再次投稿,又熬了两个多月才收到回信。

他颤抖着点开邮件,小心翼翼地往下拉,然后……

"很遗憾地通知……"

他啪的一声把手机按在桌面上,脑袋一下一下地磕着桌沿。

说实在的,他的水平一直在普刊和会议论文之间转悠,投《外国文学研究》有点高攀了。但导师非要他投C刊,一次不成还折腾第二次,眼看小半年过去了,论文还没投出去。

导师名下不缺论文,缺的是C刊论文。不管学生水平如何,都先往C刊轮一圈,反正耗的不是自己的时间,无本万利的买卖。被拖住的学生可就惨了,万一审稿速度慢,就等于白白浪费了几个月。

闻笛心知肚明自己能力有限,完全没有要在学术界扬名立万的意思,只希望导师能饶了他,别在不切实际的幻想上空耗时间。要是拖到延毕,那他把头磕出血来也没用了。

手机突然开始持续振动。闻笛摁亮屏幕看了眼,又啪的一声合上了。

说曹操,曹操到。导师来活了。

闻笛的导师名叫刘浩,现年四十五岁,就教授的年纪而言他远不算老,但有一身"为老不尊"的毛病,组里人私下都叫他"老刘",闻笛也是这么给他备注的。

老刘:"资深教授的材料,你整理一下,3号之前发给我。"

资深教授是近年才有的职称。以前我国的院士制度只面向理工农医类,人文社科类没有与之相当的学术称号,所以教育部启动了"高等学校哲学社会科学繁荣计划"。在国家的号召下,T大终于想起来自己是综合性大学,出台相应政策,促进文科专业发展。

闻笛叹了口气。看来,老刘对自己的期望和对他的期望一样,都是那么不切实际。资深教授名额有限,前两年评上的都是系主任和院长级别的人物,哪里轮得到一个在学术和行政上都不突出的教授。这就和他自己投C刊一样,一开始就注定是白费功夫——当然,费的都是他的功夫。

而且……

闻笛快把手机捏碎了。平时要改论文的时候,这人像个欠债的远房亲戚,十天半月杳无音信。等到自个儿申请职称,需要学生干活了,就突然变成活人了!

写申请资料是常事,但能不能有点时间观念?他还有一堆文献要看,给他这么赶的DDL(deadline的缩写),是不让他睡觉吗!接下来明明是国庆,法定假日,连口气都不让人喘!

他深呼吸几次,压住疯狂吐槽的欲望,卑微地回复:"老师,3号可能有点来不及,5号可以吗?"

老刘的回应来得很快:"5号之后我有事,你早点发过来我看看。"

闻笛瞪了屏幕好久,回复了一个"好的",外加一个OK的手势。

他是一个二十六岁的亚健康青年,谁说他需要睡眠呢?

逮着导师在线的机会,他又赶紧问:"老师,那篇莎士比亚跨文化改编的论文,要不投投《S大学报》呢?"

老刘很快回复:"你别天天盯着水刊,一个T大学生一点志气都没有。好好改改,下次试试冲《外国文学评论》。"

闻笛深吸一口气——他这不是自甘堕落,这叫有自知之明!国内英语文学一共才多少C刊,一年才能登上几篇文章啊,他就没听说有哪个师兄师姐成功过!

就让他发论文吧!!!

一口气没吸完,微信又跳出来一条消息,是人文学院的行政:"同学,文科楼显示屏的宣传片该换了。"

下面紧跟着一条:"奖学金答辩在8号,麻烦尽快组织一下。"

然后又来一条:"保送生面试的材料整理完了吗?"

闻笛摸了摸额头,已经肿了,不能再撞了。他叹了口气,一字一句地打:

"宣传片学生会那边刚拍好,马上就去换。奖学金答辩已拉群,材料正在收集。"

T大博士工作有三类,助管、助研、助教,博士生可以三选一,工资都是一个月2700。助研负责科研助理的工作,助教负责上习题课和批作业,助管负责……系里教学相关的一切杂务,比如保送生面试、毕业生信息统计、奖学金答辩,还有学院宣传,比如要放在教学楼显示屏上的宣传片。

工作高不高级无所谓,毕竟有点儿工资,闻笛不忿的是,他只拿一份助管的工资,却干了三个助管的活。除了教学杂务,他日常还要帮导师写专著、申请SRT(Student Research Training,大学生研究训练)和基金、送资料、组织会议、写课件——这是助教的活,但没人愿意当老刘的助教,最后也全落在他头上。前阵子老刘一时兴起搞起了自媒体,弄出三四个TED(Technology,Entertainment和Design,技术、娱乐、设计)演讲群,他还得帮着当管理员。

闻笛叹了口气,在备忘录上把需要处理的事一件件记下来。盯着密密麻麻的日程看了一会儿,他决定今天先去图书馆查资料,改论文,顺便去文科楼把宣传片的事解决了。

他收拾好书包,骑车冲出小区,往校门疾驰而去。T大门口新设置了一排闸机,学生需要刷校园卡才能进校。他单腿撑着自行车,刷卡之后进校,一路风驰电掣。路两边,银杏叶青中带黄,已有坠落的趋势。

他先把自行车停在文科楼门口,进去上传宣传片,走到一楼的时候,刚好碰到出来的行政。

"来了啊。"行政冲他点头。

文科楼显示屏用的系统比较老,不能直接从网上上传视频,要到现场把视频文件放进去。闻笛拿出U盘,拖出学生会新拍的宣传片,替换掉了原来的。

在把原片放进回收站之前,他看着封面缅怀了一下——这还是他大二时系里组织拍摄的,主角是当年公认的一对金童玉女,如今早就一拍两散、水火不容了。

逝去的青春啊。

收好U盘,他走出文科楼,看到了一旁的三教。

他看了眼时间,五分钟后是第二节课,一些学生正慌张地从自行车上下来,乌泱乌泱地涌进大楼。人群中有个高大的背影,苍灰色西装衬着宽肩窄腰，十分扎眼。他走得比周围的人慢些，学生从他身旁飞奔而过，灰色背影在人群中画出楚河汉界。

闻笛远远看着，心中泛出酸楚和悸动。

他想起这学期开学的第一天。图书馆没有位子，他去三教的空教室给导师赶材料。换季容易感冒，闻笛也中了招，戴着口罩咳嗽，打了两个字就昏昏沉沉，趴在桌上睡着了。

心里有事，睡了也是浅眠。意识像逐潮的浪花，晃晃悠悠，时起时落。

不知过了多久，模模糊糊的，周围安静下来，一个低沉、富有磁性的嗓音响起。

"大部分学科，人类探索到的充其量是对理想的无限接近，总是随着时间改变。一代人会推翻另一代人的成果，这一代人建立起来的学科大厦，又会被下一代人推倒。只有数学，是每代人在旧的结构上，增加一段新的故事。"

闻笛睁开了眼睛，抬起头。不知不觉，周围已经坐满了学生。他们专注地看向前方。

闻笛把目光转向讲台，看到上面站着一个高大的男人。作为教授，他看起来出奇地年轻。下颌线条凌厉，鼻梁很高，阳光从侧面打过来，另一边脸大半落在阴影里。穿着西装马甲也能看出鼓囊囊的胸肌，不像数学家，更像是拳击手。但他的声音沉稳、顿挫有力，带着文人的儒雅。

"希望大家能在这门课上感受到这种恒定不变的力量。"

闻笛看着他转身在黑板上写下公式。白衬衫袖子挽到胳膊肘，露出前臂坚实的肌肉。手指骨节分明，握紧粉笔时，手背的青筋凸起。

他的讲课风格和穿衣风格一样，利落、精练。闻笛听了一节课天书，竟然不觉得乏味。听着台上人沉稳的语调，看着台上人深邃的眉眼，闻笛那沉寂已久的追星脑……死灰复燃了。

自此之后，每次路过三教，他总会驻足遥望一会儿。如果有空，他就戴上口罩，潜入数学系，悄悄在后排听课。然而迄今为止，他也就过个眼瘾，连句话都没和人家说上，教授还没正眼瞧过他呢。

念及此，闻笛的内心更加乌云密布。

学术没突破，导师催命鬼，成天干杂活，感情经历一片空白……已经博四了，难道他的博士生活就要这么悲苦地结束吗？

学堂路上的乌鸦嘎嘎叫起来，增添了一丝哀怨的气氛。

手机又嗡嗡振动起来。闻笛看着不断跳出来的新消息，整了整包——感伤也没用，还是先干活吧。

他在老图书馆改论文到十点，闭馆之后回家，接着赶资料到凌晨，不知什么时候，倒在桌上睡着了。就像被人打了一闷棍的、没有一丝杂质的睡眠。

然后，黑暗尽处，一声凄厉的"吱呀"猛然响起。闻笛霎时清醒了。

那声音尖锐又瘆人，就像有人用指甲划金属。闻笛起了一身鸡皮疙瘩，直接从桌上弹了起来。还没等他喘口气，吱呀声接二连三扑面而来，一套组合拳把他打得浑身战栗，头痛欲裂，就像有人在用钢丝钻他的脑袋。

闻笛抱着头倒在床上，用最后的神志分辨了一下。这是小提琴，声音很近，应该是从隔壁传过来的。

国庆节大早上，谁逼孩子拉小提琴？！

闻笛悲愤交加，拿出手机。他租房的时候，为了及时获取停电、停水信息，师兄把他的小号拉进了楼栋微信群。他点进群里，找到备注为301的头像，加他私聊。

小提琴声又残忍地折磨了他五分钟，然后停了一下。闻笛看了眼手机，对方通过了他的好友申请。

闻笛给对方发了一条信息："节假日，大家都在休息，您能换个地方练琴吗？"他觉得自己语气很温柔，颇有礼貌。

谁知道对方很快回复："这是我的私人领域，练不练琴是我的个人自由。"

闻笛皱起眉头，这人什么态度？他接着输入："私人领域也得讲公德吧？大楼又不是一个人住的，你这么制造噪音，大家会很困扰。"

对方又说："噪音？你怎么能随便把别人的音乐叫噪音？"

闻笛一个鲤鱼打挺，怒火攻心。这是什么音乐？你有没有耳朵？

还没等他回复，群里面301的住户发了一条："大家有听到三楼的声音吗？"

闻笛瞪着屏幕，想说这人怎么还自掘坟墓，结果二楼、四楼的住户纷纷说："没啊。""什么声音？"

这……闻笛目瞪口呆。难道其他人没有听觉吗？

然后邻居发来一条私信："别人都没听见有什么噪音，你应该在自己身上找找原因。"

闻笛火了，怒回："对，这不是噪音，是扰民！再拉我就报警了！"

有那么一会儿，邻居没有反应，锯木头的声音也停了。闻笛松了口气，

7

以为祸患已除。然后，邻居发来一条信息，是一个淘宝链接。闻笛稀里糊涂地点开，一张音量测试仪的照片映入眼帘。照片上方弹出一句："昼间55分贝才算扰民，报警前记得做个音量测试。"

\癞蛤蟆、甲虫、蝙蝠\

看到回复，闻笛眼前一黑，怒火直冲头顶，险些背过气去。

荷清苑住的不是教授就是教授家属，按说住户素质很高，没想到还有这种不讲理的人。难道跟他一样，也是非法转租的黑户？

闻笛再燃斗志，继续激情输入："音量不是重点！你这一拉差点没把我送走，我的精神损失你怎么赔！有没有点公德？"

邻居很快回复："你有吗？"

闻笛："？"

这人在说什么鬼话？他大白天扰民，还说自己不讲公德？

邻居："（照片）（照片）小区明文规定不准在楼道里堆放垃圾。"

闻笛看了眼照片，上面是几个垃圾袋。他和室友这几天忙昏了头，忘了扔，一直堆在门前。幸而是十月初，要是暑热未消的时候，估计已经发臭了。

邻居："（放大之后的垃圾袋照片）你竟然不分类。"

啊？这是重点吗？

闻笛莫名其妙被对方带偏了，开始争论垃圾分类的问题："我明明把厨余垃圾和其他垃圾分开放的。"

邻居："大棒骨很难腐蚀，是其他垃圾，不是厨余垃圾。玻璃瓶是可回收物，但镜子是干垃圾。厕纸水溶性很强，是不可回收垃圾。乱七八糟的全堆在一起，你这个人有没有常识？"

闻笛怔住了。这个人……为什么对他的垃圾这么感兴趣？还仔细观察了！还分类了！

闻笛："没事偷窥人家的垃圾袋，你不会是变态吧？"

邻居："我跟你讲常识，你说我有精神疾病。"

邻居："你是不是每次吵不过就人身攻击？"

闻笛的胸腔里燃起熊熊怒火。这人就是有精神疾病！

闻笛："这年头能把垃圾分成两类的已经是环保先锋了好吧！你怎么

不举着环保牌子去百年老树上待着？"

闻笛："还有，没音乐细胞就少污染无辜路人的耳朵，找根木头锯吧。"

他从小到大吵架从未输过，结果对面发来一句话，直接让他"破防"了。短短二十几个字，就像原子弹呼啸而下，把他的神志炸成了碎片。

邻居："看你头像，你喜欢莎士比亚啊，怪不得说话这么没有逻辑。"

闻笛大脑空白一秒，从床上跳起来，大吼了一声："啊！！"

剥夺他的睡眠，诋毁他的为人，质疑他的素质，这些都可以忍受。但这人胆敢冒犯莎士比亚，罪该万死，不可饶恕！莎士比亚是他的研究对象、精神导师，是他学术生涯的支柱。敢对莎士比亚出言不逊的人就是他的仇人、死敌，不共戴天！

闻笛："莎士比亚是人类文学奥林匹斯山上的宙斯，西方戏剧的灵魂，你算哪根葱，也配诋毁他？"

邻居很久没动静，闻笛想他大概无言以对——谁能否认莎士比亚对人类文明的伟大贡献？然后对面发来了一长段话。

邻居："莎士比亚的作品年代混乱。《李尔王》的故事发生在公元前8世纪，但剧里到处都是公爵、廷臣、戴脸甲的骑士，这些都是中世纪才有的人物。现在任何一个三流的网络小说家在设定时代背景的时候都不会出现这么荒唐的错误。"

闻笛："三流？你说谁三流？！"

邻居："剧情逻辑也一塌糊涂。李尔和几个女儿生活了一辈子，随随便便就听信了大女儿和二女儿的话，不信任最心爱的小女儿。葛罗斯特也是，一个儿子给另一个儿子安上罪名，他没有当面问过自己的儿子就直接给他定罪。这两个人物的悲剧完全是这些不合理的情节造成的，没有一个读者能跟这种人物共情。这种情节安排简直愚蠢至极。"

闻笛："你懂个屁的莎士比亚！夸张和超脱现实的手法就是莎剧的特点，有象征意义，你懂什么叫自然之镜吗？"

邻居："所以你也承认他的作品年代混乱、情节推动全靠不合理的人物行为逻辑了？"

一股无名火像火箭一样从喉咙里喷射而出，闻笛义愤填膺，一跃而起，抓着手机在房里激情兜圈。

闻笛："用19世纪的现实主义标准挑文艺复兴时期戏剧的刺，你是不是没看过名著？自己品位不好别说瞎话。"

他洋洋洒洒写下了千字小作文，论述莎剧中的人物形象塑造及其象征意义，结果对方死抓逻辑问题不放，一条条地指出人物言论与人物设定之间的矛盾。这逐字逐句批判的劲头和《外国文学研究》的审稿人如出一辙，一瞬间让闻笛陷入被 C 刊支配的恐惧。

邻居："都 21 世纪了，对权威要有质疑精神。把这种逻辑混乱的东西捧上神坛，还不准别人分析、指出漏洞，这就是文学霸凌。"

闻笛："？？谁霸凌谁？不要血口喷人！"

邻居："喜欢这种炫耀辞藻、叙述冗长、情节松散、结局草率、平庸乏味的作品，还盲从那群自诩权威的文学评论家，把它吹得天花乱坠，才叫没品位。"

闻笛暴起。这人把他的文学偶像践踏到如此地步，是可忍，孰不可忍！

他冲出房间，拿起客厅的一根鸡毛掸子走到大门前，正要冲出去和隔壁的邻居决一死战。握到门把手的那一刻他又停了下来，怒气冲冲地退了两步，用掸子对着大门使劲挥舞。

在客厅里吃早饭的室友于静怡看着他，满脸茫然："你怎么了，跟个参毛公鸡似的？"

闻笛用鸡毛掸子指着门，愤慨道："对面那个浑蛋侮辱我的研究对象！"

于静怡一头雾水。闻笛从小提琴开始，简述了对方人神共愤的行径。

于静怡听完一脸惊奇："小提琴？"

闻笛目瞪口呆："那声音跟钻脑壳似的，怎么可能听不见？"

于静怡放下筷子仔细听了听，露出恍然大悟的表情："你把房门打开好像就能听见了，之前客厅里声音很小。"

闻笛皱起眉，把房门关上，声音果然小了很多。他又去于静怡的房间屏息细听，基本没有声音。

邻居拉琴的声音本来不大，主要是难听。怪不得楼上楼下都说没听到。估计闻笛的卧室和那人拉琴的房间紧挨着，所以……

"合着就我一个人遭殃？"闻笛义愤填膺，"怎么能这样？"

"你打算怎么办？"于静怡观赏他拿鸡毛掸子的样子，"找他算账？"

闻笛立刻把鸡毛掸子放了下来："别开玩笑了，我打得过谁？"再说了，挑衅邻居太惹眼了，他是个黑户，最好不要跟楼里的人有直接接触。

"唉，那就忍忍吧。"于静怡宽慰他，"老刘你都忍了三年多，忍他一时半会儿不是问题。"

闻笛悲愤交加。他觉得自己最近真是犯太岁，生活、感情、学术，三位一体的倒霉。

他憋着一股气回房，临走前转过身，对于静怡说："以后垃圾袋都买黑色的，浅色袋子一点隐私都没有！"

于静怡摸不着头脑："淡蓝色袋子不是你选的吗？淘宝上打折，你一口气买了十卷呢，现在一半都没用完。"

闻笛在物尽其用和防备邻居之间纠结了一会儿，忍辱负重地放下鸡毛掸子："算了，用完再说，十块钱也是钱啊。"

于静怡早知道他抠门，一点不意外。她把麦片碗放到水池里洗干净，看着气呼呼的室友，犹豫了一下，问："你换校园网密码了吗？"

闻笛从悲愤中暂时回过神，眨眨眼，反应过来："哦，对，之前系统提醒更新密码来着。我换了之后忘了跟你说，不好意思。"

"没事没事，"于静怡说，"是我蹭你的账号。"

T 大用雄厚的财力买下了文献浩如烟海的数据库，在读学生可以凭校园账号免费使用、下载资料。虽然早已离开学校，于静怡还是关注着语言学期刊的动向，闻笛就把自己的账号告诉她了。

"最近语言学有什么有意思的研究吗？"闻笛问。

谈到前专业，刚刚还一脸困倦的于静怡瞬间精神了："上一期的 Linguistics（《语言学》）有篇文章挺有意思，讲的是土耳其库斯克依的一种语言，叫口哨语。"

闻笛眨了眨眼："用口哨交流？"

"嗯，那边村民的口哨穿透力很强，在没有手机的年代，他们能隔着山用口哨交流，哨音传播距离可以达到八公里。"

闻笛一边"哇"，一边拿出手机，打算把新密码发给于静怡。可是他按了几次，屏幕都不亮。

"又自动关机了。"闻笛嘟囔着，"你是不是要上班了？你先走吧，我一会儿把它弄开机了发给你。"

于静怡背起包，把钥匙抓在手里，担忧地看了眼闻笛的手机："我看到它自动关机好几次了，要不去修一修吧，要是在外面坏了怎么办？"

"没事，它插上电源就好了。"闻笛说，"修手机多贵啊，这么老的机子，还不如换一个划算呢。"

话是这么说，他也没打算买新的。博士生每个月有国家发的 2700 元工资,加上做助管的工资,他一个月收入5400。学校里吃住便宜,足足够用了。不过他还是想攒点钱,毕竟没什么家底。

这手机是五年前一个高中同学给他的,人家换了新的就把旧的给他了,所以他也不知道这手机今年贵庚,出点故障太正常了。平常用着挺好的,能不换就不换吧。

于静怡上班去了。闻笛回到房间,把手机插上电,果然就能开机了。他把新密码发过去,看了看备忘录,决定不理隔壁吹毛求疵的恶棍了。他还有堆积如山的杂活要干,导师隔几小时就要催一下进度。

结果他刚在书桌前坐下,隔壁的小提琴声又响了起来。这回的魔音变本加厉,既像锯木头又像钻井,还夹杂着小刀划玻璃的刺啦声。

酝酿着怒气的胸膛就像活火山,每一个音符都是往活火山里扔的核弹。闻笛在电脑前填写申请材料,耳朵里吱呀作响,越写越憋屈,越写越郁闷,闷得呼吸不畅,胸口刺痛。他决心去图书馆待一天。总不至于到了晚上还拉吧。

等到夜色如墨,他从学校回来,走到门前,果然没听见琴声。

好极了,大不了每天出门呗。

谁能想到,在他进门的时候隔壁还安安静静的,他刚一坐下,琴声瞬间响起。

吱呀声像在椅子上安了图钉,闻笛跳了起来。这就是在针对他吧?!这绝对是在针对他!

深夜emo加上体力不支,闻笛的悲愤达到了顶峰。他啪地把包扔到地上,拿出一沓草稿纸。他非得出了这口气!

闻笛在房里来回踱步,终于想出了他力所能及的最无耻、最肮脏、最恶毒的诅咒。

第二天早上,边城起床时,发现邻居半夜两点给他发了条信息,是一张照片。照片上是一张纸,纸上写着三行字,每个字都龙飞凤舞、力透纸背:

愿我那老娘用乌鸦毛从不洁的沼泽上刮下来的毒露全部倒在你身上!

愿一阵西南的恶风,把你吹得浑身都起水疱!

愿西考拉克斯一切的符咒、癞蛤蟆、甲虫、蝙蝠,都咒在你身上!

\命运是一位捉弄人的诗人\

  国庆假期结束前夕，闻笛完成了导师的申请材料，安排好了奖学金答辩事宜，整理好了保送生资料，并且修改了论文。他睡了昏天黑地的一觉，从奈何桥上爬了回来。这魔鬼般的国庆假期折腾掉他半条命。刚在体重秤上称了一下，又轻了三斤。

  他从床上滚下来，走到客厅扑通一声跌进沙发，歪着身子倚在靠枕上，打开手机。没有新信息，可喜可贺。他想起什么，切进小号。邻居也没有动静。

  发出诅咒后，他本以为对面会第一时间激情回骂，没想到之后的假期里都安安静静的。晚上回来，连要命的小提琴声也没有了。

  莫不是莎翁在天之灵庇佑，诅咒真的应验了？不愧是他的精神导师。

  闻笛越想越觉得那三句话是神来之笔，粗俗却不下流，精巧又不失力度。骂起人来气势磅礴，威武有力。

  连诅咒都如此有品位，对面那不知天高地厚的蠢货懂什么？

  闻笛去冰箱里拿了瓶果汁，倒回沙发上，满意地小口嘬着，享受片刻的安宁。

  过了一会儿，楼道里响起脚步声。闻笛看了眼时间，应该是于静怡下班回家了。

  她在留学中介机构做雅思一对一辅导老师，假期跟普通人颠倒，国庆假期尤其忙，加上她同时在准备公务员考试，几乎是昼夜不歇。见到闻笛眯着眼昏昏欲睡的样子，她居然涌出一股羡慕的情绪，把钥匙放进门口的小碗中后，走到客厅，在闻笛对面坐下："活过来了？"

  闻笛点了点头。

  "这几天没碰见邻居？"

  闻笛又点点头。他胆子小，在微信上骂了人之后不敢当面"对线"。这几天出门，他都把耳朵贴在门上，确认走廊没动静才小心按下门把手。明明是自己的家，出门跟做贼似的，想起来就窝火。

  于静怡问："能稍微歇两天吧？打算干什么？"

  闻笛算算日期，坐直身子："问问高中同学复几何的题目，看这次能不能弄懂一点。下次下课的时候去提个问题，这样就能搭上话了。"

  于静怡看他的眼神像看绝症病人。许久之后，她叹了口气："你又来了。"

  闻笛不满："我怎么了？"

"崇拜一个人，对方还没什么表示，你就恨不得掏心掏肺，鞠躬尽瘁。"于静怡说，"这毛病真该改改了。"

"这都是高中、大学的事，我已经成熟了。"闻笛竖起两根手指立誓。

"你没买《复几何导论》？"

"二手书打七折的。"

"你没去三教旁听？"

"他上两节课，我只听了一节！"闻笛为自己辩护，"另一节代数几何才是他的研究方向，不过我那个同学说代数几何太难了。"

"复几何你就听得懂了？"

"我高中理科可好了……"

于静怡叹了口气："既然你这么有决心，要不直接一点，见到就上去搭话吧。拐这么大弯，猴年马月才能混个脸熟啊。"

"我也想啊！"闻笛悲愤不已，"但我又不是数学系的，跟他说什么？万一人家认为我心怀不轨呢？"他贸然出击，岂不是会被人家的眼神在心上扎几个窟窿。还是问问题这个借口好，稳妥。

"好吧，"于静怡说，"这回可千万别像上次那样，杀敌八十自损一千啊。"

闻笛露出痛苦的表情："别咒我。"

于静怡摇头叹息离去，留下闻笛坐在原位继续休憩。可惜好景不长，大脑放空没多久，一条新信息跳了出来，又是老刘："明天讲座的 PPT 有很多要改的地方，我备注好发你了，明天上午给我。"然后又是一条："有几篇论文要审，我转给你了，下周返给我就行。"

沉寂的火山瞬间爆发，闻笛一跃而起，大叫一声"啊"！

他还没歇俩小时，生产队的驴也不是这么使的！

闻笛磨了半天牙，才骂骂咧咧地拿出电脑。

癞蛤蟆、甲虫、蝙蝠。

学校每周都有各种学术讲座，邀请校内外教授介绍研究成果，拓宽学生的视野。老刘开了个主题为"莎士比亚与汤显祖时代的演剧环境"的讲座，海报在学堂路上挂了三周，报名的人也没多少。

闻笛边叹气边打字。原来只是修改内容，后来看着排版不顺眼，他又调了字号，减少了每页的字数，再后来觉得背景不美观，图片清晰度不高，观众看着会难受，又换了模版图源。一弄又弄到半夜，闻笛抱着对导师的恨意昏昏睡去。

一觉醒来，闻笛检查了一遍参考文献，给老刘发了过去。本来以为折磨到这就能结束，谁想到讲座将至，老刘突然又发来好几条信息。大致意思是他堵在路上了，让闻笛去教室一趟，把PPT传上去，开头有一段介绍戏剧的视频，可以先放着，给他争取点时间。

闻笛真想拧掉他的脑袋。T大这两年博士心理问题频发，真不是平白无故。要不是他性格乐观、抗打耐用，且拥有钢铁般的意志，哪能苟活至今？

癞蛤蟆、甲虫、蝙蝠。

看了眼时间，发现讲座快开始了，闻笛一边祝愿导师家里降下天灾，一边一跃而起，抓起书包冲出门。一路狂奔到开讲座的教室，他掏出U盘，准备上传PPT。

然后，他突然发现了什么。电脑主机上插着一枚U盘，大概是上一个做讲座的教授留下的。

闻笛拔出U盘，看到上面贴了一张便利贴，写着：数学系　边城。

他愣了愣，喜悦忽然如创世洪水般席卷而来。

这真是天意！他孜孜不倦地研究了这么久搭话的契机，契机这不就来了吗？他水逆这么久，上天终于有了怜悯之心，决定给他一点补偿了！

闻笛内心转着的"癞蛤蟆、甲虫、蝙蝠"停了下来。他调出PPT，开始放视频。老刘总算守住了演讲者的底线，紧赶慢赶，在视频放完前进来了。

闻笛拿着"战利品"功成身退，暂时——暂时！——对老刘产生了一丝感激。

回到家之后，他把U盘拿出来仔细端详了一番，然后喜滋滋地打开电脑，哼着歌写下邮件：

　　边教授，您好，我是外文系的在读博士。我在三教捡到了一枚U盘，发现是您落下的。我在数学系官网上找到了您的邮箱，发了这封邮件，想把U盘还给您。不知道您什么时候方便？

他忐忑不安地点了发送，心情跟第一次往C刊投稿如出一辙。

举着手机，抖着腿，过了半小时，新邮件提示跳了出来。

这么快！教授的邮箱每天都会收到期刊编辑、学生、院系的各种邮件，这个回复速度堪比光速。

闻笛站了起来——他太激动了。

点开邮件，里面写着短短几句话，措辞礼貌得当。

  同学你好。感谢联系，U盘里有许多重要文件，丢失之后我很担心，没想到这么快就有了消息。我明天上午有第四节课，11点半在三教门口碰面，不知道你是否方便。或者，你也可以把方便的时间发过来，我们再约。

  闻笛从头到尾读了三遍，自动代入了教授上课时的声音。
  他习惯了老刘自说自话的交流方式，不知道世界上还有教授愿意跟学生商量，震惊之余，内心生发出深深的羡慕——读边城的博士也太幸运了吧！
  高智商、有文化、懂礼貌，世上竟有这样完美的男人，他追星脑一点怎么了！
  他立刻回复，同意对方约定的时间、地点，在心里激动地咆哮。
  自此之后，他就从面目模糊的路人甲，光荣升级为"还U盘的学生"。
  他哼着歌，调出老刘给他发来的要他审核的论文。教授们一般都是期刊的审稿人，期刊编辑接到投稿来的论文会先进行一轮初审，通过初审的论文会发给审稿人，让他们撰写评审意见，而审稿人一般会直接把这项任务转给自己的学生。替导师审稿也算日常工作之一，闻笛打开这篇关于布莱希特的研究论文，开始了令人痛苦的审阅。
  他一边看一边画线，在心里吐槽这篇论文的方方面面。研究范围太广了，根本没法进行深入探讨啊。这逻辑也太跳跃了吧，论点之间的连接呢？二手资料占比太大，主观性太强，原始文献和历史文件呢？参考文献太过时了吧，没法反映当前学术界对布莱希特作品的理解和评价啊。批判完之后，他一边激情撰写评审意见一边想，看别人的论文都是垃圾，自己写的时候才知道，写个垃圾出来多不容易。
  打了两行字，闻笛隐隐有种不祥的预感。这隐忧在潜意识里飘飘荡荡，落不到实处，让人提心吊胆。到底是什么呢？
  手指按下回车，就像按下音乐播放键一样，隔壁的小提琴声突然响了起来。
  闻笛骂了一声，举起双手捂住耳朵。好不容易消停几天，又来了！看来诅咒还不够灵验！
  他拿起手机，愤怒输入："没个完了是不是？星期三大白天拉琴，你没有工作吗？生活里没点有意义的事吗？"

邻居："星期三大白天待家里，你也挺闲。"

闻笛："我国庆根本没歇，好不容易喘口气，又被你逼疯了！别用自己在音乐上的无能惩罚别人！"

邻居："非得是天才，才配玩音乐吗？"

邻居："学任何东西都有个循序渐进的过程，哪有一开始拿琴弓就拉得好的。"

闻笛："你还想让我等你循序渐进？就你这种音乐毒瘤，我神经衰弱了你还在锯木头！我跟你说，才能这种事儿是天生的，没有就趁早放弃，不要害人害己。"

打下这段话时，闻笛感到心里一阵刺痛。他一直觉得自己在学术上没有才能，导师也这么说，然而选了这条路就必须走下去。无奈的同时也有一丝痛悔。

邻居："你从小到大学习一定很容易吧。"

闻笛："你在说什么屁话？"

邻居："自己学历很好就傲得没边，否定别人的努力，这种人我见得多了。T大尤其多。"

闻笛窒息了。这人不但污蔑他，还抹黑校友！体内的怒气左突右撞，他迅速点开界面右上角，一键拉黑。线上线下他都不想再见到这个人了，去死吧！

一脚把人踹进小黑屋还不解气，闻笛站起来在屋里踱来踱去。即将爆发时，一条消息弹出，让他冷静了下来。

新邮件提示，教授给他回信了："好的，明天见。"

这短短五个字如同烈日下清凉的泉水，洗刷了闻笛心中的烦躁。他握着手机，感叹人与人之间的差距。

要是世上所有人都这么温文尔雅，该有多好。

\勇敢的精华在于谨慎\

带着与偶像见面的激动心情，闻笛扒光了自己的衣柜。无奈巧妇难为无米之炊，再怎么排列组合，那寥寥几件破衣服也翻不出花来。他站在镜子前端乏善可陈的白衬衫和冲锋衣，用未经艺术熏陶的审美品评了一会儿，摇头叹息："只能靠脸了。"

他在衣服堆里烦恼许久，听到门开合的声音，猜想是于静怡回来了。工作日通常是晚课，于静怡有时十点才下班回家。

听到脚步声挪到客厅，闻笛窜了出去，麻利地从冰箱里拿出苹果汁，递给室友："辛苦了。"

于静怡拧开瓶盖灌了一大口，长舒一口气，盯着大晚上头发丝毫不乱的室友："这个点了，你穿外套干什么？"

闻笛把U盘事件简述了一遍，着重强调自己从路人甲变成有名有姓的路人甲的激动心情，然后扯了扯冲锋衣："帮我参谋一下。"

于静怡认真看了半晌，点点头："挺好，挺青春的。"

"跟那件浅蓝色套头衫比呢？"

于静怡茫然："你有浅蓝色的衣服？"

闻笛叹了口气："你压根没正眼看过我是不是？"

于静怡陷入死寂，正常人谁记得室友穿搭啊。她看了看自己朴素的运动外套、黑色双肩背包，客观地说："我也没什么审美，你找个靠谱点的顾问吧。"顿了顿，又觉得自己有必要夸赞一下老朋友，减少他的不安，于是说，"你这么紧张干什么？你可是我们人文院的院草啊。"

闻笛丝毫没被安慰到："样本数量太少，这个结论太没说服力了，我们人文一共才几个男生？"然后又翻起了旧账，"你现在这么说，当年院里拍宣传片选男一号的时候你可没选我。"

"那不是因为尤珺跟那个王八蛋谈着吗？人家情侣公费恋爱，你凑什么热闹？"

闻笛想起那个被自己扔进回收站的宣传片。尤珺本人自导自演，男一号又是男朋友，拍得那叫一个青春洋溢、灵动美好。剪成片子之后，院方还把它放到官网上和主楼里循环播放。尤珺本人大概也没想到，一年后两人就势同水火，恨不得把一切爱过的痕迹烧得干干净净。虚拟的爱情比现实长久。几年后，新人换旧人，〇〇后成了宣传片的主角，闻笛才替老同学实现了这个愿望。

他一边追忆往事，一边端详自己，摇了摇头："不行，我还是觉得那件好。"

于静怡看着闻笛进进出出，每次都要换一身行头，然后问她一遍："和之前的比呢？"整个客厅跟古早言情剧里的试衣间似的。她神色复杂地看着闻笛,觉得他脑袋被隔壁的小提琴声弄坏了。在第十次重复"差不多,都挺好"之后,她在沙发上坐下,打开了电脑。

闻笛正问她这条裤子是不是显腿短,发现顾问早就心不在焉了,有点气愤:"你干什么呢?"

"看看这人是何方神圣,让你焦虑成这样。"于静怡说。虽然闻笛经常唠叨"数学系的教授",但她一直以来都是被动吃瓜,没把这当成什么要紧事,没想到这俩人居然真有碰面的一天。她该探探这个人的底细。"我打开数学系的官网了,他是哪个……"

话到此处戛然而止,闻笛看她深吸了一口气。

"这是证件照?"于静怡盯着屏幕,"那他真人长什么样子?"

"你要跟我一起旁听复几何吗?"

于静怡没理会他,仍然盯着屏幕,一脸不可思议:"T 大怎么可能有帅哥?我在这儿的四年一个都没见过。"

闻笛"啊"了一声,于静怡又郑重地补了一句:"除了你。"

闻笛眯起眼盯着她,她自顾自继续往下浏览,同时抒发感慨:"小说里上顶尖学府的一个个都是潘安、宋玉。我去 T 大图书馆,还以为会看到什么白衬衫帅哥倚窗读书的画面,结果一看,拖鞋、老头衫,头发三天没洗,心都凉了。男生基数这么大,怎么能连帅哥的影子都找不到?"她摇了摇头,"看来是我当年运气不够好,没遇上。"

闻笛坐在她对面的沙发墩上:"他本科不是 T 大的。"

于静怡往下滑,看到了工作履历:"哦,隔壁的啊。也是,隔壁数学系比我们的好多了。"

闻笛刚要"喷",想起来这是实话,隔壁基础学科确实更强。

"真吓人啊,"于静怡一边滑鼠标一边说,"13 岁上大学,20 岁博士毕业,26 岁副教授,28 岁博导,十几年把别人一辈子过完了。"

"数学系本来就容易出年轻教授,"闻笛说,"他博士在普林斯顿读的,我查了一下,还有比他更年轻的,Charles Fefferman、John Maclean 都是 24 岁不到就当教授了。"

"真不是人啊。"于静怡感叹道。

他们周围都是名校生,现阶段在哈佛、耶鲁、剑桥、牛津读博的校友不少,但成为副教授的绝无仅有。

学霸也是分层级的——聪明人和天才两个层级。闻笛也是聪明人,然而来 T 大之后，他就从叱咤风云的省重点高中学神变成自嘲"我本垃圾"的学渣，全程只用了一个学期。现在除了被导师嫌弃没天赋，学术成果还被学妹碾压。

一路绿灯的人生是什么感觉，他也很想体验一下。

"对了，"于静怡话锋一转，"你见完他回来跟我说说，我不放心你看人的眼光。"

"什么？"闻笛觉得审美受到了质疑，指着屏幕，难以置信地问，"我挑人的眼光还不够高？"

于静怡关掉骇人的履历网页，语重心长地说："你总是会崇拜完美的人，长得帅、智商高、家世好，样样拔尖，就只有一点不行——是个人渣。"

闻笛本能地想反驳，但回想过去的惨淡经历，这话不无道理。

"这次不会的，"他试图说服自己，"我有预感，这次绝对不一样。"

于静怡看他的眼神像是有些疑惑，然后她拿起电脑，撤回房间："我竟然把宝贵的复习时间花在跟你聊这种话题上。"

于静怡，就像生活在经济增速滞缓、就业形势困难的环境下的每个年轻人，希望有个"铁饭碗"，所以在工作的同时备考外交部。白天没有课时要刷题，晚上下班回来也要看书到深夜。闻笛问了句"要不要吃夜宵"，门里的人没反应，估计已经进入了备战状态。

顾问跑了，他只能自行解决穿搭难题。闻笛环顾四周，一一审视沙发、椅背、门钩上的衣服，最后选了刚开始挑的那件。

次日，闻笛起了个大早，再三确认 U 盘存活后，提前一刻钟去了三教。

他在门口紧张地踱了一会儿步。铃声响起，学生像潮水一样涌出来。他克制自己迫切的心情，刻意低头，靠在门边，企图装出云淡风轻的姿态。

在学生基本走完后，熟悉的声音响起："同学。"

闻笛抬头，想见的人映入眼帘。

对方看到他的一刹那明显愣了愣神——面前的人穿着简单的浅蓝色牛津布衬衫、牛仔裤，脚上蹬着半新不旧的白色运动鞋，淡颜，但五官极为精致，在清新的颜色衬托下，年轻的面庞像晴空下的雪山一样干净。

"您好，教授，"闻笛不自觉地挺直身子，"我是闻笛。"

边城背着光，影子沉默地笼罩着他。

闻笛默数了几秒，有些疑惑：莫非自己普通话不好，自报家门，别人没有听懂?

好在边城最终开口,重复了一遍他的名字:"闻笛。"

"笛子的笛。"闻笛说,"对了……"他在口袋里摸索一阵,掏出 U 盘递过去。

边城接了过来,脸上没有多余的表情,仿佛面前站着的是个数学公式。"谢谢。"他说,然后把握着 U 盘的手插进兜里,样子像是要转身离开。

闻笛心心念念才有这么个接触的机会,连三句话都没说上?下次单独见面,谁知道是猴年马月。

"等等。"他突然开口。

边城停下动作,目光转回他身上。

"您之前不是说这里面有重要文件吗?我送回来了,不感谢一下我吗?"

这句话夹杂着敬语但语气又不很尊敬。也许还是边城太年轻了,闻笛总觉得是在跟同龄人说话,而不是教授。

边城好像不介意:"你有什么提议?"

鼓起勇气,抓住机会。闻笛给自己心理暗示,过了这村没这店了。"请我吃顿饭吧。"

边城的沉默耐人寻味。

闻笛连忙补充:"不用下馆子什么的,食堂就行。清芬三层不是教工餐厅吗?听说那儿的自助餐挺好的。"就是这么个物美价廉的地方,老刘也一次都没带他去过,闻笛又在心里踩了导师一脚。

边城没有回应,像是输错了指令导致卡顿的 AI(Artificial Intelligence,人工智能)。这人智商超群,说话怎么这么费劲,上课的时候口齿不是很伶俐吗?

闻笛开始额头冒汗:"不方便的话……"

"好的。"

闻笛挑起眉。这就答应了?这么爽快?

"今天有约了,"边城看了眼手表,"后天中午有空吗?"

闻笛忙不迭点头:"有有有。"

边城颔首,说了句"那后天十二点见",就转身离开了。

真是言简意赅,干净利落。

事情的发展出乎他的意料,边城的背影走出好远,闻笛还没反应过来。等到秋风骤起,哗啦一下拍在他脸上,他才猛地惊醒。迟来的激动在胸膛

21

里掀起惊涛骇浪,浑身血液都欢腾起来。他不由自主地哼起歌,跳下台阶,往图书馆去。

后天的邀约——虽然是他自己讨来的——就像悬在驴子前面的胡萝卜。有了这点盼头,学术打工人的悲惨生活也算有点希望了。

边城走到数学系大楼时,好友的电话刚好打来。边城摇摇头,这人都快到而立之年了,八卦的欲望仍未减退,实在恼人。

电话接通的那一瞬间,对面已经开始连珠炮似的提问:"见到了?怎么样?是同一个人吗?"

边城一边打开办公室门,一边说:"是。"

"天哪,"对方叹息,"这是什么缘分啊。"

边城关上门:"不过,他好像不记得我。"

"什么?"对方惊诧,"这怎么可能呢?那种事他都能忘?"

边城走到窗户旁,看向不远处的图书馆,闻笛把自行车停在门口,背着包飞跑进去。

"不知道,"边城说,"但如果是装的,那他演技也太好了。"

\ 悲伤不是单个来临的 \

闻笛入校那年,T大有十九个食堂,读到博四,变成了二十三个(包括教工餐厅)。从烤鸭到榴梿酥,从羊肉泡馍到麻辣香锅,足够八年吃不腻。所以就算出来租房住了,闻笛也尽量不开火。食堂菜品有百分之七十的国家补贴,比自己买菜划算多了。实在想享受清静的用餐环境,他就打包带回去吃。有锅,有微波炉,冬天也不麻烦。

这一天收获很多。中午,见到了偶像,约好了饭局。傍晚,收到了《外国文学评论》的拒绝信——被拒不是好事,但既然没有希望,早点被拒早点解脱,回复这么快也算意外之喜。闻笛和老刘据理力争,终于说服对方放弃C刊转投《S大学报》。论文发表见到曙光,闻笛心情舒畅,斥三十元巨资打包了一份海南鸡饭和烤鸭,又去四楼买了炸鲜奶和南瓜酥。回到小区,他把菜摆了满满一桌,倒了杯果汁,觉得生活美好,未来光明。

厨房里香气四溢,令人胃口大开。闻笛夹了一块鸭肉,刚要往嘴里送,余光瞟到窗外……那是什么东西？他放下筷子，仔细看了看……烟？刚开始是细细一缕，随即越聚越多，从厨房的窗户飘进来，笼罩住餐桌。

那烟带着浓重的辛辣和焦煳味儿从鼻子直冲天灵盖，脑细胞一个激灵，集体震颤起来。闻笛咳得天翻地覆，眼里聚起水雾。因为空气污染得的慢性咽炎这下要转急性了。他跑到窗边，哗啦一下关窗上锁，又把卧室门打开，冲向阳台，大口呼吸。才吸了一口，鸡皮疙瘩紧急集合——阳台也全是焦煳味儿！

闻笛打了个喷嚏，捏住鼻子，又跑回厨房，开窗把头探出去，愤怒地寻找烟雾来源。他很快就找到了——浓浓的白烟从隔壁的厨房飘出来，顺着风飘到自家这边。烟雾过于浓厚，窗外的景色都变得朦胧不清。

什么鬼！这人折腾完听觉又折腾嗅觉，不让自己五感俱伤不罢休是不是？！

闻笛拿出手机，找到邻居的微信，将对方从小黑屋里放出来，把屏幕敲得啪啪响："你着火了？？"

邻居："？"

闻笛："你家里哪来那么多烟？"

邻居："只是做饭出了一点失误。"

闻笛："一点？"

邻居："我已经开窗通风了。"

闻笛："是啊！全通到我这儿来了！你开窗之前想想风向！"

邻居："我家是西式厨房，没有油烟机。"

闻笛："那你就少做有油烟的东西！人菜瘾还大！"

争吵转移了注意力，闻笛不小心深吸了一口气，被呛得连连摇头，愤怒不已，又把窗关上。怎么有人厨艺烂到这种程度！这不是烧饭，这是烤碳吧！

闻笛："本来以为你只是音乐上没天赋，想不到是一件事都做不好啊。"

邻居："你就没烧煳过东西？"

闻笛："你这个等级不叫烧煳，这是制作生化炸弹！"

邻居："你用起夸张的手法跟你的偶像真是如出一辙。"

闻笛："你要是听觉和嗅觉有一个好的，就知道我有多么现实主义了。"

然后，闻笛又开始疑惑，煳味就算了，怎么能在烧煳的同时还有辛辣味和臭味呢？他质问对方："你烤的什么东西，能难闻成这样？死了三个月的鱼加上朝天椒？"

邻居："癞蛤蟆、甲虫、蝙蝠。"

闻笛悚然一惊，转头左右看了看：这人有读心术吗，怎么知道自己在咒他？随即火冒三丈——这含讥带讽的回答，一如既往地讨打："你不抬杠会死吗？"

邻居："你不是很爱莎士比亚吗？爱人的话怎么能算杠？"

闻笛冷笑了一声，回："你嘴上说讨厌，结果莎剧的台词记得一清二楚，剧情如数家珍，你不是莎士比亚黑粉，是隐藏的死忠粉吧？"

邻居："纸条上的字太丑了，印象深刻而已。"

闻笛瞪着手机屏幕，伸手，右上角，拉黑，关屏。他理这个神经病干什么！

他愤恨地放下手机，沮丧地看着餐桌。遭受有毒气体攻击，生了一场闷气，最关键的是——吵架竟然又吵输了。看着桌上已经凉掉的菜，闻笛懊丧地夹了一块鸡肉，尝了一口，又放了回去。就算关了窗，房子里也有一股奇怪的味道，辛辣刺鼻，让人直犯恶心，没食欲了。

闻笛磨了磨牙，重新拿起手机，点开微信。他得找人倾诉受到的精神伤害。

通讯录里翻了一圈，他点开了老同学蒋南泽的头像。闻笛和蒋南泽高中同校，但他认识蒋南泽是何文轩牵的线。蒋南泽跟何文轩是发小，同属富二代圈。闻笛跟何文轩玩在一起时在那个圈子里混了几年，认识了不少天之骄子，他们俩闹掰后，站在他这边的就只有蒋南泽一个。虽然这也有蒋南泽本身就是边缘人的原因——其他人都觉得他是个疯子——但闻笛还是感激他的。

"疯子"这个定义，武断且不礼貌，放在蒋南泽身上却是恰如其分。就在去年，闻笛还听说他跳进了满是伊鲁康吉水母的池子里——那可是世界上最毒的水母，一只的毒液足以杀死十五个人。被蜇后，蒋南泽被送去医院急救，躺在病床上整整抽搐了两天，痛得缩成一团。结果出院第二天，他又徒手抓起一只水母，看着它将近一米长的触手四处挥舞，某一瞬间轻轻拂过自己唇边。

他的同门拍下这段视频传到了网上，引起了不小的轰动。蒋南泽非但不介意，还把视频链接发给了闻笛。

所有人都说他离经叛道的行为是为了引起父母的注意。蒋南泽的父母都是世家浪子，早年吵得惊天动地，好不容易离婚之后，又像竞赛一样不断结婚、离婚、结婚。蒋南泽有一堆同母异父、同父异母的兄弟姐妹，每个人能见到父母的时间都屈指可数，不搞点非常规手段，没法吸引在花丛中飞舞的狂蜂浪蝶。

不过，闻笛对这个说法存疑——至少是部分存疑。因为水母事件过后，他问蒋南泽，为什么不正常一点，把小白鼠肚皮朝上用胶带固定在工作台上，把毒液注射进去，然后站在旁边看它抽搐到死，来研究毒液的影响。

蒋南泽耸了耸肩，说："我热爱海洋生物，也热爱陆地生物。"

那语气好像是在开玩笑，又好像不是。反正闻笛弄不懂他——甚至不明白他为什么跟自己做朋友。

高中毕业后，闻笛跟蒋南泽一起考到T大，又做了四年校友。读博士时，蒋南泽去了普林斯顿，但他们线上聊得频繁，寒暑假也常聚，交情维持得还不错。前一阵子听复几何的课，他烦了蒋南泽很久，问了一堆蒋南泽也答不出来的数学问题，对方倒也耐烦。多年的了解让他认定，蒋南泽虽然是个疯子，但还是善解人意的。

闻笛斟酌字句，把邻居的烦人程度夸大百分之五十后，给蒋南泽发了条长信息，末尾的一句话加了三个感叹号："这人是不是神经病！！！"

过了五分钟，蒋南泽回了句："是。"

闻笛挠了挠头，这年头流行简约风？偶像和朋友怎么都一句话蹦不出三个字？

闻笛继续寻求认同："他还诋毁莎士比亚，这能忍吗？"

过了一会儿，蒋南泽轻飘飘地回答："人喜好不同呗。"

啧，闻笛忘了，蒋南泽对虚构类作品不感兴趣。他觉得小说、戏剧的信息密度太低，那些洋洋洒洒上千页的巨著里都是废话。

闻笛想了想，输入了一句话："水母连脑子都没有，研究这种低等生物有个屁用？"刚一发出去，对面直接打来了视频电话。闻笛露出微笑，按下接通键。

一瞬间，对面传来暴躁的声音："你刚才说什么？你再给我说一遍！"

"你看吧！"闻笛沉痛地说，"这种攻击别人研究对象的浑蛋，是不是恶贯满盈？"

对面顿了顿，阴森森地说："应该扔进伊鲁卡的池子里。"

闻笛迷茫起来："伊鲁卡是谁？"

"我养的伊鲁康吉水母。"

闻笛没吐槽他给水母起昵称的行为，满意地点点头："扔进去！"

找到同仇敌忾的战友，闻笛感觉心情好了点，胃里的饥饿感涌了出来。

他掏出耳机塞进耳朵里，腾出手拿起筷子，津津有味地吃起烤鸭，同时问了问老同学的近况。

蒋南泽学术能力极强，大二就开始做科研，还在星火计划——T大的校级科研竞赛中拿了冠军，自然不像闻笛，还要为毕业烦恼。他说最近又在哪个海湾发现了箱型水母，它们的活动范围又扩大了。全球污染严重，海洋生物的生存空间受到挤压，种群减少的减少，灭绝的灭绝，只有水母益发活跃。

"个人生活呢？"闻笛问。

"跟以前一样呗，"蒋南泽说，"人来人往。"

蒋南泽的情史堪比唐璜，但都是浮花浪蕊，要说真爱，可能只有水母一个。要是有一天全球哪个国家通过人外婚姻法，闻笛相信他会第一个去和水母领证。

"你怎么上厕所上了这么久？"蒋南泽说。

闻笛糊涂了："什么？"

"不是说你，"蒋南泽说，"我在跟Thomas说话。"

闻笛没有多问。

蒋南泽又唠叨了几句，"别点炸鸡，我不想吃。""往旁边让开点，挡着我看电视了。"应该都是在和Thomas说话。

蒋南泽和Thomas交流结束，又转过头继续和闻笛聊天，一上来就爆出惊天大瓜。"对了，"蒋南泽说，"前两天我碰见何文轩了。"之后，他就陷入了沉默。

闻笛明白那沉默的含义——当年闹掰的惨况，蒋南泽算是第一目击者。

看来，五年并不足以消磨对一个人的恨意，听到名字的一刹那，闻笛一阵反胃，放下了筷子。琢磨了半天怎么问候何文轩，最终只是说了句："他还活着呢？"

蒋南泽飞速汇报发小的近况："活蹦乱跳。他在硅谷有家叫Fango的人工智能公司，那家公司主营无人配送，去年8月在纳斯达克上市，现在市值60多亿美元。最近汇率是不是上7了？换成人民币是多少？"

"你说那么详细干什么！"闻笛觉得怒火沿着食道直烧上来，把食欲和理智烧得寸草不生，"谁让你讲他的美好生活了？说点他倒霉的事给我听！他就没有遭遇什么飞来横祸吗？！"

蒋南泽"嘶"了一声，掉线了好久。闻笛不知道他是去跟Thomas说话了，还是何文轩倒霉的事太难找。最后,蒋南泽说:"他离婚了。"

闻笛沉默了一会儿,突然暴起。"这算哪门子横祸?"他说,"离婚对这种人来说就是解放!你怎么不把他推进伊鲁康吉水母的池子里?"

"人家好歹是我发小,你让我谋财害命?"

闻笛叹息一声,为疯子也有道德底线感到惋惜。

然后蒋南泽又扔了一个重磅炸弹:"哦,对,他马上要回国了。"

其中隐含的意味不言而喻。闻笛冷笑一声:"跟我有什么关系?"

"他的新公司就在中关村,"蒋南泽说,"他还问起你了。"

闻笛翻了个白眼:"他又想怎么样?"

"他很惦记你,问你现在过得怎么样,"蒋南泽说,"还说想找你谈谈。"

闻笛坐起身,冷笑一声,伸手把耳机扣紧了一点。

"你转告他,"闻笛说,"哪一天他破产了,就来找我,让我高兴高兴。否则就给我滚远点,越远越好。"

"哦,那可能有点迟了,"蒋南泽说,"他已经知道你的地址了。"

"什么?"闻笛住在教师公寓并不合规,所以压根没告诉几个人,何文轩怎么会知道!

"我上次不是给你寄包裹吗?他来的时候,快递放在门口,他刚好看见了。"蒋南泽说,"就是提醒你一下。"

电话随即挂断了,明显是蒋南泽心虚,怕闻笛兴师问罪。闻笛对着漆黑的屏幕目眦欲裂——行吧,五年前的余孽还是找上门来了。

他的美好生活就不能持续五分钟以上吗!

\ 新的火焰可以把旧的火焰扑灭 \

接到何文轩回国的消息,闻笛心梗了一晚上。睁开眼睛重见光明后,他决定敞开心胸,放过自己。人不能执着于过去,要向前看。如果过去追上来,就扇它一个耳光,弥补自己当年没出成气的遗憾。再说了,他还有饭局等着呢。念及此,他在干杂活时都保持着满足的笑容。

还U盘尚且要开换衣秀,要赴正式午餐的约就更夸张了。

早上起来,闻笛问于静怡借了某种喷雾固定发型。因为长时间搁置,喷雾已经过期大半年了,但两人都认为凑合能用。闻笛在卫生间里摆弄了一刻钟的头发。于静怡吃完早饭,结束晨读,还下楼买了卷纸,回来见他还在卫生间里,就敲了敲门板,对盯着镜子的人说:"别搞了,没用的。"

闻笛对她的态度颇有微词:"我这时候需要的是鼓励。"

于静怡指着窗玻璃:"你听听这声音,外面风这么大,你又骑车,就算用强力胶也是白忙活。"

闻笛拿出手机,点开天气预报,愤愤不平:"专挑今天橙色预警?"

于静怡摇着头走开,从冰箱里拿出一块巧克力,回到卧室关上门,继续和申论搏斗。

闻笛放下手,左右看了看,给自己心理暗示:北京的风眷顾我,会吹出好发型的。

抱着侥幸心理,他骑车到清芬园门口,走上台阶时顺道看了眼一楼外墙的玻璃,登时气绝。前额的碎发根根直立,头顶乱成一个鸟窝,后脑勺的惨状他看不到,想必情况也不容乐观。之前喷的定型喷雾起到了反作用,这会儿头发按都按不下去了。闻笛本来想用手补救一下,看了眼时间,快迟到了,只得硬着头皮走进食堂。

时值正午,上午第四节课已经下课,一楼二楼人满为患,到处都是端着餐盘找座的学生,三楼的教工餐厅却人影稀疏,闻笛一眼就找到了坐在门边的教授。为了掩饰仪容不整的心虚,他打招呼的声音过分爽朗:"中午好啊,教授!"

边城看了眼他像是抽象艺术的脑袋,没对他的发型做出评价,也没回应他的问候,起身走向窗口:"拿菜吧。"

闻笛挑了几个不妨碍吃相的素菜,端庄地拿着餐盘走到窗边坐下,尽量用优雅的仪态弥补发型的缺憾。

正常情况下,他吃饭狼吞虎咽,很不雅观——都是高中养成的恶习,午餐时间太短,逼得人丢弃用餐礼仪——但他今天细嚼慢咽,一根长豇豆吃了三口。这吃了上顿不一定有下顿的饭不撑满两个小时,怎么对得起他这么久的谋划。

为了不冷场,在饭局前他特意给蒋南泽发了份问卷星的问卷,问题涉及普林斯顿的方方面面,从校园趣闻、名人事迹到学校传统,结尾还设置了个开放性问题:你认为普林斯顿带给你最美好的回忆是什么。蒋南泽大骂了他一顿,还是把问卷填了。素材充足,万事俱备,他相信这次会面一定能给教授留下好印象。

他回忆着蒋南泽的回答，积极打开话题："教授在黄金之鹰上做过数学运算吗？"

　　"嗯。"

　　"听说那里还有专门为奥黛丽·赫本开的课？"

　　"嗯。"

　　"教授参加过普林斯顿老虎队吗？"

　　"没。"

　　当谈话对象每次只说一个字，对话就如同打机关枪一样迅速推进。闻笛两分钟问完了所有问题，无计可施了，只能一边和长豇豆相互折磨，一边绞尽脑汁想新的话题。

　　边城看着他，破天荒地张开嘴，好像要说什么。这可是教授第一次主动开金口，闻笛挺直脊背，就像举手被老师点到的课代表。

　　然后，边城问："你牙疼？"

　　闻笛把咬了一半的豇豆放下，神情尴尬："没有，我只是习惯多嚼两下。"

　　边城点点头，喝了口水，又开始了新一轮的沉默。

　　不行，自己好不容易约到的饭局，怎么能冷场？闻笛决心以一己之力挽救死气沉沉的饭局："教授闲下来的时候会做什么？"

　　"听音乐。"

　　"不健身吗？"

　　"攀岩。"

　　"哦……"闻笛脑海里浮现出教授前臂的肌肉线条，忘记了要保持仪态，撑着脸颊，叼着吸管，吸管另一端没对准杯子里的可乐，吸了半天空气。"我以为教授平时都很忙呢。"老刘经常甩给他杂活，但自己也忙得飞起，毕竟文科教授那点工资在北京不够看，靠副业才能安身立命。

　　"运动的时候大脑会放松，容易有灵感。"边城说。

　　"那教授也踢足球、打篮球什么的吗？"

　　"不，"边城说，"我喜欢单人运动。"

　　也是，闻笛想，教授看起来就不愿意和别人合作。组队打球他要是也这么爱搭不理的，队员估计都得心律失常。"还有其他爱好吗？"

　　边城说："听音乐也适合放松大脑。"

　　"教授喜欢什么音乐？"

　　"古典乐。"

一定非常精通乐理吧，闻笛想，他们这类人搞爱好就像做学术，刨根究底是习惯。

边城凝神看他，但目光似乎穿过他本人落在遥远的事物上。"你……"他开口说。

"嗯？"闻笛清醒过来，等着剩下的话。

"你的英文名是什么？"边城说，"你是外文系的学生，应该有英文名。"

这个推断很合理，但对第二次见面的学生，最感兴趣的是英文名？这也太奇怪了。

"Samuel，"闻笛回答，"同学叫我Sam。"

边城又露出了那种眼神，探究、分析，而且半天没得出结果。问完英文名，他又专心用餐，直到把餐盘放到回收窗口，再也没有说一句话。

闻笛作为外文系常见的e人（拥有外向型人格特质的人）快被逼疯了。

出餐厅时，边城终于又张开了嘴，闻笛等了半天等来三个字："吃饱了？"

闻笛："嗯。"

边城点点头，像是认可自己完成了任务。闻笛紧蹙眉头，他没有借口约下一次会面了，看来他跟偶像只能缘尽于此。

他在心里翻来覆去地寻找，始终没有找到发出下次邀约的理由。他有点丧气，揣着手，目光呆滞地望着前方，就像被抢了松果的松鼠。

闻笛转头时，发现边城在看他，脸上微微露出笑意。

他还没见过教授的笑容，这人上课严肃得像是朝圣，是在迎接数学的智慧之光。吃饭也一板一眼，仿佛纯为满足生理需求，能毁灭任何厨师的自信心。

这个笑容像破开夜幕的晨曦。眼角微微上扬，目光柔和，脸颊上挂着像是括号的笑纹，平常严肃死板的人笑起来却明亮而热烈。

"再见，"边城说，"祝你学业顺利。"

这句话让闻笛开心到晚上。被狂风吹袭时微笑，上楼梯时微笑，就连拖地的时候他都对着塑料杆露出幸福的笑容。于静怡刚一下班回家，就被这个笑肌紊乱患者吓了一跳。

"唉，"闻笛对着窗玻璃说，"教授真是个好人。"

于静怡看了眼时间，决心为自己的室友拨出十五分钟，毕竟之前自己让他汇报，而且他看起来精神不太正常："详细说说。"

她还没坐下来，闻笛已经滔滔不绝地说起了事情的经过。饭总共没吃几分钟，愣是被他说成了一段荡气回肠的史诗。于静怡听罢，露出为难又怜悯的表情。

"你这个人真极端，"于静怡说，"喜欢的时候，给人家加八百层滤镜；不喜欢了，对方在你眼里就是个死人。你得学会平衡。"

"什么意思？"闻笛的刺竖了起来。

"你这饭吃的，我听着都想挖坑钻到地心去。"于静怡说，"就你一个人叽叽喳喳的，人家搭理你了吗？"

"他问我的英文名了。"

"人家看你可怜，勉为其难找个话题，"于静怡说，"就跟过年的时候长辈问你平常干什么一样。"

"他只比我大三岁。"

"心理年龄可能不止。"

闻笛瞪了她一眼。

于静怡叹了口气，室友正在兴头上，不能打击过猛："挺好的，单独吃饭，四舍五入就算交上朋友了。"

闻笛还在回想那个笑容："要是再多说几句话就更好了……"

于静怡起身回房，留他一个人在餐桌旁长吁短叹。地拖干净了，他走到阳台上收衣服。

闻笛和师兄是租户，无权处理阳台，所以没封窗。北京灰尘大，隔两天就要打扫一次，偶尔偷个懒，阳台上就会像现在这样积起薄薄一层灰。

一打开阳台门，闻笛就露出苦笑。今天的风确实强劲，他偷懒没用夹子，好几件衣服都被吹到了地上，又得重洗一遍。他一边捡衣服，一边从牙缝里吸气，现在这个点洗衣服会影响于静怡学习，但要拖到明天，衣服上的污渍又让他浑身难受。

他翻检手里的衣物，查看"受灾"情况，突然发现了异常——有一件好像不是他的衣服。190的码，指定也不是于静怡的衣服。他估测了一下风向，忽然脊背一凉。这不会是从邻居阳台上吹过来的吧？

他起身朝隔壁阳台张望，晾衣架上好像确实空了个钩子……

积攒起来的好心情忽然化成了泡影。真晦气，闻笛想，大好的日子还要跟这家伙打交道。

他走回房间，拿起手机切到小号，又把对方从小黑屋里放出来，给衣服拍了张照发过去："是你的吗？风吹到阳台上了。"

邻居回得倒很快："是。"

平常讲道理不听，认领失物倒是积极。闻笛刚想发"那我给你扔回阳台上"，对面就来了句"我去拿"。

闻笛一个激灵站了起来。这人要干什么？

还没等他反应过来，门铃就响了起来。

\错不算是十分错\

清脆铃声响起的一刹那，闻笛差点把手里的衣服丢出去。

他镇定下来，抱着横七竖八的长袖、牛仔裤轻手轻脚地溜进客厅，靠着门蹲下了，行迹鬼鬼祟祟，像被临时回家的主人抓包的贼。

这举动毫无意义，他不知道自己为什么缩在墙角，门外的人又不会透视。

门铃又响了两下，于静怡打开房门探头出来。他们是黑户，除了快递员没人上门，这个点，快递员也下班了。而且看闻笛的样子，不像收货，像躲债。

"什么情况？"于静怡问，"门外面是谁？"

闻笛竖起食指放在唇边，冲她招手。于静怡鬼上身了似的走过来，莫名其妙也蹲在旁边。

闻笛把手指放下，竖起手掌放在嘴边，侧头悄悄说："邻居。"

于静怡茫然了："邻居你躲什么？"

"开玩笑，人家是一米九的壮汉，我跟他对骂那么久，万一他是来寻仇的，一拳把我撂倒了咋办？"闻笛压低声音，"再说了，我们是违规租房，要是露馅了呢？你看我们俩哪个像教授？"

于静怡跟朋友说话爽快，但其实是外文系罕见的 i 人（拥有内向型人格特质的人）。如非必要，不出门、不社交、不见生人。做黑户本来就心虚，被闻笛警惕的表情一感染，她也惊慌起来："他为什么上门？你招惹他了？"

"不是我，"闻笛说，"是北京的风。"

门铃响了一会儿，突然转成了敲门声。闻笛毫无必要地屏住呼吸，连带于静怡也被传染了，大气不敢出，和他在门边排排坐。邻居敲了几下门，外面突然安静了下来。

两人把耳朵贴在门上，屏息细听了一会儿，于静怡说："走了？"

闻笛站起身，一条裤腿从胳膊肘处垂下来。于静怡在它落地之前捞了起来,搭在闻笛肩上。闻笛凑到猫眼前看了看,摇了摇头。
"没走?"
"啥都看不见。"闻笛说,"门上的春联不是没撕吗?猫眼被那个'福'字挡住了。"顿了顿,他开始甩锅,"上个月不是让你撕了吗?"
于静怡抿了抿嘴:"你该问问学长,春节的东西,过完年了怎么还在。"
话音未落,闻笛感觉手机忽然振了一下。他循着声音翻找,把它从一个兜帽里掏出来,看到屏幕上跳出一条消息:"为什么不开门?"
他情不自禁地抖了抖,这人不会就在门外给他发消息吧?
他想回"不在家",但他刚刚发过衣服的照片,显然是回来了。
手指点了几下手机,他咬了咬牙,回道:"在厕所。"发出去他就后悔了,这人不会十分钟后再来吧?于是赶紧补了一句:"你先回去吧,我待会儿给你放门口。"
邻居:"什么时候?"
问那么清楚干什么?等着逮他吗?闻笛:"你睡前出门看看。"
邻居:"你放个衬衫要花俩小时?"
闻笛低头看了眼衣服,想了想,随手编了个理由:"我已经把它洗了,得等它洗完。"
邻居:"你为什么要给我洗衣服?"
闻笛:"我的衣服也掉地上了,顺道一起洗呗,反正放洗衣机里,多件衣服又不碍事。"
邻居:"你给我拿出来!那件只能手洗,不能机洗。"
得,随口扯个谎都能踩雷。闻笛等了两秒,回复:"好了好了,拿出来了。放心,还没开始搅呢,我拧干了给你哈,你先回去。"
邻居:"你快点,那件衬衫我明天要穿。"
闻笛看了眼衬衫。北京干燥,一晚上湿衣服能干个七七八八,再用吹风机烘一会儿,不是不能穿,但有必要这么执着吗?"你明天穿别的不行吗?"
邻居:"那是我周五的衬衫,我必须穿那一件。"
闻笛盯着屏幕,露出不可思议的表情。他试着想象一个人在柜子里按每周一二三四五六七排好衣服的场景,起了一身鸡皮疙瘩。呸,强迫症。
闻笛咬了咬牙:"行行行,你先走,一会儿就给你送回去。"
邻居有两分钟没回复。闻笛扭头跟于静怡说:"他应该走了。"
于静怡长舒一口气,撑着地板站起来,感到大腿一阵酸麻。她用手捶

33

着腿，俯视闻笛，发出疑问："我们为什么要这样？"

手忙脚乱，狼狈不堪，惊慌失措，形迹可疑。

闻笛答："因为穷。"说完，他站起来，走进了厨房。洗衣机在水池旁边，他把自己的衣服放进去，然后举起了宽大的衬衫。

"你在干什么？"于静怡看着他拿过塑料盆，往里放水。

"一个谎言需要很多个谎言来弥补。"闻笛说。他做了一晚上家务，从扫地开始，以洗衣服收尾，区别是脸上逐渐消失的笑容。

真晦气，闻笛一边把湿透的衬衫拧干一边想，高兴的时候总碰上这个浑蛋。

于静怡狐疑地盯着衬衫，靠在墙边看闻笛一边甩手上的水一边嘟嘟囔囔。她捏着手机转了转，问："你周六晚上有空吗？"

"这周？"闻笛在脑子里过了一遍日程，"应该有，怎么了？"

"尤珺回来了，说要跟我们吃顿饭，"于静怡说，"去吗？"

闻笛停下手里的动作，用胳膊肘蹭了蹭突然发痒的额头："在哪？"

"中关村一家日料店。"

闻笛在脑子里盘算起来。日料价格跨度很大，人均八十到八千都有。如果他的记性没变差，尤珺每个月交的税都比他的工资高。

于静怡拍了拍他的肩："放心，人均一百二，吃得起。"

闻笛松了口气，语气轻松不少，这个变化连他自己都没意识到："好啊，去见见正经T大毕业生该是什么样的。"

他们都曾经是"别人家的孩子"，可"别人家的孩子"也分三六九等。有像尤珺这样在投行叱咤风云的行业精英，也有像他们这样的……拖后腿的存在。小时候常听人说"学习改变命运"，闻笛深以为然，坚定不移地悬梁刺股，发愤图强，向光明灿烂的未来迈进。不过，活到二十六岁，他突然发现，光明灿烂的未来好像夸父追逐的太阳，永远挂在遥不可及的远方。普通市民依旧是普通市民，天之骄女还是天之骄女。

他把湿漉漉的衬衫叠起来，在屋里翻找一阵，找出网购剩下的包装袋装上。这些袋子他从来不丢，找个大购物袋装起来，每隔三个月，总有一个瞬间会奇迹般地派上用场。

闻笛溜到门边侧耳倾听，确认走廊没有动静后，缓缓转动门把手，闪身出门。他踮着脚，把衣服放在对面的门垫上，转身回家。进门前，他伸手在"福"字上扣了个小洞，把猫眼露了出来。然后给邻居发了条消息，说衣服放门口了。

于静怡再次走进客厅时,看到闻笛猫着腰,眯着一只眼,双手扒在门板上,像只挂在门上的壁虎。她揉了揉眼睛,瞪着闻笛:"你在干什么?"

"守株待兔,"闻笛说,"我倒要看看对面到底是个什么货色。"

扒门的姿势有点累人,闻笛一会儿就肌肉僵硬,眼睛干涩。他伸手按按脖子,眨眨眼。

于静怡叹息一声,决定不参与这个掉智商的游戏。

闻笛认为,如果十年寒窗苦读还给他留下了什么,那就是百折不挠的韧性。就算等到海枯石烂,他也得看看对门的变态长什么样。

苦苦守候了五分钟后,终于,伴着遥远的吱呀声,门开了。

闻笛深吸一口气,睁大眼睛。

门半掩着,一个人影闪出来,侧着身,低着头,闻笛只能看到一头黑发。那人发质很硬,根根直立。看起来既非脑满肠肥的中年大叔,也不是头发稀疏的老学究。身材清瘦,而且……这不可能是一米九的男人。即使有猫眼成像失真外加对方低头的原因,一米九的人也不会离门框有那么长一段距离。这人还不到一米七。

闻笛眯起眼,想看清那人的脸。可惜那人捡起衣服之后,只一瞬间,门砰地合上,一点正脸都没露。

闻笛盯着紧闭的门看了半响,骂了一声。又白忙活了。

他满腹狐疑回到卧室,琢磨着这件怪事:一米六几的人买190码的衬衫?现在流行穿大码了?难道挂件大码衬衫有助于防贼?

听着洗衣机发出的嗡嗡声,看着阳台上空荡荡的钩子,他油然而生悔恨之感:早知道邻居是这个身板,他就当面"对线"了,说不准打得赢。

手机嗡嗡振动起来,闻笛以为是邻居又对他的拧干方式、包装方式有意见,拿出来一看,原来是奖学金答辩的问题东窗事发了。

麻烦真是一个接一个。

奖学金评审结果出来后有三天公示期,若有异议可以向答辩委员会秘书提出——秘书一般是助管,也就是闻笛。聪明人往往不安分,时常有人跳出来抗议,今年也不例外。

闻笛扫了眼备注,找他的是个博二的学妹。她拿了二等奖学金,不服结果,大晚上情绪激动,找闻笛慷慨陈词了一长段:"学长,如果按照旧的规则,纯看科研成果,会议、期刊论文的数量以及学术交流的次数和表现,

35

我都比她强。博士生论坛,我获得了优秀论文,她就没有。如果看综合表现,除了科研,其他三个维度我也优于她。文艺之星我们都是候选,最后我评上了;体育方面我有马杯(马约翰杯学生田径运动会)冠军;社工方面,我是辅导员,带出了甲团(甲级团支部),全程负责了外文系学生的推研,获评校级优秀学生干部。总的来说,我每个维度都比她强。凭什么她是一等,我是二等?"

闻笛叹了口气,回:"也不是硬指标好就能赢的。"

学妹发了一个大大的问号,然后说:"我要求公开实名打分表。"

闻笛看着屏幕有些牙疼。今年的奖学金评选他知道内幕。拿一等的那个学妹是赵教授的学生,答辩之前,她的导师就跟其他评委打过招呼了。本来嘛,大家条件相差不大,答辩就是看面子,评委里有熟人,给分就高。有经验的,比如他,看一眼评委名单,就知道今年是不是陪跑。

评委打分是匿名的,也就是说你不知道是哪个教授给出这个分数。真要实名,这人情送得就一目了然了。怎么可能公开!

闻笛苦口婆心劝了她半天,说了一堆"打分跟答辩表现有关系""也要看评委的个人喜好"等场面话,小姑娘就是不服气。闻笛看了眼时间,都快半夜了,自己又困又累,头疼得厉害。他就是个助管,分也不是他打的,为难他干什么!

闻笛给她发了一条:"如果你对老师们给的分数有意见,那就申诉。今年的奖学金评选工作是赵教授负责,你直接去找她。"

学妹竟然答应了。这孩子在想什么呢!

闻笛赶紧补上一句:"你最终学术报告肯定会碰上赵教授,她还是学位评定委员会主席。"

学妹沉默了一会儿,说:"算了。"

这在闻笛的意料之中。学生对上教授,战力差距太大。就为了几千块的奖学金,怎么可能得罪老师?而且那些教授都身经百战,各种极端事件都处理过,还怕因为奖学金来闹事的?他转了转手机,对学妹产生了同情。但愿明年评委组换人之后,她能把今年的钱捞回来。

想到钱,闻笛不由得心颤了一阵。

他想起了那被抢走的七百美元。

\人生是一个愚人所讲的故事\

聚餐那天，两个人抱着"旧友重逢，不能寒碜"的心态，整理衣装，早早出门。于静怡还破天荒地化了妆——和闻笛这样无关紧要的人不同，见闺密需要隆重一点。

到了日料店，两人先找了个座位坐下，略等一会儿，尤珺就到了。她在门口冲他们招手，闻笛朝她微笑。

进了大学后，闻笛意识到一件事：世界上原来有很多完美的人。

T大聚集着一批令人望而生畏的存在，他们有出色的外貌、聪明的头脑，学业成绩优异，社工也做得风生水起。除此之外，他们人际交往能力极强，性格也无可挑剔。最可怕的是，连体育都好。尤珺就是其中之一。

"好久不见。"尤珺带着明丽的笑容，一边放包一边打量他们，坐下了就张罗着倒水、点餐，一举一动完全是干练职场人的样子，"静怡你还是这么瘦，好羡慕啊。"

"你羡慕我？"于静怡说，"我除了瘦还有其他优点吗？"

"我本科买的裤子都穿不上了，"尤珺摆手，"工作之后胖了得有十斤，根本没时间运动。"她又看向闻笛，倒抽一口气，"你看起来怎么更嫩了？之前还像大学生，现在像高中生了。"

"你就没怎么变，"闻笛说，"跟以前一样漂亮。"

"你看看我的黑眼圈再夸。"尤珺指了指脑袋，"头发都快掉一半了，也就是烫得好，看不出来。"

"工作这么累？"

"累倒是其次，关键是糟心。"尤珺把衣领旁的鬈发捋到后边，又把手机面朝上放在打眼的位置，"IPO（首次公开募股）刚申报完，待会儿要是有电话打过来，我得马上跑。"

尤珺是典型的规划型人格。她早知道事业的终点在哪里，大一就开始构建人际关系网、实习、考证，一步步升级打怪。大四，她成功跨专业保研到隔壁学校，同时拿到顶尖投行的offer，所有人都毫不意外。在闻笛眼里，她天生就适合身穿Roland Mouret、脚踩Prada的生活，万事顺意，前程似锦。

可是坐下来之后，她话里话外也只有疲惫。

"什么？"尤珺哑然失笑，"Prada？临近申报的时候我连妆都没空化，

T恤衫，牛仔裤，一双耐克走天下。你去隔壁计算机系看看，我跟他们赶期末作业的时候一个样。"大年夜被老板叫去改材料，突然取消的假期和约会，坐飞机时也拿着电脑写演示文稿——而且还坐在老板旁边。

"我今天是专门打扮来见你们的。"她郑重地说。

"这么忙吗？"闻笛问。

"去年我爷爷做手术，我还在手术室外，一个电话打过来，让我改PPT。"尤珺说，"手术灯还亮着，我就跑到厕所里，把电脑放在腿上工作。"她叔叔到现在还不跟她说话。

闻笛颤抖了一下："有这么恐怖？"

尤珺从包里拿出一个小瓶子，放在桌上："美托洛尔。"高血压、心脏病常用药。她又拿出另一个小瓶子："佐匹克隆。"

"这个你大学就开始吃了。"于静怡说。

尤珺是系里的风云人物，左手带甲团，右手跑马杯，奔波于各大金融机构实习，还是校微电影社的创始人。她能深夜两点睡觉，早晨六点起来，依然生龙活虎、斗志昂扬。

所有人都觉得她是天生的领袖加工作狂，只有于静怡知道，她从大二就开始焦虑和失眠。

"那是褪黑素，早就不管用了。"尤珺指着小瓶子，"这是正经安眠药，不过不能经常吃。"

抱怨了几句，尤珺像是一切谨遵社交礼仪的人，止住话头，把菜单推给对面的老同学："算了，不说了，来来来，吃饭，你们看看想吃什么。"

"不是给你接风的吗？"闻笛说，"你点吧。"

"你们先点，"尤珺说，"我晚上得少吃，最近减肥呢。唉，这狗屁工作，什么时候才是个头啊。"她看向闻笛，"你精神状态真不错，还是学校好，看来我当初应该读博。"

闻笛的眉毛挑到了天上。他精神状态不错？也就是恐高，要不然晾衣服的时候他就从阳台上跳下去了。"可别羡慕我，你可是我们班唯一能当资本家的人，院里还等着你以后来捐楼呢。"

"我算什么资本家，宋岳林才是资本家，"尤珺说，"你们指望他吧。"

这个名字一出，桌对面的两个人同时停下了动作。宋岳林是他们的本科同学，尤珺的前男友。两个人在迎新那天一见钟情，携手去新生舞会，携手拍宣传片，然后在大三那年感情破裂，闹得鸡飞狗跳。

他们还记得这对金童玉女的分手惨况。尤珺在班级群里连骂了几百条,吓得全班人噤若寒蝉,几天没人敢冒头。她还发了精神科医生开的诊断证明,扬言要把渣男告上法庭。因为宋家是有头有脸的人家,这件事最终不了了之。

本来尤珺精神就极度紧绷,那一场分手差点压垮了她。曾经有天深夜,警察找到宿舍,说她报了警又匆匆离开,把她三个室友吓个半死。于静怡跑了大半个校园,才在荷塘边上找到她。

"前段时间我还在一个酒会看见他了。"时过境迁,尤珺显然还没放下仇恨,"听说他已经结婚了,找了个门当户对的富二代。当时他站在巧克力喷泉旁边,我差点就把他那个脑袋按进去了。"

这句话说到了闻笛心里,他颇为赞同地点头。

"我早就说了他配不上你,"于静怡说,"你当初是哪根筋搭错了,看上他?"

"年少无知嘛,"尤珺说,"谁年轻的时候没遇到过两个浑蛋?"

闻笛在一旁附和:"是啊,况且跟我比,你眼光还不算差呢。我当初怕是瞎了眼才和何文轩那个狗东西做朋友。"

尤珺忽然坐直了身子。"是吗?"尤珺说,"我们每次吵架,宋岳林就人间蒸发,不回微信、不接电话,非要我跑到他们宿舍楼下面主动找他和好。"

闻笛放下了手里的水杯:"高中的时候,何文轩打球骨折了,我给他打饭打水,捏腰捶腿。他喜欢吃蟹粉汤包,我每天排队帮他买,冬天怕凉了,放在羽绒服里一路跑回来,胸口都烫红了。"

于静怡无语的眼神在他们两个人之间来回扫:"你们两个在干吗?比赛吗?"

"我在 BCG(Boston Consulting Group,波士顿咨询公司)实习,去上海出了一趟差,回来发现他跟学妹一起吃饭、看电影,"尤珺说,"我一说他就恼羞成怒,说我妄想症发作。"

"大学的时候,我做了半年家教,攒钱给他买了块手表,"闻笛说,"他当面表现得很感动,背后跟朋友嫌弃我,说那是野鸡牌子,只有没品位的暴发户才戴那种东西。"

于静怡捂住耳朵,两个高才生在这比惨,实在不忍卒听:"你们的胜负欲能放在别的地方吗?这有什么好说的,丢死人了。"

尤珺没理会好友的嫌弃:"他跟我在一起的时候从来不拍合照,也不让我见他的朋友和父母,说什么家里规矩大,结婚之前不能公开。"

闻笛深吸一口气,坐直身子,表情就像武林高手拿出撒手锏一样,凝重肃穆。"他跟我约定要上同一所大学,我跟着他报了T大,结果录取通知书下来了,他突然跟我说要出国。"

"等等,"尤珺皱起眉,"国外大学的申请不是二月份就知道结果了吗?"

"对,"闻笛说,"他早就收到申请结果了,一直不告诉我,瞒了我整整半年。"

"你就没质问他?他怎么说的?"

闻笛耸了耸肩:"他说那边的计算机专业是全球最好的,他是为了前途着想。还说什么那边环境比较好,等他打拼出成绩了,就给我介绍好工作。"

尤珺像看神经病一样看着他:"这你也信?他要是真有这个想法,在申请国外学校之前就跟你说了,还用等到毕业再说?他就是怕早说了你们会吵架。他懒得处理你的情绪,也懒得应付你,所以临走了才说。你要是能接受最好,不能接受,他就直接溜了,反正直到最后一天你还捧着他,他舒服死了。"

闻笛沉默下来。是这个道理,可惜那时候龙王都收不走他脑子里的水。

"然后呢?"尤珺问,"你们绝交了?"

"没有……"

尤珺翻了个白眼:"这你都不绝交?你是古早狗血电视剧里面的男二吗?"

闻笛嗫嚅了半天,反击道:"你这么清醒,你怎么不早跟宋岳林分手?"

尤珺眼神飘忽一阵,岔开话题:"那最后是因为什么闹掰的?"

"哦,"闻笛说,"他在国外一直不愿意跟我联系,我去找他,才发现他早就打算定居,还跟硅谷大佬的女儿订婚了。他都没告诉我,还装作我们不熟。"

尤珺举起双手投降:"你赢了。"

于静怡看上去快把午餐吐出来了:"你们两个真是……聪明人怎么能把日子过成这样啊!"

闻笛也不知道,要是知道,他一定会回到高中军训的那个下午,狠狠扇自己一耳光。

对别人太掏心掏肺,后果就是即使闹掰,余波还会持续扩散,触及接下来的人生。就像他本来想去上海,但何文轩说要去T大,于是他跟着报了T大。他是理科生,报T大倒也没毛病。不过那年高考分数线一出,他就知道完蛋了。

往年，他即使上不了计算机、自动化这种热门专业，材料化工还是可以的。结果那一年，所有理工专业的分数都一路走高，最后他被调剂到了英语专业。

世界上有两大惨事，纯文科生学理化，纯理科生转文学。闻笛在十八岁之前，就像课文里说的，"家贫，无从致书以观"，文学素养堪忧。单词全靠死记硬背，作文全靠标准模板，分数全靠刷题硬拉，学的都是哑巴英语，口语一股工地味儿。进了大学之后，他天天早起，在阳台上跟着BBC晨读，泡在图书馆里恶补英文名著，才勉强从倒数爬上来。

何文轩，害人不浅的玩意儿。

他把最无忧无虑、勇敢无畏的几年青春赔了进去，收获了一个完全脱轨的人生。

有当年惨案在前，闻笛反刍一番，觉得吃一堑长一智，不至于再摔一次跟头。保持冷静，保持理智，人生还是美好的。

他想起握着粉笔的修长手指，忽然攥紧了手里的水杯。他运气不至于那么差，又碰到一个人渣吧。教授看起来痴迷学术，不善言辞，不像巧言令色的人渣。

然后，像是要打他的脸，于静怡伸手拍了拍他："那不是那个数学教授吗？"

闻笛一惊，顺着她的目光望去——真是边城。他和往常上课时一样，西装革履，表情冷淡，而桌对面坐着的是一个年轻俊朗、宽肩窄腰的男性。两人相谈甚欢，像是很熟的样子。

他回忆跟教授仅有的几次会面，都充斥着灾难级别的沉默。

原来教授跟熟人聊天时的状态是这样的？

教授对面的男生忽然露出了和健硕身材不符的羞涩笑容。

闻笛的眼珠子差点掉了下来。服务员端着大阪烧过来，木鱼花的香气随着热气飘荡，他的目光仍然锁在走廊对面的人身上。

然后，诡异的事情发生了。教授对面的男生突然扭头朝这边看来，目光直直地钉在闻笛脸上，随即脸色突变，脸上瞬间阴云密布。紧接着，男生把手里的茶杯当啷一声砸在桌上。如果在影视剧里，下一秒，茶杯里的水就会泼在教授的脸上。他只是想着玩的，谁知道下一秒，男生真的拿起了杯子。哗啦一声，教授身上瞬间洒满了茶水。

\决心不过是记忆的奴隶\

在迎接帅哥的注目时，闻笛浑身一震，脑子里冒出了一个词——无妄之灾。自己就像小说中的路人甲，只因从主角身旁路过，就被拉入了争斗旋涡。他还没脑补完狗血剧情，更戏剧性的一幕出现了。健美的男生噌的一声站起来，拿起椅背上的外套，大步流星地穿过餐厅，走出了大门。

闻笛原地呆愣了三秒，转头目光炯炯地盯着老同学们："谁带湿巾了？"

于静怡拿出一包小包装的，递给他："你要干吗？"

"雪中送炭，"闻笛说，"研究课题。"

于静怡狐疑地看着他，思考这两句八竿子打不着的话："课题？"

他带着神秘的微笑站起身，穿过走廊，走到了教授对面。他这么突然走近，教授也没有任何惊讶的表现，好像他们很熟一样。

"好巧啊，教授，"闻笛说，"需要湿巾吗？"

他把那一包湿巾递过去，边城接过，把脸上、手上的茶水擦干净。衣服救不了了，只能等着自然风干，湿透的衬衣下面隐约现出肌肉的轮廓。

边城样子狼狈，看上去却并不介怀。他向闻笛道谢——只有一句简单的"谢谢"——交还剩下的湿巾。

闻笛接过来，笑眯眯地说："我有个问题想请教，今晚研究不出来，这辈子就睡不着了。介意我坐这吗？"

边城做了个"请坐"的手势，闻笛顺势坐在了对面。对上视线后，闻笛发现边城也在看他。

边城的目光一直似有若无地落在闻笛的眼睛上——漂亮的杏眼，清凌凌的，衬着白净的皮肤，像山茶花上坠着的露水。在国外待了许多年，满街都是高鼻深目、金发碧眼，兴许是物以稀为贵，花花世界逛了一圈，边城还是觉得东亚人的骨相最有韵味，温润、淡雅、留白，如同宣纸上晕染的水墨画。

发小的声音在脑中响起："你做人像祖宗，审美也像祖宗。"

想起宋宇驰，边城皱了皱眉。这人说找工作压力大，让自己请吃饭，挑了家日料店，聊着聊着，突然发现自己在看对面的闻笛。

"哦！"宋宇驰飞速把头扭回来，"这就是五年前的那个人是不是？"

边城点点头。

"你怎么不去跟人家打个招呼？"

"为什么？"边城说，"他又不记得我了。"

宋宇驰看着他，好像他得了晚期癌症："你要孤独终老了。"沉默良久，又突然精神一振，带着凛然的正气，自说自话起来，"算了，我帮你吧。"

边城疑窦顿生："你要干什么？"

宋宇驰突然一脸羞涩，把他恶心得起了一身鸡皮疙瘩。

"给我停下。"

宋宇驰并未理会，把茶杯重重一蹾。

"你要是敢……"

茶水迎面泼来。

边城抹掉额头上的水，宋宇驰已经逃之夭夭。这家伙胆子真是一年比一年大。他刚要起身追杀，就看到闻笛走了过来，手里拿着一包湿巾。他犹豫片刻，坐下了。

闻笛慷慨相助，让他得以拯救仪表。然后，闻笛就把手搭在桌面上，身体前倾，满脸好奇地问："刚才那位先生是谁啊？"

"朋友。"

"现在朋友之间流行泼水了？"

"他是戏剧性人格，动不动就戏瘾发作。"

"还真泼啊？"

边城沉默了一瞬，说："那是私人恩怨。"这是真的。说什么帮他，其实就是借机报复。宋宇驰这家伙想泼他很久了。

闻笛挠了挠前额："他好像看我了。你们聊到我了吗？"

"嗯。"算是吧。

"为什么？"闻笛往前探了探身子，"我和教授不是很熟吧？"

边城看了他一会儿，说："他也是T大的博士，我说看到了同校的学生，他有点好奇。"

"哦……"闻笛得到了答案，却有点惴惴不安。

"对了，"边城说，"有件事我早就想问。"

闻笛支棱起来："什么？"

"为什么那边的人一直盯着我？"

闻笛转过头，看到两位老同学目光灼灼地朝这里看着，同时交头接耳。闻笛不知道她们编派到哪里了，从表情来看，剧情必定狗血淋头。

边城朝那边瞥了一眼，女士们迅速转回头，若无其事地继续交谈。他

43

看着闻笛:"你不回去吗?"

闻笛这才想起来,今天的主题是同学聚会。他恋恋不舍地起身,迎着女士们焦灼的充满好奇的视线走去。尤珺锐利的目光快在他脸上凿出洞来了。

"好啊,我就知道你是个干大事的料,不鸣则已,一鸣惊人。"尤珺敬佩地看着他,"几年不见,连教授都被你发展成人脉了。"

闻笛望向于静怡,对方无辜地耸耸肩:"我只说他是教授,剩下的是她主观臆断。"

"什么人脉,"闻笛夹了块芥末章鱼,"八字还没一撇呢。"

"八字没一撇,你突然跑到人家对面坐下?"

闻笛一边吃小菜,一边简要叙述事情经过。

于静怡是内敛的性格,表情变化不明显,尤珺脸上的表情就精彩多了。

"这个教授,"她说,"有点奇怪啊。"

闻笛一边大快朵颐,一边问:"你们说,"他看着两位女士,"他是不是对我另眼相看?"

尤珺秀眉高挑,于静怡满脸问号,意思明确:这自恋狂。

"他又没要你的联系方式。"尤珺说。

"他也没留你。"于静怡说。

"你走了,你们之间的联系不就断了吗?"尤珺说,"对欣赏的人是这种反应?"

他们说得闻笛犹豫起来。好吧……不过管他呢。之前只指望说上几句话,混个脸熟,现在他们都说了好几次话,前景就不一样了。闻笛摩拳擦掌,踌躇满志,"我觉得有戏,"他说,"至少得试试。"

"我支持你,"尤珺看热闹不嫌事大,"来一瓶日本清酒,壮壮胆,喝完了你就去找人家。"

"可别,"闻笛说,"我有酒精性失忆症。"

尤珺沉默了一会儿,这突然冒出来的陌生术语让她有种超现实感:"什么?"

"就是醉了会忘事。"闻笛说,"一般人喝多了不是会断片吗?我可能酒精耐受力不强,断片断得特别严重。一瓶酒下去,我今晚干了什么明天就忘了。"

"不对啊,"尤珺说,"大学那会儿,我们班级聚餐的时候,你还喝啤酒来着。"

"那时候没意识到,断了几次片才发现。"

"这不是很耽误事吗？"尤珺说，"你得忘了多少东西啊？"

"我又不常喝酒，"闻笛说，"而且也就忘记那么半天一天的，喝酒的时候一般都闲，没什么要紧事，忘了也没关系。"

"怎么没关系？"于静怡插话，"你不记得交换那会儿的事了？"

这话好像点中了闻笛的死穴，他双手紧攥，骨骼咯咯作响。"对！"他咬牙切齿地说，"除了那次。"

尤珺看他义愤填膺的样子，好像有什么血海深仇："那次发生了什么？"

闻笛从磨碎的后槽牙间挤出一句："有个天杀的浑蛋抢了我七百美元。"

超现实感又出现了，尤珺半天没消化完这个离奇的消息，只能回复一句："啊？"

"但我不记得是谁，那天晚上喝太多了。"仅仅回忆起来，闻笛都感到心绞痛，七百美元，那抵得上他一个月的工资啊，"要是哪天被我逮到，我要把他千刀万剐，挫骨扬灰。"

\生着翅膀的丘比特常被描为盲目\

毕业四年重聚，虽然都经历了一些人生风雨，聊得最多的还是大学往事。食堂小火锅、紫操夜跑、一二·九合唱比赛，那段耀眼的青春仿佛一个小型避难所，让他们从现实的疲惫中逃脱出来，得到暂时的休憩。

尤珺拿出合唱比赛的旧照。因为要求统一化妆，男生们被坏心眼的女同学化成了大红唇的蜡笔小新。

闻笛看了一眼，就痛苦地闭上眼："拿走拿走。"

"我还有小学期戏剧表演的视频。"尤珺说。

"发给我发给我。"于静怡拿出自己的手机。

"我不是已经从云盘里删了吗？你们还私自藏着？"闻笛如临大敌，"要是传出去，我的清誉就全毁了！"

"我导演的传世名作，怎么能销毁？"尤珺打开蓝牙，问于静怡的手机名称。闻笛看着悲剧在眼前上演，有种世界毁灭他却无能为力的无助感。

"我还帮你把宣传片从文科楼的显示屏上撤了呢，你就这么感谢我？"闻笛痛心地谴责。

尤珺犀利的目光朝他扎过来："那玩意儿居然放到现在？"

"现在没了。"

"很好，"尤珺说，"那是我导演生涯中的败笔。"

"这么一想，你的导演生涯可真够五光十色的，班级舞台剧、院系宣传片、学校公演。"闻笛说，"我还买票看了《马兰花开》呢。"

《马兰花开》是T大的经典剧目，颂扬老一辈科学家为实现中国梦努力奋斗的伟大精神，每年都会在音乐厅重映，好比电视台重播《还珠格格》和《武林外传》。剧本虽然不变，演员和导演每年会换一波，尤珺就是他们那一届的导演。

"你当年还说傻话，要放弃保研名额，考电影学院的导演系硕士。"于静怡说。

尤珺哈哈大笑："都说是傻话了，还提它干什么？"

"你当导演也会很优秀的。"

"只有你这么想啦。"

和尤珺聊天是很轻松的，不用想话题，不会冷场，任何时候都能得到舒服的回应。即使毕业之后前途悬殊，这顿饭也吃得和谐热闹。经历了跟边城吃饭的地狱级尴尬场面，闻笛有种如释重负的解脱感。

吃饱喝足，两个女生就说难得碰面，来一趟商圈不逛街未免可惜。闻笛不打扰闺密团聚，让她们先走，自己回去写论文。他叫来服务员结账，然后发现尤珺早就把钱付了。

"大家聚餐，你居然偷偷请客，"闻笛说，"不行，要AA。"

尤珺嫌弃他啰唆："我一个社会人，怎么能让学生付钱。"

"我不是学生，"于静怡拿出手机，"我要付钱。"

闻笛下意识伸手阻拦，尤珺已经伸手揽住于静怡的胳膊，把她往外推了："咱们用得着那么客气吗？不在老同学面前炫富，赚钱还有什么意思？"

闻笛看着女生们的背影消失在中关村的人潮中，叹了口气。尤珺买单是照顾于静怡。毕业之后，但凡同学聚会，大家都想尽办法不让静怡付钱。她心思细腻，大概也意识到了。只是不知道这种关照是体贴，还是压力。

浪费粮食可耻，女生们走后，闻笛把桌上的小食吃完了才走出餐厅。他摸了摸鼓胀的肚子，拿出手机，想看看未读消息，但按了两下侧面的按钮，没反应。

哎！闻笛长按开机键，猛戳屏幕，上下晃动，十八般武艺使全了，还是黑屏。又自动关机了！抠门遭报应。于静怡说得对，这破机子早该扔了。

他望着熙熙攘攘的步行街，女生们的踪影已经无处可寻。

难道他要从中关村走回荷清苑？走几公里也行，但他不认路啊！

他站在日料店门口，像尊挡路的门神。焦头烂额时，身后走出一个熟悉的人影。风衣盖住了衬衣上的茶渍，好像刚才的戏剧性事件从未发生过。

闻笛猛地一激灵："教授！"

边城顿住脚步，回头望着他。脸皮薄的人，断然干不出向偶像借钱的事，好在这个词与闻笛毫不相干。

"我的手机坏了，坐不了地铁，"闻笛举着屏幕漆黑的手机，"能不能借我三块钱？"

边城说："我没有现金。"

闻笛刚想说"那帮我打个车"，边城就问："你住在哪？"

"荷……"在露馅前，闻笛拐了个弯，"荷塘旁边那个宿舍。"

"那西门比较近，"边城说，"我捎你一段。"

荷清苑在东北门外，和荷塘之间有三四里路，不过闻笛好歹认识那段路，摸得回去。

边城让他在步行街路口等。闻笛裹紧大衣，在马路牙子上来回兜了几圈，一辆灰色凯迪拉克在他面前停下，副驾驶座的车窗降了下来。

闻笛弯腰看了看，小跑过来，迅速关门坐好，扣上安全带。

边城轻轻踩下油门，车子汇入行驶缓慢的车流。舒适的密闭空间，轻微的空调底噪，出风口温暖的气流，让夜晚变得干净、祥和、温暖。

闻笛用余光看身旁的人。路灯在他脸上打下的光栅浮动跳跃。光影变幻，那张脸却始终沉静，连带车内的一切都宁谧下来。他对待事物的态度就和他热爱的领域一样，恒定不变。

闻笛闭上眼睛，往后靠在座椅上，神志像漂浮在河面的小舟，随着车子轻微的颠簸，晃晃悠悠。

边城伸出手，启动了车载音响，调试了一会儿，低哑深沉的女声流淌出来。闻笛听到一句：You had me at hello.

说来惭愧，他身为英文博士，但很少听英文歌，更不会唱，对流行歌曲一无所知。他觉得自己没有听过这首歌，但曲调莫名熟悉。那种难受的既视感出现了。见过，存在，近在咫尺，却怎么也摸不着。大脑因为这种焦虑而轻微发痒，又没法挠，让人心急如焚。他盯着音箱："这首歌……"

"听过？"

47

闻笛把记忆翻了个底朝天,最终一无所获。他摇了摇头:"没印象。"

边城没说什么。车子停在成府路上,女声悠扬婉转,诉尽衷肠。

I want you to love me as if love is invincible.

闻笛看着红灯倒计时的数字一点点变小,心也逐渐平静下来。他不适应沉默的双人空间,找话题的本能蠢蠢欲动。扫视了一圈,他决定聊聊车——不涉及隐私,而且和当下的环境联系紧密,好找切入点。

"教授刚换的车?"他对车没什么了解,只觉得它看上去很新。

"有几年了。"边城说。

"坐起来挺舒服的,又宽敞。"闻笛问,"我对车的牌子不太了解,贵吗?"

"四十万。"

北京消费水平这么高,豪车满大街跑,四十万不算贵。"为什么选这辆呢?"

"政策优惠,"边城说,"有些车型,留学生买可以免税。"

这个理由出乎预料。闻笛挑起眉:"免多少?"

"十万。"

"多少?"

边城淡淡地看了他一眼:"四分之一。"

世上竟有这等好事!闻笛开始盘算,交换生算不算留学生?早知道他大三的时候就买……他嗤笑一声。真是被免税冲昏头脑了,他哪有钱买车。"原来教授是重视性价比和优惠条件的人啊。"他说。

边城望了他一眼:"我看起来很有钱?"

"嗯……"闻笛摊了摊手,"感觉不缺钱。"

"你觉得T大的教授赚得很多?"

"那倒不是。"闻笛说,"教授去年不是拿了未来科学大奖吗?那个奖金有一百万美元呢。"

"那要五个人分。"

"哦……"闻笛说,"拉马努金奖和柯尔代数奖呢?"

边城答非所问:"你上网查我了?"

"百科和官网的信息其实很少。"

"除了获奖情况还知道别的吗?"

"你最新一篇论文的名字是'Fano 簇的 K- 半稳定退化在 S- 等价下的唯一性'。"

"你知道这是什么意思？"

闻笛摇头："完全不懂。"

边城又罕见地笑了笑，闻笛问他怎么了。

"真不知道你是记性好还是记性差。"边城说。

闻笛皱了皱眉，刚想追问，边城就把车停下了："到了。"

闻笛望着白色大理石校门，没有下车。边城开了锁，转头望着他，看样子很奇怪这人赖在这里干什么。

"太谢谢了。"闻笛说，"改天我请教授吃饭吧。"

边城说："我们见面总是在吃饭。"

闻笛想了想，还真是。"口腹之欲是基本需求嘛，"他说，"下周六怎么样？"

边城的眼神很奇怪，但没有拒绝。

闻笛朝边城伸出手，对方疑惑地看着他。

"吃饭总要找得到人吧，"闻笛微笑，"我的手机坏了。"

边城犹豫了一会儿，拿出自己的手机，用指纹解锁后交给他。

闻笛输入自己的号码，写了备注，然后把手机交还给边城。他的手指滑过对方的手掌，车内温暖，那手却是冰凉的。

闻笛下车，裹紧大衣，弯下腰看向驾驶座上的人。"搜这个号能找到我的微信，"他笑着说，"记得找我讨债。"

车窗还没关上，闻笛已经转身走进了校门。

Chapter 2

爱的徒劳

生活就是接踵而至的不幸。

上帝冷漠无情,尤其对他这种倒霉蛋毫无怜悯之心。

\愿你喉咙里长起个痘疮\

难得清闲的周末，闻笛是被电钻声吵醒的。

魔鬼般的嗡鸣直入脑髓，他哀嚎一声，一手捂住耳朵，一手按着肚子，在床上翻滚起来。也许是太久没吃生的东西，昨天一顿日料，今天肚子里像是有股疾风四处冲撞，翻身抬手都恶心反胃。而那骤然闯入的电钻声，如同疾风裹挟的刀片，在他脆弱的神经上反复拉锯。

闻笛暴怒而起，走上阳台，循着声音望去——果然，在大周末扰民的讨厌鬼还能是谁呢？

他关上窗户，挖出手机，微信切到小号，愤怒地质问："周末施什么工？！"

过了几分钟，对面回："封阳台。"

闻笛的后槽牙咯吱作响："周一封不行吗？"

邻居回："这几天风大，衣服又吹到你那怎么办？"

像是为强调这句话的重要性，电钻又开始轰鸣。

闻笛揪起枕头包住脑袋，然而棉花能起到的作用实在有限。

手机屏亮了，又弹出一条消息："你拧衬衫的时候是不是把它当成我了？"

闻笛满脸问号。

邻居："现在那件衣服左边袖子比右边长了两毫米，根本没法穿。"

闻笛的瞳孔猛然放大。什……两……啊？！他拧衣服的时候，可能、大概注入了一点负面情绪，但是两毫米有个屁区别！

闻笛："你确定不是你左右胳膊不一样长？"

邻居："你说话能不能有点逻辑。难道我用胳膊量的？"

闻笛："癞蛤蟆、甲虫、蝙蝠。"

邻居："浪费生命背诵这种三流作品，你的人生没什么更有意义的事吗？"

闻笛感觉一股怒火直冲天灵盖，连带着胃里的胀气在大脑中搅起飓风。他把手机屏幕敲出了机械键盘的架势："对先人尊重点，自然界的物质是恒定不变的，构成莎士比亚的那些原子说不定就在你身体里呢。"

邻居："照这个逻辑，你体内也许有草履虫的原子。"

闻笛骂了一声，站起身把手机往床上一掼。与此同时，小锤的敲击声在隔壁阳台响起。他盯着墙壁，杏眼被怒火烧红了，仿佛要穿墙而过，把对面的人戳成筛子。

愿你喉咙里长起个痘疮来吧，你这大喊大叫、出口伤人、没有心肝的狗东西！

口头诅咒毫无作用。隔壁玻璃框的碰撞声飘来，仿佛凯旋的鼓点。

闻笛扑倒在床上，用被子蒙住头，滚了两圈，撞在墙上停下。难以置信，他至今和邻居对战四回，唇枪舌剑几百条，居然一次都没赢！真是他骂战生涯的耻辱！

他烦躁地揉了把头发，再一次对生活的急转直下感到无奈。昨晚刚发生点好事，转头就碰上这个晦气的家伙。

想到昨晚，闻笛蓦地屏住呼吸，拿起手机切回大号，查看未读消息。退出，点进去，刷新，退出，点进去，刷新。

没有好友申请，没有未读短信和通话记录。看样子，教授还没打算联系他。

他安慰自己，现在才早上八点多，教授说不定还没起床。他暗自希望生活有某种守恒定律，比如，饱受噪音困扰的周末能换来一点其他方面的幸运。

可惜，他吃完饭、洗完碗，修改了一上午论文，手机还是毫无动静。

他安慰自己，教授是个热爱运动的人，说不定出门攀岩去了。人吊在半空中，总不能分神看手机吧。

下午，他一边看文献，一边做组会PPT。焦虑感越来越强烈，他必须把手机锁进抽屉，才能止住两秒钟一次的刷新。

阳台的电钻声和敲击声结束了，日头西沉，路灯亮起，仍然没有新消息。他安慰自己，教授们都很忙，谁知道又被哪个课题缠住了呢。

等到窗外积起浓浓的夜色，几团云簇着月亮升到半空，闻笛终于认清了现实：今天是不会有进展了。他迫使右手放下手机，瘫在床上，试图入睡。

也许明天、后天……

手机铃声猝然响起。闻笛一猛子坐起来，举着手机仔细查看，是没有备注的号码。竟然不是短信、好友申请，是直接打电话吗？教授是这种性格？

虽然有些疑惑，但宁可信其有，不可信其无。闻笛按下了接通键。

对面静默了两秒，仿佛是惊讶他接通了电话。然后，一个熟悉的声音传来："Sam，好久不见。"

闻笛放下手机，挂断电话，拉黑号码，接着抱紧自己，使劲揉搓，消除刚刚暴起的鸡皮疙瘩。

他要的不是埋了五年已经腐烂的枯叶子！

什么守恒定律，都是扯淡！生活就是接踵而至的不幸。上帝冷漠无情，尤其对他这种倒霉蛋毫无怜悯之心。

他望着窗外黯淡的上弦月。电话挂断了，余音却还在耳边回响。那声音勾起了八月盛夏的回忆，像是旋涡一样，一瞬间把人卷进过去的时空里。里面是层层叠叠的记忆碎片，尖锐又耀眼。

居然已经过了十年了。

十年之前，八月盛夏，他坐了一个多小时大巴，再转公交、地铁，来到久负盛名的省重点高中。太阳明晃晃地挂在天上，知了都被晒得暴躁起来，叫得跟炮仗一样响。

他擦着汗，把行李袋放在木板床上。尼龙布被撑得鼓起来，外面扎了一圈绳子，防止拉链爆开。还没等他解开绳结，一个颀长的身影从窗外走过。

闻笛抬起头，看到十六岁的何文轩。这一眼，让他心里小小震动了一下。

高个，宽肩，清爽的短发，脊背挺得笔直，同样是宽大的格子纹校服上衣、黑色直筒裤，别人穿在身上灰头土脸，这人穿着就显得时髦洋气。

闻笛低头看了眼自己，裤腿灰扑扑的，校服上衣也买大了——母亲说他还会长，干脆买大一号。校服本来尺码就大，他又瘦，穿着空空荡荡的。

省城的学霸就是不一样啊。

军训那两天，炎炎的日头当空炙烤。他刚来这里，水土不服，成了班里第一个中暑的人，十分丢脸。他只记得站着站着军姿，混凝土地面就旋转起来，急速朝他逼近。等他再睁开眼，面前就是医务室洁白的窗帘了。

空调舒适，床铺洁净，旁边坐着第一天遇到的男生。

"你……"闻笛心里涌起一丝希冀，"你也中暑了？"

男生笑了起来："我背你过来的,你不会忘了吧?"

闻笛感到窘迫,为那没头没脑的一句话,也为了别的。

男生手里拿着两瓶水,看着他额头上的汗珠流到下巴,又滴到领子上,把其中一瓶递给他："我叫何文轩。"

他昏昏沉沉地接过来,觉得胸口闷闷的,好像被什么东西堵住了。

之后,他抓着习题册问对方问题,去球场看对方的比赛。在何文轩扭伤脚后的一个月,他打水、送饭、买点心,甚至连衣服都帮着洗了。秋日的夜晚,香樟树下,何文轩拖着伤愈的腿,和他一起穿过校园。

何文轩的父亲是企业家,博信光学的总裁。他小学就去海外交换,一口流利的洋腔洋调,开口就是时事新闻、中外名家,周围也都是法官、研究员、工程师的孩子。闻笛跟他的朋友待在一起,总觉得自己像水果摊上一个带泥的芋头。

他对何文轩,向往里带了点崇拜。他觉得像这样家境优渥、见多识广的天之骄子,肯定有自己的规划和打算,每次选择都权衡了他看不见的利弊。等他慢慢长大,见到更广阔的天地、更完美的人之后,他才蓦然醒悟。什么权衡,就是自私。闹掰五年了,还能若无其事、坦坦荡荡地打电话问好,可见这人一点都没变。

碰上旧日余孽,真晦气。闻笛躺倒,闭眼,默默祈祷,今晚可千万别钻进他梦里。

还没清静五分钟,手机又响起来,是另一个号码。

闻笛深吸一口气。幸运值应该攒够了吧?这回要不是正主……他接通电话,熟悉的声音传来。"连句话都不跟我说吗?"对面叹了口气,"有点伤心啊。"

闻笛翻了个白眼,这人到底有多少手机号?

大概是察觉到他又要挂断,对面补了一句:"美国买手机卡没有限制。"

这群富家子弟都钱多烧得慌。闻笛咬了咬牙:"想说什么快说,我要睡了。"

对面沉默下来,这片刻的时间空白让闻笛火冒三丈。

"你过得好吗?"最后对面说了句。

"别恶心人。"闻笛警告道。

"高中的时候,我最幸福、最安稳。后来每次走过唐人街,看到蒸笼的热气,我都会想起你。还记得我扭伤的时候吗?你帮我带早饭,打开袋子那一瞬间的笑容，我一辈子都忘不掉……"

"我说，"闻笛不耐烦地揉着枕头，"你只是想要个保姆。你那么有钱，一万、两万的尽管去雇，人家保证把你伺候得舒舒服服，找我干吗？"

对面流露出一丝惊诧："你怎么会这么想呢？"

好家伙，年轻的时候被一根木头绊倒，那木头还把自己当成人参了，真会往脸上贴金。

闻笛屈起膝盖，把胳膊搭在腿上，让自己舒服些，按住心头熊熊燃烧的怒火。"你当自己是什么雪山上的圣莲？神坛里的佛像吗？"闻笛说，"你就是本错题集。你天天在我眼前晃悠，就是时时刻刻提醒我之前犯的错误，真的很烦人。"

对面沉默了一会儿，说："那是我这辈子最美好的时光，很抱歉你不是这样想的。你相信我，我会补偿你的，我会把它变回原来五光十色的样子。"

几年不见，这人还是一如既往地巧舌如簧。还说什么"补回来"，明明就是他自己毁掉的。

"不用，谢谢。"闻笛说，"别再打过来了，你不知道我当时隐藏了多少骂人的实力，我劝你别自讨苦吃。"

他以为话说到这份上，天之骄子肯定愤然离场了，没想到居然没听到挂断的提示音。不挂算了，他挂。他把手机从耳边放下，刚要点那个红色图标，对面说话了。

"我当年是骗了你，"对面说，"但你就没有骗我吗？"

下一秒，闻笛按下了挂断键，气得差点从床上跳起来。

这人还有脸揭他的伤疤！

该死的贱狗！下流的、骄横的、喧哗的恶棍！但愿血瘟病瘟死了你，因为你教我说出这种话！

闻笛一腔怒火无法纾解，瞪着屏幕，隔空埋怨那个杳无音信的人。

要不是因为等他的电话，自己也不会遭遇这等无妄之灾。

那聪明英俊的浑蛋这两天干什么去了？！

\大人，良心在什么地方呢？\

一周过去，组会又至，聪明英俊的浑蛋仍然音信全无。微信、短信、电话安安静静。闻笛只能在毫无慰藉的寂寞生活里接受导师的折磨。

组会在文科楼会议室举行，各人简单做个 PPT，总结一周的工作进展，汇报看过的论文摘要。然后就是导师例行的批判时间。

大概是资深教授评比落败，老刘在外头受到了刺激，就回来折磨自己的学生，今日攻击性格外强。他从闻笛做文献综述时就开始挑刺，先是诟病没有创新性，然后嫌弃他不会包装观点，接着叹息他没有规划，都博四了，连篇 C 刊都发不出来。

"不过，"老刘看着他说，"我估计你的水平也就这样了。"

读博以来第一千零一次，闻笛想放弃学术。

他以为经过四年淬炼，自己已经刀枪不入，导师惯常的讥讽他不会在意了，没想到还是压抑得喘不过气。令人绝望的窒息感，就像沉在深海里。他强迫自己深呼吸，回溯美好的过往、母亲的安慰。好不容易挣扎着浮出水面，刚喘了口气，师妹连上了大屏幕，开始汇报，他瞬间又被拽了下去。

师妹研究的是莎士比亚戏剧中的性别和权力动态以及女性角色的演变，她最新的论文——《莎士比亚戏剧中的单身女性：信仰、怀疑与身体探索》——登上了这一领域的顶刊，*Shakespeare Quarterly*（《莎士比亚季刊》）。

这就是人与人之间的差距。

老刘难得露出赞赏的目光，闻笛还以为即使莎翁转世，给自己的作品写论文，都不能让他满意呢。

闻笛用指腹磨蹭着按键，茫然地望着窗外。也许他真的不适合做文学研究吧。但博士也读了，年月也熬了，回头太晚了。

开完会，除了为导师贡献顶刊的师妹，所有学生都垂头丧气，周身缭绕着阴沉的颓丧气息。闻笛跟博二的师弟走下楼梯，照例开始说导师的小话。他们去年为老刘写专著，共同被压榨了三个多月，自此成为生死之交。师弟是组里干杂活的长工之首，他和闻笛作为难兄难弟，组会后批判导师是日常生活中必不可少的发泄活动。

然而今天，师弟没有和闻笛同仇敌忾，张口就是一个如同晴天霹雳的消息："师兄，我要走了。"

闻笛呆住了："什么？"

"我提交了退学申请，"师弟说，"这周是我参加的最后一次组会。"

"那……你要去哪？"

57

"我联系了苏黎世大学的一个教授,他同意接收我了。"

退学重读是很需要勇气的事。一要和导师battle,让导师放人;二要联系新导师。同属一个领域,教授们相互认识,要找到愿意接收的导师也难。况且,换了新导师,可能要从博一重读,之前的时光就全废了。

"我就当白打了一年工。师兄,你也考虑考虑吧,国内找不到新导师,那就出国。"师弟说,"在这儿除了听他说些屁话,什么都学不到啊。他还成天挑我们的毛病,他自己专著的逻辑被编辑挑了多少次?"

闻笛叹了口气:"我没钱出国啊。"

父母确实攒了一些钱,不过那都是他们起早贪黑挣来的,还要赡养老人。他不能给家里增加这种无谓的压力:"而且你这才一年多,我都快四年了,怎么能放弃啊。"

人家本科毕业就出去挣钱,他要读到二十七岁,已经很不像话了,还退学重来?错了就认栽,错了也得走下去。

他对师弟说"恭喜",内心其实乌云密布。长工走了,脏活累活总量不变,以后的压榨只会更加严重。然后他想起一周没联系的教授,乌云里打了几道闪电,飞起了雨滴。

生活真是福无双至、祸不单行。学业、生活两手抓就不奢望了,连一件能让他松口气的事都没有。从他给号码已经一周了,这一周,他接了三个推销房产、借贷和补习班的骚扰电话,外加一个打错的,一个诈骗的。每一个新号码都是破灭的肥皂泡。

闻笛叹了口气,跟师弟道别,望着对方踏上自由远行的帆船,而自己留在原地,浑身湿透。

他打小就是霉运体质,高考报志愿失利、秋招触礁、选导师踩雷,还遇上人渣,都霉了二十六年,不能放点阳光出来,让他透透气吗?

他揣起手,颓丧地走在树荫下。周六中午,校园里没有平日上学的紧张气氛,年轻的面庞从图书馆鱼贯而出,在路口分流,前往不同的食堂。

纷乱的人影中,熟悉的侧脸一闪而过。闻笛站在原地愣了愣,确认自己没看错,踌躇片刻之后,毅然朝那人跑去。

生活已经把人凌辱成这样了,想挖出点幸福感,不还得靠自己争取吗?

周身的低气压带着怨怼,化成热血冲上脑袋,让他莫名气愤起来。他穿过人潮,转了个半圆的弯,在那人面前停下。"教授,"他义正词严地质问,"你为什么不找我讨债?"

边城看到他并不惊诧，但边城身旁的人露出玩味的表情。那人半眯着眼睛打量闻笛，似乎是没见过理直气壮上门的欠债人。

闻笛看那人脸熟，在记忆里挖掘一番，很快想起来，这就是那天朝边城泼水的戏精朋友。

糟糕，起猛了，没注意教授旁边有人。

闻笛窘迫地摸摸鼻子。拦住教授是一回事，有旁观者则是另一回事。他正要找个理由开溜，可惜，戏精没给他这个机会。"不介绍一下？"戏精笑眯眯地看着边城。

边城似乎觉得没这个必要，但还是尽到了中间人的义务："这是闻笛，比你低两届，外文系的博士。"

"外文系学弟，稀罕物啊。"那人微笑着朝闻笛伸出手，不等边城介绍自己，就自报家门，"宋宇驰，热能系四字班的。"

闻笛被动地和他握手，不知道自己该做何反应。

宋宇驰看着他，语气慈祥，又带着一丝悲悯："你心脏好吗？"

素未谋面的学长关心自己身体，闻笛感到茫然："还可以。"

"肝和肺呢？火气旺吗？"

"有点？"

宋宇驰瞟了眼边城，收回手："那可就麻烦了。"

闻笛的脑子里挤满了问号。可宋宇驰没有在诡异的场面中停留太久，他看了眼表，就朝边城摆手："下午还有个双选会，我得去准备简历了，回见。"然后又朝闻笛微笑——神秘、揶揄、意味深长，随即丢下这一连串的谜题，跑了。

闻笛望着他的背影，困惑在心里发酵，把刚才的愤怒和阴郁都挤到了一边。

百爪挠心的感觉太难受，他晃晃脑袋，绕回正题，抬起脸，用眼神质问游离于场面之外的边城。

边城看了他很久，久到他以为自己的记忆出了故障，那天晚上的对话根本没有发生过。然后边城拿出手机，把通讯录的界面调出来，翻转屏幕给他看："你给的是个空号。"

"怎么可……"闻笛说到一半，刹住了话头。

刺眼的阳光下，手机屏幕的亮度调到最大，明晃晃地昭示他的错误：他把手机号的第五位和第六位写反了。

双手打字的常见陷阱。

闻笛绝望地闭上眼,想回到那个夜晚,把因为夜色眩晕的脑袋按进下水道里。何其愚蠢的错误,就像他无数次把开区间写成闭区间一样。可以让他从工科调剂到文科,也可以让他失去跟偶像再会的机会。

杏眼心虚地朝远处食堂瞟。看他没反应,边城问:"不是让我讨债吗?不打算还了?"

闻笛深吸一口气,把手机从边城手里抽出来,重新输入号码,检查两遍,递了回去。

边城瞟了眼屏幕,把手机放到耳边。

闻笛手里的 iPhone 振动起来,他慌忙接通电话。

"看来这次没错。"边城说。

闻笛想冲进五百米外出土文物中心的古墓里躺下,永世不再醒来。他窘迫地涨红了脸,还没说什么,边城就把电话挂断了。

闻笛沉默着把手机收了起来,深吸一口气,提醒自己,追星的要义就是厚脸皮——不对,是勇敢:"约定的时间已经过了,教授明天有空吗?"

边城答得很快:"有。"

"那明天中午 12 点见?"要得到肯定回答,重要的是不给选择余地。

"好。"

闻笛长吁一口气,转身想要离开。边城叫住他:"在哪见?"

他脚下没停,举起手机,用指头点点屏幕:"微信上告诉你。"

这场校园偶遇转变了他的心情。天气晴好,冷冽的风也不那么刺骨了,骑车从凋零的树下飘过去,北京的冬景顺眼了许多。

饭局得来不易,闻笛决定好好挑个地方——环境好、氛围好、距离近、周末好抢位,此外价格还不能高。这么刁钻的需求,是得投入精力调查的。他一边在脑子里列表,一边用手指转着钥匙环。走到三楼走廊,他忽然觉得哪里不对。

是的,刚刚发生了好事。按照一般规律,如果发生好事,那接踵而来的必然是……

他猛地抬头,望向邻居房门上方,白里泛灰的墙面上多了点什么东西。黑色、小巧、会转,侧面有个持续发亮的红点。

他瞳孔骤缩,立刻转过身,用手挡住脸,然后摸出钥匙,火速开锁——力道过猛,钥匙在锁头上划出几道白痕——扑进房里,砰的一声关门。

靠在门上喘了几口气，闻笛拿出手机，打开微信。怒火加上恐慌，让他的手指都哆嗦起来，他莫名其妙地换了好几个输入法，差点就发拼音过去了。他希望标点能向邻居传达自己的愤怒。

闻笛："你什么时候在门口装的监控？！！"

他苦心孤诣，忍辱负重，好不容易才把身份隐藏到今天。这人居然不讲武德，直接使用高科技武器，欺人太甚！

过了一阵子，邻居的回复跳出来，一如既往地闹心："你管得着吗？在家门口装摄像头又不犯法。"

闻笛："你侵犯我的隐私！"

邻居："我调整角度，不拍到你家门口。"

闻笛："有什么区别？！我每天回来你还是能看到！"

邻居："你有什么不能看的吗？"

闻笛的目光仿佛要灼穿屏幕。什么能不能看？就是不想让你看！他是黑户他心虚不行吗？

闻笛："日常进出家门的情况是个人行踪，你私自摄录，也是侵犯公民的隐私权。而且你装摄像头的地方是公共空间，应该经过我同意。我不在门口堆放垃圾，你也不能在门口装摄像头！"

对方迟迟不回，根据闻笛的了解，应该是在预备反攻。他趁着空当上网查了查相关纠纷的案例，储备弹药，只待敌军回来一举击溃。

几分钟后，屏幕亮起，闻笛正待激情输出，一看回复，愣了。

邻居："那就拆了吧。"

闻笛难以置信地盯着屏幕。什么？这就完了？没有开地图炮？没有人身攻击？预备着大军压境、烽烟四起的，对方突然鸣金收兵了。闻笛有种一脚踩空的恐慌。

这么容易？这家伙什么时候开始注重公序良俗、邻里和谐了？

\迅疾的闪电，用火焰射瞎他的眼睛\

摄像头是边城出门前装的。免插电，不打孔，只要把磁吸铁片粘到墙上，安上底座，安装就完成了。有人走动时才会录像，充一次电能维持半个月左右，从手机App上可以直接看到录像。边城测试了一下清晰度，十分满意。

61

安装完毕，边城就启程赴约。宋宇驰喜欢教工食堂的安静和空座位，时常让他带着去蹭饭，每次被他气到七窍生烟，还是死性不改。

边城站在食堂门口等了五分钟，脑子里一直想着昨晚的论文。宋宇驰的手淹没在午饭大军中，像上世纪火车站里举着牌子等游子归来的老人，朝他喊了几声，他都没听见。

宋宇驰知道这人的德行，万般无奈地挤过来，拍了拍边城的肩。他发小5.3的视力，但时常对他视而不见。"E神！"

边城终于发现了他的存在："别这么叫我。"

边城的英文名是Ethan，从他拿了IMO（International Mathematical Olympiad，国际数学奥林匹克竞赛）金牌之后，宋宇驰就改口叫"E神"，还把他的照片装进相框，考试前放在桌子边上，给他上香。宋宇驰每次这么叫，边城就有种自己进了小木盒的感觉。

"眼睛长在前面是用来认人的，"宋宇驰埋怨道，"我站这么近你都看不见？"

"我脸盲。"

"我看你是评上了副高，不搭理我们打工人了。"宋宇驰叹了口气，"人和人的差距怎么这么大。"

他们两家是世交，父辈是大学同学，都毕业于T大土木系。宋宇驰只比他小一岁，他们俩从小一块长大，一起穿开裆裤，前后脚上幼儿园。可惜，上小学后，宋宇驰一眨眼，边城跳了两级毕业了，又一眨眼，边城拿金牌保送了。等他踏进附中的大门，边城已经在隔壁大学研究流形了。等到他博士延毕，因为秋招焦头烂额的时候，人家已经评上了副高，开组招生好几年了。

他们俩吃饭，边城还能带他上教工餐厅吃自助。他带着满肚子的气恼与嫉妒，拿了五盘菜。

偏生边城喜欢往他痛处戳："工作有着落了吗？"

宋宇驰嘴里的京酱肉丝变了味，越嚼越酸："没有，今年就业难啊。"大环境真是恶劣。

边城问："T大工科博士都要愁，就业形势已经差到这种地步了？"

"主要是研究方向偏啊。"宋宇驰叹了口气，放下筷子，"我们组现在开发的这个光谱分析技术比老方法精度高，但成本也高，市场化太困难。老技术的精度已经够用了，人家为什么要把仪器、流程全换掉？你知道什么地方才必须用我们的技术吗？"

边城没回应。理工类隔行如隔山，同一个专业的研究方向都大相径庭，他猜不中也懒得猜。

"极端环境，"宋宇驰说，"比如深海、月球、火星，这几块市场才多大啊，还得跟其他组抢资源。其实'天问一号'就用了类似的技术，用光谱分析火星上的物质成分。要是我们能用那些数据就好了，但这个项目被交大抢去了，那边导师的人脉广。"

谈起导师，宋宇驰又一脸幽怨。遇到糟心老板是大概率事件，他跟百分之九十的博士生一样，对掌握生杀大权的导师充满怨愤。

"你们导师没有公司？"边城问，"他没给你们什么就业机会？"

"可别说了，他那个公司搞了五年，项目时有时无的，谁知道哪天会倒闭。"宋宇驰说，"还给工作呢，他不拖后腿我就谢天谢地了。之前好不容易拿到一个省级实验室的 offer，那边的负责人跟他有利益冲突，他话里话外就不想让我去。"

"事业单位呢？"边城问，"伯父不是想让你进航天一院吗？"

航天一院是研究运载火箭技术的单位，影响着载人航天未来的发展，也是热能系最好的就业单位之一。

"加班、出差太多了，"宋宇驰撇了撇嘴，"之前一个师兄去了，一年有两百天在飞机上，压根没有个人生活，工资也不算高。他警告我了，没有情怀就别去。你看我是那种胸怀天下的人吗？"

边城看了他一眼，说："是人家不要你吧？"

宋宇驰噎住了，半天才把嘴里的饭咽下去，痛心地说："上来就问我怎么连个国奖都没有，太打击人了。"

"明智。"边城说，"招你过去，也不知道是给国家的航天事业做贡献，还是拖后腿。"

宋宇驰手里的易拉罐发出清脆的响声。每次跟边城说话都是在考验人性，他凭借惊人的忍耐力才勉强抑制住暴力冲动。

"其他的呢？"边城没注意他青筋暴起的手，"之前你不是提了什么成都飞机工业吗？"

成都飞机工业集团主攻歼击机研发，是歼-20 的诞生地，对宋宇驰这样的热血青年来说，就是牛、酷、酷毙了。

宋宇驰的怒火被丧气填满，苦笑了一下："那边的 HR 不要太牛。之前双选会，就他们那排一长队。好不容易到我了，HR看了一眼简历，就嫌弃我专业方向不对口。哎呀，说实话，我们这专业就业，能有几个找到方向对口的？他们也太刁钻了。"

边城没有经历过正儿八经的秋招，但也知道情况："毕竟没有单位愿意从零培养员工，招博士也是希望进来就能用。"

"我也投过中物院，他们那边就挑明了，说想要钱班的……"顿了顿，宋宇驰解释说，"钱班是钱学森力学班，都是物理竞赛进去的。"

"我知道。"

宋宇驰仰天长叹："真是不给我们这种冷门小组的博士活路。隔壁新能源那个大组，offer拿到手软……"

"我的方向才叫冷门。"边城说，"国内研究代数几何纯理论的很少，跟微分几何比势单力薄。"

这人站着说话不腰疼。宋宇驰气愤地说："你跟我一样吗？你是海外优青，再过几年说不定就长江了……"

要想在理工类的学术领域出头，靠的就是头顶的帽子。帽子分几个层级，首先是小四青：青拔（青年拔尖）、优青（优秀青年）、青长（青年长江学者）、优青（海外）；再往上是长江（长江学者）、杰青（国家杰出青年）；最后是终极殿堂——两院（中国科学院、中国工程院）院士。

青椒（大学青年教师）们一般从小四青拼起，一层层往上升，跟升级打怪的模式差不多。有了长江的帽子，全国高校畅通无阻，哪怕立刻躺平，今后的人生也无风无雨，吃喝不愁。

"你要是我的导师就好了，"宋宇驰向往地说，"那我肯定往死里舔你、巴结你。"

升级也靠带，比如宋宇驰的隔壁组，大老板争气，评了长江，转年小老板就评上优青了。去年大老板成了院士，小老板就评上长江了。他们组的学生就不愁就业，有一个师兄成果平平，也因为大老板力保进了211大学当老师，让宋宇驰艳羡不已。

"要不我转去数学系吧，"宋宇驰满眼期待地看着边城，"等着你一人得道，鸡犬升天。"

"别来。"边城说，"你的数学水平连保送的那些高中生都比不过。"

宋宇驰手里的易拉罐彻底瘪了。他就不知道人怎么能无情到如此地步，对延毕的发小毫无怜悯之情。"你说句话安慰我会死吗？"他从牙缝里挤出一句。

边城静静地看着他,过了半晌,忽然深吸一口气,说:"我知道了。"

这人什么时候会听别人的话?冷血动物转性?宋宇驰难以相信。

然后边城开口,话语里满是突然领悟的兴奋:"一般性环面交叉 Deligne-Mumford 堆栈 Y 上,无处消失的截面集合与 gtc 结构兼容的对数结构的同构类集合之间,存在一个规范的双射关系。"

宋宇驰呆滞一瞬,然后骂了一声,差点跳了起来:"你有没有在听我说话!"

"那就提供了一个新方法来处理 Deligne-Mumford 堆栈的对数结构,"边城语气激动,"这样简化了对数结构的构建过程,研究相关的奇点问题也有新工具了。"

宋宇驰的牙快磨碎了。"我不应该泼水的,"他说,"我该把热油倒在你脑壳里。你个没教养的浑蛋!"

边城沉浸在思路捋顺的舒畅中,根本不搭理他。

宋宇驰按住太阳穴:"我是自虐狂吗?我为什么要跟你说话?"

"因为我是唯一一个支持你做演员的人。"边城说。

这人总是冷不丁地脱离对话,又冷不丁地回来。宋宇驰用死鱼眼漠然地注视着他。对,所有人都想让他做学术,只有这个人愿意倾听自己不着调的梦想,虽然你不知道他有没有认真听。

"你为什么支持我啊?"宋宇驰说,"我都二十八了,这个年纪还没出道,在娱乐圈相当于半截身子入土了吧。"

"你不适合做学术,做了也搞不出什么名堂,还不如靠脸。"

那股泼热油的冲动又回来了。"你只有我一个朋友,"宋宇驰说,"你知道是为什么吗?"他想让对方反思自己。

然后边城说:"我要那么多朋友干什么?"

啊?!宋宇驰想,那我走?!

"我要带学生、申项目、写论文,还要干一堆不知道为什么存在的行政破事,"边城说,"时间加一倍都不够用,还要交朋友?朋友要交流、要维护关系,时不时还要出去吃饭,增强联系,太浪费精力了。"

"你做株植物好了,"宋宇驰说,"连饭都不用吃,只要光合作用就行了。"

边城完全没觉得这是讽刺。"如果人人都变成植物,这个社会就清净多了。"

"啧。"宋宇驰说,"你对学生不是挺好的吗?之前你招的那个博士后评助理研究员,你还四处求人帮忙。你居然会求人,我想都不敢想!"

"那不叫求,"边城说,"那叫利益交换。"

"你拿什么换的?论文挂名?"宋宇驰说,"我不是学生吗?你怎么就不能一视同仁呢?"

"这能一样吗?"边城说,"他们是数学的未来,伟大领域里破土而出的新芽。"

"那我呢?我算什么?"

边城看了他一眼:"秋天梧桐树上慢慢风干的蝉蜕吧。"

"你会一个人死掉的,"宋宇驰说,"你死了十天之后,邻居闻到你腐烂的味道,报警,等警察破门而入,才发现你被猫啃掉一半的尸体。"

边城想了想:"真是理想的死亡方式。"

宋宇驰深吸一口气,四处搜寻攻击性武器,想把对方打个狗血淋头。每次跟这人聊完天,心肝脾肺肾没有一个完好存活。到底谁会跟这种人玩在一起啊!他突然想到了五年前的某个倒霉蛋,冷笑了一声,问:"你跟那个故人有进展了吗?"

边城夹菜的手停住了。宋宇驰很满意他心肌梗塞般的神情。

"为什么?"宋宇驰问,"我泼完水,他没反应?"

"他给了我手机号。"

"这不是大进展吗?"宋宇驰挑起眉毛,"然后呢?"

"没有然后。"

"没有……"宋宇驰头痛起来,"为什么?"

"那个号码是错的。"

"他之前不是给你发过邮件吗?你把邮箱找出来联系他,让他把对的告诉你,不就行了?"

边城沉默良久,"哦"了一声。原来还有这种方法。

"我的妈呀,"宋宇驰翻了个白眼,"这么简单的事你都想不到,你智商真有 180 吗?"

边城没有理会他,端着餐盘站起身,走到收餐口把剩菜倒掉,再小心地把纸巾袋扔到不可回收垃圾桶里。

天哪。宋宇驰跟在他身后,一边处理厨余垃圾,一边摇头。

这人脑子里根本没有"主动联系"这个概念。空有一个聪明脑袋,白读了那么多书，在人际交往方面就只能做到"三年不说话，一说气三年"。

将来会是哪个倒霉蛋摊上这种感情弱智啊。

宋宇驰摇头叹息，双手揣兜，跟着没有礼貌、没有教养的浑蛋走入校园，然后眼前突然闯进一个气喘吁吁的青年。

他站在他们面前，理直气壮地问："教授，你为什么不找我讨债？"

\火关得越紧，烧起来越猛烈\

秋日午后，经历了偶遇故人的小插曲，边城的心情忽然变得奇妙。

他走进办公室，把钥匙放在桌上专门放杂物的小木盒里，刚坐下没多久，手机就跳出了一条信息。他拿起来看了眼，又是那毫无环保意识的邻居。

从入住开始，他就对素未谋面的邻居心生反感。这人在楼道里堆放垃圾，导致公共空间的卫生状况一落千丈——他最讨厌视野里出现杂物。现在，对方还拿个人隐私当武器，让他拆掉精心挑选的摄像头，然后发了一堆毫无攻击力的感叹号，斥责他侵犯隐私。

边城面无表情地回复："你有什么不能看的吗？"

他对邻居的出门情况、日常生活毫无兴趣，安摄像头只是习惯使然。在美国的时候，街区治安不好，装摄像头可以增加安全感。而且，国内很多房子配备对讲系统，可以看到来人的脸，和这个摄像头的功能差不多。

有必要这么激动？难道真有什么不可告人的秘密？

边城突然对这个讨厌的邻居产生了好奇。他点开摄像头连接的App，上面显示十五分钟前有活动迹象。他打开那段录像，里面传来一阵上楼的脚步声。

然后，一个熟悉的脸庞骤然入镜。画面里，黑白分明的眼睛瞪得很大，嘴唇紧抿，下颌因此露出可爱的小凹陷。惊恐的表情转瞬即逝。下一秒，那人就用手遮住脸，逃命一样进了门。

边城盯着屏幕看了半分钟，然后放下手机，闭上眼睛。过了一会儿，他重新打开App的录像，画面定格在那张震惊的脸上。超清画质、纤毫毕现，绝无认错的可能性。他用手扶住额头，深吸一口气。

怎么可能？！这人不是博士生吗？为什么会住在他对门？？

他点开通讯录，找到闻笛给他的号码，搜索微信——跳出来一个陌生的账号。不是和自己对骂的账号。但人确实是同一个。

边城回想闻笛发现摄像头后仓皇而逃的诡异反应，那看起来像是心虚。博士生住在教师公寓，小心谨慎，拒不露脸——违规转租？他低头看和自己掐了一个月的账号。黑户的小号？

如果这个账号也是闻笛的，那……边城往上滑动，"没逻辑""没品位""字太丑""草履虫"……他合上手机，往后仰靠在人体工学椅上，陷入解离状态。

他和宋宇驰说的是真心话，他不需要社交生活，和人交谈让他感到疲惫。哪怕他说话完全不顾及他人感受，全无情绪内耗，人际关系仍然让他头痛。现在，事实证明，这个想法十分正确。他如果不是非要和邻居掰扯，也不会惹出这种大麻烦。

大麻烦！人生污点！

然后边城想起一件事。这个念头像呼啸的警钟，把他飘浮的神志打回了体内。

刚才为了验证号码正确，他打了闻笛的电话。那么，闻笛知道了他的手机号。如果闻笛用这个手机号搜微信……

他点进微信，解绑了当前手机号，然后关联上自己的另一个号码，紧接着用原来的手机号注册了一个微信小号。

十分及时，因为两分钟后，他就在新号上收到了好友申请。他点了通过，果然，是另一个莎士比亚头像。

Sam 不吃辣："我是闻笛！（兔子招手.jpg）"

℗："你好。"

Sam 不吃辣："我来还债了！教授平常喜欢吃什么？（仓鼠干饭.jpg）"

℗："重庆火锅。"

Sam 不吃辣："……"

Sam 不吃辣："OK！（萌兔抱爱心.jpg）"

边城盯着一个接一个的表情包看了很久，开始怀疑自己过目不忘的记忆力。他切回大号，重温之前和邻居的聊天记录。

"愿我那老娘用乌鸦毛从不洁的沼泽上刮下来的毒露……"

他沉默片刻，又切回小号，眼前出现一堆眼睛冒星星的兔子。

原来这人在生活里是这种人设？

他摇摇头，然后因为来回切号的麻烦皱起眉：他们两个人开了四个号，聊出两种画风，不是神经病就是吃饱了撑的。

不吃辣的 Sam 随即发来几个餐馆的链接，都在学校附近。边城大略浏览了一下，选了个九宫格火锅。

重庆九宫格，一个圆锅，熬、煮、烫三种吃法，区别只是麻辣和魔鬼辣。

屏幕对面，闻笛看着红彤彤的餐馆招牌，嗓子眼已经烧起来了。他在北京历练八年，麻辣香锅还是吃酱香的。不过，主要目的又不是干饭。一口不吃也没关系，隔着雾气看帅哥，他也能饱。五道口的火锅不便宜，少吃点肉还省钱呢。

然后闻笛想起了一件事。上次在车上聊天，他约教授在周六——也就是今天——吃饭，对方的眼神有点奇怪。他惦记这件事挺久了，既然要到了联系方式，不妨问一问。

Sam 不吃辣："本来约的是今天，错过了。好在马上能补上，哈哈哈。"

Sam 不吃辣："不过，今天吃饭有什么问题吗？"

ℙ："问题？"

Sam 不吃辣："哦，当时我说完之后，你好久没说话。"

ℙ："今天是我生日。"

闻笛本来歪在床上，此时立刻挺直了身子。

什么？！他盲选就选中了这么重要的日子？结果还错过了？这么大好的增进关系的机会！话说回来，这种特殊的日子不应该和家人、朋友一起过吗？教授竟然答应和他吃饭？

闻笛感到受宠若惊。

Sam 不吃辣："天哪！！生日快乐！！（蛋糕）（蛋糕）（焰火）"

Sam 不吃辣："怎么不早告诉我！太可惜了！"

ℙ："我不怎么过生日。"

Sam 不吃辣："不行！明天要补上！"

ℙ："不用。"

Sam 不吃辣："要的！！一年一次的生日怎么能随便过去！"

ℙ："我不喜欢热闹。"

Sam 不吃辣："我一个人能热闹到哪去？放心吧。"

Sam 不吃辣："不过还有个问题。"

ℙ："什么？"

Sam 不吃辣："你为什么用'IP'做头像？"

ℙ："IP？"

₱:"这是射影空间。"

Sam 不吃辣:"……我突然想起来我还有论文要写,再见!"

他应该先去搜索一下的!

聊天告一段落,闻笛琢磨着,这生日该怎么补过呢?他跟教授不算熟,过得太隆重,一来没预算,二来太夸张。要不就送个小礼物好了,好歹是偶像。

送礼难度很高。如果礼物不合心意,送的人失望而归,收的人平添累赘,就是双输。闻笛可不想送那种对方不喜欢,但碍于情面只得留下的鸡肋东西,最好能有趣、新鲜,又不贵重,不会给对方增添负担。

闻笛决定请外援。在朋友圈里捋了一遍,他觉得还是得找蒋南泽。闻笛算了算时差,现在是西五区凌晨两点。太好了,他肯定醒着。

他戳了戳水母头像,问:"你睡了没?"

对面很快回复:"没。"

闻笛:"伊鲁卡睡了没?"

蒋南泽:"没。"

闻笛:"Thomas 睡了没?"

蒋南泽:"你到底想问什么?"

闻笛:"还记得我上次跟你说的那个教授吗?我要送人家生日礼物,你觉得送点什么合适?"

蒋南泽:"什么要求?"

闻笛:"有品位,上档次,别出心裁,让人看一眼就刻骨铭心,最重要的是便宜。"

对面沉默良久,回了句:"别那么抠门。"

闻笛:"我不是抠,我只是穷。"

蒋南泽:"这两个在统计学上显著相关。"

闻笛朝天花板翻了个白眼。

蒋南泽:"你整点特别的玩意儿吧。"

闻笛:"说清楚点。"

蒋南泽:"他喜欢什么?"

闻笛:"数学?"

蒋南泽:"上网看看,有没有那种印着数学符号的杯子、盘子啥的。"

不愧是高手,创意杯子、餐具这种东西,价格不高,使用频繁,最适合给人留下印象,睹物思人。

闻笛发了个"谢谢大佬"的表情，打开淘宝。网上果然人才辈出，特殊形状的数学公式、复数、几何，主打一个"不明觉厉"。闻笛扫了眼，最中意的还是一个白色陶瓷杯，杯子外壁雕着莫比乌斯环，简约、美观、大气。

店家说可以刻字，闻笛思虑良久，挑了个句子：Good morning, Complex Geometer！（早安，复几何学家！）

每天早晨打个招呼吧。

下单，付款，闻笛满意地倒在床上。

天气晴好，阳光明媚，邻居沉默，生活欣欣向荣。

这个周末一定很美好。

\ 你的话，能把聋子都治好呢 \

在闻笛的想象中，天才数学家们适配的背景，除了写满公式的黑板、堆着草稿的工作台，就是运行算式的超级计算机。

现在，边城穿着菱格暗纹的灰色西装，坐在浮满辣椒油的锅底旁，面前排开一溜酱料，脸庞在蒸汽中若隐若现。

闻笛盯着眼前的画面，总觉得两个图层不兼容。

火锅店是聚餐的经典场所，周围都是欢乐的喧闹声，只有他们这桌安静得诡异。

边城专心用餐，闻笛看着红油满脸为难。等服务员加了一次清汤，边城终于意识到不对劲的地方。他看着专攻红糖糍粑和小油条的闻笛："你不吃辣？"

闻笛一时不知道他是有视力问题还是太迟钝："是啊。"

边城放下了筷子："那选这里不太合适。"

"你是寿星，你喜欢就行。"闻笛说，"味道怎么样？"

"一般，"边城说，"汤底太咸，香料不均衡，羊肉不新鲜，蘸料跟肉的味道也不搭。"

闻笛："……好吧，下次不来了。"

请客吃饭，结果选的餐馆不合对方口味，这跟送错礼物一样尴尬。

不过，正常情况下，在别人付钱的饭局上，怎么着也会说两句好话，找些值得夸赞的地方表扬一下吧。他脑海中响起震耳欲聋的警铃：不对劲，快跑。

他的预感一向很准,尤其是不好的那种。可惜,这种时候,人是不清醒的。他摇了摇头,把警铃按灭了。

他把礼物推过去,希望能活跃一下气氛。"网上碰巧看到的,"——浏览两个小时选中的——"觉得挺有意思,就买了。生日快乐!虽然迟了一天。"

边城简洁地道了声谢,然后打开包装,看着杯子露出匪夷所思的神情,仿佛眼前的事物不该存活于世:"为什么要写这行字?"

"啊?"闻笛觉得不应该怀疑教授的理解能力,但还是指着英文说,"你不是教复几何吗?这个杯子又是几何形状的……"

"复几何研究的是复流形,莫比乌斯环是不可定向流形,属于拓扑学的范畴。"边城把杯子放回盒子里,"应该写Good Morning, Topologist。"

图文矛盾归矛盾,好歹也是人家精挑细选的礼物。被他一纠错,闻笛有点窘迫:"是吗……"

"厂家一点常识都没有,"边城说,"这些概念,上网搜一下就能知道。"

闻笛摸了摸鼻子:"这是我写的。"

边城沉默了半晌,说:"这样啊。"

加上昨天的射影空间,这已经是闻笛第二次翻车了。他送了数学家一个有数学错误的杯子,对方每天早上看到,都能想起他是个没有搜索习惯的人。

闻笛越来越尴尬。一般人收到礼物,不喜欢归不喜欢,最多也就谢一句,还没见过挑逻辑错误的。这样显得他故作高深,班门弄斧。

这顿饭他付了钱,没吃饱,寿星嫌弃味道一般,礼物还闹心。怎么搞得如此难受?

闻笛用叠了八十层滤镜的脑袋想了想,决定归咎于火锅。汤底太咸,羊肉又不新鲜,破坏了氛围。换个环境,说不定胸闷能减轻一些。

"教授接下来有空吗?"他问,"我们去看部电影怎么样?"

饭都吃了,电影也顺道看了得了。电影院气氛好,应该不会出现令人郁闷的对话吧。

应该吧。

"看什么?"边城问。

这就答应了?闻笛如废墟般破败的内心活过来一点。他打开手机看了眼,最近没什么好片,不过附近有个家庭影院,可以点播。新片没意思,看老片也不错，质量有保障。他打开店家的推荐片单，浏览一番。国内外经典电影都有。

"教授喜欢悬疑片吗？"他问，"看《利刃出鞘》怎么样？"

"我看过。"边城说。

"是吗？"闻笛精神抖擞起来，终于找到共同话题了，"我喜欢这部片子！教授觉得怎么样？"

"不好。"

警铃又猛地响起，闻笛无论如何都按不灭了。"为什么？"他说，"挺精彩的啊，情节又紧凑。"

"侦探片主角不能撒谎，这个设定太省事、太取巧。"边城说，"凶手和作案过程毫无新意就算了，人物行为也完全不合常理。"

闻笛突然有种既视感，喜欢的事物被人诋毁的既视感。这段对话怎么如此熟悉？他一边回忆一边问："哪不合常理了？"

"侦探第一眼就看到了血，也知道女主说谎会吐，居然不问清楚这血是怎么来的，让嫌疑人说了模棱两可的答案混过去了。如果他仔细盘查，加上血检报告的矛盾，立刻就能知道真相。他非要故弄玄虚，第二个受害人死掉，百分之八十是他的错。"边城说，"明明有人告诉他晚上听到了狗叫，他早该知道兰森回来过，结果花了这么长时间才破案。这电影能演两个小时，完全依靠他的愚蠢。"

"非得揪着小漏洞不放吗？"闻笛感觉有火蹿上来了，"悬疑片不放点烟幕弹，那还怎么拍？要较真，哪本书没漏洞？从整体来看，节奏、演技、社会隐喻……"

"影射人性、讽刺现实，"边城说，"通常是推理能力不足的遮羞布。"

闻笛手里的筷子发出吱呀声："你对所有好片都不满意，是不是？"

"只对一部分基础逻辑有漏洞的，"边城说，"比如《流浪地球》。"

"《流浪地球》又怎么了？！"

"地球不是绝对刚体，流浪地球计划不可能实现。"边城说，"发动机的数据也是错的，那点动力根本推动不了地球。一开始就应该选数字生命计划，我不知道电影在争论什么。"

闻笛快把筷子掰断了，这是人吗？就是个杠精！"这是宏大浪漫叙事的必要牺牲啊！你肯定也看不了《星际迷航》吧。"

"说到《星际迷航》……"

"行了行了。"闻笛抬手打断,不能让杠精摧毁他对电影的热爱,"不看推理、科幻了,看爱情片好了。还是说《乱世佳人》这样的你也不喜欢?"

"电影我没意见,"边城说,"我对原著的意见很大。"

"原著又怎么了?!"

"它的历史错误和偏向性太严重了。"边城说,"在这本书里,南方种植园就像是个天堂,奴隶们辛苦工作一天后,还能唱着歌笑着回家。主人公家族是慈父,北方士兵不但卑鄙而且贪污腐败。米切尔还把3K党写成了慈善组织和马术社团,完全忽略了它在重建时期对非裔的恐吓和暴力行径。"

"要是追究经典作品的政治倾向,文学得变成不毛之地了!"闻笛说,"你顶着名著的名字,怎么这么不待见名著!"

"有很多作家都能做到逻辑连贯、有思辨力,同时又写出新意。"

闻笛瞪着他:"比如哪个?你说给我听听。"不就是杠吗?不就是挑刺吗?谁不会挑!以这种方式挑刺,他就不信有哪个作家能活着从他手下走出去。

"罗伯特·福沃德。"

……没听说过。

怨气没有发泄口,闻笛越想越憋屈,忍不住看向手中的水杯。怪不得宋宇驰要泼水,这人能从哪个饭局干爽地离开?他把水杯放得离自己远了点。

"你谈过恋爱吗?"闻笛问。

"没有。"

"我想也是,"闻笛说,"有害他人健康。"

似乎是看出他脸色不善,边城叹了口气。"你们问我对电影的看法,"他的语气满含不解,"我说了,你们又生气。"

闻笛恼怒地看着他:"我说了我喜欢这部电影,你嘴下留点情不行吗?"

"如果你是想找共鸣,那就不要问我喜不喜欢,直接让我附和就行了。"

闻笛搓揉太阳穴:"这不是社交礼仪吗?就像过年亲戚领了小孩过来,就算长得再不好看,你当着人家的面也得说可爱。"

"为什么?"

奇迹。闻笛想,这人能活到现在,真是个奇迹。"行吧,"他慢慢深呼吸,"长得帅,又聪明,从小肯定被人捧着,说什么大家都能忍。"

"你误会了,"边城说,"他们忍我跟那些没关系,主要是因为我家里的背景。"

闻笛盯着手里的筷子。这要是西餐厅,他手里拿的是刀叉,现在恐怕已经戳进对方的喉咙了。

"教授,"闻笛说,"拜托你一件事。"

"什么?"

闻笛把羊肉卷推给他:"别说话了。"

"我们不是在讨论看电影的事吗?"

"不想看了!"

\宁做聪明的傻瓜,不做愚蠢的智者\

在机构上完课,于静怡背着包坐公交回小区。包还是她上大学那一年父亲买的,结实耐用的书包。平常去给学生上课,她还和高中时候一样,扎马尾,戴眼镜,背书包,往人堆里一站,看起来也像高中生。

她走进家门,打眼一看,椅子上长了个人。

闻笛上半身紧靠椅背,曲起腿,脚跟踩在椅子边沿上,整个人折了三折。他一只胳膊抱着膝盖,另一只手举着手机,滑动着屏幕,表情如临大敌,好像那边不是电子设备,而是有血海深仇的死敌。桌上放着一个朴实无华的记事本,上面零零散散写了几行字。听到响声,椅子上的人扭过脸:"你回来了。"

于静怡点点头,觑着他凝重的表情:"看什么呢?"

"《龙蛋》,"闻笛把目光转回屏幕,眼神满含仇恨,"罗伯特·福沃德的中篇小说。"

"这个作家是谁?"于静怡摸不着头脑,"怎么突然想起来看它了?"

闻笛咂咂嘴,脑中闪过火锅店的回忆。他脸上交错浮现憧憬、尴尬、遗憾,最终定格为愤恨:"为了给杠精一点颜色看看。"

"谁?"于静怡顿了顿,想起了什么,"教授?"

"他跟对门那根棒槌有得一拼。"

"他怎么了?"

"他就是专挑豆瓣前二百写差评的那种人,"闻笛武断地下了定论,"针尖那么小的地方都要挑逻辑错误,一点也不会看人脸色。"

"你之前不是说了吗?天才有点怪癖很正常,"于静怡放下包,坐在他对面,"没准人家只是严谨。"

"我不管,"闻笛说,"我要以牙还牙,我要让他知道,世界上没有一部作品经得起这样挑刺。"

于静怡看了眼本子,原来这是在做读书笔记?"现在有什么成果没有?"

闻笛磨了磨牙,举着手机的胳膊愤怒地颤抖起来:"没有。"

"怎么可能?"于静怡说,"哪有小说的逻辑能十全十美?"

"这是小说?"闻笛呐喊,"这是中子星科普读物!"

于静怡"哦"了一声,把胳膊搁在桌面上,没有继续接话。水杯就在手边,上了两小时课,她却没有去厨房倒水的意思。虽然她平日也安静,但今天安静过了头,静得有些沉郁。

闻笛歪着头看了室友一会儿,突然把腿从椅子上放下来,坐直身子:"你怎么了?"

于静怡微微一惊,抬眼看着他:"什么?没怎么。"

"不太对劲。"闻笛往前探了探身子,观察她的脸色,"往常回来,你也就叫声累,歇会儿就刷题去了。今天是又累又丧。"

"上班不就是这样。"于静怡说,"一个月总有那么几天觉得工作没意思,人生没意思,活着也没意思。"

这是打工人的常态,但于静怡不一样。她是陷进淤泥里也会继续往前走的人,哪怕每走一步都会陷得更深。

闻笛想了想,问:"学生惹你生气了?"

培训机构的花头很多,一对一也分三六九等,于静怡靠学历挂了个"金牌老师"的头衔,手底下的学生都是富家子弟。刚踏进青春期的学生,折腾起来能把人气死。

"就是小事,"于静怡摇了摇头,"我也不知道为什么要在意。"

"在意了就不是小事。"闻笛说,"跟我聊聊嘛。"

于静怡犹豫了一会儿,也许是倾诉的欲望占了上风,还是开口了:"今天是他第一次上课,也不知道负责营销的老师跟他说了什么,他见到我之后很嫌弃。"

闻笛皱起眉:"嫌弃什么?"

于静怡沉默了一会儿,然后说:"他说,报课的时候不是说老师是名校美女吗,怎么你长成这样啊。"

闻笛怔了一下,拍案而起:"这哪来的不长眼的兔崽子?他自己长成什么鬼样,有脸评论别人?"

"这节课他也没怎么听,"于静怡把手在桌面上摊平,低头看着自己的手,"上完就退课了。"

闻笛觉得一股气憋在胸口,要是那死小孩不在他眼前,让他扇上几个耳光,他就要炸了。"你别听他狗叫。"闻笛言之凿凿,"你皮肤白,又苗条,哪里不好看了?他瞎了眼,不懂欣赏。"

"没事,"于静怡说,"我都是工作的人了,小孩子说的几句话,不至于放在心上。"

"什么小孩子,都学英语了,连句人话都不会讲?"闻笛说,"他算哪根葱啊,对老师的长相指指点点!"

于静怡回想了一下:"他爸是华信的董事吧,反正特别有钱。"

"这跟他有什么关系?又不是他挣的。"闻笛说,"靠他自己,能上剑桥吗?什么玩意儿,敢对着剑桥博士挑三拣四的。"

于静怡纠正他:"博士辍学。"

"辍学了也是剑桥的。"

于静怡笑了笑,拿起杯子去厨房倒水。闻笛扭头看着她一杯水下肚,拎着书包回去自己的卧室,关上了门。外交部的笔试日期将近,她大概是又回去刷题了。

闻笛想不通命运怎么老喜欢逮着一个人揉搓。那股气在胸口左突右撞,急需发泄。

然后,门铃响了。闻笛看着大门,愈发烦躁。

不会又是那个鬼邻居吧。

他蹑手蹑脚地走到门边,眯眼往猫眼里一瞧,然后冷笑一声,揣着手回房了。

是个没必要开门的人。

如果是五年前,他会猛冲出去,揪住门外的人,控诉自己被践踏的青春。五年过去,所有的记忆、怨恨,就像衰老的恒星,朝着一个点塌陷、收缩,最后变成一个虚无的黑洞。什么都没有了,除了它的存在本身。

门铃继续响着,于静怡似乎被打扰了,探出头询问情况:"谁来了?"

"旧日余孽。"闻笛说。

于静怡迟疑片刻,而后迅速跑到门口,透过猫眼往外看。将室友骂了五年的人观察完毕后,她转头问:"你不开门?我看他打算在外面等。"

"你怎么看出来的？"

"他开始抽烟了。"

闻笛骂了句脏话，火速开门。

何文轩和他想象的一样，金丝框眼镜、黑西装，头发往后梳，华尔街和硅谷精英的混合体。少年气早就耗没了，只剩下成功人士的从容。

见鬼，闻笛想，这个人专挑他穿旧睡衣的日子来，用自己精致到头发丝的装束衬托他的落魄和不修边幅，一点礼貌都没有。

"好久不见，"看到门里的人，何文轩说，"我回国了。"

闻笛面无表情地把他手里的烟抽出来，摔在地上，狠狠地踩了两脚。"谁允许你在别人家门前抽烟的？"他指着金丝眼镜说，"你自己找死无所谓，为什么要我吸二手烟陪你死？"

何文轩沉默了一会儿，说："这个欢迎方式挺特别的。"

"谁欢迎你了？"闻笛开始考虑是否要搬家，"有事就说，没事滚蛋。"

何文轩尽量忽略他话里话外的攻击性："最近有空吗？我们在北京的高中同学打算聚一聚，人你认识，都是我们的朋友。"

"你的朋友。"闻笛纠正他，"我可不觉得背后嘲笑我的人算朋友。"

"你也知道，那个年纪很容易犯蠢，你别跟他们一般见识。"何文轩说，"我在松鹤楼定了位子，我记得你喜欢吃松鼠鳜鱼。"

闻笛深吸一口气，尽量拖长时间吐出来："我不喜欢，是你喜欢。你没发现我从来不吃甜的荤菜吗？"

对面的人沉默一瞬，说："你经常选苏杭餐馆，我还以为……"

"算了，"闻笛摆手，表示不愿深谈，"说这些也没意义。"

何文轩深深叹了口气："看来你还没有原谅我。"

闻笛挠了挠头。大冬天的晚上站在门口，实在磨人，可他不想让这人进门。"我凭什么要原谅你啊？"闻笛说，"你就接受我恨你的事实不好吗？"

"挺好的，"何文轩说，"你恨我，至少我在你心里还有一席之地。"

神经病，闻笛想，真自恋。他早该知道，这种自我中心主义者会把别人的所有感情都归因于自己，以为全世界都是绕着自己转的。

闻笛意味深长地看着他，说："你先在这等一会儿。"

何文轩因为这句话愣住了。闻笛转身走进客厅，拿出一个圆筒状的喷雾瓶，然后回到门边，抬手，启动。

红棕色颗粒在空中飞舞，形成呛人的雾气落在对面的人身上。西装、眼镜、用发胶精心修饰的脑袋，全被刺鼻的辣椒水打湿了。

何文轩被刺激得涕泗横流，一边咳嗽一边抖衣服，狼狈不堪。

"我室友有时候回来得晚，所以买了几瓶防狼喷雾。"闻笛放下瓶子，拍了拍手，"我五年前就想这么干的，可惜你没给我机会。"

拖着鼻涕回忆过往的丢人行径，但凡有自尊心的人都干不出来，更何况天之骄子。何文轩拼命抑制咳嗽的冲动，让自己显得泰然自若。

"你应该开车来的吧？"闻笛说，"你现在不适合坐公共交通工具。"

何文轩嘴角抽搐两下，欲言又止，看了他一眼，转身下楼。

闻笛看着他的背影，闷气像雨后乌云，一扫而空。

他关上门，走进卧室，倒在床上，感觉这倒霉的一天终于舒服了点儿。

手机振了振，闻笛拿起来一看，翻了个白眼。又是隔壁那讨厌鬼。这家伙才安静没多久，怎么又跳出来烦人？

邻居："楼道里怎么有股怪味？胡椒？辣椒？还有烟？"

狗鼻子吗，这么灵！

闻笛："调料不小心洒了。"

邻居："厨房调料能洒到门口？"

闹了一天，闻笛脑子嗡嗡响，懒得吵架，没搭理那人。谁想到，他放下手机去了趟厕所，回来一瞧，消息一条接一条蹦出来。

邻居："刚刚是不是来人了？"

邻居："你是不是把调料洒人身上了？"

邻居："现在是冬天，楼道不开窗，这味道什么时候才能散掉？"

闻笛盘腿坐在床上，浏览着消息，挑了挑眉毛。他不作声，人还自己聊起来了，在这唱独角戏呢。

闻笛："你又不睡楼道，明天早上不就没味儿了。"

邻居："这关乎我的生活质量，我很在意公共空间的卫生情况。不会那个人来一次，你洒一次吧？"

闻笛："关、你、屁、事。"

邻居："那人是谁？仇家？"

闻笛："你想象力真丰富。"

邻居："债主？"

闻笛："睡你的觉去。"

邻居："你不开门不就好了。我上次要拿衣服你不开门，仇家来倒是愿意开，你开门的标准到底是什么？"

闻笛露出疑惑的表情，这都哪跟哪。

闻笛："我觉得我们还是别见面的好。"

邻居："为什么？"

闻笛摇摇头，心说你不到一米七的身板，胆子还挺大，居然敢随便跟死对头线下见面："我们这么多陈年积怨，见了面掐起来，多不好看。"

邻居："你跟仇家掐起来就好看了？"

这人脑筋拴何文轩身上了？还打了个死结？

闻笛："我仇家跟你有什么关系？你是谁啊？管这管那。一天到晚挑别人的逻辑毛病，你看看你自己的话有逻辑吗？"

闻笛："还有，你怎么知道得这么详细？摄像头不是已经拆了吗？你不会是扒着猫眼看的吧？！窥探别人家的隐私，你还说你不是变态！"

邻居："你选择在楼道这种公共空间吵架，就是默认不算隐私，旁人可以观看。"

闻笛："所以你确实扒着猫眼看了？"

死一般的寂静之后，对面再也没有回复。闻笛瞪着手机，过了一会儿，突然意识到一件事。

他刚刚，是不是，跟邻居吵架，赢了？

他赢了？！

第一次！

\ 乡亲们，请借我你的耳朵 \

这一天真闹腾。先被教授挑刺挑上了火，再被瞎眼的兔崽子气吐了血，转头又遇到自恋狂。好在完成了夙愿，又成功吵赢了一架，画上了圆满的句号。闻笛满意地闭上眼睛，决定保持健康作息，早早熄灯睡觉。可惜这一觉睡得不安稳，在梦里一脚踏空后，他冒着冷汗惊醒，一看手机，两点。

今晚的北京格外安静。夜色黑压压地积在窗户上，只能听到细微的窸窣声。闻笛想起来，天气预报好像说有雪。他跳下床，凑近窗户仔细瞧，外面果然飘着星星点点的雪花。北京气候干燥，连雪都只是细碎的一点，落到路上就不见了。

闻笛隐约看到次卧的灯亮着——于静怡还在挑灯夜战。他走过去敲门，冲里面喊："下雪了，要来阳台看看吗？"

于静怡是南方人，雪的诱惑盖过备考的焦虑，她很快从房间里钻出来。

两人穿上羽绒服，打开玻璃门，走到阳台上。白雾从嘴里喷出来，融掉了空中的几粒雪。闻笛扭头看了看旁边，讨厌鬼家的灯也亮着。看来，不知为何，隔壁也度过了一个不眠之夜。

隔壁封了阳台，钢化玻璃密不透风。闻笛撇了撇嘴，对于静怡说："你看，一点情调都没有，就为了防点风沙，失去了赏雪的机会。"

于静怡没提醒他，他们的阳台已经落了厚厚一层灰。闻笛哈气暖手，显然不在意脚下方寸之地上的污垢。

雪永无止境般地下落，穿过树梢，平等地洒在每一寸土地上。于静怡颤巍巍地伸出手，指着空中："qanik。"

闻笛抱着胳膊，脖子缩在毛领里，哆哆嗦嗦地问："什么意思？"

"这是因纽特人的语言。"于静怡说，"他们生活在冰天雪地里，有丰富的形容雪的词汇。不同质感、形状、大小和用途的雪，都有不同的名字。"

闻笛看着飘扬的雪花。

"aput 是路面的积雪。"于静怡说，"pukak 是融化后再结冰的雪，Mangokpok 是行走时感觉到松软的雪地，Kaniktshaq 是在阳光下闪闪发光的雪。"

"qanik，"她又望向天空，"正在飘落的雪。"

闻笛抬起头，看着空中的雪花。"真浪漫，"他问，"没有形容雪的伤感的词吗？"

"Matsaaruti，"于静怡说，"被新鲜雪层掩埋的旧日积雪。"

闻笛磕磕绊绊地复述，于静怡纠正了两遍。

"你是怎么记住的？"闻笛感叹，"这么拗口。"

"上个月在 *Language in Society*（《社会中的语言》）上看到的，觉得有趣，就多念了几遍。"

闻笛啧啧赞叹："大三那会儿，可没觉得语言学这么有意思。"

于静怡感到被冒犯："语言学是世界上最有趣的东西。"

雪在玻璃上化成细小的水珠，折射着熠熠的灯光，祥和、纯净。在静谧的天地间，刚才发生的冲突仿佛另一个世界一样遥远。

"总算见到传说中的人渣了。"于静怡说，"经常听你提起，还是第一次见到真人。"

闻笛掸了掸阳台栏杆上的灰，靠在上面："是啊，毕竟他没来看过我。"

他们大三闹掰，之前的两年何文轩在美国，只有暑假回家时会跟他见上几面。闻笛大三时拿到交换生名额，终于有机会飞过去见他，之后觉得相见不如怀念。

于静怡微微摇头。她大学四年专心学习，自己的生活平淡如水，倒是看了几出好戏。她感觉自己像是误入狗血剧场的路人。一个又一个痴男怨女上台，号哭、撕扯、大喜大悲，只有她在冷眼旁观，百思不得其解："你，还有尤珺，都是数一数二的聪明人，怎么会被人当成傻子一样耍？"

"你等等，"闻笛说，"我给你看样东西。"

他返回卧室，翻找一阵，拿出一个信封。简单的绿色厚卡纸，封口处印着凸起的玫瑰花纹。他从里面抽出信纸，递给于静怡。

"这是什么？"于静怡借着卧室的灯光观赏，信纸上用漂亮的行书写着几行字。

"何文轩给我的，"闻笛弹了弹信纸，"这是我第一次收到别人的信。"

于静怡辨认着字迹，前后读了三遍，大为震惊："这是人渣能写出来的东西？"

"看起来像个好人吧？"闻笛说。

"我好像有点理解你了。"于静怡说，"骗人真是需要功力，我连人渣都做不了。"

"之前他一开口，就让我想起了当年。"闻笛说，"嘴上说着灵魂挚友，心里只盘算着自己的事情，联姻、拿绿卡、平步青云。"

于静怡又开始摇头。她对那些从垃圾桶里捡回来的男人一向嗤之以鼻。

看了会儿翻飞的雪，两个人觉得冷了，回客厅热了两杯牛奶，准备喝完睡觉。

摄入着蛋白质，于静怡忽然察觉到不对劲："你怎么还留着这封信？你该不会……"

"说什么呢！我都往他眼睛里喷辣椒水了！"闻笛惊恐地说，"我跟他闹掰的时候正在国外交换，没法处理这些东西。等我交换完回来，已经半年过去了，我就把这事儿忘了。前一阵子搬家的时候才找出来的。"

"那你当时怎么不扔？"

"我决定留着它，告诫自己，花言巧语不能信。"闻笛郑重地说。

然后他陷入了沉默，皱着眉头像是在思考什么重要命题。过了一会儿，他用顿悟的语气开口："这么一想，其实教授的性格挺好的。"

于静怡瞪大眼睛看着他："你刚刚还说人家是棒槌，要记笔记骂死他。"

"他说话是难听了点，但至少实诚，有什么说什么，而且都是当场直说，"闻笛戳了戳信纸，"比说一套、做一套，当面奉承、背后嘲笑好多了。"

怎么还比起烂来了？于静怡脑壳痛，提醒他："把滤镜关小一点！"

"你知道青春期之后百分百欣赏一个人，是多小的概率吧？"闻笛说，"宁可错杀，不能放过。"

"万一他太实诚了，把你气死了怎么办？"

"那就找个不说话的地方……"闻笛猛一拍手，"对啊，不说话就好了。"

"去哪不说话？"

"音乐会。"

闻笛拿出手机，点开学校音乐厅的公众号。每天都有世界各地的音乐家和乐团来校演出，在校生可以用白菜价买票进场，算是学校给的福利之一。最近音乐厅正在开"邂逅浪漫"系列音乐会，有众多古典音乐曲目。

"小提琴独奏，"闻笛满意地说，"舒曼、勃拉姆斯、施特劳斯，完美。"

音乐会不用交谈，气氛浪漫，而且就算再吹毛求疵，教授也不可能从古典乐里挑出逻辑错误。

"人家要是不喜欢听音乐会呢？"于静怡指出。

"他说过喜欢。"闻笛说，"音乐能触发灵感，说不定我还能为数学的发展做出贡献。"

"你的脑干被弓形虫占领了吗？"

似乎觉得听音乐会还不够，闻笛叹息了一声："要是有机会听他演奏就好了，保不齐他很擅长小提琴呢。"

"为什么？"

"天才不都这样吗？"闻笛言之凿凿，"爱因斯坦、福尔摩斯都会拉小提琴。"

"你举的例子都不在一个次元里。"

闻笛充耳不闻，打开微信，上大号发消息。他脑中已经浮现出教授演奏小提琴的场景了，修长骨感的手指按着丝弦，随乐声轻轻揉动。

一定很美妙。

83

\片刻欢娱，是二十晚无眠的代价\

闻笛算盘打得精，这次也确实进展顺利。进入音乐厅后，演奏者一鞠躬，边城再没说过话，在悠扬的乐声中默然安坐。

氤氲的暖意，浪漫的曲调，静谧的氛围。闻笛的心脏随着演奏者的手一扬一落而震颤不已。

计划只有一个疏漏，一个——闻笛毫无音乐素养，他连流行歌曲都甚少涉猎，更别说古典乐。那些浪漫主义大家他只听过名字，真到现场，他连大提琴和小提琴的声音都分不清。两个小时古典乐，就是两个小时催眠曲。雪上加霜的是，他连日赶论文、看文献，熬夜严重，睡眠不足，而音乐厅的椅子又软又服帖，舒服至极。

闻笛强撑着眼皮，打起精神接受熏陶，结果《德累斯顿之春》才演奏了三分钟，他就睡着了。开始是往侧面歪，因为找不到着力点，他的头一顿一顿，最后啪的一下倒在了身旁人的肩上。宽阔的肩膀，紧实的肌肉，正适合当枕头。

酣甜一梦，直到演奏结束，全场掌声雷动，他才猛然惊醒。

乍一睁眼，视野模糊，他眨了眨眼睛，熟悉的鼻梁和下颌映入眼帘。

教授的坐姿很端正，丝毫没有被肩上多余的重量干扰。保持这种姿势两个小时，换成闻笛自己，胳膊早就废了。他惭愧无比——听音乐会是自己提的，票是自己买的，结果既没尊重教授，也没尊重古典乐。

闻笛小心地观察眼前的人有没有生气的迹象。表面上看，没有。不过做不得准，教授的表情已经融入了公式，稳定、精确，恒定不变。

然后，他看到了教授手里拿着的东西——白色的纸巾，已经揉成了一团。听个浪漫主义音乐会，不至于哭吧？难道教授表里不一，是个伤春悲秋的感性之人？

边上适时传来一句："你流口水了。"

社死现场，好丢人！闻笛猛地一激灵，脖颈被掰直，顿时又酸又麻。他按住脖子嗷嗷叫起来，脑子里飞速计算着逃跑路线。

旁边的人抬起手，朝他伸过来。闻笛还没反应过来，那只手就落在了他的后颈处。酥麻感从颈部延伸开来，酸痛忽然减轻了不少。

"风池穴。"身旁的人说。

教授伸出另一只手，握住他的手腕，用拇指按压他手掌尺侧的某处。

"后溪穴。"

教授揉按了三分钟。闻笛眼睛一眨不眨地看着他，颈部的肌肉放松下来，只剩下轻微的酸胀感。疼痛消解，那两只手就挪开了。闻笛下意识地摸了摸颈后。

"如果落枕，或者太过劳累，按摩三到五分钟，很有效。"边城说，"你看起来最近睡得不好。"

"好的。"闻笛说。暖气已经把他的脸熏红了。

边城站起身，开始活动肩膀。罪魁祸首看着他这个动作，心里很过意不去："不好意思，我平常睡姿挺规矩的。"

边城转头望了他一眼。

"从来都不口呼吸。"闻笛起誓。

边城把手插在大衣口袋里，走向空荡荡的过道，然后停住，等闻笛跟上自己的步调。闻笛走在他旁边，不住地瞥向他的肩膀。

教授今天穿着及膝的深色大衣，里面是西装外套、灰蓝色羊绒衫。这样高级的面料，谁能想到充当了免费枕头呢。闻笛一边想着，一边把围巾拿出来。寒风凛冽，他缩在羽绒服里都哆嗦，看到教授毫无遮蔽的脖子，就问："不冷吗？"

"出门忘了戴围巾。"

闻笛把羽绒服的帽子戴上，绒毛在眼前随风舞动。他走到边城面前，将围巾套在对方脖子上，毫无美感地绕了两圈。

边城看着他体贴的动作，突然开口说："你其实不喜欢古典乐吧？"

闻笛愣了愣，想起自己酣然入梦的样子，只得承认："不喜欢。"

"那为什么请我听音乐会？"

这有什么难理解的吗？"你不是喜欢古典乐吗？"闻笛心里突然打起了鼓，"难道我记错了？"

"没有，"边城说，"我喜欢。音乐是感性的数学。"

"音乐跟数学有关系吗？"

"如果琴弦的振动段和整根弦的长度是三比二，就能得到完美的纯五度。四比三，就能得到纯四度。"边城说，"动人的曲调往往是符合数学规律的。"

"舒曼的曲子里也有公式吗？"

"最遵循数学规律的其实是巴赫的曲子，具有高度结构性。有些人认为，最有可能被外星人识别的就是巴赫,所以'旅行者1号'探测器上有三首巴赫。"

"那你很喜欢巴赫?"

"不喜欢。"

"为什么?"

"他的曲子太难了。"

闻笛忍俊不禁。天才也会有畏难情绪吗?"教授经常拉小提琴吗?"

"算是吧。"

看吧!闻笛隔空对于静怡发出胜利的宣告,他的推断果然没错:"拉得好吗?"

边城沉默了一会儿,说:"评价因人而异。"顿了顿,又说,"有人觉得像在锯木头,有人觉得好听。"

"那你自己评价呢?"

"相当业余。"

闻笛认为这是天才的谦逊之词,他的业余跟普通人的业余不在同一水平线。"有人欣赏就说明拉得好啊!"闻笛极力暗示,"要是有机会听听就好了。"

边城完全没接茬,还奇怪地看了他一眼:"这个机会最好不要有。"

别人可以听,他不能听吗?闻笛有些沮丧,问:"那你觉得今天的演奏者水平怎么样?我看网上说很有名。"

他以为边城会对演奏者的技术大放厥词,已经做好了心理准备,结果边城来了一句:"很好。"

闻笛油然而生一股成功的喜悦。看来他之前对教授的评价太过片面,他们还是能愉快地交流的。

然后,边城说:"就是肩膀太酸了,影响我欣赏音乐。"

闻笛脸上的笑意消失了。帅哥果然还是安安静静的最讨喜。

红色的音乐厅在身后逐渐远去,北京的寒风钻进衣服的各处缝隙,耳朵泛起麻木的刺痛。他们走在凋零的银杏树下,乌鸦也瑟缩着,发不出声音来。走到图书馆楼下,边城走进一层的咖啡厅,点了两杯热饮。他们坐在落地窗旁,一寸之遥就是猎猎北风,身子被暖气包裹,有种对冬天报仇得逞的快意。

闻笛小口喝着咖啡。边城看着他,突然问:"你经常这样吗?"

闻笛还记着他嫌自己脑袋沉,气鼓鼓地回了一句:"什么?"

"请别人去自己不喜欢的地方,吃自己不喜欢的东西。"

闻笛死气沉沉地看着他,猛喝了两口棕色液体。谁没事给自己找罪受?那还不是因为你喜欢吗!

"不要因为觉得我感兴趣,就做自己不感兴趣的事。"边城说,"想到另一个人在强忍睡意成全我的快乐,我会很愧疚——"

"啊?"闻笛震惊,"你还会愧疚呢?"

"——那一个个音符就好像砸在我的良心上——"

"听个古典乐还让你的良心千疮百孔了?"

"——抒情曲只有我一个人欣赏,再浪漫听起来也有些凄凉——"

"最凄凉的不是我吗?"闻笛揉搓着手里的咖啡杯大叫,"我付了钱,没得到快乐,还拷问了你的良心!"

"所以说……"

"你想怎么样?!"

"你喜欢什么?"

闻笛一捏咖啡杯,杯盖歪了歪,差点脱落:"什么?"

"我们下次去做你喜欢的事。"边城说。

闻笛把咖啡杯放下,稳住心神。悲伤和快乐来得太过突然,他有些措手不及。

"告诉我吧,"边城说,"我想知道你喜欢什么。"

刚刚心里涌过暖流是因为感动吗?他居然从教授的话语中获得了感动?

"等等,"闻笛觉得新认知到的事实冲击太强烈,"我脑子有点乱。"

"你可以先从最喜欢的事说起。"

闻笛思忖半晌,踌躇着开口:"那可能不太适合两个人做。"

"先说。"

"泡澡。"

边城明显怔住了,握着纸杯的手半天没动弹。然后,像是需要倒带一样,他又问了一遍:"什么?"

"泡澡。"闻笛说,"小时候在老家,我和父母、叔叔一家、爷爷奶奶住在一起,晚上要排着队洗澡,没有泡澡的时间。长大就住校了,也没有泡澡的条件。"现在租的教师公寓是老破小,浴室都是一个马桶一个喷头,也没机会泡澡。

"电视剧里不是经常有泡澡的镜头吗?周围都是泡沫、蜡烛,看起来特别舒服。"闻笛说,"我交换的时候泡过几次,之后就再也没机会了,好怀念。"他概述了这一爱好的前因后果,边城仍旧一动不动。

"不适合两个人做吧?"闻笛说。

他们同时沉默下来,似乎是在想象这个场景。闻笛脑子里刚浮现出一个浴池,就忍不住哆嗦了一下。

"你是不是觉得我很奇怪?"闻笛问,"你看起来很震惊。"

"没有,"边城说,"我只是以为你会说莎士比亚舞台剧。"

闻笛精神抖擞:"在你眼里,我品位这么高雅?"

"你不是喜欢莎士比亚吗?"

"这倒没错,"闻笛说,"不过我对舞台剧有心理阴影。"

"阴影?"

"小学期的事,说来话长。"闻笛摆摆手,支支吾吾的,像有什么难言之隐。他迫切想转移话题,此时念头一动,忽然皱起眉头:"你怎么知道我喜欢莎士比亚?"

边城沉默了两秒,说:"你的头像。"

"哦。"眉头松开了。他确实爱拿卡通莎翁当头像。

"接着说,"边城提醒他,"还喜欢什么?"

闻笛开始说起自己吃饭的口味、闲时的消遣。诉说喜好总是愉快的,遑论是偶像想听。嘴里咖啡的苦涩消散了,耳边响起了《德累斯顿之春》。也许在睡眠时,音乐悄悄钻进了他的脑子里。

做完个人爱好调查问卷,二人在图书馆台阶下告别。闻笛骑车回荷清苑,一路上回想接受艺术熏陶的一天,还有教授戴着围巾的背影。总的来说,这一天还是完美收尾了。偶有尴尬,但大部分时间和谐、温馨,还留下了下次见面的借口。

回到房间,他躺到床上,拿出手机,斟酌了一会儿措辞,给边城发了条消息。

闻笛:"教授,我刚刚想起来,我的围巾还在你那呢。"

边城好一会儿没回复。闻笛开始担忧,要是对方直接给他转钱怎么办——教授是能干出这种事的。

好在回复姗姗来迟:"约个时间,我把它还给你。"

闻笛露出胜利的微笑:"好啊,什么时候?在哪?"

边城:"还没想好。确定下来了,我在微信上告诉你。"

闻笛收回手机，在床上打了个滚。只还围巾的话，不需要费心思选地点，肯定还有别的安排。

手机又"嗡"了一声。闻笛龇着牙拿起来看，笑容瞬间消失了。

边城："你这围巾多久没洗了？"

闻笛心情复杂。是，他买回来就没洗过，但谁洗围巾？

对面又弹出一条："你不介意我洗它吧？我实在看不下去。"

洗洗洗！随便洗！把细菌、霉菌、灰尘，连同刚刚冒出头的一点点感动全洗了！

闻笛放下手机，长叹一口气。如果说上次是蹦极，这次就是坐过山车，也不知道是进步还是退步。

沉思了一会儿，他忽然打了个激灵，往上翻聊天记录。

这人说下次见面的地点要考虑一下。一个没谈过恋爱、毫无人际关系常识的人，能约在哪里？不会真去泡澡吧！

Chapter 3

罗密欧与朱丽叶

那天晚上我碰到他,他把身上的七百美元全给了我,然后我们一起走到荒野,在世界尽头看了日出。

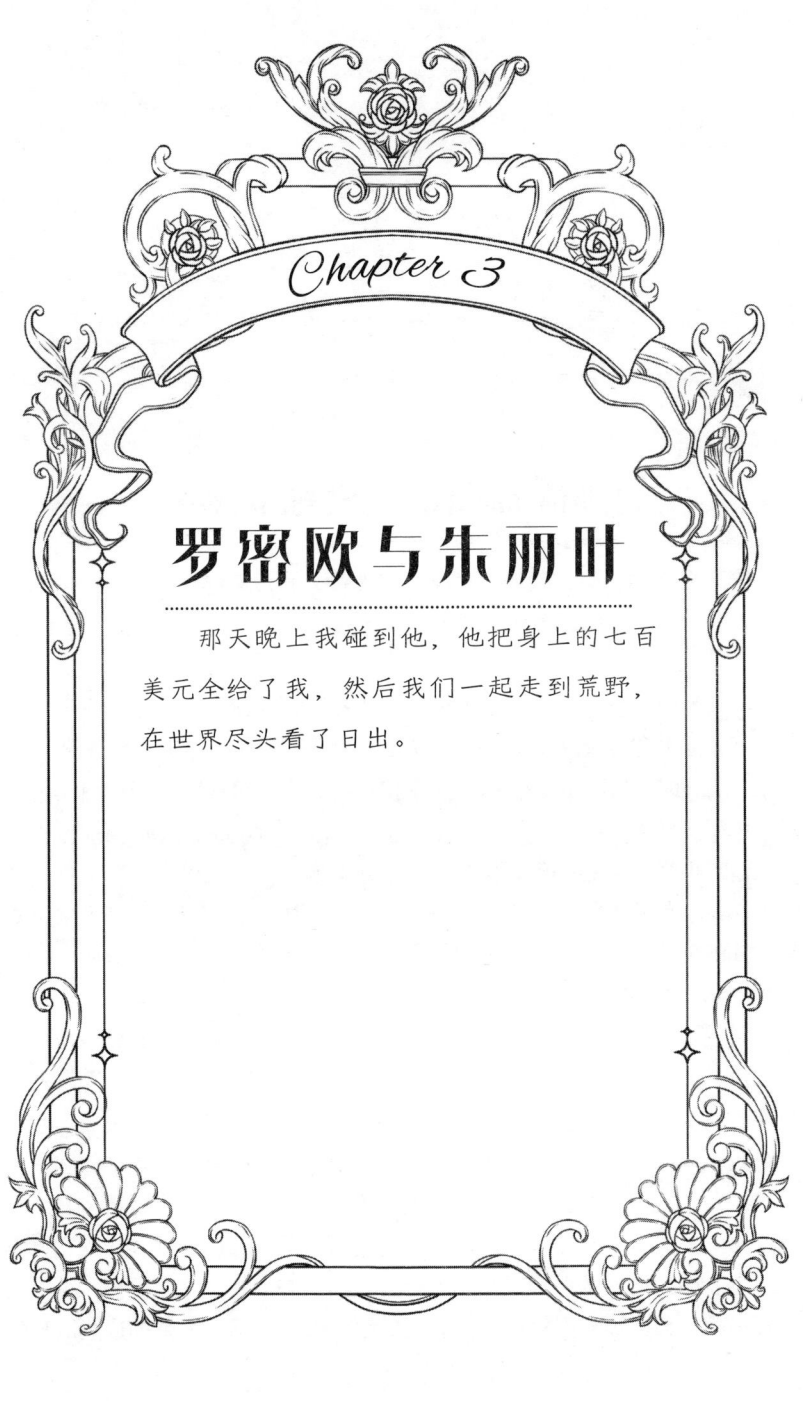

\ 我诊断你的痛处，却找到自己的伤 \

接下来几周，也许因为公事繁忙，教授一直没有联系他。导师的压迫和论文的压力让他无暇顾及暂时搁置的约定，又回到了苦闷的科研民工生活中。

学校最新的图书馆是文图，桌子大，空间足，装潢和采光也舒服，十点前位子就会被全部抢光。闻笛找到东翼三楼里面的一个空座位，坐下打开电脑，点进期刊数据库，浏览最新一期的 Shakespeare Quarterly。网站上，最新的研究成果和引用最多的文章全是关于 race studies（种族研究）的。

他的研究方向是中英戏剧文化比较，已经偏离近几年的热门了。

抱着拳拳求知之心，闻笛点进一篇名为《摩尔人：〈奥赛罗〉和文艺复兴时期的种族重塑》的论文，大致浏览一遍，而后释然了。他就算蹭到了热度，也写不出这么精妙的文章。

闻笛退出 Shakespeare Quarterly 的网页，开始看 Asian Theatre Journal（《亚洲戏剧研究》）上的内容。最近他正在构思莎士比亚和汤显祖戏剧跨文化改编的对比研究。中午吃完饭，他坐在硬板凳上冥思苦想，在键盘上敲敲打打，一下午写了不到五百个字。吃晚饭的时候，他脑子里转着新写的部分，怎么想怎么觉得逻辑不通，晚上又把那五百字全删了。他回想这几天，不算注释，平均每天也就写一千字，还被反复修改删掉了一小半。因为进展缓慢陷入消极状态，因为状态消极进展更缓慢，再加上导师放养，自己孤立无援，闻笛悲从中来，想起了前几天精神崩溃的化学系博士。他深吸一口气,决定去操场上跑两圈,看看运动能不能给死亡的脑细胞带来新生。

走出图书馆大门,他打了个激灵,裹紧身上的羽绒服,慢慢跑向东北门旁边的操场。

也许是因为T大苛刻的体测要求,操场上夜跑的学生很多,三三两两,戴着耳机、呼着白气。操场中间的草坪上大多是浓情蜜意的情侣,大冷的天,假草上都挂着冰碴,他们竟然也坐得下去。闻笛看着刚来到成人世界的年轻面庞,颇为艳羡。这样无忧无虑的时光再也回不去了。

他把包存在操场角落的储物柜里,沿着里圈慢跑。他不常运动,偶尔跑一次,微微出汗,有种打通经脉的舒畅感。

冷气加上血液激荡,某个瞬间,脑中闪过一道火花,就像突然理出了乱麻的线头,思绪如抽丝剥茧般解开。他正欣喜地厘清线索,蓦然在操场边看见了熟悉的身影。

还是那身醒目装束——长发披肩,随机染成彩虹的某个颜色,即使在夜色中也令人目眩。零下的温度,不穿羽绒服、大衣、长靴,手上戴着银光闪闪的戒指。

闻笛每次看到他,都怀疑他想变成发光的水母。

"蒋南泽!"四肢活络了,叫喊声都格外嘹亮,"你怎么会在这?"

借着路灯隐约的光,闻笛看见被叫到名字的老同学身子一僵。

看这反应,必有隐情。

"你回国了?"闻笛走上前问,"什么时候回的?"

"就最近。"蒋南泽把手插在兜里。随时保持体面似乎是富家子弟的操守,再冷也要咬牙死扛。闻笛都想替他们哆嗦。

"现在不是国外的假期吧?"闻笛说,"离圣诞还有很久呢。"

蒋南泽眯了眯眼:"我跟导师请假了。"

"就算回国,你来北京干什么?"闻笛说,"你不该回老家吗?"

"来北京玩玩,顺便见见同学呗。"蒋南泽说,"就你一个是T大的学生吗?"

闻笛运动过后脑子转得飞快:"那你为什么不告诉我你来了?前两天我们才聊过。"

蒋南泽还在思考怎么搪塞过去,闻笛已经拿出手机点开了微博。蒋南泽开了个不温不火的微博号,时常发些科普知识、博士日常,闻笛没事会刷刷。

93

"你现在的定位还在美国，"闻笛把屏幕转过来，罪证昭昭，"你是打穿地心瞬移过来的？"要让定位显示在国外，必须用一些特殊方法。这就是有意误导了。

谎言被戳穿，蒋南泽面露尴尬之色，但很快恢复如常，淡淡地看着远处的宿舍楼。

"出什么事了？"闻笛觑着他的脸色，蓦然心慌起来。

蒋南泽简单地说："我退学了。"

这话像平地一声炸雷，把闻笛震蒙了。"什么？"

蒋南泽仰望没有几颗星子的天空，这副思想者的样子跟他毫不相配。"没想法，没成果，换了课题也还是一无所获。"蒋南泽说，"刚读博那会儿，意气风发，活蹦乱跳，被困难砸中了，马上就能爬起来，继续往前走。可现在……"他笑了一下，"当初我还以为，只要努力，只要有韧性，怎么都能做出成果来。可现在想想，你对着石头乱砸，就算砸一万年，难道能砸出好看的雕塑来吗？"

闻笛忽然觉得胸口剧痛。深埋心底的伤口突然裂开，隐藏多年的恐惧就这样暴露。

"实在是做不下去了。"蒋南泽说，"想回到四年前，去找和老板套磁的自己，告诉他，别来这里。但已经晚了，太晚了。二十三到二十六岁，最黄金的四年，完全用错了地方，使错了劲。"

闻笛看着他，两颊因为寒冷而麻木。"谁不是这样呢？"闻笛叹了口气，"但你都博四了……"沉没成本已经高昂到无法放弃。

"找个好发文章的方向，水篇论文毕业吧。"闻笛说。

蒋南泽不置可否地笑了笑。"我暂时不想回实验室了，"他说，"我需要一段时间静一静，想想做研究是不是我想要的。"

闻笛看了他半晌，挤出一句："那可是普林斯顿啊……"多少人趋之若鹜、拼尽三代之力都想进去的地方，难道说不读就不读了？

蒋南泽耸了耸肩，没说什么。

闻笛想了想，不劝了。不是走投无路，谁会在博四退学呢？

"你怎么不早告诉我？"闻笛问，"我还以为你过得很好。"

之前聊天时，蒋南泽没有任何反常之处，照样插科打诨。闻笛也提到了他的研究课题，他看起来还像四年前一样充满热情。

"那时候我已经缓过来了。"蒋南泽说，"回国之前，状态很不好，但从实验室逃出来之后,清清静静养了一个月,好点了。"

冬日里久站,脚都冻麻了。他们说着说着,默契地往前走。闻笛觉得千头万绪压在胸口,半天才感慨道:"我以为你肯定没事。"

即使是T大的学生,能去普林斯顿的也寥寥无几。蒋南泽是以第二名的成绩毕业的,有热情、有想法、有脑子,而且目标明确,大一就奔着科研去,是闻笛最羡慕的那类人。

他以为他肯定没事。

"你高看我了。"蒋南泽说。

平常自视甚高的人忽然谦逊起来,闻笛只觉得感伤。

"你家里知道吗?"闻笛问,"他们理解你吗?"

闻笛自认为遇到了全天下最好的父母,即便如此,如果他说要退学,父母也不会轻易接受。那可是T大啊,那可是普林斯顿啊。

学业触礁,前途渺茫,人生陷入谷底,精神也濒临崩溃,父母苦苦相逼可能会让人走上绝路。闻笛听说过太多这样的恐怖故事了。

"没有。"蒋南泽说。

"真的吗?"

"他们没有扇我一巴掌,说我自毁前程,说我让他们失望了。"蒋南泽说,"我连他们的面都没见到。"

闻笛沉默下来。

"我从实验室出来,拿着退学申请给他们打电话,告诉他们我要退学。然后我妈说她又要结婚了,接下来会搬去加拿大生活。我爸说最近生意不景气,大环境很不好。"

对于蒋南泽本人,他们只字未提。

原来如此,闻笛想。怪不得,怪不得Thomas又出现了。

闻笛突然很想抱抱他:"你现在住在哪?"

"我在学校旁边的小区里租了个一居室。"蒋南泽说,"你不用担心经济问题,我的生活费还剩很多。"

生活没什么问题,有问题的是心理。即使蒋南泽声称缓过来了,但那个崩溃的化学博士前一天看起来也好好的。

"你要是想找人聊聊,随时叫我。"闻笛说,"我是学生,时间比较灵活。"

蒋南泽看了他一会儿,用胳膊肘捅了他一下,然后把手收回来,放进口袋里:"我真没事,别这么紧张。你管好你自己吧,你不是还在围着那个教授转吗?"

"他哪有朋友重要。"闻笛说。

"这话中听。"蒋南泽说,"行了,我一个人清清静静地待着挺好的。你真担心我生活不能自理的话,周末就去我那看看,正好我有礼物要送给你。"

"没头没尾的送什么礼啊?"

蒋南泽拍了拍他的肩:"保密。"

说完,老同学戴上耳机,在寒风中继续夜跑。闻笛看着他的背影,半天没动。

不过,他毕竟是局外人,不好估量这件事的实际影响。思虑再三,他决定周末先去老同学家看看情况。

他身边最前途无量的科研人都落败了,这让他感到一种唇亡齿寒、物伤其类的恐慌。他在回家的路上理了理刚刚想通的论文逻辑,确定思路没有问题,如释重负地呼出口白气。

他在路口停下,拢了拢羽绒服。学校跟小区之间只隔了一条马路,可他回回都能碰上红灯。他觉得冥冥之中有哪位神祇对他心怀不满。寒风呼啸,拉链拉到了顶,冷气还是直往脖子里钻。帽子戴在头上,耳朵略微暖和一些,脸还是冻得发疼,双手揣在兜里还不断哆嗦——他的抗寒能力太差了。

偏偏手机铃声还在这时候响了。

闻笛一个激灵,打了个喷嚏,捂着鼻子掏出手机,接通。

哪个不长眼的浑蛋?

"晚上好。"人渣的声音。

闻笛翻了个白眼。果然是这个没礼貌的家伙,电话都不知道挑人在室内有暖气的时候打。

"想不到我会打电话来?"

"没空,"闻笛拉了拉书包背带,"挂了。"

"我上次被你弄成那样都还给你打电话,"何文轩说,"总得给我个机会聊聊吧。"

绿灯亮了,闻笛走向小区。荷清苑虽然老旧,绿化却不错。中央小公园里的路面铺着鹅卵石,常青树在冬天也郁郁葱葱。他抱着胳膊走到小路上,包里的电脑和书沉甸甸的,四肢又发凉,他希望这场对话能尽快结束。

闻笛尽量不让身体的颤抖影响语气的郑重:"我已经说过很多次了,我没兴趣和你叙旧,你是哪句话没听懂?我记得你语文挺好的啊。"

何文轩叹了口气。他擅长用愧疚的表情和语气激起别人的同情心，闻笛刹那间想起了收到录取通知书的那一天。

果然，何文轩的语气委顿又沉痛，"之前都是我不好，"他说，"给我个机会补偿你吧，我一定……"

"没必要。"闻笛说，"人生又不是球赛，你上半场做了件坏事，下半场做了件好事，比分就可以扯平，我从不信补偿这回事。"

良久，何文轩惋惜地说："你以前不是这样的。"

闻笛想起了堪称狗血的往事，抖了抖。这人怎么还没从太子爷的幻梦里走出来？

"以前无论我做什么，你都会支持我、包容我……"

"那些跟你没关系。"闻笛说，"我那么做是因为我当时觉得你是个不错的人。现在那些感情都耗完了，拜托你别再提了。"

"我不信。"何文轩说，"我们这么多年的感情，说耗完就耗完了？"

这人到底能不能听懂人话！又说自己有错，又觉得感情消耗不掉，反省都反省得毫无诚意。"不是我说，"闻笛叹了口气，"你也没有多离不开我，别一副可怜巴巴的样子。"

何文轩皱起眉头："你怎么能这么说？我一直都很需要你的支持，只是我之前没有意识到。我疯了一样找你的手机号，千里迢迢地回国来看你，站在冷风中等你，这还不能说明什么吗？"

闻笛沉默着。残叶从他脚边滚过，停在陈年的井盖上簌簌发抖。

闻笛再开口时，带着万分愤怒。

"连幼儿园的小孩都知道自己要什么，你一个成家立业的男人，跟我玩'年少无知'这套？"闻笛火冒三丈，"你以前侮辱我的人格，现在还侮辱我的智商！"

这人就是仗着自己在电话那头，人身安全有保障，才在这大放厥词！

何文轩沉默片刻，没有反驳，只是说："我不会放弃我想要的。"

闻笛揪了把头发，火气在喉咙口上蹿下跳，最后用一句话结束了交谈："神经病。"

他挂断电话，手哆嗦个不停，也不知道是冻的还是气的。不知道这家伙今年抽什么风，短信、电话吵个不停。再这么下去，自己得上警察局告他骚扰了。

被电话分神，他不知不觉走到了小区对面。这么大冷的天，还得折回去，

97

他又在心里骂了几句脏话。

此时此刻,他感到透心凉。摸了摸冰凉的后颈,就像一滴水落入记忆之海,他终于想起了断联许久的教授。

他点进微信兴师问罪:"教授,北京马上快零下十度了,你打算什么时候把围巾还给我?"

对面回复很快:"我近两周在内华达。"

果然是海外交流去了。闻笛刚想回复"那就晚点再说",对面发来一个淘宝链接。他打开一看,是条一模一样的围巾。

边城:"我重买一条。"

天哪,谁要的是围巾!他再穷也不至于连二十块都掏不出来!

闻笛:"别了,那边昼夜温差大,你自己留着保护脖子吧。"

然后边城发来了两张照片。

教授还会发图?闻笛点开来看,是风景照,看视角像是在直升机上俯拍的。照片上的红色峡谷横贯大地,两侧的岩石有地壳演变的痕迹。蓝天、黄土、公路、峭壁,美国西部风情扑面而来。

闻笛捧场了一句:"好漂亮啊。"

对面"正在输入"好久,删了又改,改了又删,差点急死冷风里的博士。

闻笛快走到荷清苑大门了,对面才憋出来一句:"只是漂亮?没有其他想法?"

夸漂亮还不够?对风景照的"彩虹屁"要求这么高?闻笛莫名其妙,想了半天,发过去一句:"要是有一天能去那里看看就好了。"

然后对面又开始"正在输入"。等进了家门,蹦出来一条消息,闻笛一看,差点把手机摔了。

边城:"你是不是出过车祸?"

怎么一言不合还咒人呢?闻笛:"我虽然穷,但也没有惨到这个地步。"

边城:"你是双重人格?每一个人格只能保留自己的记忆?"

闻笛的面容越发扭曲:"你要改行写小说?"

过了一会儿,边城说:"抱歉,不用理我。会议马上开始了,回见。"

之后界面就停留在了这里。

太惊悚了,闻笛想,今天的世界出了什么bug?怎么一个个都像是被人夺舍了?

\一切事情都不能一直良好\

闻笛拎着膨化食品走进蒋南泽租住的小区。这里处处让他想起荷清苑——无人打理的老旧绿化带、灰扑扑的社区幼儿园、堆满锅碗瓢盆的阳台和飘窗，横跨各个年代的防盗门。

他按下门铃，面前出现顶着一头蓝金渐变色头发的蒋南泽，以及室内令人窒息的杂物堆。得亏颜值撑得住，头发抗造，换成一般人，脸色准被衬得像蜡油，头顶早就寸草不生了。

"你要的垃圾食品。"闻笛把塑料袋递过去。

老同学接过去，道了声谢："进来坐。"

"坐哪？"

屋里到处是纸箱，从标签上看，除了泡面，就是火腿肠、肉干、水果罐头，不知道的还以为世界末日来了，这里是人类最后的堡垒。沙发上横七竖八的都是脏衣服，人只能坐在沙发前的地毯上。闻笛莫名冒出一个念头：隔壁的讨厌鬼要是看到，立刻就窒息而死了吧。他举起手机拍了张照。

沙发对面是一个硕大的显示屏，几乎占了半个墙面。蒋南泽靠着沙发，一边嚼薯片，一边看巨型屏幕上播放的《海底总动员》。

闻笛把几个垫子捡起来，在蒋南泽斜对面的地毯上坐下："你对动画片的爱一点也没变。"

"你知道吗？"蒋南泽答非所问，"小丑鱼是雌雄同体的。"

好吧，闻笛想，又开始了。

"雌鱼孕育整个鱼群，并且占统治地位。如果这只雌鱼首领不在了，一只成年雄鱼就会在几周内经历荷尔蒙变化，转变为完全具有雌性的生理机能的雌鱼，一跃成为新的首领。"蒋南泽继续说。

闻笛有点蒙："什么东西？"

蒋南泽指向屏幕，画面中，尼莫正跟父亲马林争执："所以，《海底总动员》的正确情节应该是，尼莫的母亲死去后，尼莫的父亲会变成女性，然后和同类孕育后代……"

"够了！"闻笛忍无可忍地夺过他手里的薯片，"你们这群科普恶棍离电影艺术远一点！"

从闻笛认识蒋南泽开始，这人就孜孜不倦地研究动物之间的性行为，并因此走上了生物学研究的道路。据他本人说，他的兴趣来源于绝望。父母不合，常年同床异梦，他试图在自然界寻找忠贞的证据，却发现即使是一夫一妻制的鸟类，也普遍存在出轨的情况。

连自然都不站在爱情这边，真令人心碎。

水母这种美丽的生物则不同，它可以无性繁殖。水母的一种形态——水螅体——能通过分裂产生新的水母。这些新个体初时与母体相连，随后脱离母体，最终发育成独立的水母。

没有期待，没有背叛。多么先进的物种。

屏幕上，石斑鱼成群游过，蒋南泽又开口说："你知道吗……"

"先别玷污我的童年记忆了。"闻笛说，"礼物呢？"

蒋南泽看了他一眼，暂停动画片，从茶几上的杂物堆里翻出一个册子，丢给闻笛。

册子印刷得很精致。封面是"兴城中学"四个花体字，翻开是教学楼、人工湖、社团活动和课堂的实拍图，最后一页是铿锵有力的结语："期待您的加入！"

"生日快乐。"蒋南泽说。

"我的生日还有一周多。"

"你生日不应该跟教授一块儿过吗？"

"行吧。"闻笛说，"这又是什么东西？"

"宣传册。"蒋南泽说，"兴城是这儿最好的私立中学，老师待遇很好，我觉得你可以去试试。"

"等会儿，"闻笛说，"你说的生日礼物就是招聘会上一沓一沓发的册子？"

"是就业机会。"蒋南泽说，"你都博四了，不该考虑找工作的事了吗？下学期你别当助管了，去这个学校实习吧，他们实习老师的工资比助管高多了。"

"我没打算当高中老师。"闻笛把册子还给他。

"你可别觉得博士去高中屈才，"蒋南泽说，"附中、深中的高中部早就招博士了。而且学术圈卷成这样，你扪心自问，你那点成果，没有海外留学经历，能留在好一点的高校吗？"

"不能。"

"那不就得了。"蒋南泽说，"不如考虑顶尖中学，待遇好，还受领导重视。"

"我去高校肯定不是看中那点工资啊，"闻笛说，"是社会地位。"

"社会地位重要，钱就不重要吗？你就当留一条后路嘛。"蒋南泽把宣传册塞进他怀里，"你下学期去实习，拿个offer，也不影响明年的秋招。"

"行吧。"闻笛勉强收了下来，就当去赚点外快好了。他看着手里的册子，突然好奇："你怎么开始关注北京的私立中学了？打算找份工作？"

"总得给自己找点事干。"蒋南泽指了指册子上的学校照片，"这个是我对比下来最好的，给得多，包落户。"

"你也要去？"有朋友共事，吸引力比刚才大了点。

"不，"蒋南泽说，"我落选了。"

闻笛过于震惊，手一用力，报废了一包膨化食品："怎么可能？你这么高的学历，人家能不要？"

"我是本科学历。"蒋南泽提醒他。

"你没有博转硕吗？"

"我是直博中途退学。"

"那也不科学啊，"闻笛说，"你好歹有三年海外经历……"

"他们想要博士充面子，宣传起来好看，"蒋南泽说，"对那些非富即贵的家长也有个交代。"

闻笛在心里叹了口气，又不好露出同情的表情，只得转移话题。他环顾四周，房间像是刚被强盗入侵，又像是经历了地震。"Thomas呢？他刚刚怎么一直没说话？"

"他不在。"

这是个好兆头，Thomas消失了，说明蒋南泽的心态有所好转。

但随即对方就说了句："出去买东西了，一会儿就回来。"

闻笛叹了口气，回想他和蒋南泽之前的对话，追溯这一次Thomas出现的时间点——国庆节之前。

持续时间已经远远超出过去的纪录了，闻笛想，他声称没事，心里还是像过去一样渴望陪伴。他父母指望不上，自己又是唯一一个知道退学内情的朋友，闻笛油然而生一种责任感："我搬过来陪你住怎么样？"

蒋南泽盯着他，目光中流露出令人刺痛的嫌弃："这里是我的圣域，不要破坏我完美的居住环境。"

"我家蟑螂的居住条件都比这好。"闻笛说，"你能找到空调遥控器吗？"

蒋南泽把手伸到沙发下面，扒拉半天，摸出来一个满是灰尘的恶心物件。

闻笛忍无可忍地站起来，把桌上的包装袋一股脑地塞到空纸箱里："我帮你收拾收拾。"

"不要，"蒋南泽说，"我特意弄乱的，你整理好了，我找不到。"

闻笛把心里的责任感摁灭了，他无法在这种极端环境下生存。可让这人一直独居，他有点惴惴不安。

"实在不行，"闻笛说，"你再找个对象吧。回国之后，没遇到什么新心动、新恋情？"

蒋南泽说："我决定放弃这个恶性循环了。"

"外面还是有好的。"闻笛鼓励他，"而且只要你愿意追，肯定能追到。"

"追到了，留不住，没什么意义。"

"那不是你把人家踹了吗？"

蒋南泽挑起眉毛，戏谑地看着他："我从来没踹过人。"

"青天白日的，摸着良心说话。"闻笛说，"我亲眼见的都不止一次了。"

"不是，"蒋南泽说，"我分手，是因为我知道对方想分手。我先说出来，只是为了保住面子。"

闻笛屡次欲言又止。最近世界观遭受冲击的次数太多，他有种超现实感。他认识的那些完美无缺、才华横溢、人生圆满的天之骄子都怎么了？

"大概是我缺爱缺得太让人窒息，最后总是把人逼得想走不敢走。"蒋南泽说，"每次我说分手，对方都是一脸如释重负的表情，我一直盼望着有一个人能挽留一下，可是没有，都是转身就走了。"

闻笛注视着他，内心的责任感膨胀到让人无法安坐的程度。他小心地放下手里的袋子，张开双臂："我抱你一下吧。"

"别过来。"

闻笛挪动两步，双手绕过老同学的肩膀。蒋南泽犹豫了一下，在他背上拍了拍。

"我一直以为你是蓝孔雀，"闻笛说，"没想到是海扁虫，还是战败的那个。"

蒋南泽十分讶异："我还以为你从来不听我的科普呢。"

闻笛松开他，坐在他旁边的地毯上，拿出手机晃了晃："我是你的粉丝。"

蒋南泽的微博里汇集了全世界最奇特的生物知识和照片，虽然画风诡异，但字里行间都能看出他是真心热爱着自己的研究对象的。

"虽然喜欢，虽然有趣，"蒋南泽说，"但我还是决定放弃了。"

"努力可能会辜负你,但放弃不会。"

"我爱你。"

"谢谢,生日礼物送免费册子的朋友。"

"凭良心说,我当年曾救你于水火之中。"蒋南泽说,"你记不记得,大三,你丢了七百美元,在酒店套房里号啕大哭……"

"别造谣,我只是崩溃、想死,哪有大哭?"

"……我借了你生活费,还给了你手机。"蒋南泽说到一半打住,看着闻笛手里的机子,"这不就是五年前那个?你怎么还没换?"

"这不是用得挺好吗?"

"它都能上小学了。"

闻笛试图向他证明这机子被自己保养得很好,结果按了按开屏键,屏幕毫无反应,嘲讽般地倒映着他的脸:"……借我充个电。"

蒋南泽从沙发缝里拉出了接线板,把上面密密麻麻的插头拔掉一只。闻笛给手机连上电源,心想怪不得刚才一直没动静,原来又自动关机了。

屏幕亮起,几条未读消息跳出来。蒋南泽看着他手忙脚乱地开机解锁,就知道是那个教授发来的。

闻笛点进微信,IP头像边上果然有个红点:"下周末晚上有空吗?"

终于回国了?要在他冻死之前还围巾了?

闻笛坐直身子:"有啊。太巧了,下下周一正好是我生日。"

他们真是心有灵犀,盲选都能选中对方的生日。

边城:"我知道。"

闻笛:"?"

对面又开始"正在输入"。这人面对面聊天的时候口条时好时坏,线上也这样?

边城:"你去年发过朋友圈。"

好吧,合理。

闻笛:"去哪?"

下一秒,对方发来一个定位,闻笛一看,差点把手机丢出去。

一家酒店。

\世界这个全是傻瓜的广大舞台\

闻笛站在酒店门口,仰望着玻璃幕墙映照的灰色天空,情感和理智在脑中混战。

按照教授的性格,他估计是想约他共同探讨建筑美学里的数学公式——不,美学公式算好的了,如果是他推测的那种可能……

他合起手掌,默默向漫天神佛乞求。

千万、千万、别被他猜对了……

傍晚的余晖逐渐褪去,夜幕下,灯火渐次亮起。门廊前,豪华轿车缓缓驶入,身着制服的礼宾人员鞠躬开门,接过车钥匙交给门童,车辆又缓缓离开。程序走得精准、优雅。闻笛都能想象,这里的餐厅侍者倒酒时,一定会用白色丝帕托着瓶口下方。

为了美观,他今天没穿羽绒服。大衣不抗冻,脖子上还没有遮挡物,从头到脚透心凉,边城再不来,他就变成门口的一尊冰雕了。

等闻笛的四肢几乎麻木时,边城从那辆打了七五折的凯迪拉克里出现了。他手里拎着两个袋子,朝闻笛走来。袋子不透明,但里面的东西能从形状窥见一二。一个袋子里面装的像是纺织品,另一个袋子的侧面被顶出方形的棱角。

他害怕的那种可能概率急剧上升,封建迷信果然不好使。

癞蛤蟆、甲虫、蝙蝠。

"怎么不进去等?"边城打量他。

千万别问他为什么穿大衣,千万别问他为什么穿大衣……

然后边城说:"你穿这么少不冷吗?"

闻笛揉了揉冻红的鼻尖,咬了咬牙:"我抗冻。"

边城没再追问,把其中一个袋子递给他,说:"戴上吧。"

果然是围巾。闻笛把对方逾期归还的便宜纺织品拿出来围上,注意到它的颜色鲜亮了许多,就连穗子尾部的小黑球都消失得无影无踪。

"我洗了两遍。"边城说。

闻笛道谢的语气比大理石门柱还要生硬。然后他把目光落在另一个袋子上。

边城顺势递给他:"只有这个味道了。"

闻笛接过来,低头看向袋子里面,像卡壳一样静止了一会儿,然后伸手拿出一个盒子。

"STENDERS,"闻笛念的时候像是不认识上面的字,"蔓越莓泡泡浴球。"

"把它放到水龙头下面,水压会打出泡沫来。"

闻笛松开手,泡泡浴球的盒子落回袋子里,"我知道,使用说明上写着呢。"

"我订的是套房,进卧室往里走就能看到浴室。"边城看着手机上的三维地图,"这里的浴缸很大,据说带有按摩功能,非常舒服,还是黑色花岗岩的。"

我看你的脑子像花岗岩。

"所以,"闻笛说,"你今天是专门来请我泡澡的?"没选那种下饺子一样的洗浴中心,挑了这么个环境优美、私密性强的酒店,他是不是还得感谢人家。

边城看了他一会儿,把装着浴球的袋子拿了回来。"不是。"

闻笛愣住了。

夜幕降临,路灯渐次亮起,给边城轮廓分明的侧脸缀上一条金线。

"那是为……"

"进去吧。"边城说。

自动门应声而开。

大厅灯火辉煌,空气中流动着柔和的古典乐。衣冠楚楚的客人或行或坐,偶有压低的谈话声响起。这场景大气华丽,闻笛却莫名觉得有种奇怪的意味。

边城没有去前台登记,走过大厅时,他从口袋里掏出一张房卡,递给闻笛:"2602。"

闻笛盯着他,手紧紧捏着房卡,上面凸刻的金色数字触感清晰,脑袋像用盖子闷紧的沸腾水壶,冒出阵阵令人迷惑的水汽。

边城摁下电梯键,电梯逐渐上升到 26 层,叮的一声,让人心里一震。

走廊上铺着地毯,走起来寂静无声。打开房门,插上卡,壁灯投射出柔和的暖光。闻笛的目光不自觉地飘向远处的落地窗,楼宇的灯光是城市的星星,夜色里流淌着车辆的河流。他把手按在冰凉的玻璃上,手掌周围凝结了一圈白雾。脑中不受控制地闪现出一些片段,高楼、夜景、落地窗、玻璃上映着人影,窗外冬日的寒气,室内的暖意……

顶灯忽然亮了,万家灯火被房间的倒影遮蔽。闻笛转过身,看到门口

105

的高大人影……还有屋内的布局。一瞬间,他有穿过落地窗,扑向脚下80米处的水泥路面的冲动。

"到底是为什么,"闻笛用问道般的语气说,"过生日订的酒店套房,还有两间卧室。"

边城注视他的目光莫名深沉,似乎带着隐秘的期待。"你看看这个房间,"他说,"有什么想法?"

白走这么多路了,他应该在大理石门柱上撞死的,闻笛想。

见他没有回答,边城继续说:"这是全球连锁酒店。"

怎么,还要宣传一下酒店的品牌和规格?闻笛眉头紧锁,脑中涌现一万种自尽和谋杀的方法,忽然闪过一片记忆火花:"这跟我在美国住的那间有点像。"

"你什么时候去的美国?"

"大二。"闻笛说着在客厅里绕了一圈,仔细琢磨了一番陈设,又去两间卧室转了转,"没错,差不多。"

虽然过去五年了,但鉴于他极少住高级酒店,更别说还发生了人神共愤的案件,所以他对当时房间的布局印象深刻。

"当时我住这儿,"闻笛指了指右手边的卧室,"蒋南泽——哦,我的高中同学,他付的钱——住另一间。"

边城站在原地,但目光一直跟着他,等他视察完,就开口问:"然后?"

闻笛投来询问的眼神。

"过去那么久了,你还记得这么清楚,肯定发生了点什么吧?"

闻笛心中一紧。被人骗钱这种事,还是别提了吧,又不是什么光辉历史。

"没发生什么,我就住过一次套房,当然记得了。"闻笛说。

边城看了他一会儿,眼神中流露出一种……放弃?类似于放弃的消沉情绪。闻笛正琢磨着他这挫败感从何而来时,对方打开了客厅的柜子,拿出酒杯,问:"要喝点酒吗?"玻璃杯发出清脆的碰撞声,"难得过一次生日,不喝酒吗?"

可惜。"我不喝酒,"闻笛说,"我有酒精性失忆症。"

今晚过完十二点可是他生日呢,要是发生了什么,可绝对不能消失在酒精里。

边城听他详细解释了一番病理、症状,脸色忽然变了,由消沉变为释然。难得见到教授脸上有这么多表情,闻笛很是稀奇。

教授把酒放回去，问："那些忘掉的记忆，之后就想不起来了吗？"

"不知道。"闻笛说，"不过我没想起来，可能是因为没发生什么。我们经常忘掉日常的事嘛。"

"如果不日常，就可能想起来了？"

闻笛咬着下唇思索片刻，摇了摇头："没有案例，不好说。可能需要一个触发点吧？"

"触发点？"

"电视剧里不都这么写吗？需要一个刺激记忆的事件，以点带面，比如过马路差点被车子撞……"闻笛说着说着，一脸编不下去的表情，"我开玩笑的。"

这样不科学的推测，边城竟然还陷入了沉思。

"我们别聊以前的事了，"闻笛抱着最后一点乐观精神，"你不是请我来……"

酒柜前的人忽然上前两步，逼近他。

\ 我能看见的时候，也会失足颠仆 \

完全长在审美点上的脸突然杵到眼前，刹那间，闻笛脑中的震颤不亚于超新星爆炸。他略微抬头，发现面前的人目光沉沉地看着他。"怎么了？"

边城抬起手，宽大的手掌覆上他的额头。他一动不动地呆立在原处。过了几秒，那只手又离开了。眼前忽明忽暗，热气攀上脸颊。

边城观察着他的脸色，开口说："你好像发烧了。"

"我没有。"闻笛坚定地说。

"你额头很烫。"

"我体温本来就比正常人高。"闻笛一口咬定，"这就是我健康的温度。"

"你要是一直这个温度，脑细胞已经死得差不多了。"

闻笛又改口："这是暂时性的升温，出点汗就好了。"

"量一下体温吧。"边城打开手机，"我看看附近有没有药店，点个外卖送过来。"

闻笛全身的细胞还没恢复正常运转。

"没人接单，"边城收起手机，"我去买吧，顺便带点药回来。你先

107

去床上躺一会儿。"

闻笛问："那你什么时候回来？"

对方露出的表情好像他在抽风："躺着去。"

闻笛用期待的眼神看着门口的人。

边城折返回来，伸出手，攥住他的肩膀，把他往卧室推。他反握住边城的手腕，僵在原地不动弹："这个套房一晚上至少五千吧，只用来睡觉是不是有点浪费……"边城上臂轻微一转，从他手里滑出来，同时微微俯身，把人抱起来。

突然遇袭，闻笛有点蒙，还没来得及反抗，就被人仰面摔在床上。他想撑着坐起来，眼前刺啦一下黑了，又倒回去了。头确实很晕，胃里也烧得难受。好吧，真发烧了。

"我大概二十分钟就能回来。"边城说。

闻笛把头埋进鹅绒枕头里，深深叹了口气。微凉的手把他翻过来，将被子覆在他身上。他真要回去算算卦。学业触礁，导师神经，生活一片荒芜，他是不是应该去找个庙拜拜。

肾上腺素下落，体温攀升的症状后知后觉地浮出水面。他昏昏沉沉地抱住枕头，意识翻滚着，蒙蒙眬眬的。不知过了多久，视野里有熟悉的人影走过来，接着，额温枪在他脑袋上"嘀"了一下。他瞬间清醒了。

"38℃，"一个声音说，"还好，不算高烧。"

闻笛侧过头，眼神诧异中带着愤恨。

边城坐在床沿上，拽了拽他的胳膊："起来吃药。"

床上的人看了他半晌，抬起手。边城把杯子递过去，对方握住，咽下药片，咕嘟咕嘟喝完水，把杯子还给他。

退烧药效力很强，不过半小时，闻笛全身发汗，热度下降，后背微凉，松快了许多。额温枪又"嘀"了一下，暂时降到正常温度了。

狗屁抵抗力，连温带地区的北风都抗不过。闻笛万分悔恨，旁边的人还火上浇油："你穿这么少，不着凉才怪。"

闻笛的眼神利刃般扫过，可惜毫无杀伤力，对方甚至没注意到他的不满情绪。

"都是你，"闻笛说，"你没收了我的围巾，把我的颈动脉放在高压环境下，让我的免疫系统遭受了损害。"

边城莫名其妙被锅砸中，倒也没有说闻笛这个亚健康人不可理喻。他看着床上的人，问："不晕了？清醒了？"

清醒得能倒背《暴风雨》咒骂老天爷和自己不争气的体质。

闻笛不满地瞪了他一眼，下床，走进客厅，把装着浴球的袋子拿了进来。

"你要干什么？"边城问。

"泡澡。"

看护人站了起来："别开玩笑，你刚退烧。"

"别开玩笑，那可是带按摩功能的黑色花岗岩浴缸。"他一辈子能享受几次高级按摩浴缸？来都来了，钱都花了，浴球也买了。不泡一次简直暴殄天物。

边城一脸不赞成的表情。

"这不是你送我的生日礼物吗？"闻笛说，"真心享受别人的礼物，是我们家的家训。"

"你在浴缸里晕倒了怎么办？"

闻笛眯起眼睛，注视着边城，忽然露出一个微笑："你不泡？"

"我喜欢淋浴。"

"不行啊，"闻笛说，"一想到只有我独自享受这份快乐，每一滴水都砸在我的良心上……"

边城没接茬："你实在想泡就泡吧。不用拉我下水。"

闻笛盯着手里的塑料袋。泡泡浴球看起来是实心的，砸人会很痛吧。

看他一直瞧着浴球，边城又问了句："要我帮你放水吗？"

幸好他拿的不是铅球。

闻笛目光灼灼，企图用视线灼烧对方。对方毫不在意地转身，走进浴室。天啊，这人还真要去给他放水。

闻笛拎着袋子，指甲在手掌上印出几个月牙。他把袋子往地上一扔，脱下大衣放到衣帽架上。步入式衣帽间里挂着浴袍，他把毛衣、裤子脱下来，把浴袍披在身上，走进右手边的门。

浴室里响着哗哗的水声，墙上白色的罗马洞石亮得让人眩晕。闻笛估算着面积，心想富人可真是吃饱了撑的，厕所修这么大干什么？难道上厕所的时候可以顺便散步锻炼？

浴室中间，黑色浴缸冒出的白雾笼住旁边的人。室内温暖，边城身上只穿着衬衫、西裤，仍然正式得格格不入。

闻笛的脑袋里又响起轻微的嗡鸣，他感到类似发热的眩晕。

109

对面的人问:"你怎么没把浴球拿进来?"

接着,边城转身从他旁边走了过去。隔了两秒,盒装物体远远地扔过来,他下意识接住——浴球。他刺啦一声撕开包装,抓起浴球,可怜的小东西差点在他手下碎成粉末。他把浴球一个个掷向水龙头,准头前所未有地好。

水流冲刷着浴球,泡沫很快泛起,欢腾地挤满浴缸,随着水波上下浮动。白雾裹着蔓越莓的甜香,令人心情舒畅。

闻笛坐在浴缸边缘,看着冒起又消散的泡沫,半条腿浸在水下。水有些烫,皮肤感到轻微的刺痛。他解开浴袍,哗的一声滑入浴缸中。热水从四面八方涌来,揉搓着一天的疲惫和紧张。暖意渗入皮肤,紧绷的神经和肌肉舒缓下来。

浴缸旁有一排按键,闻笛趴在花岗岩上,挨个试了一遍。伴着低沉的嗡嗡声,水流从腰后的喷头涌出,轻轻按摩着背部和肩膀。闻笛发出满足的叹息,往后靠在浴枕上。

泡沫、香氛、水流、静谧,完全是他想象中的场景。给他机会,他可以泡上二十年。

热气熏了一会儿,他开始觉得有点难受了。抬手摸了摸额头,因为水温高,没摸出什么名堂。算了,他还是不要考验自己的身体。

随着水流的激荡声,他站起来。血液轰鸣着涌入大脑,神志在悬崖边摇摇欲坠,眩晕感像呼啸的巨锤一样撞过来……他脚下一滑,身子一歪,跌进了浴缸里。

虽然眼疾手快地用手撑了一下,膝盖还是磕到了浴缸边沿,痛感从半月板一路烧上来。他抱着膝盖倒抽冷气,痛呼出声。

什么鬼牌子的浴缸!这么滑!

"你没事吧?"门外的人问。

脚步声逼近。闻笛抬头望去,在这个高度,他只能看到边城的皮带。金属扣反射着黄色暖光,鹰形的 LOGO 闪了闪,又没入雾气中。然后一条浴巾落了下来,披在他肩上。

"容易着凉。"语气像是医生。

边城手臂搂住他的腰,把他扶起来。他埋在厚实的胸膛里,湿漉漉的头发压在衬衫上,沾湿了大片。

膝盖的痛感逐渐消退,大脑中的轰鸣声却依旧嘹亮,可能是他潜意识觉得尴尬,强逼着自己不要清醒,清醒就要面对残酷的现实。

边城把一旁的睡袍递给他，暂时松开手。他机械地接过来，套在浴巾外面，并不知道自己在做什么。

"磕到哪了？"胸膛跟着声音隐隐震动。

"我没事。"闻笛说，"衣服都湿了，你不换一件吗？"印象中，教授来时没有带行李。衣柜里也许还有多余的睡袍。

边城看了他一眼，转身走回卧室。闻笛查看了一下膝盖，没破没划伤，大不了明天青一块。

人影去而复返，没见换衣服，只听到额温枪又"嘀"了一声。

39℃。

\ 最重要的是忠实于自己 \

病情来势汹汹，闻笛这回不用武力压制，乖乖走到床边躺下了。高温带来的乏力和眩晕让他一沾枕头就陷了进去。边城带着被水浸湿的衣服走来，警告性地盯了他一眼，拿杯子、倒水、抠药片，又一个轮回。

边城把药拿给病人，对方伸出手，他把杯子塞过去，那只手却绕过杯子抱住了他的腰。

"好舒服。"闻笛满足地喃喃自语，打了个哈欠，头往一旁歪，显然又要睡着了。

边城把杯子放在床头柜上，不由分说地把人拎起来。闻笛骤然惊醒，眼睛眨得像闪屏，恍惚地说："这年头，怎么谁都不让人好好睡觉！"

边城盯着他："什么？"

闻笛没答话，嘴里念念有词。边城仔细听了一会儿，大概是：偷窥别人垃圾袋的偏执狂、拉琴跟锯木头一样的音乐白痴、十级听障、十万级手残、苍蝇都不愿意在他身上下卵的狗东西。

边城："……赶紧吃药！"

闻笛把药片放在嘴里，忽然呆滞地盯着杯子。边城把杯子往他嘴边送，慢慢倾倒，把水灌下去。

闻笛宕机了一会儿，看了身旁的人一眼，似乎不知自己身在何处。他茫然地回忆了一会儿，忽然左顾右盼，手在被褥里摸索起来："手机呢？"

边城把床头柜上的手机拿给他。

闻笛一把抓过去，点开微信。边城还以为有什么要紧事，结果闻笛点进小号，把在蒋南泽家拍的照片找出来，发了过去，还配字："敬请观赏寒舍。"

"哈！"闻笛露出满足的狞笑，"一墙之隔就是个杂物堆，我看他晚上还睡不睡得着！"

边城不好当场掏出手机看，余光"侵犯"了一下别人的隐私，差点窒息："这是你住的地方？"他现在就想拿三个垃圾桶翻阳台过去，把地板上养蟑螂的垃圾堆分个类。

闻笛保持邪恶的笑容往旁边瞥了眼，发现还有人在，神志忽然回笼了一秒，急忙解释："这是我同学的家！"

边城身上的鸡皮疙瘩消了一半，严肃地指着照片说："芒果吃完了，果核最好清洗一下，它含糖量太高，很容易长虫。"

有那么几秒，闻笛陷入了卡顿，等他重新活动的时候，已经开始发汗了——一半是因为药，一半是因为对方恐怖的生活习惯。

"人家最近遭遇了人生危机，邋遢点也情有可原嘛。"闻笛说。

边城盯着照片，仿佛那是他的人生危机。

"你知道托马斯小火车吗？"闻笛问。

边城的注意力暂时被问题转移。很好，他马上要因为一张图片出现过敏症状了："英国的动画片？"

"对。"闻笛切换微信号。已经过了午夜十二点，是他正式的生日了，手机上不断跳出"生日快乐"，他一个个点进去回复。"我那个同学很喜欢看动画片，尤其喜欢《托马斯和他的朋友们》。"

边城没有看动漫的爱好，不过他知道托马斯小火车有火爆的周边。

"他的家庭比较特殊，爸妈从来不管他，经常让他一个人待在家里。"闻笛说，"可能是觉得他奇怪，同学也不怎么待见他。所以，他想象出了一个叫Thomas的朋友。无论他在哪里，做了什么事，怎么发火、生气，提出什么奇怪的要求，这个人都会永远陪在他身边。"

蒋南泽刚好发来生日祝福，闻笛一边回复，一边说："小的时候，大家都会给布娃娃啊，玩具啊起名字，把它们当成朋友，跟它们说话，所以这还挺正常的。可是长大之后，他还会跟Thomas说话，好像这个人真实存在一样，哪怕有别人在旁边。所以大家基本都觉得他疯了。"

"为什么？"边城问，"直接打造符合社交需求的对象，这不是挺高效的。"

闻笛挑起眉毛,然后笑了笑:"特别的人会互相理解,真好。"

手机上又跳出一条短信,发信人未知,不过一看这长篇小作文的架势,他就知道是谁了。闻笛直接点击删除。自从被他扫射辣椒水,何文轩倒是明智地不出现在他面前了,只是隔三岔五发条信息、打个电话硌硬人。据蒋南泽说,这人还时不时在朋友圈里发歌,什么《披星戴月地想你》《唯一》,闻笛让蒋南泽回他一首《说散就散》,蒋南泽说"你自己发去"。

闻笛盯着手机屏幕喃喃自语:"愿戈壁的沙蝎和蝮蛇用毒液涂抹你身上的每一寸皮肤,让你每一步都带着炼狱的痛苦和绝望。愿海洋深处的怨灵纠缠你,用他们冰冷的指甲刺穿你的胸膛,把你的心脏撕成碎片……"

边城沉默了一会儿,问:"上门讨债的那个人?"

床上的人没有回答。边城还要追问,忽然觉得肩膀一沉,低头看,闻笛倒在他肩上,呼吸沉重,又昏睡过去。

柔软的黑发垂落下来,盖住额头,露出洁白的鼻尖。边城看了一会儿,伸出手,轻轻让他躺下,并盖上了被子。

闻笛站在广袤的红岩峡谷上方。举目四望,杳无人迹,耳边只有巨大的引擎轰鸣声。他记得自己并不是一个人来的,可身旁空空如也。

那个人是谁?那个人又去了哪里?他焦急地想着,失重感突然山呼海啸般涌过来,他瞬间向峡谷坠落。

闻笛猛地惊醒了。额头上汗涔涔的,背上也一片黏腻。他摸了把脸,倒是不热了,看来烧退下去了。

发了汗,身上松快下来,理智回笼,昨晚的回忆涌上心头。闻笛慢慢爬起来,伸出手捂住心口。

要死了!他要死了!他调整了一会儿呼吸,努力找回积极的情绪。乐观一点看,昨晚也有光明的一面嘛。泡了那么舒服的一个澡,睡了那么舒服的床铺,自己大出洋相后人家也没走,还留下来做看护,教授真是个好人。

想到这里,闻笛环顾四周。看护呢?旁边的床铺有凹陷痕迹,像是睡过人的。闻笛松了口气,幸好自己没拖累别人一晚上,好歹让人睡了一觉。那人现在去了哪?

闻笛裹着睡袍下床,隐约听到浴室有水声。他推开微掩的浴室门,看到边城站在镜前打领带。衬衫还是昨天那件,大概已经熨烫完毕,挺括如新。酒店的服务真是及时。西服像是这人的本体,闻笛就没见过他不穿衬衫、不打领带的样子。

闻笛的目光在边城身上流连了一会儿，然后飘向洗手台。边城打完领带，转头看了看他，拿起台子上的手表。"还头晕吗？"

闻笛摇摇头，靠在门边，没有移开视线。

边城说："我约了学生，马上就要走。"

闻笛点点头："我今天要去一所中学面试。"

边城看着他，沉默片刻，问："你在想什么？"

"想做一件事，"闻笛说，"又觉得不太合适。"

边城盯着他，像是陷入了沉思，过了一会儿，开口说："想做就做吧。"

闻笛挑了挑眉："真的？"

"当然。"

闻笛就朝他走过来。睡了一夜，他的头发有些凌乱，烧退了，脸上显出病初愈的苍白。他站在他身前，手朝他伸过来……然后从他身旁掠过。

边城僵住了，看着那只手伸到洗手台上——抓起了酒店提供的牙刷、牙膏套盒。

"你不介意我拿走这个吧？"闻笛把盒子往怀里塞，顺手把水龙头旁边的肥皂也带走了，"房钱是你付的，我觉得这样不太好，但我的牙膏用完了，网上新买的还没到，物流太慢了……"闻笛停住手，抬头看他，"你要吗？"

"不用。"

"好的。"

闻笛抱着盒子，正在思考怎么带出去。边城就走出了浴室。过了一会儿，边城拿了昨天装浴球的袋子进来，递给他，"还有一次性浴帽和梳子，你要吗？"

闻笛茫然地点头。边城拉开抽屉，把装着浴帽和梳子的小盒子拿了出来，塞进塑料袋里。闻笛盯着他的手。不知道为什么，这个动作让他很感激。他拎着袋子走出浴室。他的毛衣和大衣还在衣帽间里。

边城留在卧室，等他换完了衣服出来，盯着沙发上的睡袍看了好一会儿，忍不住把它拿起来，拎到浴室，和用过的浴巾放在一起。

闻笛的脸又开始发烫，可能是病情死灰复燃了。

"你去学校吗？"边城问，"顺路的话，我载你过去。"

"好啊，"闻笛说，然后赶紧补充一句，"谢谢。"

边城点了点头，拿起房卡准备出门。

闻笛跟上去:"真的谢谢。"

"说一次就行了。"

"要感谢的事不止一件嘛。"闻笛跟在他身后出门,房门嘀的一声落锁,"谢谢你请我……呃……泡澡。"这件事说起来还是有点怪,"谢谢你昨晚照顾我。"他拎起袋子,"谢谢你让我拿走这个。"

"这有什么好谢的?"他们沿着走廊往电梯走。

"有人觉得拿走酒店的一次性用品很……"闻笛站在电梯门前想了想,"没素质?"

"谁这么觉得?"

电梯门叮的一声打开,一个戴着眼镜的青年出现在眼前。

闻笛蓦然睁大了眼睛。不会这么巧吧!他是犯了什么罄竹难书、十恶不赦的大罪,能在生日当天看到最不想看到的人?

何文轩显然也没想到在这能看到他,灼人的目光透过镜片射向他,从头到脚打量一番,又转向他旁边的人。

闻笛很熟悉这个眼神,愤恨、愠怒、不甘——这人有什么好生气的?

边城看了看两人:"不进去吗?"

闻笛顿了顿,无视眼前的人,拉着边城的胳膊快步走进了电梯。

边城疑惑地转头,但没有抽手。闻笛没去看何文轩的脸色,反正家世和教养会让这人竭力维持淡然的表情,但他看到何文轩拎着公文包的手攥紧了。

电梯里的一分钟绵延无尽,闻笛的心悬在嗓子眼,生怕边城突然问一句:"你怎么了?"

好在没出岔子,电梯就停了,何文轩大步走出去。闻笛盯着他的背影,希望内心的诅咒能隔空降临。

胳膊被人推了推,闻笛才拔出目光,意识到自己还紧紧攥着边城的胳膊。

"我去退房。"边城说。

闻笛松开手,然后想着要不要跟教授解释下刚才的情况。他跟教授相识不久,彼此还没有很熟悉,不是提起前尘往事的好时机。

退了房,门童把车开来,边城叫住胡思乱想的闻笛,让他上车。闻笛抱着塑料袋,跨进副驾驶座,车内大吉岭茶的淡淡香气并没有缓解他的焦虑。

车子启动,他正低头思索,旁边忽然响起一个声音:"认识?"

闻笛眨着眼,偷瞄边城的表情——还是毫无波澜。"这么容易看出来?"

115

看过你站在门口跟他吵架——这话当然是不能说的,就当是观察能力很强好了。边城问:"这么在意?"

闻笛摸不着头脑:"这跟在不在意有什么关系?"

"你刚才有种……大仇得报的感觉,"边城说,"你这么恨他吗?"

"当然了,"闻笛说,"我又不是菩萨。"

边城看着前方的车流,若有所思。

手机振动了一下,闻笛瞥了眼屏幕,翻了个白眼。

一个未知号码发了条信息:"刚才那个人是谁?"

闻笛磨了磨牙,回复:"关你屁事,那是我朋友,你以后少来烦我。"

对面沉默下来。闻笛感到胜利的快意。谁说见到仇人冷静自持才算真正放下?就是要赢,幼稚的快乐也是快乐。

然后他猛然醒悟:早这样不就行了?

\失去的不一定再拥有\

数学系大楼呈 L 形,红砖白顶,楼前是一片绿茵茵的草地,草地两边竖起藩篱,高度刚好遮住大楼一层。边城的办公室在东翼四楼。大楼历史悠久,又只有四层,没安电梯,年轻教授的办公室都安排在高楼层。

约见的学生已经等在门口,正低着头在手机上戳戳画画,听见脚步声,收起手机,点了点头:"老师。"

学生叫沈流川,是这届边城最欣赏的学生。

边城打开办公室门,让他进去。办公室最里面是一张浅棕色书桌,左面墙上竖着一块硕大的白板,右面是堆满书和草稿的橱柜。沈流川在桌前的椅子上坐下。

"我看了你提交的大纲,"边城问,"你想用 Berkovich 非古典分析方法去证明 Frobenius 结构猜想的变体。为什么不用 Kontsevich-Soibelman 算法?"

"K-S 算法很难从几何意义上理解,"沈流川说,"从几何角度描述 Frobenius 结构和镜像代数能给出更直观的构造,同时避免了构造散射图需要复杂计算的问题。"

边城看着桌上打印下来的毕业论文选题纸稿,若有所思。

"教授觉得这个思路不好？"

边城沉吟片刻，露出微笑。"不是，"他放下纸稿，"我很少看到本科生敢选这么复杂的课题。"

沈流川松了口气，也笑了笑："之前组会听师兄讲仿射对数的时候，突然有了灵感。"

"我很期待，"边城说，"如果结果够好，说不定能在 Journal of Algebraic Geometry（《代数几何学报》）上发表。"

"这我可没敢想。"沈流川说，"可惜没早点写出来，不然申请的时候还可以多一篇一作（指署名为第一作者的论文）。"

边城想起来，昨天沈流川联系他就是因为推荐信的事。"现在申请了哪几个学校？"

"藤校（常春藤联盟高校）基本都投了，"沈流川说，"英国、德国也投了几所，广撒网。"

"Kollar 是我在普林斯顿的导师，研究方向也跟你很合。"边城说，"如果你有意向，我可以联系他。"

沈流川的表情有些尴尬，这不太寻常。Kollar 是代数几何领域的世界级大师，千载难逢的机会，他不为所动就算了，怎么还面露难色呢？

"我申请的是 CS（Computer Science，计算机科学）。"沈流川说。

边城沉默片刻，说："这样。"

"我辅修的计算机。"

T 大数学系辅修计算机和金融的学生，没有一半也有三分之一。

"之前申请上的师兄说，那边很看重数学，您的推荐信很加分，"沈流川说，"所以想麻烦您。"

中国教授的推荐信，九点九成是学生自己写的，但边城不这样。他保留着在普林斯顿时的习惯，推荐信必须亲笔写。而且他写推荐信十分认真，言之有物，细节翔实，真诚可信，并且极具个性。只要是申请人身上存在的优点，他都会事无巨细地写出来。他在国际上声誉很高，如果学生对自身硬实力足够自信，胆子够大——又是冒险爱好者——就会找他写推荐信。

"你在数学上非常有天分，"边城说，"真的不考虑继续深造了吗？你想去哪个组，我都会尽力帮你。"

沈流川挠了挠头："我还是想转码。纯数学这块儿，在国内也没什么前途……"他顿了顿，说，"我不是那个意思……"

117

"我明白，"边城说，"到时候推荐信发过来了，你提醒我一声。"

"好的。"沈流川踌躇了一会儿，又说，"我还是很喜欢数学的。"

"我知道。"边城说。

这几年他看好的苗子，无一例外跳去了经管、计算机，或者交叉学科的组。当年一同在 IMO 国家队的少年，现在还从事纯数学研究的，也只剩下他一个了。

沈流川谢过他，起身要走，忽然想起什么："老师。"

"怎么了？"

"那个杯子，"他指了指桌上的瓷杯，"应该是 Topologist 吧？"

边城把杯子转了半圈，让带字的一面朝着自己："我知道。"

沈流川再道了一次别，走到门口，正好遇上隔壁教群论的汪教授。他打了声招呼。汪教授似乎还记得这个学生，攀谈了几句。

学生走后，汪教授敲了敲门板。他和边城是同一批海外人才引进项目招进来的，关系比较近。整个数学系里，他是唯一一个愿意来边城办公室串门的人。

边城从电脑上方望去。

"又跑了一个？"汪教授问。

边城点头。

"我们系是什么中转站吗？专门给其他专业输送人才？"汪教授感叹，"谁给这群孩子灌输的想法，学数学好转专业。结果一窝蜂涌过来，再一窝蜂涌出去。"

"大环境太差，这倒也不能怪他们。"

汪教授摇了摇头："你对你的学生可比对系主任和气多了。"

那是当然。纯数学研究不受系里重视，能留下来的人才有一个算一个，都得当稀世珍宝供着。

"上次副高答辩，陈院长都打好招呼了，结果你非要投反对票，卡人家门生，面子上多不好看。"

"另一个助理研究员水平更高。"边城说，"他那个方向好水论文而已。"

"上次刘教授申请自然科学基金，系里搞预答辩，你说人家步骤又臭又长、论证毫无美感、逻辑链乱得像拓扑缠结。"

"他写的东西本来就又臭又长。"

"我好期待你正高答辩的时候，"光是脑子里想象这个大场面，汪教授已经搓起了手，"我看你怎么被他们三堂会审。"

学校有教研序列和教学序列，副研究员、副教授属于副高级，研究员、正教授属于正高级。每个职位晋升，都要由数学系全体教职员投票决定。要想上位，必须全体通过——全体。

边城说："一群几年没成果，吸学生血涨影响因子，连黎曼洛赫定理都忘得差不多的秋天蝉蜕，还好意思审我？"

汪教授咋舌："好得很，答辩的时候你就这么说。"

边城忽视他看热闹的兴奋劲，目光重新回到电脑屏幕上。教职都是一个萝卜一个坑，现在的老教授们离退休还远，就算退了，这儿是论资排辈的，怎么也轮不到他，这个景象估计还有好多年才会出现。

汪教授记起刚刚走出边城办公室，跟自己打招呼的学生，忽然想起一件事："刚刚那个学生叫沈流川，是不是？"

"是，"边城说，"去年我们系的特奖获得者。"

"一看就是个难搞的学生，他群论课经常问我一些刁钻的问题。"汪教授说，"你知不知道，去年教学评估，就是他给你打的一分。"

边城的手顿住了。

每学期末，学生都会给所上课程打分、评价。最高七分，最低一分。如果课程得分过低，教务处会通报批评，并找老师约谈。边城给分严格按照学校规定，A等级百分之十，不算严苛也不算手软。教学是培养未来数学人才的重要环节，他一直很重视，课件、题目、参考资料都精心准备。

学生虽然喜欢水课，但老师用不用心、认不认真，很容易就能感受到。因为难度高，报他课的人不多，可从来没人给他打过一分。

看来，他的得意门生并不欣赏他的教学方式。

"教学评估不是匿名的吗？"边城问。

汪教授露出意味深长的微笑："只要找对人，总能知道的。"

边城对这种行为不置一词。如果不匿名，教学评估就形同虚设了。

"他还让你给他写推荐信？"汪教授感叹，"真有胆量啊。"

边城沉吟一会儿，耸了耸肩："他有数学天赋是事实。"

汪教授叹息着走了。

边城处理完邮件，又调出几天前学生写的有关高秩不变子变体的文章。改到一半，手机突然振动起来。边城瞟了一眼，熟悉的号码。他叹了口气，其长度是过去几年答辩时叹的气的总和。指尖在桌面上点了几下，他还是接了电话:"爸。"

对面顿了一下,问:"忙吗?"

"还行,"边城说,"有事吗?"

"周六爸有个大学同学聚会,离T大不远。今年正好毕业三十五周年,也算是个整数,很多老同学都会带孩子过来,小宋估计也会来。你有空吗?要是没事,就过来一趟吧。"

"我看看,"边城调出备忘录,"这周末有点忙。"

"行,你看着办,"对面说,"实在抽不出时间就算了。"

话说得很恳切,让人无法拒绝。近几年,他们的父子关系不知不觉就变成了这样:谢谢你;对不起;没关系。

"我尽量来。"

对面沉寂下来。这几秒钟的空白无限延长,放大了风声和心跳声。

"好。"对面说,然后沉默了一阵,又问,"那孩子还跟你住在一起?"

"当然。"

"要是……"

"放心,"边城说,"我不会把他带到聚会去的。"

\ 世界这样一个宽广的牢笼 \

T大土木系的毕业三十五周年聚会,最后定在了渔人码头。

渔人码头是开在景区湖心岛的餐厅,提供从国外空运来的海鲜料理。环境优美,价格高昂,食客从包厢的落地窗往外看,就是湖光山色。

光阴荏苒,同一所学校毕业的莘莘学子如今相隔千里,在不同的国家落地生根,好不容易凑出相聚的时间,所以聚会办得十分盛大。前后持续整整三天,除了把酒言欢,重游母校,北京也要深度游一游。边城和宋宇驰的父亲作为留守北京的校友代表,担起东道主的责任,为远道而来的同学安排了三天行程。今天白天游完皇家园林,晚上就在景区的餐厅用餐。

宋宇驰和边城到达酒店门口时,湖心岛已是夜色昏沉。雪亮的灯照着橡木招牌,服务员面带微笑替他们开门。

宋宇驰一边松围巾,一边低声对边城说:"我倒霉催的又跟你一起来这种场合,你赔我精神损失费。"

从小到大，边城收到过无数次类似的威胁，脑子自动将其过滤为背景音。

宋宇驰也不想来，可惜父亲耳提面命喝令他去。他不太懂父亲的心理，把一个延毕的儿子拉到同学聚会上，也长不了什么脸面啊。他在脑子里细数此次赴宴的风险。"里面坐着三十个叔叔伯伯，"宋宇驰想起来就哆嗦，"我一进去，一听我博六，肯定马上问我毕业论文写得怎么样了，工作找得怎么样了，为什么博六……"

"对了，"边城问，"工作找得怎么样了？"

宋宇驰看了他一眼，若是意念可以发力，这一眼足以了结他的性命。

"怎么了？"边城察觉到事有蹊跷，"上次你不是说已经拿到国望的offer了？"

宋宇驰摸了摸鼻子，不自在地说："那个啊，不重要了，反正我明年毕不了业。"

边城看着他："你又延毕了？"

宋宇驰不满他把"又"字的音发得这么清晰。"唉，天有不测风云啊。"

边城默然："你预答辩不是过了吗？"

预答辩过了意味着导师同意毕业。要拿到博士学位千难万阻，而导师是最重要的一关。按说之后只要好好写论文，毕业胜利在望。

"被盲审的老师狙了？"

论文完成后，会被送到小同行，也就是相关专业方向的教授那里审核。审核分为明审和盲审，明审的教授大多是导师的熟人，能放过就放过，但盲审因为匿名，充满变数。一旦被审核打出C等级，必定要延毕。

毕业论文事关重大，教授们评分还是慎之又慎的。但也有例外——出于私人恩怨卡人。之前就有优秀的学生盲审拿C，就论文质量而言，不可能是这个等级。大家猜测许久，最后得出结论——多半审核的老师是这个学生导师的对头。

边城猜测他是盲审被狙，把他延毕的原因全部归于他人，其实挺心善的。

"那倒不是，"宋宇驰击碎了发小难得的善意，"我根本就没有送审……"

"预答辩到送审有好几个月，你不改论文，干吗去了？"

"我……"宋宇驰说，"我不是忙着找工作吗……"

现在好了，工作找了也没用了。

这人总在关键时刻掉链子。大学时，宋宇驰的父亲本来安排他出国读博，结果他忙着搞什么校园舞台剧，拖到大四也没考出dream school要求的语言成绩，于是转而留校。读博时，为了积累海外经历，多数人都会出国交换一两年。别人都是博三或博四交换，他非要博五交换，结果毕业论文题都没开，直接延毕。现在又来这一出。看来宋宇驰的父母还不知道这件事，要不然他不会四肢健全地站在这里。

边城想提前哀悼，结果转头看到宋宇驰眉飞色舞，一脸春光："太好了，又可以混一年。"精神状态如此健康，边城都不知道该庆幸还是该哀叹。

"你今天多吃点，"边城说，"可能没有下一顿了。"

"你盼着我点好行吗？"

"现在可没有人来救你了，你自求多福吧。"

宋宇驰叹了口气，耷拉下脑袋。前几次能死里逃生，多亏边城的外公救他于水火之中。老人家在学术界德高望重，后辈多少要给点面子，执行家法时下手轻一些。无奈几个月前老人家过世了，如今再没有人可以插手他的家庭教育了。何其悲惨。

"你可别说漏了。"宋宇驰威胁般地指着边城，"我想逍遥一阵子再死。"

"放心，我在你手里的把柄可比延毕大多了。"

宋宇驰仔细思量一番，欣然点头赞同。他们走到包厢前，服务员替他们开门，里面四桌人齐齐朝门口望过来。宋宇驰深吸一口气，带着演舞台剧般的微笑走了进去。边城大致扫了一眼，有一桌还空着小半圈，三个座位。

边怀远从主桌那边过来，搭着边城的肩，示意他坐空位："你们年轻人坐那。"

边怀远指着桌上的人，一一给两个后辈介绍。边城在父母的对话中时常听到这些名字，今天才把它们和人脸联系起来。

想来这些年，边怀远时常和老同学聊起儿子，一桌人都兴味盎然地看着边城。

"回国之后，研究的还是代数几何方向？"一个头发斑白的叔叔问。

"是。"边城说。

桌上另一个中年人笑着跟老同学打趣："咱们这一届，还是老边的基因遗传得最好。我那儿子，要不是靠我输血送到国外去，连个大学都考不上。"

白头发叔叔"哎"了一声："那是老边的基因吗？那是孟洁的基因。"

中年人笑了起来，对边城说："你妈当年可是风云人物啊。"

"咱们班第一个优秀工程设计金奖。"

"去参加北京市大学生运动会，一直说紧张紧张，然后标枪投出来一个新纪录。"

他们对边城讲述他母亲的光辉事迹,话语间流露出惋惜。边城的母亲是那一届唯一的女生,如果不是遭遇横祸,英年早逝,现在肯定是工程领域的耀眼明星。

同窗重逢,对当年班上这对金童玉女的感情也颇多感叹。

"孟洁出事那会儿,老边给我打电话,这么大块头的男人,哭得像个孩子似的。"

"这不是,已经十几年了,都没找其他人。"

边城听着上一辈的讲述,想起他最后一次看到母亲。放学后,父亲带他去医院,入目即是大片大片刺眼的白色,空气中充斥着消毒水的气味。阴冷的封闭空间,白布蒙着脸,床头的牌子上写着"孟洁,女,34岁"。

父亲那时确实很悲痛,但和自己的悲痛不一样。自己的痛是永夜的黑洞,吞没了一切光和热;父亲的痛是春日的冻土,下面埋着种子,等日子渐暖,冰雪消融,种子就可以破土而出,长出另一个老婆,另一个儿子,另一种生活。

当然了,面前的外人们是不知道的。在他们眼里,边怀远一直是难得的痴情种。同窗的爱情可悲可叹、可歌可泣,是当代的"曾经沧海难为水"。

关注点集中在边城身上,宋宇驰闷头干饭,庆幸自己无人在意。然而好景不长,没吃两口,宋宇驰的父亲就朝他使眼色,催他起来敬酒。宋宇驰长叹一口气,拿起酒杯,起身时朝边城投去悲壮的一瞥,然后迅速转换成喜笑颜开的表情:"各位叔叔伯伯,欢迎大家回到北京,一路上辛苦了。"

叔叔伯伯们很给面子地站起来,每人喝了一大口。宋宇驰刚想坐下,完成今日的社交任务,随即有人开口,戳破了他的妄想。

"宇驰是吧?最近是在上学还是工作了?我记得你读博了?"

"对,"暖气开得太足,宋宇驰头上开始冒汗,"今年毕业。"

他含糊其词,希望长辈们不要追究细节。于是话题顺滑地切换到下一个雷点。

"那在找工作了吧?打算去企业还是留高校?"

"现在留高校太难……"宋宇驰瞥了眼边城,迅速将话题中心转移回老朋友身上,"也就边城这样,是海归博士,又有帽子的,才能留在好学校。"

席间有个戴黑框眼镜的男人,他毕业之后留校,现在是 T 大土木系教授:"是,我们那会儿,研究生毕业,学校都求着我们留下来,但没人愿意。现在 T 大本科直博的学生,去 211 都难。"

叔叔伯伯们感慨万千，纷纷对现在高校毕业生的就业形势给出高见。宋宇驰抹了把汗，迅速坐下，降低自己的存在感。

"现在的年轻人卷啊，"土木系教授说，"我的学生一个个都说找不到好工作。"

"我们当年可容易多了。"另一个中年人感叹，"你看老方，人家去美国打拼几年，现在家里连游泳池都有了。"

桌对面的人笑起来："美国挖个游泳池不贵啊，那边地价便宜。你在深圳那么多套房子，你才是财主。"

"什么财主，我就是土改队一高级打工人。"中年人指着另一桌的主座，"老边可是一校之长，桃李满天下，学生都是人脉。这叫隐形资产，这才值钱呢。"

他们一毕业就碰上了国家基建的高峰期，在黄金二十年里事业有成，名利双收。现在他们坐在这间包厢里畅谈着的过去，就像是经济高速发展期的缩影。

边城听着上一辈土木老哥的凡尔赛发言，专心让自己游离于话题圈之外。他旁边还有一个空位，像是卡在喉咙里的一根刺，让他耿耿于怀。

边怀远走到这桌，问他们还要不要加瓶茅台。众人推辞后，他搭着一个老同学的椅子，问："惜晨什么时候过来？"

"她刚刚给我发消息，说堵在路上了，"那人说，"可能还得一刻钟。"

"那等她来了再加点菜。"

果然。边城放下了筷子。这是场变相相亲。他就知道，父亲这么执着于让自己参加他的同学聚会，甚至低声下气的，不仅仅是想炫耀儿子。

"别想多了，人家只是来吃顿饭。"边怀远笑着对边城说，"她是学物理的，你们肯定有很多共同话题。"

话说得巧妙，实际内核还是没变。

边城看向宋宇驰，对方猛烈摇头。"我物理很差的，"宋宇驰大声说，"我大物才考了C。"

"你们年轻人好好聊。"边怀远拍拍边城的肩。边城抬起头，桌对面，父亲的老同学，惜晨的父亲，正目光炯炯地看着他。这还是场带家长的相亲。

一刻钟。秒针缓缓跳动。滴答声如同定时炸弹的倒计时。

手机忽然振了一下。边城拿起来，看到闻笛发了条消息："有空吗？想跟你聊聊，有件事要请你帮忙。"

边城顿了顿，回复："打电话过来。"

闻笛："事情有点麻烦……我请你吃饭，边吃边聊？"

边城："不管什么事，现在打电话，我马上就答应。"

对方犹豫了一会儿。正当边城想发消息催促时，铃声响了起来。边城说了声"抱歉，接个电话"，拿起了手机："什么事？"

闻笛的声音传过来："下周我有个同学聚会，那天碰到的那个人也在。"

边城的脸色变得严峻："怎么会这样？抢救过来了吗？"

"你能不能跟我一起去？"

"现在情况怎么样？"边城说，"通知家长了吗？"

"装作我的好友？"

"好的，"边城说，"我马上就过来。现在在哪？"

"东北门外面的咖啡店？"

"知道了，半小时之后到。"边城挂断电话，站起身，对周围一脸好奇的长辈们说，"学校那边出事了，我得赶回去看看。"

\ 思虑太多，就会失去做人的乐趣 \

闻笛皱着眉头，看着电脑上闪烁的光标。已经十分钟了，页面上仍然只有一行字："仁爱是莎士比亚喜剧《皆大欢喜》的主题之一。"他啃咬着指甲，费劲地在这句话后面打了几十个字，"孟子曾说，'恻隐之心，仁之端也'，奥兰多在危急时刻践行仁爱……"想了想，又改成，"《皆大欢喜》中的仁爱之心是人物自发产生……"然后又删掉，换成，"在基督教中，'仁爱'可以视为无条件的自发之爱……"

他长叹一口气，抱住头。再改下去，他快不认识"仁爱"这两个字了。

他向后靠在椅背上。家里的环境过于舒服，总让人时不时神思游离。

手机铃声在此时极具诱惑力地响了起来。闻笛眯起眼睛，挣扎了一会儿，还是抓了过来。

屏幕上是个北京的未知号码，闻笛琢磨着是不是何文轩又换了新号。他哂笑一声，怎么可能呢，人家好歹也是公子哥，难道不要脸面吗？

他接起电话，对面的背景音挺嘈杂，音乐鼓点伴着玻璃碰撞声，听起来像是在酒吧。然后何文轩的声音响了起来："你肯定在骗我。"

闻笛叹了口气,把手机放在桌上,仰头望着天花板,然后伸出手在自己的脑袋上弹了一下。

"喂?"桌上的声音远远传来,"你在听吗?"

闻笛百思不得其解,拿起手机:"现在是公元20××年吧?我们在北京,个税起征点是五千?"

"你在说什么?"

"每次跟你说话,"闻笛说,"我都觉得我穿书了。"

穿的还是一狗血文。在这本书里,他从一个事事碰壁的倒霉博士,变成了站在火葬场外头的那个白月光。要不然上回他都说到那个地步了,怎么还有后续呢?如果非要二选一,他宁愿当个倒霉博士。

对面顿了一会儿,说:"你是不是跟蒋南泽在一起待久了,脑回路都变奇怪了?"

闻笛懒得跟他掰扯"奇怪"的定义,把话题绕回去:"什么骗你,我怎么骗你了?"

"那个人不可能是你的朋友。"

他看不起谁呢?"你凭什么这么说?"

"你要是有这样的朋友,早就说了。"何文轩说,"我之前给你打了那么多次电话,发了那么多条短信,你怎么不说?"

啧,闻笛想,差点忘了,当初接近他,一部分原因就是他聪明。

"就是最近才交上的。"

"从我上一次发消息到我们在酒店里碰到,中间才隔了一个晚上。"

"不知道什么叫相见恨晚吗?"闻笛说,"我们关系好得很,我恨不得天天粘在他身上。"

"让我见见他吧。"

闻笛心塞了:"什么?"

"我想跟他聊聊。"何文轩说,语气轻佻,显然不相信闻笛的说辞,"看看他到底是什么样的人。"

闻笛的嘴角抽搐起来:"我脑子抽风了?介绍你们认识?"

"我们不是有同学聚会吗?带他一起来吧。其他同学也有带朋友来的。"何文轩说。

闻笛用舌头舔着牙尖,脑子飞速运转。这人已经见过边城,临时拉别人冒充是不可能了。他和教授的关系有好到这个地步吗?他对教授提出冒充好友的要求，对方会是什么表情？再说了，教授这种说话不拐弯的人，能做好假冒工作吗？三句话就得露馅吧。虽然带教授过去肯定是个既俗且爽的场面，但风险太高。他是个理财只买结构性存款的稳健投资人。不妥，不妥。

见他许久没搭话，何文轩轻笑了一声："怎么，带不过来吗？"

闻笛决定转移核心矛盾："谁说的？我单纯不想去你们那个破聚会。"一群富家子弟聚在一起，中间夹着他一个普通百姓，让他想起以前上学时做的化学实验。不相溶的两种介质倒在一个试管里，马上就会分层。无论怎么晃动，最后都会回到自己该去的地方。

"为什么？害怕丢脸吗？"何文轩说，"南泽都敢来，你居然不敢？"

蒋南泽会去同学会这件事让闻笛吃了一惊。他退学回国不是没告诉任何人吗？怎么被邀请参加聚会了？"你知道他在北京？"

"虽然他闭门不出，微博还一直开着假定位，"何文轩说，"但大家早知道他回国了。"

"大家"这个词让闻笛皱起眉。"你们都知道？"闻笛问，"怎么知道的？"

"我们两家有生意上的联系，他爸跟我们家吃饭的时候聊到了。"

"他爸有时间跟你吃饭，没时间安慰儿子？"

"他爸又不止一个儿子。"

闻笛一直很费解，他们口中的"朋友"是什么？至少在他的认知里，朋友不会把对方的痛苦一笔带过。而且既然何文轩是第一个知道这件事的，为什么最后会演变成"大家都知道"？

"你之前说聚会没朋友，现在朋友不是来了吗？"何文轩说，"你不喜欢其他人，和他聊天不就行了，我记得你们关系挺好的。"

"你到底想干什么？"

"追求一个答案而已，"何文轩顿了顿，"这么心虚？"

闻笛一咬牙："谁说的，去就去。"

似乎是惊异他答应得爽快，何文轩顿了两秒，随后说："好，地方不变，到时候见。"

闻笛听着挂断提示音，放下手机，转向电脑屏幕。光标还在闪烁，他另起一段，一个键一个键慢慢敲下："《皆大欢喜》的情节有可能取自托马斯·洛奇创作的《罗瑟琳》……"

什么啊！他一推桌子，电脑椅滑出半米，原地转起来。闻笛仰望着旋

127

转的天花板，伸手抱住脑袋。

他怎么就答应了！脑子进水了？教授是那种会帮忙演戏的人吗？上次在酒店闹了一晚上，人家本来就觉得自己奇怪了，现在还搞出这种二十年前电视剧里的烂俗桥段！就算教授答应了，他也不能真的带他去啊！谁知道何文轩会说什么有的没的，自己早年干的蠢事可多了。这种激将法、老把戏，他居然这么容易就上钩了！

什么人争一口气、树活一张皮，人就不应该赌气，赌会让人倾家荡产。但是。但是。

闻笛的犬齿在嘴唇上咬下一道印子。

这家伙笃定地说"不可能"，语气实在让人不爽，好像离开他自己就再也交不到那么亲近的朋友了一样。看来自己当年太热情，让他产生了"我很重要、非我不可"的幻觉。

不把这种错觉锤个稀烂，他誓不为人。

闻笛盘腿坐在椅子上，咬咬牙，点进那个IP头像的对话框，问对方有没有时间，自己有事要聊。

对方回复得很快："不管什么事，现在打电话，我马上就答应。"

闻笛的眉毛扬到了天上。世上还有这么便宜的事？

边城说半小时到。闻笛走到咖啡馆，没过多久，高个男人就推门进来，风尘仆仆地在他对面坐下。他把点好的咖啡推过去，又问对方有没有吃饭。让人家饿着肚子听要求，未免太过分了。

"不用，我刚从饭局过来。"边城说。

"相亲饭局？"闻笛问。

边城看了他一眼，拿起咖啡杯："怎么看出来的？"

"你的反应跟网上那些支招的帖子上说的，查重率百分之九十九。"

运气实在太好了。要不是碰上边城要逃跑的当口，事情哪能进展得这么顺利。

边城放下杯子，看着他："所以，你需要一个虚假的好友？"

闻笛忐忑起来。虽然边城在电话里答应得爽快，但那只是逃离相亲的权宜之计，不算数。

边城看起来倒没有反悔的意思，只是问："为什么这么突然？"

闻笛把前因后果叙述了一遍。边城想了想，总结："要我去撑场子？"

这么理解也对。也许潜意识里还是有虚荣心在作祟，闻笛想告诉对方，自己被背刺之后过得很好，交的朋友甚至更好。

"我知道这种要求很奇怪，"闻笛说，"之后……"

"好。"

闻笛深吸一口气，这么容易？

"那个人听起来不正常，"边城说，"就当是去见识人类多样性。"

闻笛打了个响指："就是这个状态。"

边城皱起眉："什么？"

"把你平生能想到的最气人、最刻薄的话都说出来。"闻笛说，"他要是拿酒泼你，我会挡在你前面的。"

边城对这个要求不置可否："听起来只要实话实说就行了。"

唉，有时候直爽人说话还挺令人身心舒畅。

"也不能全部实话实说。"闻笛说，"到时候他肯定会问些有的没的，比如，我们是怎么认识的呢？"

边城喝了口咖啡，看着他。

"就说U盘那件事吧。"闻笛想了想，"你丢了，我捡到，这部分不用大改，只要说我们见面之后相见恨晚就行了。"

边城听到"相见恨晚"这个词皱了皱眉，似乎觉得很俗气。

这就受不了了？还没到真俗的地方呢。

"他们要是问你觉得我哪里好呢？"

边城没反应。闻笛想，毕竟是自己提的要求，是不是得自己准备答案。但是自卖自夸也太尴尬了。

然后边城开口问："那他们要是问你，你怎么回答？"

"啊？这还用想？"闻笛很轻松地示范，"你个子高，身材好，智商高，工作也体面。"

"这样吗？"

"是啊，这种问题其实很好回答，说说看到这个人时最先想起来什么就行。"

边城想了想，说："那有很多。"

这完全超乎闻笛的预料。他抬起头，茫然地看着对面的人。

"冬天骑完自行车，这边会翘起来一绺；"边城指了指他右边头顶，"零下的时候，鼻尖会有点红；每次看到我的时候，会笑着跟我说'早上好'；吃饭的时候，腮帮子会鼓起来动来动去；想要什么东西，会睁大眼睛盯着看……这样的场景太多,很难选。"

咖啡厅的音乐戛然而止,闻笛一震,感觉血液在大脑中轰鸣。

短暂的停顿之后,下一首曲子悠扬地响起。

"你干什么?"闻笛说,"幸运值要攒着用啊。"

边城用沉默表示疑问。

"好运气是有限的,所以考试之前才要攒人品,这叫好钢用在刀刃上。"闻笛说,"我现在开心得要死掉了,明天吃饭不就会出事吗?"

饭局确实出事了,虽然不是以他预料的方式。

\凡是过去,皆为序章\

何文轩发来的定位是北二环的一家餐厅。这里是各大省市驻京办事处的所在地。"福建大厦""广西大厦""山东大厦",每栋楼里都有当地特色餐馆,方便思念家乡味道的工作人员品尝。正不正宗有待商榷,但价格比外面高出一截。有个同学的父母这两年调至驻京办事处,因此他做东,订下了大厦餐厅的包厢。

闻笛出发前就暗暗抱怨:北二环离T大多远,做个戏还得费时费力。

幸亏教授有车。想到这里,他不安地瞥了眼开车的边城,心里犯起了嘀咕。词都对过了,教授的记忆力极佳,毋庸置疑,但他总觉得忐忑。问题会出在哪呢?

车子驶进停车场,他跟边城一起上楼,在电梯里屡次欲言又止,想提醒什么,又觉得这样显得自己不信任战友。内心拉扯之间,包厢就到了,他只能硬着头皮进去。

幸而遇到的第一个人是蒋南泽。

"你来了。"蒋南泽示意身旁的空位,闻笛松了口气,带着边城坐过去。

他刚沾到椅子,蒋南泽就惦记着自己的礼物有没有起到作用:"哎,那个兴城中学的面试,你过了没有?"

"过了。我觉得他们都没听我试讲,看了简历就定下了。"

"这就是在应试教育中胜利的好处嘛。回头他们把应聘人员的学历一贴,多唬人,多有面子。什么时候上岗?"

"年后。"闻笛轻飘飘地说,注意力完全集中在场外——何文轩还没来。

蒋南泽余光瞥到边城，探出头毫不掩饰地打量他，伸出手："久仰大名。"

两人隔着闻笛握手，闻笛这才意识到还有第二个定时炸弹——他那段时间天天骚扰蒋南泽，试图弄懂扎里斯基拓扑的概念，好去搭话。要是蒋南泽把他犯傻的严重程度和盘托出，让边城知道自己的小心思——虽然是事实——那也太社死了。

好在老朋友的情商是顶级的，握完手之后，蒋南泽一言未发，只是意味深长地冲他挑了挑眉毛。

闻笛刚松了口气，何文轩和他的金丝框眼镜人模狗样地出现了。他一眼就看到了闻笛，精准地笔直走过来："好久不见。"

酒店电梯里不是才见过？闻笛敷衍地点了点头，把手搭在边城肩上："这是我朋友。"

"你好，"何文轩朝边城伸出手，"我是闻笛的高中同学。"

边城看了他一会儿，转头问闻笛："不是仇人吗？"

"……是。"闻笛说。

何文轩毫无尴尬之色。闻笛羡慕他高超的表情管理能力。他们握手时，何文轩打量得很委婉，但闻笛知道他肯定算出了边城全身上下所有行头的价格。

"菜我点好了，人来齐了就上。"做东的同学说。

落座开席之后，大家的第一件事是吹牛，自己在家里的公司担任什么职位、最近又做了几笔大生意；第二件事是聊理财，自己知道哪家公司的内幕消息、最近买了什么原始股。

边城的目光又开始漫无目的地飘浮起来，闻笛知道他大概是在思考论文的哪个章节。

挥斥方遒间，有人说了一句："科学技术才是第一生产力，我们这儿还有两个博士呢。"然后聚光灯啪地打在了闻笛和蒋南泽身上。

来了，闻笛想，不知道后果是烟花还是核爆。

出乎意料的是，第一波炮火开向了蒋南泽。

"我们普林斯顿的高才生最近在研究什么？"对面的一个同学问。

这群人在搞什么？闻笛想，他们不是早知道蒋南泽退学了吗？

"我退学了。"蒋南泽简单地说。

"为什么？"同学紧接着追问，"你之前不是发了什么文章吗？是不是伯父的原因？我听说你们家生意不太景气。"

"别夸张，"何文轩说，"前一阵子他弟弟还去英国留学了。"

"哪个弟弟？"

"住在御府天城那个。"

"啊……"同学有些迷茫，"是在小学校门口拉横幅的那个女人的孩子？"

"是初一在我们班门口吵架的那个女人的孩子。"

"哦，我有点记不清了。"

蒋南泽打断他们对家谱的讨论："跟家里没关系，我能力不够而已。"

本以为这个话题可以就此告一段落了，结果一个人问话完毕，另一个人又开始了："那你现在是硕士？"

蒋南泽放下了筷子，这顿饭是没法吃了："本科。"

"博转硕很容易啊，你是不是没跟导师处好关系？"那人想了想，"也难怪，你一直都是这个样子。"

他旁边的同学突然想起了什么："哎，去年你跳进池子里，不会是因为这个吧？"

蒋南泽平淡地看了他一眼，没有回答这个问题："我去趟厕所。"

他站起来，把长发撒到身后，绕过闻笛，往包厢外面走。闻笛脑子里冒出两个选择：一是用机关枪扫射对面所有人；二是看看蒋南泽的情况。他思虑再三，还是跟上老同学，临走前拍了拍边城的肩，说自己去洗个手。

他把边城留给一群不怀好意的陌生人，边城倒不介意——或者说根本没听见，因为闻笛说完他毫无反应，大概是论文思路还没捋顺。

闻笛走进洗手间。门上插销都是绿的。闻笛推开左边的隔间，看到蒋南泽正背靠瓷砖自言自语——也可能是在跟 Thomas 对话。

闻笛交抱双臂看着他："你要是把对自己的攻击转移一半到别人身上，那群人早消停了。"

蒋南泽停止嘴部的运动，目光转向他："我也想掀桌子。"

"为什么不掀？"

"我那事业触礁的爹还在跟他们做生意，得罪人干什么呢？"蒋南泽耸了耸肩，"再说了，我将来也可能会求他们帮忙。"

闻笛心里泛起酸涩感。蒋南泽也是富二代，不过是父母隐形、兄弟姐妹一堆的二代，和独生子女的二代意义是不一样的。

"你今天何必要来呢？你也知道那群人喜欢看笑话。"

"为了面子。"蒋南泽直起身,"我要装作我压根不在乎退学这件事,这不是我的痛处,别人没法用来攻击我。"

这个想法不是不能理解,毕竟闻笛自己还带着假好友来了呢。他用悲伤又同仇敌忾的眼神看着老同学,张开双臂:"我抱抱你吧。"

蒋南泽没有回应他的热情,平静地看着他,像是陷入了沉思。良久,他忽然露出一个微笑:"你知道我当初为什么跟你做朋友吗?"

闻笛挺直身子:"天哪,你终于要说了?"

"我们是这个圈子里的流浪汉。"

闻笛低头看了眼自己的装束。他今天特意挑了最贵的衣服,一路顶着寒风过来的。

"不是这个意思,"蒋南泽说,"你知道流苏鹬吗?"

"我知道蓝田玉。"

"流苏鹬是一种特殊的水禽,"蒋南泽忽略他的认知错误,"雄性分为三种,黑色的是地主阶级,白色的是流浪汉,其余的是'伪装者'。它们等级森严,雌性和资源永远属于地主阶级,流浪汉只能跟在地主后面捡剩下的。"

"那伪装者呢?"

"它们会假装自己是雌性,混到地主的后宫里,趁其他'姐妹'不防备的时候,迅速出击,留下后代。"

闻笛思来想去,觉得这个比喻不恰当,他可不想当一只鸟,而且三个阶级听起来都不是好东西。

不过,蒋南泽和他们的父辈有交集,不像自己那么容易脱离。闻笛有点佩服对方:"这么多年,你是怎么忍住不犯罪的?"

蒋南泽指了指金色的脑袋:"我在这儿把他们推进水母的池子了。"

两人洗完手回去,包厢门是虚掩的,闻笛耳朵尖,推门前听到一句井井有条的分析:"其实很容易理解,精神不稳定的人,在科研这种高压环境下迟早会出问题。"

人掉进池子里的水声。

闻笛很想对他们的言论和外表,以及欠打的姿态发表意见。不知道是不是感应到他的诉求,归座之后,话题中心就转移到了他身上。

同学问他:"Sam 将来打算进高校?"

"是。"闻笛决定惜字如金,不跟这群人白费口舌。

133

"高校可不好混哪。"一个同学说，"前一阵子我刚看到中科协（中国科学技术协会）的调查报告，近两年又降薪了。"

"真可怜，"另一个同学说，"海淀的房价可不是小数目。"

"不是有购房优惠政策吗？"

"现在哪像十几年前啊，T大的购房指标都不够用了，更别说其他高校了。"同学问闻笛，"你打算好怎么办了吗？"

闻笛不知道自己该说什么，因为确实没打算。他不知道哪个高校愿意接收他，如果去了房价高的地方，那就是一辈子住宿舍的命。哪像他们，一只脚刚踏进职场，学区房就已经买好了。

来次同学聚会，比吃十顿年夜饭还难受。

然后何文轩开口了，不知幸还是不幸，话题中心终于转移到了边城身上："不介绍一下吗？"

闻笛抬起头，对上他的目光。对，重头戏还没到呢。

"这是边城，"闻笛说，"他是……"

"酒店前台。"边城说。

闻笛的手僵在半空中，眼珠子差点脱离眼眶。蒋南泽把嘴里的水喷了出来，全落在隔壁同学的盘子里。

整个包厢都安静了。

如果目光有实体，闻笛能感觉到，落在他跟蒋南泽身上的分量瞬间消失，然后往旁边转了一个小角度，啪的一声，悉数落在边城身上。

这跟说好的不一样啊！

何文轩好整以暇地看着他："什么酒店待遇这么好，员工买得起阿玛尼？"

"这是租的。"边城说，"今天也算是个大场面，想穿得正式一点。"

目光马上要形成黑洞吞没光线了。

闻笛脑子里飘动着几何符号。这人不是喜欢打直球吗？怎么谎话张口就来！演员临时撕台本不告诉制片人，戏还怎么往下演？！

"哦，"何文轩说，"我还以为边先生家境优渥。"

"还可以吧，"边城说，"我父亲修家电，我母亲做保洁。"

何文轩笑了笑："这么巧，一家都是酒店服务产业链上的。"

闻笛脑子里的符号越转越快，最后卷起风暴，把神志撕得粉碎。

谁能告诉他这是什么情况？！

对面的同学此时才纷纷回过神来，相互致以默契的一瞥。

"啊……"其中一个说,"怪不得我们刚才说话的时候,你一脸茫然。"

边城确实困惑不解,因为他真的没在听:"刚才你们说了什么?"

"金融债券……"那个同学摆了摆手,没往下深谈,似乎是顾及别人的理解能力,"可惜了,懂行的话,十几年工资一下子就能赚到。"

何文轩一直看着闻笛,话到此处,他忽然没头没脑地来了一句:"几年不见,Sam的眼光变了很多啊。"

这话像是点燃了隐形的引线。边城把目光转向他:"这是什么意思?"

何文轩一脸无辜:"我说了什么吗?"

"你的话没问题,你的语气有问题。"边城说,"你是对我有意见,还是对我的父母有意见?"

"你这个人好奇怪……"

"你觉得内部消息比修空调高级?修好一台空调,好歹能提高一家人的生活质量,"边城说,"你们不就是在扰乱金融秩序吗?"

对面一帮人的脸色比赛似的降温:"你说什么?"

"你有拖过地、洗过马桶吗?"

旁边的蒋南泽听到"马桶"两个字,把伸向甜点的手缩了回来。

"你觉得干净的马桶是凭空变出来的吗?"边城说,"这么看不起清洁工的工作,我建议以后别上厕所了。"

一位同学摇头,似乎觉得这人不能沟通了。他看着何文轩说:"真没想到今天来趟聚会,还能看到这种人。"

"北京的达官贵人多了去了,"边城没理会他,"我每天能见到百八十个,省部级的都有,还没见过你们这么能装的。"

同学火冒三丈,看向蒙圈的闻笛:"你朋友是怎么回事?"

闻笛脑袋里的嗡鸣消失了。在梳理完边城的新人设之后,他迅速统一战线,露出了微笑:"不好意思,他这人比较直,看到什么说什么,别放在心上。"

席面上的气氛堪比南极坚冰,彻底回不了暖了。边城还泰然自若地继续夹菜,丝毫没考虑这是在别人的地盘上掀桌子。虽然呛人爽快,但一打十五可不占优势。闻笛觉得有必要先让双方冷静一下,于是站起来中断了战局:"我去趟厕所。"

到了卫生间,用凉水洗了把脸,周围的景物终于摆脱了蒙版,清晰起来。闻笛靠在盥洗台上,思考事情是怎么发展到这个地步的,还没理出个头绪,就听到走近的脚步声。

闻笛抬头,看到了面色不豫的何文轩。"我好不容易组的饭局,你朋友是来砸场子的?"何文轩交抱双臂看着他,"他学历不高就算了,怎么连做人都不会?"

闻笛冷笑一声:"这是饭局?这是围剿吧。而且你有什么资格指点别人?他比你像人多了。"

"没想到你的品位降级这么严重。"何文轩说,"让我输得很费解啊。"

"把自己看得太高是一种病。我以为这么多年过去,你能好点,没想到是不治之症啊。"闻笛戏谑地瞧着他,"再说了,交朋友要那些花里胡哨的家世、工作干吗?关键得人品好啊。"

何文轩的表情像是嫌弃又像是痛惜。他皱着眉头,盯着闻笛的脑袋,好像自从离开自己,那里就陷入了认知障碍。

闻笛连气都生不起来了,他们的谈话根本是鸡同鸭讲。在何文轩的世界观里,社会地位赢了对方,那就是赢了。什么人品好,都是硬件比不过的找补。这种毫不动摇的自恋已经不是性格缺陷,而是行为艺术了。

他正犹豫着要不要搬出边城的真实身份来堵嘴,何文轩突然来了一句:"不过,幸好你没有变成那种人。"

闻笛警惕地看着他,提防又出现新形式的攻击:"什么人?"

"自己没什么本事,只会拼命显摆朋友有多厉害的人。"何文轩说,"这个世界上,我最不理解的就是这种人了。你的眼光虽然变差了,但我的眼光还是很准的。"

闻笛静默片刻,"啧"了一声:"你难得说句有道理的话,让人更生气了。"

何文轩皱起眉,似乎是觉得他不可理喻:"你现在怎么这么容易激动,不会是受那家伙影响吧?"

这对话真是一点进展都没有!不管他说什么,何文轩都绕着一个点打转——他没有眼光,离开了优秀的自己之后,他产生了消极的变化。

"不过也真是奇怪。"何文轩问,"你们是怎么认识的?你基本不住酒店吧?"

闻笛卡壳了。他没准备教授是"酒店前台"这个设定的初遇场景。

何文轩身后传来了一个声音:"国外旅游的时候认识的。"

闻笛绕过何文轩,看到边城朝这边走了过来——可能是疑惑他怎么去了这么久,所以过来看看有没有出事,也可能是因为再不跑就会被十几个富二代当场群殴。

听到边城的回答，闻笛在心里翻了个白眼。就说这人不善于扯谎吧，他不是穷人设定吗？怎么还境外游了？

"是穷游。"边城往回找补，还找补得像模像样，"我在路上遇到了一点麻烦，身无分文，只能流落街头。那天晚上我碰到他，他把身上的七百美元全给了我，然后我们一起走到荒野，在世界尽头看了日出。"

这初遇说得跟拍电影一样，何文轩的表情明显不信。边城把目光转向闻笛，似乎是在寻求应和。

闻笛没有反应。刚刚的话在他脑内炸开，一瞬间，周遭的一切都变成了空白。混沌的、支离破碎的记忆挣脱枷锁，接连不断浮上意识之海，搅起旋涡。

他像是被重锤迎面击中，茫然四顾，手足无措。那个事实把他吓傻了。

他猛地上前，揪住边城的衣领："原来那个人是你？！"

边城在短暂的惊讶之后握住闻笛的手，震惊中混杂着挫败："你现在想起来了？"

"真的是你？！"闻笛难以置信地质问。

"触发点是七百美元？！"边城难以置信地质问。

Chapter 4

暴风雨

You had me at hello.

It was a twist of fate.

I know you've been hurt before.

But I can reassure you now.

\双倍的辛劳，双倍的苦难\

闻笛背着 15 斤重的双肩包，推着两个 26 寸行李箱，目光在手机屏幕和街道上不断徘徊。

这是他第一次出国。手机流量、地图、交通系统、打车软件都要重新摸索。15 个小时的长途飞行，再加上从机场到这儿的漫漫长路，让他双脚酸痛，身心俱疲，感觉手里水杯的重量都翻了一倍。他在内心期盼运气好一点，早点找到何文轩的住处，好坐下来喘口气。

终于，面前出现了一栋五层的红砖建筑，门廊上的标牌和他手里的地址一致。闻笛收起手机，雀跃起来。天已经黑了，这一片又是郊区，再晚一点，路就更难找了。

他一趟一个，把两个箱子提上门廊前的台阶，出了一身汗。进了房子，他发现居然没有电梯，只能再跑两趟，把箱子拎到三楼，又出了一身汗。走到 305 的房门前时，他就像是没撑伞从暴雨里跑出来的一样。他擦了擦额头，把汗湿的刘海拨开，整理了一下衣服下摆和袖口，想把自己收拾得稍微不那么狼狈，但由于一天的奔波，收效甚微。

他抬手敲了敲门，心里有些忐忑。明天是何文轩的生日，他不请自来送惊喜，不知道对方会是什么反应。他们已经大半年没见了，所以申请交换时，闻笛选了波士顿的学校。

闻笛盯着金属门牌上的花体字，心跳得更快了些。

他等了一会儿，门后迟迟没有动静。是出去买东西了吗？

闻笛又敲了敲门。如果还是没有人开门，他就先坐在箱子上歇一会儿。

过了几秒，门后好像有脚步声响起。闻笛的困倦消散了，他深吸一口气，脸上露出笑容。

门打开，一个陌生的女孩出现，金发碧眼，戴着三角形的耳环。她看着闻笛，露出好奇又茫然的神色："什么事？"声音性感慵懒。

闻笛愣住了。他又看了眼手机上的地址，确认自己没找错。

房间里传来一句"谁啊"，随即女孩身后出现了熟悉的身影。那人走过来，随意又熟练地把手搭上她的肩膀。然后，他看到了门外的人，全身僵硬。

短暂的沉默后，何文轩转身对女孩说："这是我高中同学。"

女孩问："是吗？那怎么没听你说过？"

"我们没说过几句话，不是很熟。"何文轩看了看闻笛："你有什么事吗？"

闻笛难以置信地看着他。恍惚间，他觉得自己在暴风雨中航行，海浪汹涌，把他抛得高高的，然后黑暗从下方袭来。

何文轩继续说："家里有点乱，可能不方便招待。"

"让人家进来坐一会儿嘛，他带着这么多行李呢。"女孩打量着闻笛，朝他伸出手，"你好，我是 Sally Belloc，他的未婚妻。"

"未婚妻？"闻笛的声音有些缥缈，仿佛是从很远的地方传来的。何文轩从来没提过他交了女朋友甚至已经订婚。这么多年的感情，只有他放在心里吗？

女孩看了看何文轩，又看向闻笛："我还以为你是来参加我们的婚礼的呢。"

她的手还悬在半空。闻笛握了握她的手："你好，我是闻笛。"他看了眼何文轩，然后转身走了出去。

他想潇洒地一走了之，决不回头。可惜那两个累赘的行李箱还躺在走廊里，他不得不停下来，把它们一个一个搬下台阶。它们比来时更加沉重。走下门廊的那一刻，无尽的疲惫忽然击中了他。再也走不动了，一步都走不了。

他把行李箱放倒，坐在上面。夜色渐浓，天上没有月亮，街灯昏暗的黄光笼住他。

他早就该知道的。爱搭不理的回信，询问近况时的不耐烦，永远忙碌、无暇见面的暑假，甚至在更早之前，在朋友聚会上，还有高考的那次欺骗……

141

直到刚才,他还很可笑地幻想何文轩会追上来解释。当然没有。这人甚至没想过,在这个点,在这片郊区,他拎着四十公斤的行李,晚上住在哪里。

风一吹,被汗浸湿的衣服传来凉意。

晚上住在哪里?

闻笛绝望地发现,尽管他全身心都想瘫倒在地,再也不起来,但他仍然要睡觉,仍然要吃饭,仍然要活下去。现在已经很晚了,之后再找住处只会更难。他把自己拔起来,继续推着箱子往前走。脚底像是在铁砂纸上剐蹭,肩膀也被书包背带勒得酸痛无比。他在地图上搜了搜,离最近的旅馆还有两英里。

他盯着地图看了很久,希望能出现一个奇迹,能有英雄降临,把他送到那里。可惜没有。他只能拖着箱子慢慢地往前走。夜间小路,他一个人,行李又多,这一片的治安也不知道好不好,但他心里千头万绪,实在没有精力害怕。

电话在这时响起来,让他心头一震。

屏幕上是熟悉的号码。他犹豫半响,还是接了起来。这人也许有车。两英里加四十公斤,尊严在此时已经算不了什么了。

想象中的奇迹依然没有出现,对方第一句话怒气冲冲,像是来兴师问罪的:"你不是说一个星期之后才来吗?怎么也不跟我打招呼?"

闻笛倚在箱子上,几乎站不稳,积压的怒火喷发出来:"这是我的错?我应该照顾你的面子,离你和你老婆远远的?"

"要是你提前告诉我,就不会发生这种事。"

"什么事?"寂静的夜里,话筒里的声音都很刺耳,"我把你当朋友,你把我当路人?"

何文轩好像这时才意识到自己理亏,再开口时,语气收敛了一些:"你回来,我们谈谈。"

"谈?"闻笛难以置信,"我们还有什么好谈的?"

"你……"何文轩似乎很惊讶,"你不要闹脾气。"

闻笛要窒息了。在这个人眼里,世界是绕着他转的,他的一切都应该被尊重、被原谅。而多年来一直遵循他的法则,让他始终自以为正确,闻笛想,这也是我的错。

"你爽快点,以后别联系我,也别来找我。之后一年,我们要是碰到了,就当不认识。"闻笛说到这里,疲惫再一次涌了上来。自己还特地选了波士顿的大学交换,这一年他们还要在同一个城市生活。他远涉重洋来到这里,命运怎么能跟他开这种玩笑?

"不会碰到的,"何文轩说,"我马上就要去德国了。"

"什……"闻笛没想到现在还能有新的地雷爆炸,"德国?"

"我下学期要去德国交换,是我们领域最好的一个组。"

"你……"闻笛脑子嗡嗡的。他拼尽全力抢到这个交换名额,来到这里,原来全是白费工夫?这人马上就会跨越另一个大洋,去另一个国家?

申请大学就没告诉他,这种事还能有第二次?这也够离谱了!

"你打算什么时候告诉我?你究竟在想什么?"

"我告诉你了又能怎么样?你学英语的,还能去德国交换吗?"

"这根本不是重点!"闻笛大吼,"你两年前就干过一次!你的前途重要,我的想法就不重要吗?我没有计划、没有理想吗?你到底有没有把我当人看?"

"你怎么还在纠结那件事?"何文轩有些不耐烦,"我说不说有什么区别?就你们家开早点摊挣的那点钱,难道能供得起你出国?"

闻笛握着手机,感觉身体里的血刺啦刺啦地结成了冰碴,剐着血管和皮肤。

"好啊,我谢谢你滚去德国。"闻笛说,"你这个蠢货、懦夫、无赖、癞蛤蟆一样的下贱小人,我祝你全身长满螨虫,被一千只蚂蟥咬住,像腐烂的奶酪一样恶浊发臭!"

他挂断电话,身体摇晃了一下,差点把行李箱碰倒。他切回地图看了一眼,然后关机,把手机放进包里,沿着小路一直走下去。

这大概是他人生中最漫长的两英里。在永无止境的路上,他做出了一个决定。

他绝对、绝对、再也不会,在人际关系中,成为弱者。

走到旅馆,已经夜里一点了。他选了最便宜的房间,交了房钱,没有洗漱,进门直接倒在了床上。

愤怒、疲惫、悔恨、厌弃你追我赶地涌上来。他觉得自己不应该伤心,但眼泪顺着脸颊滑下来,把枕头浸湿了,冰凉一片。他没有动弹,就枕着这片湿漉漉的地方睡着了。

第二天早上起来,他觉得头痛欲裂。窗外阳光很好,只是房间位置不好,光照不进来,他只能从绿叶反射的炫目光斑窥见一二。他洗了个澡,坐在房间里，打开手机。上面有七八个未接来电。

他看着通话记录抽了抽嘴角，然后打开交换生群，浏览里面的租房信息。

住宾馆不是长久之计，他得快点找到合适的房子。交换生虽然有奖学金，但也就将将够用，要省着花。碰巧，有两个来波士顿的学生嫌房租涨得太快，想再找一个租客。虽然过去了只能住在客厅里，没有私密空间，也不隔音，但闻笛看了眼房子的平面图，客厅面积不小，采光也很好。他当即联系了那两个人，事情就这么定了下来。

在正式上课前几天，蒋南泽忽然联系他，邀请他去拉斯维加斯玩。

"没钱，没心情。"闻笛说。

"哪个是主要原因？"蒋南泽说，"要是前一个，我请你；要是后一个，正好过来疯一趟，转换一下心情。"

"你为什么请我？"

"我听说何文轩的事了，"蒋南泽说，"这口气你咽得下去？"

"咽不下去能怎样？"

蒋南泽嫌弃他不开窍："你去酒吧好好玩玩，放松放松，回头把你开心逍遥的照片发给他当结婚礼物！让他看看，没有他老子过得好着呢。机票我都帮你买好了，赶紧过来！"

"不去，"闻笛说，"我只想待在屋子里静静死掉。"

蒋南泽"啧"了一声，说："人家热热闹闹办婚礼，你在家里发霉？要不要我告诉你何文轩最近怎么样？"

"不要。"

"据Aron那小子说，他在单身汉派对上醉得不成样子，边喝边说对不起你，还拿着手机给你打电话，打了一夜也没打通。"蒋南泽说，"他们都在劝他，说为了一个土不拉几的乡下人不值得。"

就像恒星在毁灭性的坍缩之后忽然爆炸一样，闻笛猛地站起来，椅子哐当一声向后倒在地上："矫情的狗东西，没闹掰的时候脏心烂肺的，现在装模作样给谁看呢！"

"酒吧找好了，你来不来？"

"来！"

\ 我们会憎恨我们害怕的事物 \

傍晚，纳索大厅沐浴在夕阳的余晖中，墙壁上的常青藤泛着金色。树荫下，学生三三两两穿行，还有几个坐在草坪上翻阅书籍，偶尔轻声交谈。夕阳层层晕染的天幕下矗立着普林斯顿大学教堂，哥特式的塔尖为宁静的校园增添了一丝庄严气息。

边城从 Fine Hall（普林斯顿大学数学系大楼）的大门走出来，融进来往的人群中。有几个认识他的数学系学生跟他打招呼，他过了几秒才点头回应。

父亲的颤声怒吼还停留在耳中。

他一直认为自己的原生家庭令人艳羡。父母饱读诗书，才华出众，婚姻美满，在教育上也开放、宽松，一向支持他的选择。即便浸润在"不结婚不正常"的氛围里，对儿子想保持单身一事也该比同龄人更包容才对。但结果是，一向和蔼、慈祥的父亲好像变了一个人，像封建时期的宗族长老一样，顽固守旧，不知变通。

边城再三强调，他暂时没有结婚的打算，结果只加快了父亲安排相亲的速度。好像多让他和女性见面交流，就可以"把他拉回正道上来"。

上周，因为女方如约赴会，他也只得到场，一顿饭吃得不欢而散。结果隔天，父亲又发来一个女孩的照片。女孩明眸浅笑，他却头疼得厉害。

橙色的云霞逐渐暗淡下来，校园里亮起了灯。边城走过街角，手机振动起来。他在红绿灯前站定，拿出手机。屏幕上是一个陌生的号码，看格式是中国的。他的亲友不多，平常都是微信联系，谁会给他打越洋电话？

边城接起来："哪位？"

对面的声音有些沙哑："我是江云若。"

边城对自己的记忆力颇为自信，这个名字他从未听过："你应该是打错了。"

对面沉默了一瞬，语气也变得犹疑不定："你不是边城吗？边怀远的儿子？"

事情有些奇怪了。"对。你认识我父亲？"

"你不知道我是谁？"对面的声音充满惊诧，"我是边怀远的第二任老婆，哦，现在是前妻了。"

信号灯变绿了，周围的人群开始流动，只有边城伫立在原地。

145

老婆？第二任？"你在开玩笑吧？"边城说，"我父亲只结过一次婚。"

对方的震惊程度不亚于他，一直在念叨着"什么""怎么会这样"，明明是她主动找他交谈的，现在反倒支吾起来了。

"真没想到，"江云若最后说，"边怀远一直说你恨我，不想见我，不让我进你们家的门……你真不知道我是谁吗？"

边城定下神来，深吸一口气。这件事太有冲击力，他的大脑条件反射地自卫，拒绝接受这个事实："你说你是我父亲的法定伴侣，有什么证据？"

"等会儿。"对面响起了抽屉开合的声音，随后江云若说，"我短信发了张照片给你。"

边城把手机从耳边拿下来，点开新消息，一张结婚证的高清照映入眼帘，是他的父亲和另一个女人。证据确凿，毋庸置疑。

再往下看，结婚日期就在母亲死后一年。

一年。

边城想起葬礼上父亲痛哭的情景，一个八尺男儿抱着棺椁泣不成声。哀痛之深，甚至超过白发人送黑发人的外公。致悼词的时候，他向所有宾客叙述了他们从大学走到婚姻的点点滴滴，情真意切，把在场的教授们都感动哭了。火化后，他抱着骨灰盒，跟边城和德高望重的岳父说，他不会再有第二个妻子。

一年。

"我完全不知道这件事，"边城觉得自己的声音很遥远，"真是……没想到……"

对方比他还要崩溃。"那我这么多年恨的是谁？"和结婚证上青春活泼的样子不同，对面的声音听起来很沧桑。"我到底……天哪……"

对面变成真空一样的沉默，这让边城有了一丝喘息的机会。这个凭空冒出来的后妈让他本能地产生敌意："你跟我父亲是怎么认识的？"

对面的声音沉闷又飘忽，明显也陷入了茫然状态："我在工大旁边的京味斋做服务员。"

边城无意去比较什么，但这人和他母亲完全是两种类型。他又点开了结婚照，放大，看上面的身份证号。江云若结婚的时候才二十岁。

很久之后，突然地，江云若笑了一声："原来他捂着我，跟儿子和岳父都没关系，纯粹是觉得我丢脸而已。如果不是因为孩子，他都不会跟我结婚吧。"

今天的惊喜可真是太多了。父亲不但结过第二次婚，还有第二个孩子？

"你们还有孩子？"

"也是，你都不知道有我，更别说阿羽了。"江云若说，"他嫌我丢脸，也嫌我儿子丢脸，他跟我离婚都没争抚养权，倒贴给我钱，生怕我把儿子留给他。"

边城觉得脑袋刺痛："什么？"他的父亲会陪着他搭乐高、玩数独、攀岩、踢球，是个无可指摘的好爸爸。遗弃孩子？这和他印象中的人完全对不上号。

一切都乱了，过往的世界天翻地覆。

"这不可能。"他言之凿凿，但语气带着一丝犹疑。

"你要看我们的离婚协议吗？"江云若的声音微弱却残忍，"上面写得可清楚了，不让我们出现在他面前，也不能告诉别人他有这个儿子，否则抚养费就减半。"

消息提示音应声响起，是一张文件的照片。边城只草草浏览一遍就关掉了。他不能再接受更多冲击了。

"我本来是打算告诉你一声，我们离婚了，你以后不用提防我了。"江云若说，"现在……算了，再见。"

电话挂断了，边城看着手机屏幕，车辆在面前穿梭来去。

红灯再次转绿，他恍惚地走过人行道，回到公寓。寂静的夜色降落在窗台。他坐到沙发上，拨通父亲的电话。回铃音响了几声，对面接起来。

"你怎么老不回我消息？"边怀远说，"那姑娘是科技部梁组长的女儿，你说话客气点……"

"你结婚了？"

对面的话音戛然而止。跟着是长时间的死寂——也可能是短短数秒，只是感觉漫长而已。在这段时间里，父亲在想什么呢？措辞？借口？

然后对面说："那个女人告诉你的？"

是追责。

边城没有回答，这件事的知情人就那么多，谁告诉的都不用猜。他直击重点："你为什么一直瞒着我？"

"我怕你介意，才没有告诉你。"边怀远说，"毕竟当年……"

原来他还记得当年发过誓，边城还以为那就是随口一说呢。

"你一直在国外，过年也不回来，我想，也没必要让你知道……"边怀远叹了口气，"唉，我也是怕你多心。"

边城的太阳穴抽搐了一下："是怕我多心，还是怕外公多心？"

父亲能当上工业大学工学院的院长，外公的作用举足轻重。唯一的女儿死了，女婿又那么孝顺体贴，把资源放在他身上是顺理成章的事。

隐瞒再婚，隐瞒第二个儿子的存在，真的只是怕他多心那么简单吗？甚至……甚至再进一步……如果妻子死后一年就跟别的女人结婚生子，那他父母真的如印象里一样伉俪情深吗？如果从一开始……

他不能再往下想了，再往下是深渊。他啪的一声合上潘多拉的魔盒。

"你……"边怀远明显察觉到了他的怀疑，勃然色变，"你把你爸当成什么人了？"

"我不知道，"边城说，"毕竟在今天之前，我一直以为我是你唯一的儿子。"

"别说傻话，那个女人的孩子能跟你比吗？"

"为什么？"边城问，"因为他没有一个当院士的外公？"

是这样吗？因为他有做教授的母亲，所以父亲会陪他搭乐高、玩数独。那个孩子没有，所以只有被逐出家门的命运？

这个推测太阴暗，边怀远都被他惊到了："你胡说什么？是不是那个女人告诉你的？你别听她挑拨离间！"

"你当年瞒着我结婚，是因为要评院长。"边城说，"你现在逼着我结婚，是因为要竞选校长吗？"

边怀远怒气冲天："少胡说！我是为了你的幸福着想！我是你爸，我得考虑你的未来！"

"我的未来不用你操心，"边城说，"你自己结婚结得这么自由，凭什么管我？就算我这辈子都不结婚，也跟你没关系。"

"你这是什么意思？"边怀远的声音紧绷起来，"我都离婚了，这事儿都过去了。就为了一个无关紧要的女人，你要跟你爸翻脸？"

边城顿了顿，说："反正你也不止我一个儿子。"

在父亲怒吼之前，他挂断电话，靠在沙发上，仰头闭眼。

事情是什么时候变成这个样子的？那个发烧时握着自己的手，在观众席上为自己鼓掌的父亲去了哪里？

他觉得头痛欲裂。手机振动起来，估计是父亲又发来消息，他实在无心看。然而振动持续不断，紧接着又响起铃声，丝毫没有放弃的趋势。他烦躁地抓起手机，看到是自己硕果仅存的好友。

"我来美国了!"宋宇驰在电话里大叫,"快出来浪!"

"没空。"

"你们不是还没开学呢吗?两天你都抽不出来?"宋宇驰说,"你活得太闷了,迟早闷出病来。快点!拉斯维加斯!酒吧!赌场!"

"宋叔知道吗?"

"你少泼人凉水。"宋宇驰说,"读书读得我快疯了,好不容易才偷摸跑出来,不得庆祝庆祝?我找到一个超赞的酒吧,快过来陪我逛逛,酒店我都给你订好了!"

憋久了的好学生真可怕,一放纵就从实验室浪到酒吧。

边城挂断电话,睁开眼,看着空荡荡的房间。公寓里的家具只有必备的几样。白板挂在客厅中央,上面孤零零地写着一行公式。往常他喜欢这种宁静、空旷,可现在,空旷让他脑内的念头不断滋长,濒临崩溃。他必须用其他事物填满这个空隙。他抓起钱包,买下最近一班飞往拉斯维加斯的机票,直接去了机场。

和宋宇驰会合时,已经是午夜。他刚在酒店放下包,就立刻被拉进了一辆出租车。宋宇驰跟司机说了个酒吧的名字,一路上兴奋地拍着车前座。

到了地方,门口灯红酒绿,一条长龙。两人颇费了点小费挤进去,踏过门槛,迎面看到宝石色调的天鹅绒卡座和墙上挂着的现代艺术画作,天花板上垂着雪花形状的水晶吊饰,空气中飘荡着悠扬的抒情歌,和喧闹的外面是两个世界。

在吧台前坐下,宋宇驰拍着边城的肩,信誓旦旦地说:"我都打听好了,这里亚裔多……"话音未落,他忽然一指,"你看那边,十点钟方向……"

边城抬眼,看到一个男生拨开人潮往这边走来。脸长得白净,短袖和牛仔裤都是浅蓝色的,看起来很清爽,就是衣服洗的次数太多,有点发白。

边城没注意到宋宇驰起身去哪里了,看着男生走到他面前,欲言又止。等了一会儿,对方才抬起头来,盯着他的眼睛。

"你的瞳仁有点浅浅的灰色,"男生说,"真是 HEAC2 和 OCA2 的美丽变异。"

边城看了他一会儿,说:"是 HERC2。"

男生像是上课被喊起来背课文的学生,一被人打断,就想不起下文了,直愣愣地看着他。

"HERC2," 边 城 说, "HECT and RLD domain containing E3

ubiquitin protein ligase 2。"

男生的脸色由白转红，当然也可能是舞池灯光的影响。他愤愤地朝某个方向骂了一句："出的什么馊主意，我就说文科生不应该用生物学搭讪！"

\ 轮回已至，我站在这里 \

鸡尾酒酸酸甜甜，容易入口。蒋南泽去和卡座的某个北欧人聊了几句，闻笛面前就已经放了三个空杯。

"你悠着点，"蒋南泽把他手里的杯子抽出来，"这酒度数很高，待会儿别连句囫囵话都说不出来。"

"我清醒得很，我还能倒背十四行诗给你听。"闻笛声音洪亮，语句连贯，和打飘的腿脚形成鲜明对比。

"你最好是。我马上要走了，你倒在地上也没人捞你。"

闻笛摆摆手，示意他赶紧回到糜烂的花花世界去。

"不行，"蒋南泽说，"我得找个人陪着你。你这个鬼样子，妹子估计搞不定你。哎，你眼珠子别老粘在酒杯上啊。"

闻笛把酒杯抢回来，豪迈地一饮而尽，然后咳嗽了半晌，憋出一句："不要，酒吧里的男人都丑陋、恶心、粗鄙、下流。"

"那个也是吗？"蒋南泽朝门口一指。

像是他的动作应和着某种暗号，酒吧的曲子切进下一首。闻笛恍惚中听见低沉的男性嗓音唱："You had me at hello。"

门口的男人踩着转音走进来，在吧台旁坐下。闻笛的视线跟着他走，像是被某根看不见的线牵动着。

"It was a twist of fate。"

闻笛瞪着死鱼眼不动弹，蒋南泽就把手机拿出来，翻出何文轩朋友圈的照片，放到闻笛眼前。闻笛立刻撑着吧台站起来。酒精在脑子里嗡嗡响，他晃晃悠悠迈了一步，忽然又停住了。

"我去那说什么？"闻笛太阳穴突突地疼。

"我教你。"蒋南泽伸手把闻笛的身子扳正，看着他的眼睛，勾出一个微笑，"你的眼睛真是 HERC2 和 OCA2 创造的奇迹。"

闻笛低吟一声，抱住脑袋。他第一次见到蒋南泽时，对方在教室里抱着一本闲书看。看到闻笛,他抬起头,很认真地说:"你知道吗,刺舌蝇的平均交配时长有77分钟。"五年了,搭讪的套路虽然没有脱离生物学领域,好歹不像性骚扰了。

"这能管用?"闻笛怀疑地说。

"百试百灵。"蒋南泽说,"你以为我二十个对象是白谈的吗?"

"你谈了二十个对象,现在还跟 Thomas 在一起。"

"废话真多,快去。"蒋南泽在他背后推了一把。

闻笛跟跄了一下,感觉酒精有回流的趋势,转头对蒋南泽怒目而视,却发现人已经消失了。他又望了眼吧台边的男人,硬着头皮拨开来点酒的人群,迎着对方的目光走去。

空气中飘荡着低沉的男声。

"I know you've been hurt before。

"But I can reassure you now。"

走近看,男人的眼睛在灯光下颜色很浅,近乎灰色。闻笛蓦然觉得蒋南泽的话不无道理,毕竟面前的眼睛确实是美丽的变异。

闻笛开口。然后……完全搞砸了。

他抱头忏悔,仿佛刚刚犯下了不可饶恕的罪孽。男人还嫌场面不够尴尬,追问:"你从哪学的知识点?营销号?"

闻笛深吸一口气。他这么窘迫,对方要是识趣一点,就应该转移话题才对。

"我朋友学生物。"闻笛说,"你也是?"

"我研究数学。"男人说,"前几天偶然看到一篇讲瞳色基因的科普文章,所以有点印象。"

"我怀疑他在害我,"闻笛说,"有谁听到 HEAC2……"

"HERC2。"

"……有谁听到 HERC2 会开心?不会把搭讪的人当成疯子吗?"

"会好奇吧。"男人说,"如果追问下去,就能展开深入交流。我们现在不就在聊吗?"

闻笛想了想,承认:"好吧,有点道理。"

"再说生物学挺有意思的。"

"嗯……"闻笛做了让步,"比数学强,数学无聊到没法用来搭讪。"

男人的神情忽然变得严峻,像是受到了冒犯。他放下酒杯,目光在酒吧里四处飘荡，最后落在了天花板上："看那里。"

闻笛抬头，看到空中悬挂的水晶吊饰。

"科赫雪花。"男人说，"一条线段三等分，以中间部分为底，向外画一个等边三角形，然后在三角形和它左右的每条边上重复这个步骤，迭代几次，就会得到科赫曲线，三条科赫曲线拼合起来，就是雪花的形状。"

闻笛在脑子里想象了一下，懂了："中学数学是不是学过？"

"科赫雪花的维数是 1.26。"男人说。

又不懂了。

"维数有一个计算公式。"男人说，"正方形的维数是 2，正方体是 3，但科赫雪花是 1.26，它对于一维来说太详细，对于二维来说又太简单。雪花是我们在三维世界看到的 1.26 维图形。"

闻笛似懂非懂地"哦"了一声，见男人用探究的眼神盯着他。闻笛在这目光中沐浴了半首歌的时间，才意识到对方是在寻求认同。他惊恐地问："你刚刚不会是在跟我搭讪吧？"

男人很坦然："是啊。"

闻笛皱起眉。很难评。这个人，这个搭讪技巧，都很难评。

似乎是察觉到他欣赏不来，男人问："你学什么专业？"

"英语。"

男人的目光从"不识货"变成了"恨铁不成钢"，"你学文科的，搭讪还请教学生物的朋友？"

这什么意思？他给同学们丢脸了？"可是……"闻笛指出，"开口就念诗，太'咯噔'了吧？"

对方静静地看着他，两人的距离很近，轻柔的音乐，迷离的灯光，然后他忽然醒悟，对方是在期待他礼尚往来，发挥专业特长。毕竟人家都用数学来跟他搭讪了。

闻笛想了想，露出尴尬的表情，仿佛即将出口的话会让他掘地三尺活埋自己。"好吧，"他清了清嗓子，尽量注入情绪，"我可能把你和夏天相比拟……"

才说了半句，就被男人打断了。

"莎士比亚？"男人一脸嫌弃，"你用他的诗来搭讪？"

这个没礼貌还没品位的家伙！闻笛感到酒精哗的一声冲上了脑袋："你居然瞧不起莎士比亚的情诗？"

"他写的也叫爱情?"男人说,"罗密欧前一天晚上还对罗瑟琳爱得要死要活,说什么'烛照万物的太阳,自有天地以来也不曾看见过一个可以和她媲美的人',结果第二天见了朱丽叶一眼,马上移情别恋,还贬低自己之前的恋人,说'我以前的恋爱是假非真,今天才遇到绝世佳人'。这个世界是疯了,才把罗密欧与朱丽叶的爱情叫悲剧。这种变心比子弹出膛还快的爱情居然也能被当作千古绝唱,这才是悲剧。"

闻笛的脸被酒精和怒火烧得通红,恨不得当场慷慨陈词三万字教他做人。嘴刚张开,手机铃响了。他看了眼屏幕,是熟悉的号码,怒气立刻从面前的男人转移到之前的男人身上。他厌烦地骂了句"神经"。

他刚要按掉,转头看到男人意味深长的眼神,手指顿了顿。他不就是来气何文轩的吗?还等什么?虽然合作对象也把他气得够呛,好歹形象气质过得去。他点了接通的图标。

似乎是没料到他会接起电话,对面沉默了一瞬。在这短短的空白中,何文轩听到了他这边的动静:"你在酒吧?"

"是啊,"闻笛说,"有事吗?"

"你……"何文轩叹了口气,"你别闹了,好不好?我们谈一谈……"

闻笛险些怒极而笑:"我自己找乐子,怎么就变成闹了?我跟你有关系吗?"

大概是察觉到闻笛是认真的,何文轩的语气急切起来:"酒吧里什么人都有,你别被人骗了……"

这人听不到自己的话吗?感受不到里面的讽刺吗?"骗我最久的就是你。"闻笛说,"如果不是我提前过来,你是不是打算等到火化那天再告诉我?"

何文轩说:"我没告诉你结婚的事,主要是怕你破费,机票多贵啊,你不是最看重钱吗?"

闻笛屏住了呼吸:"你说什么?你有种再说一遍?"

"我跟她结婚只是为了利益,你们没必要认识……"

闻笛难以置信:"你说这话你老婆知道吗?"

何文轩说:"我们谈谈吧。"

这……什么玩意儿?!

"别再给我打电话了。"闻笛说,"我听到你的声音都觉得恶心。"

胸膛里好像有岩浆在沸腾,闻笛直接把手机关机。酒精混杂着香氛的气味，忽然令人作呕。闻笛捂住嘴，拨开人群，艰难地从酒吧里挤了出去。

走过街头，找到一条僻静的小巷，他撑着墙，捂着肚子呕了好久，却什么都没有吐出来。胃酸倒流的灼烧感还沉甸甸地积在胸口，他靠在墙上喘着气，等自己平静下来。

身后隐约传来脚步声。闻笛低着头，看到一个高大的影子慢慢出现在巷口——男人追出来了。

"你没事吧？"

闻笛摇了摇头，刚想开口，巷子里突然传来了脚步声。他朝声音来处望去，眼睛蓦然睁大。

一支手枪正对着他们。

\错误不在星辰，而在我们自己\

闻笛的大脑有一瞬间的空白，好像意识脱离了身体，飘扬而上，在半空中俯瞰着这个荒诞的场景——夜幕低垂，霓虹灯的光辉在远处街头跳动，昏暗的小巷中，墙壁上涂鸦斑驳，偶尔传来赌场的模糊音乐声和机器的运转声，空气中弥漫着淡淡的烟味，两个戴着鸭舌帽的男人站在阴影里，一个手中拿着弹簧刀，另一个拿着枪，都闪烁着不祥的银色光泽。持枪劫匪正用带口音的英文喝令他交出身上的钱。

闻笛的背上冒出了一层虚汗。他在电影和新闻里看过、奇闻轶事里听说过这种场景，没想到有一天会落到自己头上。大意了，没打听附近街区的治安情况，大晚上就随便跑到小巷里——这又不是国内！

劫匪又挥了挥枪，头快速朝两边转动，观察着周围的动静："快点！"

闻笛哆嗦着掏出钱夹，里面有一些硬币和纸钞。那人命令他把钱夹丢过去，他照做了。

"你！"劫匪又把枪口转向男人，"你也扔过来！"

闻笛忐忑地瞟了眼男人，怕他做出什么危险举动，连累自己客死他乡。

男人犹豫了一会儿，也掏出钱夹，扔了过去。闻笛松了口气。

劫匪一边维持枪口对准他们的姿势，一边让同伙把钱夹捡起来。同伙把钞票从里面抽出来点了点，用闻笛听不懂的语言说了几句话，持枪劫匪忽然勃然大怒："就这么点钱？"

闻笛感到太阳穴嗡了一声,冷汗从额头上滴落。他的外套有个隐藏的内口袋,出门时他留了个心眼,钱夹里放了小额钞票,大额的钱都放在了内袋里——他爸妈当年防小偷的常用方法。保命是要紧,但奖学金也要紧,他还指着那些钱付房租呢。

不过,劫匪的不满似乎不是对着闻笛,而是对着他身旁的男人:"你穿得这么好,怎么可能只有这么点钱?"

男人身上的衬衫、西裤质感极佳,确实不像便宜货。

劫匪又说了些模糊不清的话,大概意思是他们知道中国游客喜欢带现金,出来玩身上肯定带了不少钞票,不把钱全交出来,小心身上开个窟窿。

男人解释他们不是游客,劫匪不信。

闻笛看了眼男人,盼望他能交钱——自己看上去穷酸得很,劫匪不会抱多大期望的。

结果男人斩钉截铁地说:"我出来得急,没带钱。我一般都刷信用卡。"

信用卡有什么用?刷卡不就是等着警察来抓吗?劫匪恼怒起来,骂了一连串闻笛听不懂的脏话。他们在巷子里冒着风险守了一晚上,好不容易逮到条大鱼,却没有多少收获。持刀的同伙很不爽,刀刃危险地抵在男人肚子上。

"等等,"闻笛突然说,"我有钱。"

劫匪望向他。闻笛颤抖着把手伸进外套,掏出叠起的钞票。华盛顿的头像在昏黄的灯光下忽隐忽现。

同伙一把抢过钞票点了点,神情松动了些。持枪劫匪看着同伙把钞票塞进兜里,又命令闻笛和男人:"手机。"

闻笛咬了咬嘴唇,把手机放到地上,滑去劫匪那边。男人也照做了。

两个劫匪对了个眼神,突然弯腰捡起手机,随即转身朝巷子里快速跑去。

脚步声逐渐远去,闻笛一下子蹲在地上,用手撑着斑驳的墙面大口喘气。

男人垂眸,看到瘦削的肩膀颤动着。月光洒在领口露出的一截后颈上,苍白的皮肤隐隐现出血管,脆弱又可怜。

他伸出手,迟疑地放在闻笛肩上:"别怕,他们走了,没事了。"

指尖和衣料触碰的一刹那,闻笛忽然像过了电一样站起来,甩开男人的手,对他怒目而视:"谁怕了,我在心疼我的钱!"

男人僵住了。

闻笛望着他的目光快要烧起来:"你知道我刚才拿了多少钱吗?!"

男人回忆了一下:"七百美元?"

"七百!"闻笛觉得泪水快要喷涌而出了,"我这个月就指着它活了!"

男人沉默了一会儿,怀疑地问:"你住哪?"

"波士顿。"

"波士顿这点钱怎么可能撑到月底?"

生活太令人绝望了。他睡在客厅沙发上,从来不外食,只从 Target 这样的大型超市买打折生鲜,还要被人质疑谎报生活费。

男人的问题还一个接一个:"你为什么带这么多现金?"

"我住客厅,又没有门!不带在身上,万一我不在的时候丢了钱,不就说不清楚了吗!"

"带在身上也很危险啊。"

"你有没有良心!"闻笛指着他,"我为了你掏的钱,你还站在这说风凉话!那是我剩下的所有奖学金了,这个月怎么过啊……"说着闻笛又感到一阵眩晕,七张纸钞浮现在眼前,心脏一抽一抽地疼。

男人沉默片刻,说:"我还你。"

闻笛皱眉看着他。

"既然你是因为我掏的钱,我还给你就是了。"男人说。

闻笛眨眨眼,忽然扑上去抓住了男人的肩膀,眼睛比酒吧门口的霓虹灯还亮:"你认真的?"

男人没预料到他这么激动,过了一会儿才保证:"当然。"

男人这么爽快,闻笛倒有点不好意思。"我破财也是因为那两个浑蛋,"他说,"问你要钱有点……对你来说也是无妄之灾嘛……"

"钱你到底要不要?"

"要!"

男人看了他一眼,把他的手从身上拿开,说:"走吧。"

令男人奇怪的是,闻笛久久没动弹。刚才听到"钱"字,他的眼睛都放出激光来了,现在怎么不积极了?然后他看到闻笛蹲下去,仔细地从巷子的砖缝里抠出了一枚五十美分的硬币。

"我刚刚看到有什么东西在反光,"闻笛颇有成就感地说,"真是钱啊。"

男人无语地看着他。五十美分能干吗,买包口香糖?

"你住得近吗?"男人问他,"能回去吗?"

闻笛茫然地摇摇头。他是被蒋南泽塞进计程车的,不知道酒店离这里有多远。而且没有手机，他根本找不到回去的路。

"你呢？"闻笛问，"你住得近吗？"

"不近，不过我来的时候查过路线，大概记得怎么走。"男人说，"你先去我那吧。"

"查过路线就记得？"闻笛怀疑地看着他，"你是有什么过目不忘的超能力吗？"

"准确来说叫图像记忆力。"男人说，"跟我来吗？"

闻笛犹豫了一瞬，把破破烂烂的钱包塞进兜里，走到男人身边："当然。我又不知道你的联系方式。不跟着你，我上哪要钱去？"

男人无语地看了他一眼，说："他们把我的卡拿走了，不过回旅馆之后，我可以先问朋友借一些钱给你。等拿到钱了，你再想办法回去。"

闻笛点点头。

男人走了两步，转身看到闻笛还站在原处，问他怎么了。

闻笛心绪复杂。短短十五分钟，生活天翻地覆。

"你叫什么？"闻笛问。他们都共同经历过生死了，他还不知道对方的名字。

"Ethan。"

"《碟中谍》那个 Ethan？"

男人没有回答，看着他，用目光询问。

"Samuel，"闻笛说，"叫我 Sam 就行。那个酒店有多远啊？"

"六英里左右吧。"

"六英里？！"

男人淡漠地看着他："还走吗？"

闻笛想了想七百美元，咬了咬牙："走。"

然后闻笛踏入了人生中最曲折离奇的十二个小时。

\崭新的世界，竟有如此之人\

一路上，这个自称 Ethan 的男人沉默寡言，只在走到路口的时候告诉他往哪里拐弯。他们经过一栋栋装潢华丽的赌场、酒店、strip club，还有风格独特的小教堂。走了快两个小时，绚丽的霓虹灯逐渐隐去，街灯昏暗，路两旁冒出大片的灰砖厂房、混凝土仓库,窗户里漆黑一片,和之前喧闹的主街形成鲜明对比,像是工业区。

闻笛的腿有些酸,在路边找了个消防栓坐着。他左右张望,路灯坏了两盏,看不清厂房的名牌,唯一能肯定的是周围没有酒店。他怀疑地看着男人:"你确定走对了?"

男人的沉默让他恐慌。

"什么?!难道你不认路?!"巨大的悲伤从心底涌出来,他来之不易的那么一点点希望就这么破灭了,果然这个世界对他有意见,"那你还说什么图像记忆力!"

"我可能看错了某个街道的数字,"男人最后承认,"然后早拐了一个路口。"

闻笛眼前走马灯似的闪过悲惨回忆。他刚刚认清五年密友的真面目,全副身家被洗劫一空,好不容易有个人愿意补偿他,居然迷路了!

闻笛恶狠狠地瞪着男人。他怎么就酒精上头,信了一个陌生人呢?他连这人的真名都不知道!

看着荒无人烟的四周,闻笛莫名起了一身鸡皮疙瘩。他戒备地看着男人:"你不会是骗我来这里杀人抛尸的吧?我告诉你,我可没钱了啊!我所有的身家都用来救你了!做人要有点底线!"

男人懒得自证清白。他思索了一会儿,说了一句让闻笛绝望的话:"这儿晚上很荒凉,不知道会不会碰上刚才的情况。我们还是原路返回拉斯维加斯大道吧。那里是市中心,治安好,至少能找个地方歇一会儿。"

原、路、返、回。

闻笛想就地刨个坑,长眠于此。

"走吧。"男人说。

闻笛悲愤交加。如果不是为了保存体力,他恨不得把男人碾成饲料。"等会儿,"他慢慢站起来,"让我发泄一下,否则我就想死了。"

男人警惕地看着他:"你要干什么?"

闻笛慢慢走到一个厂房门口,白色外墙在月光下显得惨淡,里面一片死寂。他把两只手放在嘴边,深吸一口气,朝里面大喊:"何文轩,你个无赖、恶棍、吃剩饭的臭虫;下贱、骄傲、浅薄、没有胆量、靠着势力压人的奴才;顾影自怜的、奴颜婢膝的、涂脂抹粉的混账东西、下流坯子;叫花子,懦夫,王八,良心还不如耳屎多的狗东西,看你一眼都会让我的眼里流出血脓,啐你都怕玷污了我的唾沫！"

美妙的词语像瀑布的水珠一样飞泻而下，滔滔不绝。

男人眉头紧锁，沉静的表情第一次出现波澜，好像闻笛刚刚把呕吐物糊到了他脸上。

闻笛继续骂了三分钟，从何文轩骂到劫匪，从劫匪骂到老天爷，嗓子都喊哑了，才停下来喘了口气。

男人真心发出疑问："你一个学文的，骂人怎么这么恶毒？"

他瞪了男人一眼："学文难道不是为了增加骂人的词汇量吗？"

男人没去管这欺师灭祖的发言，叹了口气："好吧，骂完了吗？"

"差不多了，"闻笛说，"你要不要来两句？"

男人看他的眼神好像他是个疯子："干什么？"

"你就没什么烦恼吗？我们可是刚被抢了啊！喊一下试试，喊出来会爽快点。"闻笛拽着他的胳膊，"正好这儿没什么人，千载难逢的机会。来吧来吧。"

男人摇了摇头。走了两个小时路，这人怎么还神志不清？酒精代谢这么慢？

"一看你平时就闷着自己。"闻笛猛拍了他一下，"喊出来吧！就算真有人听到了，这儿谁认识你啊。"

男人抽出了胳膊，踌躇片刻，把手放到嘴边。

闻笛点点头："就是这样。"

然后男人用英文喊道："不好意思，要是有谁听到刚才的话，不要在意。那个家伙刚刚被人骗了，脑子不正常！"

闻笛迅速捂住了对方的嘴，火冒三丈："你乱说什么！"

男人垂眸看着他，再开口时，声音恢复了平常的音量，语句闷在闻笛的手里，有些模糊不清："我总结的不对吗？"

闻笛意识到他和何文轩的对话全被别人听去了，恼羞成怒："谁被骗了？我根本不在意他好不好！"

男人毫无反应，闻笛的牙都快咬碎了。如果不是那七百美元——以及他不认路，以及男人体格健硕，一看就打不过——他肯定跟男人拼个你死我活。

他什么眼光，从酒吧乌泱乌泱的人里挑出一个最气人的！

男人握住闻笛的手腕，把他的手拿下来："可以走了吗？"

闻笛仍然瞪着他，似乎是气到极点，把喉咙都堵住了。他就拽着闻笛的手，转身往主街的方向走。闻笛气糊涂了，居然没反抗。

走了三个街区，闻笛才愤懑地出声："你这个人，是不是这辈子没遇到过什么挫折？"

男人不知道是没听见还是懒得回答。

"一看就是，"闻笛说，"一点同理心都没有。"

"我只是不觉得喊出来能有什么帮助。"是懒得回答。

"拉倒吧，就是没有。"闻笛说，"就算有，能有我这么丢人吗？"

过了一会儿，男人才说："不就是被朋友背刺吗？"

"我去！"这话从别人嘴里说出来杀伤力更强了，闻笛捂住胸口，"你知道我过去五年是怎么对他的吗？"

回程的路太漫长，足够他从军训送水说起，一路讲到生日送惊喜。闻笛越说越觉得自己像个冤大头，掏心掏肺了五年，在别人眼里就是个实用保姆。

男人没有打断他，直到主街的霓虹灯再次映入眼帘，闻笛结束了五年血泪史的讲述，他才开口说："我挺羡慕那个人的。"

"啊？"闻笛说，"不会安慰人就别说话。"

当然，男人怎么可能听他的。"遇到一个全心全意对待自己的人，这是多稀有的概率。"男人继续说，"他竟然这么随随便便扔掉了。丢人的是他，跟你有什么关系？"

闻笛哑然。他原本防备着男人冷嘲热讽，没想到对方突然这么说。也许是之前男人的表现拉低了期望值，两相对比，他居然非常感动："没想到你也会说两句人话。"

男人尖锐地看了他一眼。

"不过，"闻笛说，"这不是我觉得丢人的地方。"

男人哑然。从刚才开始，这人的诅咒滔滔不绝，把那个人喷成猪狗不如的畜生，难道不是因为被背刺吗？

"你父母是做什么的？"闻笛问。

这问题莫名其妙，但男人还是回答了："都是大学教授。"

闻笛点点头，感叹："真好。别人问起父母的职业，你肯定回答得很爽快吧。"

男人觉得这话奇怪："你父母是做什么的？"

"开早点摊的。"

"你不是也很爽快吗？父母的职业有什么关系？"

"没关系啊。"闻笛说,"21岁的我觉得没关系,但16岁的我觉得有天大的关系。"

他顿了顿,大概是想起了不好的回忆,嘴角耷拉下来:"我跟何……那个人刚认识的时候,他跟朋友出去玩,我也去了。他周围都是什么公司高管、老板、总工程师的儿子。吃饭的时候,他们问我家里是做什么的……"他咬了咬口腔内壁,"我说我爸妈都是医生。"

男人没对此发表意见,做回了沉默的听众。

"之后,为了圆这个谎,我查了很多医生的资料。我爸妈上的哪个大学、主攻什么科、擅长什么手术、周几排班、遇到过什么麻烦的病人,我都编好了,比写小说还详细。"闻笛说,"挺讽刺的,上高中之前,我还以为我是全天下最爱父母的孩子。"

之后的话有些难以启齿,闻笛用手搓了几次衣角,才接着说下去。

"我自以为我编的故事天衣无缝,结果我们绝交那天,他谈到了申请国外大学的事……"说着说着,闻笛双手抱住脑袋,"他早就知道了!高中的时候就知道!这么多年,他就看着我装作医生的孩子,背地里不知道和朋友们怎么笑话我。你知道这意味着什么吗?"

男人不知道如何作答,只能摇摇头。

"一切都毁了,"闻笛说,"连最后那么一点值得留下的记忆都没有了。"

比如有一年他生日,何文轩请他去高档餐厅吃饭。他们坐在大厦顶层的落地窗旁,满城灯火就在脚下,灯光、音乐都美得让人迷醉。只是从落座开始,他就和一切格格不入。

闻笛坐下去的时候,自己用手把椅子拉近。何文轩在对面提醒他不用动,他才注意到后面的侍者。侍者倒酒的时候,他本能地把酒杯举起来,让杯口凑近酒瓶。侍者来收盘子,他把自己的空盘子递过去,放在托盘上。

何文轩一直看着他,他问怎么了,对方笑着说:"觉得你很可爱。"

当时不觉得奇怪,现在回想起来,那个目光可能不是欣赏,而是觉得丢脸。

"你知道这种感觉吗?"闻笛问,"你突然发现一个人和你印象中的不一样,然后你想起过去那些美好的回忆,发现它们全被推翻了。"

男人突然开口了:"我知道。"

闻笛不了解这个人的过去,但对方说这句话时的语气、神态,没来由地让他觉得这个人真的明白。

"我居然为了这种人放弃做我爸妈的孩子。"闻笛说,"利用、欺骗我,确实可恶,但这是他选的。只有这件事,是我的错。每次见到他,就会提醒我,我曾经是一个嫌弃父母的骗子。我那么恶毒地骂他,也许是对自己感到失望。"

时值黎明,本是万籁俱寂的时候,但主街依然灯火通明,没倒好时差的游客们在赌场里狂欢。在这本该抛弃一切烦恼的不夜城,身旁的人却在忏悔。

男人说:"这个想法也太没必要了。"

闻笛难得听他发表自己的意见,一个激灵,通宵积攒的困倦都飞走了。

"你不说父母的真实职业,难道不是因为他们没有创造出让你开口的氛围吗?"男人说,"他们给了你某种压力,让你觉得不能说实话。这都是他们的错,你揽到自己身上干什么?"

不知为何,仅仅是几句简单的话,闻笛忽然觉得心里的阴霾散开了。他觉得轻松,又为这轻松感到惶恐。

这样摆脱愧疚是不是太容易了?他是不是一直在寻找一个甩掉过去的借口?

"没事别老忏悔,"男人说,"多在其他人身上找找原因。"

这句话把闻笛逗笑了。感激之余,他心生敬佩:"要是我能像你一样就好了,想说什么说什么,把情绪丢给别人,生活该有多轻松啊。"

男人点点头,表示自己赞同这种态度,并且身体力行地实践着,然后又说:"但这样会很孤独。"

"是吗?"

"当然了,这就是不遵循社交礼仪的后果,"男人说,"其他人会觉得你奇怪。"

闻笛把手揣进口袋,歪着脑袋想了想,蹙起眉说:"但奇不奇怪这件事,不是流动的吗?"

"流动?"

"奇怪、疯狂、平凡,这些又不是数学公式,不是恒定不变的。"闻笛说,"觉得异类很正常的人会出现,觉得疯子有魅力的人会出现,觉得凡人不平凡的人会出现……"他顿了顿,指了指男人和自己,"觉得谎言有苦衷的人会出现,这不就是人与人相遇最美好的地方吗?"

男人看着他问:"所以你觉得我是什么样的人?"

闻笛想了想,说:"特别的人。"

"比奇怪顺耳多了。"

闻笛露出对遣词造句能力的自豪，然后宽慰对方："不管怎么样，父母肯定不会觉得你奇怪的。有家人支持就不会太孤独。"

"那可不一定。"

闻笛看着他灯光下的侧脸："你遇到什么事了？"

男人没有回答他，在路口踟蹰了一会儿，然后拐了个弯，走进拉斯维加斯大道。

"告诉我吧。"闻笛说，"我都把压箱底的秘密告诉你了，跟我说说又怎么了？"

大道两边林立着巍峨的建筑，街心有个小公园。看到长椅的那一刻，闻笛如释重负，也没管上面的灰尘，赶紧坐下。他看着男人站在他面前，眼神沉沉地压在他身上，瞳孔里的光明暗不定，似乎是在估量风险。就在闻笛以为木头人游戏要永远持续下去时，男人开口了。

"你家里能接受你不结婚吗？"男人问。

闻笛"哦"了一声："原来是这回事。你爸妈反应很大？"

"是我父亲。"

"老一辈的人思想有局限性，接受不了很正常。"闻笛说，"你爸怎么了？冲你发火，还是哭着求你结婚？"

"这两者的结合。"男人说，"我必须和他看中的对象结婚，过去一个月简直是相亲流水席。"

闻笛露出同情的眼神："确实难办。"

"然后……"男人说，"我发现了一件事。"

他简要叙述了跟继母的对话，炎炎的气流中，闻笛突然感到一阵恶寒。他想来想去，实在不知道如何安慰对方。亲人的背叛和朋友的不一样，东亚的传统让人太难与家人切割了。

男人没有希冀从他那里得到更多，只是接下去说："我不知道我们的关系会变成什么样，他没法跟我不结婚的事和解，我没法跟他结婚的事和解……"

闻笛看着他，突然说："要不你假装结婚好了。"

男人怔住了。这个想法是怎么跳出来的？

闻笛接着说："你假装已婚了，你爸难道还能安排你相亲？你就明白地告诉他，他想操控你的婚姻是不可能的。再说了，他先斩后奏结了一次婚，那你也骗他一次。"

这话说得像是在菜市场买葱一样。

"我就为了报复他结婚?"男人说,"这不是太幼稚了吗?"

"不是让你真结婚。虽然你不想结婚,但体验下结婚的过程也无妨。然后理直气壮地跟他说你结婚了!再说幼稚一点怎么了?你一看就没干过幼稚的事。"把胡话说得振振有词是闻笛的特殊能力,"没脱轨过的人生是不完整的。"

这话太荒唐了,但过去一晚上荒唐的事太多,以至于荒唐已经具有了合理性。男人还真的顺着闻笛的思路想了下去:"就算你说得有道理,我要怎么办这件事?"

要是清醒的时候,闻笛决不会说出这种话。但这天晚上,从酒吧开始,他就处于神志昏沉的状态:"幸好你遇见了我啊。"

男人和刚认识一晚上的同胞面面相觑。

"你往那儿看。"闻笛指着花园旁边的一栋灰色砖石大楼,"Marriage License Bureau,他们就能给你办。而且我们刚好走到这里,这不是天意吗?"

突然,天边绽出一缕晨曦。霓虹灯的色彩黯淡下来,街灯也在不知不觉中熄灭了,仿佛在为日光让路。草坪在晨光中慢慢苏醒,清新的空气中弥漫着花香和湿润的泥土气息,这座喧闹繁忙的城市,在这一刻变得异常宁静。

日出了,指针拨转到新的一天。

望着淡金色的天际线,男人突然开口:"好啊。"

拉斯维加斯的婚姻登记机构从早上八点营业到午夜,只要提交证件,当天就可以体验多样化的婚礼一条龙服务。有酒店内的豪华婚宴,有教堂里的简单仪式,甚至有令人肾上腺素飙升的私奔体验——乘坐直升机飞越拉斯维加斯大道,掠过胡佛大坝,穿越大峡谷,在嶙峋怪石的上空开香槟庆祝胜利。

只有一个问题。

"我没钱。"男人说。

\ 结果好就一切都好 \

体验婚礼需要支付服务费,两个人的全副身家加起来,只有闻笛从砖缝抠出来的那五十美分。闻笛不知道费用具体是多少,但肯定不是五十美分。

什么叫一块钱难倒英雄汉,他终于明白了。

他们静静地坐在公园的长椅上,看着远处城中心的广告牌。巨型屏幕上闪烁着动态图案,创造出一种超现实的视觉盛宴。广告牌四周赌场林立,每座建筑的设计都别出心裁——古埃及的金字塔、纽约的天际线、威尼斯的运河和巴黎的埃菲尔铁塔,全世界的奇观汇聚于此。

赌场。不知哪里传来滚轴转动的当啷声,闻笛突然冒出一个主意。

他把那枚可怜的五十美分掏出来:"要不要赌一把?"

男人显然明白他的意思了。赌城自有它以小博大的方法。

建议是闻笛提的,但他随即自我怀疑起来:"五十美分能赌什么?"

"找找看吧,"男人朝街边张望,"说不定最低档的老虎机可以。"

他们走进其中一家赌场,在一楼靠门口的边缘位置还真找到了这种机子。老式水果机,滚轴上是樱桃、柠檬和"BAR"的符号,五十美分就可以玩一次。那些不想在赌博上花费太多,只想体验一下赌场氛围的游客,往往就在这些机子上小试一把。

闻笛抬头看了眼支付表,上面显示着不同图案组合的奖金。这些廉价机器当然没有大奖,奖金也就是几美分到几十美元不等。

"就算转到三个相同的,赔率也就一比四十,"闻笛扭头看着男人,"二十美元。"

"最基础的服务费应该够了。"

闻笛蹙眉看着老虎机,几度想投币又收手。男人为他犹犹豫豫的态度感到疑惑:"投啊,这不是你提议的吗?"

闻笛从牙缝里倒抽一口凉气:"你不知道,我是倒霉体质。"

"这是你新造的词?"

"真的,"闻笛说,"我从小到大一直运气很差。中考发挥失常;高考志愿没报好;只要是我买的理财产品,无论之前走势多好,我一买入肯定狂跌;商场抽奖,我连泡泡糖都没中过。就我这运势,能中这百分之一的概率?"他盯着手里磨损的硬币,"这可是我的全部身家啊。"

苍蝇腿也是肉,五十美分也是钱,最后的希望在他手里破灭了怎么办?

他转过身:"要不你……"

男人伸出手,捏住他的手指,强行带着他把硬币塞进去,拉动手柄。

闻笛吃了一惊:"你干什么?"男人指了指机子,他又回头专注地等待结果。

165

三个转轮以不同的速率转动起来，机子的鼓点音乐也砰的一下变响了，"滴滴嘟嘟"地配合着心跳。

第一个轮子停了下来，樱桃。

第二个轮子停了下来，樱桃。

心脏的跳动频率几乎超出科学范畴。不会吧不会吧，难道他要时来运转了？

闻笛屏住呼吸，忽然拽住了男人的胳膊。男人下意识地反握住他的手，两人紧贴在一起。

第三个轮子停了下来——柠檬。

闻笛叹了口气，老天爷果然还是不眷顾自己。他放下抓着男人的手："差一点点啊。"

男人直起身。这原本是意料之中的事，但不知为什么，他微微有些沮丧。

血本无归，两人刚要走，机子突然迸发出欢快的铃声。樱桃、柠檬的牌子晃了晃，啪的一声，有什么东西掉进了金属槽里。

闻笛睁大了眼睛。

就像一滴水珠落下后，紧跟着的暴风雨一样，硬币哗啦哗啦落下来，密密麻麻的金属硬币疯狂碰撞着，让人头皮发麻。

赌场内的其他客人纷纷转头，盯着闻笛身前的机器，发出羡慕的赞叹声。

闻笛缓缓抬起头，机器人一样双眼无神，"这是什么情况？"

"累积奖金，"男人指着机子侧面的一行说明文字，"可以获得之前游客投进去的所有硬币。累积奖金的图案是随机的，任何组合都可能拿到。"

累积奖金。比三连图案还低的概率。

"不是你说的吗？"男人看着他，"这是天意。"

闻笛盯着哗哗作响的机器，震惊而又茫然。

他一直觉得，自己要获得某样东西，就需要比常人更努力地争取，因为运气不站在他这边。赢大奖？这种概率低到尘埃里的幸运，可能需要全宇宙的帮助才能实现。这种好事怎么会落到他头上呢？而就在刚才，全宇宙意外地、短暂地、也许是一次性地、站在了他这边。奇迹发生了。

发现周围人还在盯着放出大奖的老虎机，闻笛深吸一口气，马上蹲下来，把金属槽里的硬币往外捞："这里面有多少钱？"硬币面值不一，数量庞大，要分类数清还是个大工程。

男人蹲在他身边，瞟了一眼："你想自己数，还是让别人帮你数？"

闻笛眨眨眼:"谁帮我?"

男人指向后面的一个台子,上面的木牌写着英文的"出纳台"——赌场兑换筹码的地方。

他们抱着硬币去出纳台,工作人员娴熟地接过去,放到一个小秤上,然后说出了金额——看着像笔巨款,其实也就四十美元出头。

闻笛刚喜滋滋地要拿钱,身旁的男人说了句:"帮我兑换成两美元一个的筹码。"

闻笛惊诧地看着他:"你干什么?"

工作人员飞速换好筹码,放在一个塑料小碟里递给男人。闻笛伸手去夺,可惜男人个高臂长,抢先拿走了。

"本金是我的,赢的钱不应该归我吗?"闻笛难以置信地盯着他。还没多熟,这人就要谋取他的财产了!

可恶的男人不为所动,只是说:"钱不够。"

信他个鬼!他们长途跋涉时路过了很多二十四小时开放的小教堂,门口有牌子标明了婚礼体验服务的价格,最白菜价的只需要十五美元。

"都这时候了,难道还想体验什么豪华婚礼吗?能省点就省点吧!"

男人还是没还钱:"你想走着回去?"

闻笛满脑子只有筹码上的数字,根本没听男人说了什么。

"体验完婚礼,剩下的钱都不够打车。"男人说,"既然有本金,好歹赚够打车的钱吧。"

"你想怎么办?"

男人说:"再赌一次。"

"什么?"闻笛瞪着他,"我跟你说,刚才那都是运气!这玩意儿可不是时时都能有的,你清醒一点!"

被刚认识不到一天的人抢钱去赌,这是什么辛酸血泪事件!

"不是运气,是概率。"男人说,"赌博是概率。"

闻笛怨念深重地说:"所以呢?"

"概率是数学游戏。"男人转头问工作人员,"德州扑克的牌桌在哪里?"

工作人员说了层数和位置,男人拿着筹码往电梯走。闻笛嘴唇紧抿,忐忑不安。鉴于在武力上胜算不大,他只能用询问安抚内心的惶恐。

"你是会玩牌的吧?"他问男人。

男人点头。

闻笛"哦"了一声,还是觉得焦虑:"但是,那些德州扑克冠军不也一晚上输几百万吗……"他想起了母亲讲过的诸多可怕的赌鬼故事——这人可别没钱赔,就把他给抵押出去了。

"这是用你的钱赌的,我要是赢了,你被抢的手机我也赔给你。"男人说。

闻笛在心里掂量了利弊,最终决定慷慨地给出本金。毕竟母亲也说过,友谊的基石是信任。

到了三楼,两人很快找到被人群围着的小额牌桌。桌上的筹码大多是一两美元面额的,不过堆叠起来,一个人的赌注也有三四十美元。牌桌上的玩家各式各样:穿着华丽的老太太,大腹便便的中年人,奇装异服的嬉皮士。高级玩家不上小额牌桌,这些人看上去都是即兴来一把的游客。

男人挑了其中一张桌子坐下,荷官宣布满员,开始发牌。

拿到两张底牌后,男人略微掀起一角看了看,下了不多不少的盲注。闻笛用余光瞟到他手中是7和9,胸膛里的气息翻腾起来。拜何文轩所赐,他大致了解德州扑克的规则,这并不算好牌。

荷官翻开了三张公共牌的第一张,是8。男人扫了一眼对方的筹码堆,计算过双方的筹码价值、底池和赔率,从桌前的筹码中丢了一摞出去。

紧张,外加一夜奔波,闻笛口干舌燥,感觉嗓子快烧起来了。正巧赌场侍者端着托盘过来,上面放着装满酒的高脚杯。他问价格,侍者说这是为正在赌博的客人提供的免费酒水。他立刻拿起一杯一饮而尽。刚刚代谢完的酒精迅速得到补充,在血液里跳动起来。

到河牌前,其他四位玩家都已经弃牌,桌上只剩下男人和大盲位玩家。男人犹豫了一瞬,推出了所有筹码。闻笛按在他肩上的手差点就捏碎了他的肩胛骨。对方也all-in了。

牌桌周围弥漫着奇异的紧张气氛,仿佛空气中四散着红色激光,动一动就会粉身碎骨。淡淡的烟草味和酒精味钻进闻笛的鼻腔里,他的大脑好像飘浮在半空中,恍恍惚惚,落不到实处。

男人亮出了手中的牌。桌对面的人睁大了眼睛,难以置信地看着手中的底牌,骂了句脏话,扔了出去——是AA。

"我的天,"闻笛看了看牌,又看了看男人,感到一阵眩晕,"这你居然赢了?"

人不可貌相,男人看起来斯文正经,不会背地里是个赌神吧?

荷官把对方的筹码扫过来,男人伸出手,将它们慢慢拢到自己身前,打破了闻笛的幻想。"只是逐渐提升的概率加上一点心理学,"男人转头看着闻笛,"更重要的是,幸运女神好像一直站在我们这边。"

闻笛险些激动得跳起来。飙升的肾上腺素让他心跳如擂鼓,他欢呼一声,张开双手抱住了身边的人。

\ 黄金时代在我们前方 \

男人只是略微惊讶了一瞬,随即伸手回抱了他一下。

老太太拢了拢衣服,拿到超强底牌还输掉的中年人骂骂咧咧。

闻笛的脑袋像灌了双倍的酒精一样晕晕乎乎的。分开时,他还有些神志不清,迷迷糊糊地问男人:"接下来怎么办?"

男人扫了眼翻倍的筹码:"愿意再陪我赌一把吗?"

闻笛的思维已经停转了,不知不觉就点了头。从走进这里开始,生活已经一个急转弯,朝迷雾重重的未来疾驰而去,日常早就脱轨了,这点风险算什么?

男人笑了笑,对荷官说:"发牌。"

就像海上气旋一样,闻笛被裹进了云诡波谲的牌局中。他看着牌一张张发出去,一张张翻开。赔率起起伏伏,底池盈亏循环。到最后,男人面前的筹码几乎堆成了小山。牌桌周围聚集了一圈看热闹的客人。最后一次清空底池,看客们发出艳羡的赞叹声。男人站起来,闻笛扑进他怀里,两人又拥抱了一次。

"五十美分!"闻笛气喘吁吁地看着男人,"我还以为这是小说呢!"

他们已经赢回了劫匪抢走的钱。短短一个晚上,人生竟然这样峰回路转。

"我们是不是该知道对方的真名了?"闻笛问。

男人把驾驶证递给他,他交出护照,各自欣赏了一下对方的证件照。

闻笛念那上面的英文字母,问:"哪个 CHENG?"

"城市的城。"男人问,"你的英文名为什么不叫 Wendy……"

走出大门时,拉斯维加斯已经彻底苏醒。街上是熙熙攘攘的游客、街头艺人,各种 Cosplay、人体雕塑、魔术表演令人目不暇接,光猫王就看到了三个。

彻夜未眠,长途跋涉,按理说闻笛此时应该已经累趴下了,但也许是因为奇迹,他仍然亢奋不已。

他们来到赌场旁的酒店,男人浏览着琳琅满目的游玩package(套餐),忽然对闻笛说:"我有个想法,但你会强烈反对。"

"说说看,"闻笛说,"我现在脑子不清醒,说不定就答应了。"

"钱能等到明天再还吗?"男人指着单子上的一栏,"今天是个奇迹,就让它一直奇迹下去吧。"

"你想做什么?"

"'私奔'。"

闻笛目瞪口呆地看着男人。

要放在一天之前,一个晚上之前,甚至两小时之前,如果有人让闻笛放弃唾手可得的现金,陪一个认识不到一天的人疯玩一场,他肯定一耳光把对方扇到地心。但现在他说:"好啊。"

他可能是疯了。不过鉴于全宇宙都陷入了异常,疯他一个不算什么。

男人毫不犹豫地拿出赢来的钱,买了elopement package(私奔套餐)。闻笛竟然没有心痛。

酒店楼顶,直升机呼啸而起。引擎的轰鸣声震耳欲聋,晨风吹得衣服紧紧贴着身体,紧张、兴奋、惊讶让每次呼吸都带着震颤。窗外,拉斯维加斯的霓虹灯海犹如星空,绘出一幅壮阔的城市图景。

直升机内部布置得温馨而精致。白色的花朵和绿叶装饰着机舱,企图在狭小的空间内营造出轻松浪漫的氛围。座位被安排成面对面的两排。闻笛看到他身旁放着一本精美的册子,大概是流程手册,册子上放着一朵纸玫瑰。

闻笛侧过身子俯瞰窗外。直升机在道路交错的城市上空扶摇而上,把最后几座房屋甩在后方,然后视野陡然开阔起来。下方,胡佛大坝湍急的水流卷着白色水沫沿着科罗拉多河咆哮而下。远处,大峡谷如同横亘在大地上的裂缝,峭壁层层叠叠,勾勒出跨越数亿年的地质痕迹,湍急的水流之声在峡谷中回响。

前排飞行员的声音传进舱内:"我们到了。"

直升机悬停在大坝上方,服务人员朝他们微笑着,拿起册子,开始了仪式。闻笛的脑子还在嗡嗡响,服务人员说的每个词他都懂,但完全没有理解其中意义。闻笛看着男人。

"七百美元我一定会还给你。"男人说。

"还有手机。"闻笛补充。

他们说的中文，所以指引人仍然保持笑容。

"这个可以给我们吗？"闻笛指着纸玫瑰问。

对方点头。闻笛把玫瑰花瓣拆下来，叠成纸条，再弯成圈递给男人。

阳光从后面的窗户投射进来，在男人身后散发着炫目的光晕，显得格外耀眼。他看着闻笛，缓缓露出一个笑容："今天是我们认识的第一天。纪念日快乐。"

闻笛看着他，胸膛里的声音甚至盖过了飞机引擎和峡谷狂风的呼啸。异国、酒吧、抢劫、赌场、"私奔"，今天发生了这么多意外，这么疯狂，但都比不上这一刻，这一个微笑。

肾上腺素和荷尔蒙快把他淹没了，神志像脱缰的野马一样肆意奔逃，他急切需要做些什么让自己平静下来。他太兴奋了，甚至有种跳进峡谷万丈深渊的冲动。也许极度的快乐也带着坠落般的失重感。

服务人员拿出座椅下面准备好的装好香槟的杯子递给他们。闻笛一把接过来，直接喝到见底。对，这就是他需要的，酒精。

男人本想和他干杯，拿着杯子的手顿在半空。闻笛发现后，又倒了一杯，凑过去，杯沿倾斜着轻轻一碰。清脆的咣啷声淹没在风里。

"喝慢点，"男人说，"要是在直升机上吐了……"

在对方最后一个字出口前，闻笛再度一饮而尽。男人想把香槟拿过来，闻笛耍赖似的抱在怀里："别管我。"

男人犹豫了片刻，收回了手。

直升机开始折返，把科罗拉多河的水流抛至后方。

男人看着他说："不吼两句吗？"

闻笛挑起眉。

"这么适合大喊大叫的地方，"男人指着下方的峡谷，"不再骂几句？"

闻笛低头，波光粼粼的水面蜿蜒而去。

"不了，"他放弃酒杯，对着瓶子灌了一大口，"我现在很快乐。"

酒精没有带来预想中的麻痹作用，只是让脱轨的神志换了一种疯狂方式——奔腾的血液逐渐平息，心跳也慢慢恢复，但这短暂的安宁就像暴风雨前夕的海面，深处暗流涌动，时机一到就会掀起滔天巨浪。

直升机回到了酒店楼顶，闻笛按住被风吹乱的头发，看着男人，那股山雨欲来的感觉更加强烈了。

男人开口问:"先回我住的酒店,我还你钱?"他手里夹着两张钞票,刚刚够打车的费用。

闻笛把钞票从他手中抽出来:"当然。"

他们在主街上拦住一辆出租车,报了酒店的名字。两人并排坐在后座,中间隔着不多不少的空隙。

闻笛被一阵晕车般的眩晕击中,他眼睛死死地盯着窗外,感觉自己马上要吐出来了。车子转过某个街道,他忽然对司机说:"停下。"原来他住的地方在去往男人所住酒店的途中。近这么多,幸好,再多等一会儿,他就要吐在车里了。

男人没有问任何问题,只是打开车门,跟着他下了车。

电梯慢得吓人,好像要用一万年才能到达五楼,闻笛差点以为自己要在途中晕过去了。而刚跌跌撞撞地进了房门,闻笛就昏昏睡去。

黑暗的沉眠,意识在脑海中飘荡。窗外的月光洒落进来,床头灯的影子歪斜,缩短,又伸长。

突然,有谁使劲地摇晃着他,把睡意摇得七零八落。意识像浮标一样,按下去又浮上来,终于到了他不得不清醒的地步。

闻笛一甩胳膊,恼怒地闭眼大吼:"别吵我!"

"你还跟我发火!"熟悉的不着调的声音,"昨天浪哪去了,连电话都不接?我到处找你,都快急死了,你要是再不回来,我就去报警了!"

"什……"闻笛翻了个身,"今天几号?"

蒋南泽看了眼手机:"7号啊。"

闻笛猛地睁大眼睛:"7号?不是6号?"

"你说什么胡话呢?"蒋南泽拍了拍他,"快起来,我们还要去赶飞机呢!你不上学了?"

闻笛用手揉了揉脸,皱起眉,依旧处于震惊后的茫然中。他完全清晰的记忆停在了乘飞机来拉斯维加斯这里,之后就像线团一样纠缠不清。好像进了什么酒吧?好像遇到了什么人?

闻笛爬了起来,后脑勺像被人打了闷棍似的钝痛,连带着浑身上下的筋骨一起发出尖啸。他"嘶"了一声,蹙起眉毛:"我的外套在哪?"

蒋南泽咂着嘴摇头,走到客厅,把地上的外套扔了过来。闻笛萎靡地接住,摸了摸外套,忽然呼吸一窒。他飞速套上沾着酒味的外套,不顾浑身的酸痛，赤着脚飞奔到客厅，在沙发垫下翻找。然后又掀开地毯，拿起台灯，在地板上四处搜寻。

蒋南泽一头雾水地靠在门边："又怎么了？"

闻笛慢慢停止动作，站直身子，一脸难以置信："钱……"

"什么？"

"我的钱不见了！"闻笛说，"肯定是酒吧的那个男人，我被抢了！"

\ 我愿意用所有名声换取一壶酒 \

边城睁开眼，看着天花板上的暗格花纹，一瞬间恍惚起来。

过去的一天起起伏伏，峰回路转。他的逻辑被过强的刺激撞掉了线，直到刚刚才重启。他把手放在额头上，试图厘清思路，忽然发现手指上还有红色印记，是机舱里的那朵纸玫瑰留下的。大概是纸质不好，掉色了。他看着手上的红印，一瞬间有种走入平行世界的感觉。

理智回笼，他蓦然意识到过去一天的荒诞。边城烦乱地用手抓了把头发。他怎么会干出这种毫无道理的事？

他低头，看到一张年轻的脸。清秀的面庞被乱糟糟的头发遮住了，发梢扫在纤长的睫毛上，看得他替对方发痒。他忍不住伸手，帮对方把头发捋到额角。

边城忽然无比惋惜。

如果他们能永远活在奇迹的一天就好了。拉斯维加斯就像一个幻梦，梦境的持续时间终究是短暂的。

边城在脑子里过了一遍现实问题，决定先回去找宋宇驰拿钱，把七百美元和手机拿过来，还给对方。

他走到酒店一楼，问前台知不知道自己住的酒店在哪里。对方掏出手机替他搜索了一下。这时边城才意识到，昨天晚上，他们有很多种方法可以解决迷路的问题。可以找还在营业的商家询问，可以去警察局，但他最后偏偏选了长途跋涉。

是大脑因为酒精宕机了吗？还是他潜意识里想继续走下去？

他带着疑惑回到自己所住的酒店，先敲了宋宇驰的房门。门一开，宋宇驰就冲上来抓住了他的领子，神情慌乱，和往常判若两人。

"你去哪了？"宋宇驰质问，"我给你打了那么多电话，你怎么不接？"

"手机丢了，这事说来话长。"边城问，"怎么了？"

"伯父出事了！"宋宇驰说，"你赶紧回去吧！"

边城的心跳一瞬间停了。宋宇驰帮他订了最近的一趟航班，他立刻拎着包出门。去机场的路上，宋宇驰替他补全了空白的二十四小时。

昨天夜里，边怀远突然因为主动脉夹层倒在了客厅的地板上。幸而抢救及时，没有引发严重的并发症。紧急手术过后，虽然撕裂的主动脉内膜已经修复，但边怀远仍然没有恢复意识，目前仍在重症监护室内进行观察。

昨天夜里……昨天夜里……边城忽然出了一身冷汗。那不是在自己跟父亲打完电话之后吗？他忽然发现自己的手在抖。如果……假设……父亲真的是被自己说的话刺激到了……他不敢再往下想。

边城赶到医院时，正好碰上允许探视的时间。护士打开 ICU 的门，示意他进去。

边怀远身上盖着干净的医用被单，床两侧放着心电监护仪等医疗器械，呼吸机的管子连到边怀远的鼻子上，气流声和监护仪的嘀嘀声混合在一起，在静谧的空间里牵动着人的心神。

边城站在床边，这一瞬间像是永恒。

这个人，他的生父，他母亲的丈夫，两个家庭的构建者、背叛者，曾经陪他徒手攀上五百米悬崖的人，原来这么脆弱。

他走出病房后，去见了父亲的主治医生。医生告诉他，昏迷不醒有多种可能：脑部氧气供应不足，代谢或电解质失衡，手术后药物的副作用。他们会继续进行 CT 或 MRI 扫描，进行心脏功能评估，以及化验血液，来确定昏迷的原因。

边城点头。

医生继续说术后的注意事项。感染控制、疼痛管理、药物管理、营养和饮食、定期的医疗随访，更重要的是要注意患者的心理健康，避免过大的情绪起伏，包括生气、焦虑或过度激动。这些情绪可能会对心脏造成额外的压力，影响恢复。

边城说："好的。"

"这是后续治疗的方案，"医生拿出一份文件，"需要患者家属签字。江女士说自己已经和边先生离婚……"

"明白，"边城说，"给我吧。"

他接过同意书，在上面签字，谢过医生，走出诊室。

病房外是空荡荡的走廊，两边的病房门都关着，白天也阴惨惨的。地板洁净光滑，反射着天花板上灯管的白色光晕。走廊尽头有一排椅子，上面坐着一个男孩。男孩身旁放着一个双肩书包，膝盖上放着本子，他头低得很深，手里拿着笔，正吃力地在本子上写着什么。

边城走过时，男孩抬起头看到他，突然放下笔，叫了声："哥哥。"

边城被这称呼惊到了。他停住了脚步，转身看着男孩。

男孩一脸兴奋，把笔夹在本子中间，小心地放在书包旁边，然后跳起来，跑到他跟前："哥哥。"

边城意识到，这个突然跑出来认亲的小孩是自己同父异母的弟弟，但他不知道如何回应。对他而言，这孩子和陌生人没什么两样。

"你认识我？"他问。

男孩很激动地跑回书包前面，翻找一阵后拿出了一张照片——是边城的本科毕业照。上面的边城还未脱去青春期的稚气，穿着黑色的学士服，一脸严肃，反倒是身旁的边怀远笑得开心。

"爸爸放在书桌上的，"男孩说，"让我向你学习。"

边城皱起眉。他不明白父亲为什么要天天拿前妻的儿子鞭策现任的儿子——哦，也不是现任了。

作业本平摊在椅子上，边城拿起来，读出封面姓名栏里的字："江羽。"

男孩立刻应了一声。

仔细看的话，会发现"江"字明显是后面写上的，下面有隐隐的"边"字痕迹，只是被擦掉了。本子上被擦掉的痕迹不止这一处，封面、背面都有凹陷下去的字印，如果对着灯光仔细看，能看清写的是同一个词——白痴。

边城犹豫了片刻，翻开本子。田字格上歪歪扭扭爬满了字，但都是同一个字：羽。

男孩注意到边城的目光，自豪地说："其他同学都要写好难的字，老师说，我只用写自己的名字。"顿了一会儿，他又有点为难地说，"要是名字好写一点就好了。"他告诉边城，像"一""土""人"之类的，他就写得很好，而且不会写了就忘。

霎时间，边城明白了一切——"他嫌我丢脸，也嫌我儿子丢脸"。

"今天不是周三吗？"边城问，"你怎么不去上课？"

"妈妈说，我不用去了，"男孩有些沮丧，"以后都不用去了。"

"你退学了？"

男孩点头。离开学校之前，妈妈带他去见老师，老师好像很高兴。班长说，这是因为他一直拖全班同学的后腿。这话他不太明白，他哪能拖得动全班人？

想起这件事，男孩的嘴角向下撇了撇："我想上学。"

边城还是头一回听到这个年纪的孩子渴望上学："为什么？"

男孩点头："不上学，我只能在家里看电视，好无聊。"

"不出去玩？"

"爸爸不让。我出去了，爸爸会生气。"

"为什么？"

"他会吼我。"男孩回忆了一下，复述道，"'你想让全世界都知道我有个白痴儿子吗？'"

边城沉默了一会儿，问："他一直这么跟你说话？"

男孩向边城解释，在很久之前，爸爸还是挺温柔的。不知道为什么，他上学了，爸爸的态度就变了。几次考试之后，爸爸拉着他去了一个地方，那里有一个陌生的叔叔，问了他好多问题，还给他打了分。他不知道这个分数意味着什么，反正爸爸说不好。逐渐地，周围的同学不搭理他了，叫他也不叫名字，叫白痴。妈妈说，别人叫他白痴，他应该生气。可是，爸爸叫他白痴的次数最多，他总不能一直跟爸爸生气。

边城本来打算走的。他不喜欢寒暄，尤其是对不熟悉的亲人。但他最终还是转身走到长椅旁边坐下。男孩高兴地坐到他旁边——终于有人和他说话了。

"上学很有意思吗？"边城问。

男孩猛点头："上学了，我可以擦黑板、倒垃圾、拖地。大家都很好，看到我来了，就把扫把、黑板擦让给我。"

边城屡次欲言又止，最后还是没说什么，只是问："上课的时候听得懂吗？"

男孩摇摇头，然后立即说："老师说了，听不懂，就要多听；学不会，就要多练。"

他掏出一摞作业本。边城看了一眼，那些本子里有数学，有语文，还有思想品德。打开来看，里面都是东倒西歪的字。再仔细看，边城发现他其实就是把题干抄了一遍。

男孩不好意思地笑了笑："老师说，不会做，就抄题目，也能拿分。"

不过，他认真实行了，也没能挽救他的成绩。他又补充："我美术学得好。"

美术课的老师不会打叉。不管他画了什么，老师都会印一朵小红花。不像其他科目，他拼命地往上写，把卷子写得满满的，发下来也全是叉。

边城把本子合上，再给他装回书包里，问："你接下来怎么办？还去上学吗？"

"妈妈说，要回老家，去另一个小学。"说着说着，他又沮丧了，"那我就见不到朋友了……"

"跟你说了很多遍，他们不是你的朋友。"一个女声从走廊后面传来。

边城转身，看到一个女人朝他们走来。长长的黑发简单地扎在脑后，面庞很俏丽，只是眉眼间有掩盖不住的疲惫，眼角也被生活压出了细纹。

女人走到男孩身旁，保护似的伸手揽住他，好像全世界都会伤害她的孩子。

"你就是边城？"她警惕地扫了边城两眼。

"是。"

"我是江云若。" 江云若说着低头，从兜里掏出一沓发票，那些纸片都按照大小分门别类地叠得很整齐。"这是之前的开销，"她把发票递给边城，"手术、ICU、各种检查，钱是我垫的……"

"好的。"边城接过来，"给我留一个联系方式，我把钱给你打过去。"

江云若点点头，撕下男孩的一张作业纸，写了一行数字给边城。她没说多余的话，只是拉起男孩的手，把书包背到自己身上，转身离开。

在她临走前，边城开口说了一句："谢谢你把他送到医院。"

江云若淡淡地点点头："以后的事都交给你了。"

母子俩一高一矮的身影渐行渐远。

医院走廊里，咳嗽、呻吟、辗转反侧的声音此起彼伏，医用推车在其间穿梭。男孩时不时地回头，看长椅边那个高大的身影。

"怎么了？"江云若问，"你喜欢哥哥吗？"

男孩点头。

"为什么？"

男孩想了想，说："他叫我江羽。"

177

\ 我们快乐的少数人 \

或许是感应到了儿子的归来,边城回国的当天晚上,边怀远恢复了意识。

眼皮沉重如铅,几度开合,终于,意识在模糊的视线中缓缓清醒。病房光线昏暗,他每一次呼吸都带着沉重的阻滞感。耳边回荡着医疗仪器稳定的嘀嘀声,那是他与世界的维系,规律的声音告诉他,他还活着。术后的疼痛像深埋海底的暗流,他能感受到它的存在,但现在,镇静剂的温暖波浪把它掩盖住了。

医生很快赶了过来,确认心率和血压,以及四肢的活动能力。

意识进一步清醒,边怀远试图动一动手指,夺回身体的控制权。

医生询问他是否明白现在的情况,四肢是否有麻木或刺痛感。

边怀远摇摇头,把目光投向医生身后——边城在那里。

医生记下他的回应,转身告诉边城:"目前已经脱离危险了,但还需要继续观察十二个小时。"

边城点头致谢,走到床边,拉了一张椅子坐下,问父亲想不想喝水。

边怀远摇了摇头,静静地看着他:"我梦到了好久以前的事。"

边城的手停在水杯上方。

"你还记得你十一岁的时候吗?"边怀远说,"IMO 决赛,你在南京集训,当时你只有这么点大。"他的肌肉还处于麻痹状态,没办法做手势,只能用表情来展现对往事的追忆。

边城当然记得,他对所有事都记得很清楚。

"前两年国家代表队都拿了金牌,教练想要三连冠,你压力太大了,整夜整夜睡不着觉。"边怀远说,"我每次去看你,你都板着脸,一点笑容都看不见。我当时想,你那么喜欢数学,怎么能让热爱的事情变得这么令人痛苦,就用车把你偷偷接出来了。"

"结果教练打电话来一顿痛骂,我又回去了。"

"是啊,"边怀远说,"但好歹在玄武湖玩了一天。"

要说美好的回忆,那还是留下了很多的。

"之后我就不干这种事了。"边怀远说,"想找别的办法让你开心点,我们家没什么幽默的基因,我只能在网上找各种笑话,去看你的时候讲给你听。可惜你这个孩子太难哄,一次都没笑过。"

"那些笑话真的很无聊。"

边怀远叹了口气，望着天花板："然后我就醒了，感觉这个梦好像是上辈子的事。"

边城默默把手收回来，放在病床边沿，距离父亲插着软管的手只有一寸之遥。

边怀远微微侧过头看着他，头发和枕头摩擦发出窸窣声："我们怎么会变成现在这个样子？"

这个话题是悬在他们头顶的利剑，掉落只是时间问题。现在，床上的病人主动割断了绳索。

"我是在你妈妈去世之后才遇到她的。"边怀远说，"我不知道你怎么会那么想我。我跟你妈妈一起上的大学，二十多年的情分，你觉得都是假的？"

边城望向床边的心电监护仪，绿色线条缓慢地上下游动："我那时候在气头上，说话不过脑子，爸别放在心上。"

"我对你妈妈不好吗？对你外公不好吗？"边怀远呼吸急促，手指弯曲着颤抖起来，"一个人演戏能演二十几年？你怎么想的？"

边城下意识地抓住了他的手。无论如何，这是自己的父亲。虽然中间有断裂的十年，有谎言，有怀疑和芥蒂，但小时候一起拼乐高的手，床边朗读的声音，草坪上滚动的足球，那些都是真的。对自己而言，绝大多数时间，他确实是一位好父亲。

"爸，别激动，你才刚缓过来，医生说要静养。"边城放缓语速，语气像是在安抚，"我说了，那都是气话。"

"爸只是个普通男人。"边怀远说，"年轻漂亮的小姑娘凑上来，难免会动心……我也不奢求你理解，但是……你不能……就这么……把我当成个罪人，不能不认我……"他缓了一会儿，"我听到你说的那些话，就像心里被捅了一刀，连气都喘不过来了。我倒在地上的时候就想，是不是我死了，你才能原谅我。"

边城垂在身旁的手忽然颤抖了一下。

"谈不上原不原谅。"他说，"我们都有各自的生活，你早点告诉我就好了。"

"我让你相亲，也是希望你幸福。"边怀远说，"我这身体，也不知道还能活几年，死之前，要是能看到你结婚生子……"

"别说这么不吉利的话。"边城打断他，"医生说了，手术很成功，只要好好歇着,不会有什么问题的。"

边怀远叹了口气:"我知道,我又不会逼着你跟谁结婚,你找个自己喜欢的人在一起不行吗?那么多优秀的女孩子,你一个都看不上?"

边城决定不再争论这个问题了。

"爸,"边城说,"我们做个君子协定吧。"

边怀远看着他:"什么协定?"

"我不公开你再婚的事,"边城说,"你也不要试图让我结婚。"

边怀远看着自己的儿子,对方迎着他的目光毫不动摇。他往下望去,当初可以一掌盖住的手,如今轻松地抓着他的手。

"好吧,"他说,"好吧。"

暂时休战。

边怀远扭头,看着病床旁边的水杯。边城拿过来,把吸管递到他嘴边。水流缓慢地沿着管子传送过去。边怀远想握住水杯,手抬到半空又颓然落下。这一瞬间,床上的人忽然苍老了许多。这种脆弱感让边城知道,自己已经输了。

身体虚弱,聊了一会儿之后,边怀远又沉沉睡去。边城走出病房,坐在弟弟之前坐过的长椅上,想起了闻笛。他就这么不告而别,远赴大洋彼岸,没有还钱,也没有留下联系方式。等那个人在酒店醒来,发现自己人间蒸发,会是什么心情?

边城烦乱地抓了把头发,把脸埋在手里。他得找到这个人,可除了对方叫闻笛,还有个烂大街的英文名,他一无所知。

他想起那个年轻人稚气未脱的脸庞,空巷中高声的叫骂,赌场里热情的拥抱。这些回忆太过鲜活,就好像死寂荒原里一闪而过的焰火。

对于那个人来说,这些回忆是什么?大概是从天而降的一场厄运吧。

某种程度上来说,这个理解没错。闻笛醒来后,确实哀号了整整二十分钟。

"他看起来也不缺钱,劫财干什么?"闻笛抱着衣服痛哭失声,"我的房租,我的伙食费……"

冷眼旁观的蒋南泽腿站酸了,伸手把他提起来,拎出酒店,丢进出租车:"行了行了,人家好歹把你的内脏全须全尾地留下来了。"

闻笛满目凄楚地望着他,丝毫没有得到安慰:"他还拿走了我的手机!

那种破烂机子有什么好拿的？那里面还有好多话费呢……"

蒋南泽叹了口气，把自己的手机掏出来："我的给你，你先用着。"

闻笛盯着手机，蠢蠢欲动，出于礼貌又有些踌躇："真送我？"

"反正我想换部新的，这部扔掉也可惜。"蒋南泽把手机丢到他怀里，"我不该把你一个人丢在那里，这事有我一半责任，就当我补偿你的损失。"

闻笛吸了吸鼻子，犹豫了一会儿，还是把手机揣了起来。他现在真的很需要这个。

"生活费不够的话，我借你一点。"蒋南泽又说。

闻笛想了想，不客气了："我尽快还给你。"

快乐是暂时的，痛苦是绵延无尽的。在接下来的两个月里，他找了份在线家教的兼职，用疯狂上课充实自己的留学生活。出游计划全部取消，伙食费也一减再减。他一边计算被机构克扣后剩下的课时费，一边在心底疯狂诅咒那个不知名的男人。

他算是看明白了，男人都不是好东西，从今天开始，他要是再相信哪个男人，就让迅疾的闪电射瞎他的眼睛——他这不知悔改、无可救药的糊涂脑子！

威尼斯商人

大城市本来就不是实现梦想的地方。

大城市,是不让别人发现自己没有实现梦想的地方。

\ 现在您被迷住了，完全变了一个人 \

如果在电视剧里，主人公恢复记忆后，应该一头冲出大门，跌进漫天大雨里，一边奔跑一边号啕大哭，直到另一个主人公追上来，在后面大声喊他的名字，他再转过身来，两人深情拥抱。他的头发都湿漉漉地搭在额前，即使大雨倾盆，发型也带着精心修饰过的美感。

然而北京二环外万里无云，皎月当空，闻笛也情绪稳定，毫无发疯的迹象。他松开了边城的衣领，沉默了一会儿，问："我醒来的时候你已经不在了，是去拿钱了吗？"

"是。"

"之后你回来了吗？"

"我父亲急病住院，所以我从酒店直接去了机场。"

"伯父身体还好吗？"

"恢复得不错。"

闻笛点点头，说："幸好没有让你等。"

他的余光捕捉到何文轩，对方从他们的只言片语中窥见了惊天大瓜，比当事人还震惊，此时神思涣散，像是游离于场面之外。

这提醒了闻笛，他还在同学聚会呢。

"我有事先走了，"闻笛对何文轩说，"你替我跟蒋南泽说一声。"然后他转向边城，"你……先别跟我说话，等我静下来捋一捋。"

"我送你回去吧。"边城说。

"不用,我坐地铁回去。"闻笛看他有跟上来的意思,做出阻止的手势,"离我远点。"

手机争气地正常运行着,给他提供了一条两转的路线。地铁进出站的轰响,乘客的嘈杂交谈,马路上的阵阵车鸣,听起来都像银幕上的背景音,与他无关。陈旧的水泥楼梯,门上破洞的福字,像是遥远的、另一个人的生活。他打开门,觉得自己不小心闯入了陌生的地方,茫然四顾。

他用手摸索着,找到椅子坐下,脑子就像古早的轧布机,吱吱呀呀地一点一点往外吐出封存的记忆。庞杂的信息让他的太阳穴隐隐作痛。他抱住脑袋,慢慢把久远的记忆碎片拼在一起,试图从中整理出连贯的前因后果。

他这么一个人呆坐了好久,腰背酸痛也浑然不觉,直到十点,门外响起钥匙碰撞的叮铃声。于静怡回家了。

她走进门,看到闻笛神色凝重地盯着桌面,心里一惊:"出什么事了?"

闻笛抬起头,机械地回答她的问题——他正需要理清思路,向另一个人叙述经过似乎是个好方法。他从酒吧初遇开始,说到抢劫、老虎机、德州扑克、直升机。于静怡的表情也跟着从意外,到震惊、疑惑、紧张,最后变成了呆滞,情绪幻灯片似的在脸上切换。

"所以说……"于静怡总结,"那个骗了你钱的恶棍就是边教授?"

这一声像是把迷失在过往的人唤醒了。闻笛目光炯炯地盯着她,忽然一拍桌子站了起来。

于静怡一个激灵:"怎么了?"

"神经病!"闻笛用手指着空气,大叫,"我们都是神经病!"

妈呀,于静怡下意识地想找捆大蒜挂到他脖子上。这不会是中邪了吧?

但闻笛面色红润,眼神澄澈,看起来像个正常人。他庄严地示意了一下自己对面的座位,让于静怡坐下。

于静怡惶恐地坐下了。

"你说他这人是不是有毛病?"闻笛问。语气不像征求意见,像下了定论寻求附和。

"啊……"于静怡还在因为离谱的故事发展而眩晕,"这是因为……?"

"他早就认出我了。"闻笛又拍了一下桌子,"三个月!我们认识快三个月,见了那么多次面,这么重要的事,他竟然一直不告诉我!"

"哦,"于静怡恍然大悟,点点头,"确实。"

"天哪。"闻笛捂着脸,觉得头痛欲裂,"世界上哪有这种事?"

"这个……"于静怡拧眉苦思，最终也只得摇头，"我也不知道是怎么发生的。"

"还有我，"闻笛怒气冲冲地说，"我疯了吗？"

"对自己下嘴轻点儿……"

"我居然跟一个认识不到一天的陌生男人花了那么多钱！我脑残到这种地步了吗？"

于静怡几度欲言又止，用噎住似的声音安慰他："别对自己那么苛刻。"

"他要是个跨州通缉的罪犯怎么办？他要是把我卖到国外去搞电信诈骗怎么办？他要是骗子，先给我上人身保险，再谋财害命怎么办？"闻笛捂着心脏，好像自己已经在平行世界里死于非命了，"我从小认真接受普法教育，努力增强防范意识，怎么能做出这种事？"

这人太有自我批判精神，于静怡觉得应该把这段拍下来，交给教育频道做宣传。

"他还不喜欢莎士比亚！"闻笛大叫，"他当着我的面贬低莎士比亚，我居然没甩他一巴掌！"

"这四个是能并列的吗？"

"就算他是好人，也不应该不告诉我啊！"闻笛机械地用手指梳理发丛。

"好了好了，"于静怡说，"这都是过去的事了，你还是想想现在怎么办吧。"

闻笛茫然地看着她，明显还没从记忆里挣脱出来。

于静怡把手机放到桌上："你找他聊聊吧。你不是很奇怪他为什么不告诉你吗？问问他是怎么想的。"

闻笛思考了一会儿，拿起手机，拨通电话。过了三秒，他又突然暴起："正在通话中？这家伙居然还有心思和别人打电话？！"

这锅边城背得冤枉。闻笛离开饭局后，他满脑子想的也只有五年前的事。何文轩让他解释清楚事情的原委，他习惯性地给了没有教养的回答："跟你有什么关系。"

他开车回到荷清苑，在302门前站了半晌，几度想抬手敲门，最后还是退了两步，走进自己家的门。

次卧传来隐约的卡通片的快乐曲调，江羽大概在看电视。边城坐在客厅里理了一会儿思绪，决定找不靠谱的发小商量一下。

宋宇驰到得很快，一进门就四处张望，问他闻笛去哪了。

"还在对门。"边城说。

宋宇驰看他像在看疯子："人家都想起来了，按理说这会儿你们不是大打出手，就是抱着大哭，怎么就这么回家了？"

"我有点乱。"

"这可难得了。"宋宇驰坐下说，"哪里乱？"

边城沉默了一会儿，忽然有些怨愤地说："他这个人有什么问题？"

"啊……"宋宇驰摸不着头脑，"这是因为……？"

"我用了那么多种方法——"边城说，"我放了我们初遇时的曲子，他没想起来；给他发红岩峡谷的照片，他没想起来；去他住过的酒店套房，他没想起来；结果说到七百美元，他想起来了！"他的声音带着积怨，"我们那段奇迹般的经历在他心里的分量还不如七百美元！"

边城沉默了。宋宇驰难得在他脸上看到心痛的表情，拍照留念的冲动很强烈。

过了很久，边城拿起手机，拨通了电话。不知为什么，宋宇驰总有种大事不妙的感觉，电话回铃音的"嘟"声像是定时炸弹的倒计时。

过了几秒，边城又把手机放下，眉头紧皱："他竟然还在和别人打电话？"

"哦，"宋宇驰幸灾乐祸，"可能是故意的呢。"

边城看了他一眼。宋宇驰从未见过他这么阴冷的表情，刚想站起来逃跑，边城的手机就响了。

边城的注意力迅速集中到手机上。宋宇驰瞟了一眼屏幕上的来电显示，又坐下了。趁着边城接电话，他偷偷掏出手机发了条消息："我觉得他们俩要出大事。"

对面很快回复："又来？"

\ 火焰燃烧，坩埚翻滚 \

两人在不解与怒气达到顶峰时通上了电话。事实证明这不是个好主意，波峰和波峰相遇会形成海啸。

"嘟"声刚结束，两边就同时开口，说得太急，声音都叠在一起了，完全听不清对方的话。隔了两秒，又同时吼了一句："你说什么？"

边城深吸一口气："你先说。"

"你到底在想什么？"闻笛气冲冲地说，"这么大的事，你怎么不早跟我说？"情绪激动时，过去的记忆就像潮水一样翻涌上来，闻笛看着过往的一幕幕，忽然抓住了一条清晰的线索，"你第一次见到我的时候，拿了U盘转身就走！你这家伙从一开始就打算瞒着我！"

"你看起来不记得我了，"边城说，"我摸不清状况，不知道你是因为我没有回去找你生气了，不想提之前的事，还是真忘了。我没想好怎么办。"

"那接下来呢？你知道我酒精性失忆了，为什么不说？"

"在你眼里，我不就是一个没见过几面的人吗？我突然跟你说我们在拉斯维加斯发生了什么，这种离谱的事，你能信吗？"

闻笛叹了口气，缓缓坐下，空着的手撑着额头："一般人可能不会信，但你是我的偶像啊！如果知道偶像和自己有这么美好的回忆，我会很高兴的。"

对面沉默了一瞬，忽然用惊讶的语气说："偶像？"

闻笛忽然感觉全身的血液沸腾起来，恨不得像那张有名动图里的土拨鼠一样，对着田野大吼——"啊？！"

什么？！他都像松鸡似的连续跳了仨月，恨不得把"仰慕"写在脸上，对方居然不知道？！

"我不仰慕你，我吃饱了撑的围着你转三个月？！"闻笛大叫。

对面这次沉默得更久了，再开口时，语气比之前更加震惊："你围着我转？"

闻笛望向天花板。在他的想象里，他已经往脖子上套了绳索，挂在灯柱下面晃来晃去了。

"不然为什么请你吃饭，请你听音乐会，还跟你去酒店泡澡？！"闻笛吼道，"我又不是闲着没事干。我又要写论文，又要干杂活，还有一堆助管的破事。我不仰慕你，我一天到晚上赶着给你发微信，跟你聊天，约你出来？！"

"这样啊，"边城听起来有些激动，"我知道了。"

"你现在知道了？！"闻笛想掐住他的脖子把脑仁晃出来，看看里面除了数学符号还有什么鬼东西，"那你觉得我前三个月在干什么？！"

"哦，"边城说，"我以为你想拉我跟你那个仇人打擂台。"

瞬间，电话两端都安静了。301的客厅里，边城对面的宋宇驰睁大了眼睛，手机都啪的一声掉在了地上。

这家伙在干什么？！

两秒之后，闻笛的脑子嗡的一声炸开，怒火像喷涌而出的岩浆，烧得他浑身发烫："你说什么？！"

这时候，稍微懂得察言观色的人都会闭口不言，结果边城竟然还继续说："你不是很恨他吗？我以为你想找一个人来气死他，然后就找上了我。"

闻笛愣了愣，气血直往脑袋上冲，太阳穴的筋突突跳动："你怎么会这么想？！"

宋宇驰在对面拼命给边城打暂停手势，都没能阻止他自掘坟墓："你看，差不多在他回国的同一时间，你开始频繁地找我吃饭；在酒店碰到他，你又是那种反应；你还让我去同学聚会。"

"我……"闻笛气得舌头都伸不直了，"我吃饱了撑的，就为了报复何文轩，费那么大劲接近你？！"

宋宇驰开始琢磨，是不是得把老朋友打晕，才能挽救他们俩的关系——他是很乐意出手的。

对面的闻笛已经进入狂暴阶段，整个人像一颗熊熊燃烧的主序星。

"你这人有什么毛病？"闻笛朝手机咆哮，"我从开学就开始接近你了！我买了复几何的教材，偷偷跑去三教听你上课，还骚扰我朋友，让他给我讲拓扑，就为了找你搭话！我逼自己听数学天书的时候，何文轩还不知道在哪个国家逍遥呢，跟他有什么关系！"说完他意识到，不用外人泄密，他刚刚把自己的狂热粉丝行为全抖搂出来了，瞬间有进入冬眠永不苏醒的冲动。

边城大概也被他惊到了，过了一会儿才说："好，我明白了。"

这个平淡无奇的回复又把闻笛点着了。"好你个头！"闻笛大吼，"在你眼里我就是这种人？为了给自己长点面子，拉无辜的人下水？你居然怀疑我的人品！"

这时候是个人都知道该反驳说没有，结果边城来了句："抱歉。"

宋宇驰一下一下把头往桌面上磕。没救了，这人没救了。

闻笛一边深呼吸一边揉胸口——他已经被气到心律不齐了。"我费尽心思接近你，你究竟是有多眼瞎才看不出来？我这么掏心掏肺，就为了把你拉去那蠢货跟前遛一圈？他算什么东西，也配我为他费这么大工夫？"

边城不太适应密集的脏话，但这段话听着莫名舒心。"抱歉。"他说。

"你就会说这一句吗？"闻笛磨着牙，"没有别的话要说？"

189

"……真的很抱歉。"

这人是复读机吗？！"这话你已经说过很多遍了！你平常不是很会说吗？现在就认识这一个词了？"

然后，边城确实换了句话说——闻笛最讨厌的一句——"你冷静一点，我们要理智地看待这个问题。"

宋宇驰放弃了。

"谁要理智！"闻笛大叫，"我在跟你吵架，吵架就是发泄情绪！"

"你看，从我这个角度，确实容易误会。"边城说，"你就是因为他……"

闻笛难以置信："你觉得这是我的错？！"

"你还留着他写给你的信……"

"那是因为……"说到一半，闻笛忽然意识到哪里不对劲，"等等，你怎么知道我留着信？"

场面又陷入了死寂。

"你给我说清楚！"闻笛越来越惊恐，"信的事你是怎么知道的？"

边城顿了顿，说："阳台。"

"什么……"

"那天晚上我也在阳台。"

"哪天……"

"qanik。"边城说。

闻笛沉默了一瞬，而后猛地扭头看向窗户。外面是黑漆漆的夜空，隔着玻璃，偶尔看到一点灰色的颗粒飘落下来。

天空中飘落的雪。

闻笛蹙起眉，随即睁大了眼睛。过往几个月的点滴穿成一条线。太明显了，明显到他痛恨自己的愚蠢。他从一直安静看戏的于静怡身旁冲过去，对方惊讶地问"怎么了"，他没有回答，打开了面前的大门。

边城拿着手机站在他面前，背后，301 的房门开着，宋宇驰交抱双臂靠在门框上。闻笛脑中闪过无数手机上的消息、对骂、噪音、白烟、摄像头……过去几个月差点把自己折磨到神经衰弱的，就是这个人！他放下手机，挂断电话："那个微信号是你的小号？"

"是。"

"你家里还有一个身高不到一米七的男生？"

"我弟弟。"

"你什么时候知道我住在对门的？"

边城沉默了一瞬，回答："一个月之前。"

又来了！跟拉斯维加斯事件一样！闻笛快崩溃了，他怎么每次都是最后一个知道真相的人？要算的账还很多呢。

"你！"闻笛指着他说，"大白天拉小提琴，还说我没公德心的是不是你？"

边城沉默了一会儿，说："是。"

"把厨房烧了，往我这放毒，还说我字丑的也是你？"

"……是。"

"说莎士比亚是三流作家，我喜欢他就是没品位，"闻笛一条条细数，"我自命不凡，看不上人家的努力，我说话没逻辑，还没常识，脑子像草履虫……"

边城张开嘴。宋宇驰以为他会滑跪道歉，结果他来了句："我当时不知道那是你……"

宋宇驰心如死灰。救不回来了，埋了吧。

闻笛难以置信地看着他："你是说这些都是事实了？！"

"知道对面是你之后，"边城说，"我就再也没有说过这些话了。"

闻笛瞪着他，指着他的手颤抖了半天，然后后退两步，凶猛的关门声伴随着一句：

"滚！"

\我觉得那位先生抗议得太多\

这一架吵得气势磅礴、惊天动地，窄小的走廊凑成了戏台子。宋宇驰脸皮厚，揣着手站在前排，于静怡腼腆点儿，在客厅里竖着耳朵听。到最后一声门响，连沉迷动画片的江羽都跑了出来，一脸惶恐加茫然。

于静怡眼看着闻笛十级怒火出去，亿万级怒火回来，那眼神，简直要把客厅一堆老家具轰成亚原子。于静怡搜肠刮肚也找不到劝解之法。她对边城不甚了解，也知道天才可能会有点孤僻，有点没情商，有点不会说话……但这也太极端了！简直就是块木头！化石！

闻笛还在客厅里来回踱步，愤怒中带着绝望。真是岂有此理！这人隐瞒真相，对自己进行了长达数月的语言和精神攻击，还是个感情残障！他

191

已经使出浑身解数发射交友信号了，结果对面连个标点都没接收到！

这都是些什么人啊！

于静怡想起冰箱里还放着一盒闻笛爱喝的生巧牛乳，终于找到了困境的出口。她把牛乳拿出来放在桌上，往闻笛那推了推："消消气，大晚上的，太激动了待会儿睡不着。"

闻笛一把抓过牛乳，边拆吸管边说："隔壁住着那个讨厌鬼，我晚上还能睡得着？"

这眼神于静怡很熟——看死人的眼神。前两天这人还兴致勃勃呢，眨眼间，对方就变成死人了？进度这么快？"有这么讨厌他吗？"

"烦死了！"闻笛狠狠地说，"他讨厌，他的衬衫讨厌，雪讨厌，语言学也讨厌！"

"关语言学什么事！"

闻笛豪情万丈地喝完牛奶，捏扁包装盒，扔到垃圾桶里。不知为何，耳边莫名响起了边城的声音："牛奶盒是可回收垃圾，但是不能直接扔进可回收垃圾桶，需要进行清洗。"

啊！有完没完！

闻笛捂住耳朵冲进卧室，关上门，倒在床上，闭紧眼睛，企图把隔壁的人外加各种尴尬回忆都从脑子里驱逐出去。

没用。

闻笛滚了半圈，拉过被子盖住头，静止了。不管了，睡觉。

睡不着。

于静怡说得对，情绪激动不利于睡眠。直到脊背酸痛、手臂麻木，闻笛还是清醒无比。他爬起来，打开手机，已经快一点了。

屏幕上好几条未读信息，全是何文轩发来的。第一条是："看日出是怎么回事？"第二条是："又把我拉黑了？"第三条是："我需要一个解释。你不回，我就去你家找你。"

闻笛盯着屏幕看了一会儿，本来不想理会，但他们共享一个高中同学圈，万一这人出去乱说怎么办？他叹了一口气，飞速输入："五年前我在美国遇到了这个人，相见恨晚，一起玩了一整晚，但我喝断片忘了，刚才想起来了。"

前因后果一气呵成，一句话说清楚曲折离奇的往事，闻笛很满意，又额外加了一句："我现在生活很充实，你少来打扰我。"

哎，今天这场风波也不是没好处，至少解决了纠缠不休的何文轩。要是他还不知难而退，闻笛就只能找根柱子撞死了。

不知是睡了还是没缓过来，对面沉默了很久。正当闻笛打算倒头继续睡觉时，手机屏幕上跳出一句："你认真的？"

确实，听起来像假话。闻笛一瞬间觉得边城的话有些道理，又立刻驱逐了这个念头。讨厌鬼。

闻笛回："当然是认真的。"

对面许久没反应，大概是信了。闻笛松了口气，刚要往下躺，看到对面发来了句："你们具体什么时候去拉斯维加斯的？"

怎么还要刨根问底啊。闻笛模糊地说了句："大三开学前吧。"

过了会儿，手机突然跳出一条信息："你不是说，是因为我才去美国交换的吗？你们是不是早就认识了？"

闻笛难以置信地瞪着屏幕。

紧接着对面又发来一条："你个骗子，还好意思骂我？"

然后又是一条："亏我还觉得对不起你，原来是我想多了。"

闻笛深吸一口气。我的天！这人渣还自己给自己洗白了？！这人要是转头在同学圈里乱传，那还了得！

闻笛一个电话打了过去，对面刚接起来，他就大吼："你说什么屁话！我什么时候骗你了？我跟他认识的时候，我们早没来往了！"

何文轩冷笑了一声，似乎是不信："你跟一个认识不到一天的人一起去拉斯维加斯坐直升机看日出？"

"那关你什么事？！"闻笛怒气冲冲。

"你和我绝交之后，你知道我伤心了多久吗？"何文轩说，"我喝酒喝到酒精中毒，结果你跑出去跟别人看日出？"

闻笛真是佩服死他了："你个背刺朋友两面三刀的人渣，还好意思说我？！"

"你真的在乎吗？"

"什么？"

"你之前对我又打又骂，好像被我伤得很深一样，回头就跟别人出去玩。"何文轩说，"我怎么样你真的在意吗？你就等着这个借口，好正大光明跟我绝交吧？"

闻笛气极反笑。他忽然对刚才的对话产生了悔恨。他不该搭理这个人，也不该试图纠正自己在他心里的形象。"对，"他说，"我其实不在意你。"

193

然后他挂断了电话。

深夜，万籁俱寂，只有雪擦过树梢发出的轻微沙沙声。闻笛走到窗前，拉开窗帘，隔着玻璃仰头看漫天飘落的雪花。

他突然觉得很疲惫，很无聊。他曾经付出过真心的感情，不但结束得像一个笑话，结束之后，还在持续干扰他的生活。他那五年到底在做什么？

手机又一次振动起来。闻笛懒得搭理。它振了一会儿，自动停止。隔了两秒，又振起来。闻笛蹲下来，坐在地板上，靠着阳台门远远望着对面墙上的霉斑，试图进入放空状态。可惜手机不给他这个机会，还在持续振动。闻笛不胜其烦，爬起来看了一眼未接来电，都是对门打来的。

五次不接之后，对面发来一条消息："在吗？"

不在，睡了。闻笛在心里说。

然后对面又发来一条："你房间的灯亮着。"

闻笛的嘴角抽动了一下，邻居就是这点麻烦。

他没动静，对面就自顾自地聊起来："我有话想跟你说，能打个电话吗？"

闻笛拿起手机回复："不能，睡觉去。"

对面回："睡不着。"

闻笛翻了个白眼，失眠关他什么事！"那就干点别的，你晚上睡不着一般干什么？"

"拉小提琴。"

空气凝结了。

所有沉郁、解离、虚幻的感受分崩离析，闻笛迅速起身，拨通电话："你给我住手！"

边城听到他的声音，愣了一下，长舒一口气："太好了，我还以为你再也不跟我说话了。"

"是的，"闻笛说，"挂了。"

"等会儿！"边城难得用快语速说话，好像要在一秒钟内完成整个演讲似的，"首先，我向你表达诚挚的歉意，我是很迟钝……"

"你知道啊？"

"……没能体会你的感受……"

闻笛没有打断，也没有出声附和。他倒要看看这人还有什么话说。

"其次，你怪罪我没早点告诉你，"大概是意识到他没有挂断的意思，边城的语速逐渐变得平缓，"其实我是有努力帮你恢复记忆的，歌也好，

194

酒店也好，大峡谷的照片也好。我没有说，除了可信度不足，也是因为那段记忆很完美，太完美了，我希望你能自己找回来，而不是听我用贫瘠的语言描述出来。造成了你的误会，是我考虑不周。"

闻笛太久没说话，边城论述完第二点，犹豫着问了句："你在听吗？"

"嗯。"闻笛说，"你的语言还贫瘠，太谦虚了。"

"最后，"边城说，"我怀疑你接近我的动机不纯，这是非常愚蠢的行为，我在此……"

"边教授，"闻笛说，"你是不是在读稿子？"

对面一下子陷入死一般的寂静，过了一会儿才冒出回答的声音："有这么明显吗？"

"稿子写得不错，"闻笛问，"谁写的？"

"宋宇驰，"边城说，"但提纲是我列的。"

闻笛绝望地翻了个白眼。

这就跟平常吵架一样，吵的时候想不出话来，等夜深人静，想出绝妙好词了，拍着大腿后悔莫及，就出来找补了。还拿着稿子！还找人代写！

"行了，我都说过了，不用道那么多次歉，我感受到你诚挚的歉意了。"闻笛打了个哈欠，"我困了，再见。"

"等等，"边城说，"所以你还生气吗？"

闻笛反问："你知道拉斯维加斯的记忆为什么完美吗？"

边城静默无声，显然不知道。

"因为它只有十二个小时。"闻笛说，"我们只能维持十二个小时的和平，所以那一夜才完美。我们不是交流太少，是太多了。"

"那……"边城说，"我们之后怎么办？我应该跟你说什么？"

"我也不知道，你自己琢磨。"闻笛刚要挂电话，忽然又想起一件事，"上回打电话的时候，你不是也有想问我的事吗？是什么？"

当时边城让他先说，结果一说就进入了子弹纷飞的战场，最后他就把这茬给忘了。

"没事，那个你已经告诉我答案了。"边城说。

闻笛有点糊涂："什么答案？"

"我当时就是想问你，我是不是你用来报复人渣的工具……"

边城话音未落，闻笛当即挂断了电话，那头的背景音里还有宋宇驰的一声大吼："你又提它干什么？！"

195

他总结得多么精准,他们就是交流太多了。

倒在床上,闻笛发觉自己确实不知道现在该怎么跟边城相处。好在年关将至,他马上就要启程回家了。远离事发地之后,他有大把的时间好好思考接下来到底该怎么办。

闻笛再度闭上眼睛,决定把烦恼交给寒假。

启程回家前,闻笛叩响了对面的门。边城打开门,一脸惊奇,仿佛看到债主上门拜年:"你消气了?"

"不,"闻笛摸了摸鼻子,把手上的东西递给他,"我只是来送新年礼物的。"

边城接过他手上的东西,是一副对联。

"我们吵架之前买的。我想放着也浪费,还是给你好了,"闻笛说,"贴我门上不合适。"

春联有什么特殊性,非得贴在特定的门上?

边城两手捏住对联的上端,红纸像流水出渠一样舒展开。

左边是上联:天道几何,万品流形先自守;

右边是下联:变分无限,孤心测度有同伦。

这是北京国际数学研究中心的对联,边城求学时就很喜欢。他刚想道谢,就见闻笛从怀里掏出一张稍短的红纸,从自己身边走过,把红纸放在301的门上:"我给你补一个横批。"

边城看着闻笛掏出记号笔,垫在门板上写完字,然后把红纸啪的一声贴在了他的额头上。

纸上潇洒地写了四个大字:

人类奇点。

\ 闪光的,并不都是金子 \

闻笛出生于松台县,从地理位置上看,松台东邻江浙沪,西倚九华山,和国内最富庶的经济带只有一江之隔,却在五年前才摘掉贫困县的帽子。

每年回家,闻笛要先从北京坐动车到省城,然后转地铁去客运站,再坐大巴到松台县城,之后从县城转两路公交到村口,最后拖着行李箱步行到家。

虽然路途遥远，但每次走到掉色的红棕色大门口，听到爷爷奶奶惊喜的呼声，疲惫就一扫而空。

"哎呦！"满头银发的老人迎出来，"阿宝回来了！"

闻笛龇牙咧嘴了一阵。他都二十六了，奶奶还是改不掉对他的称呼。只有自己人在家还好，每次有客人来，他一个成年男性被叫"阿宝"，不免尴尬。

他提着行李箱还没进门，奶奶上来就是一个熊抱，把他的头发揉得乱七八糟。

"啊呀，怎么又瘦了？"奶奶左看右看，"是不是学习太辛苦了？"

"不辛苦，"闻笛抗议，"我明明胖了，你们每次都给我减三斤。"

"是不是北京的东西贵，舍不得吃？"奶奶完全无视他的否认，"钱要舍得花哦，别老想着给家里寄钱……"

"食堂二十块吃得饱饱的，我真没瘦！"

站在门口絮叨了一会儿，奶奶就把他拉进了门。

老家的房子是长条形平房，两排，每排用木板隔出了三个房间。前面左边的房间叔叔一家住，右边他们家住，中间是吃饭的地方；后面左边是浴室，中间是厨房，右边是爷爷奶奶的卧室。他把行李箱拖到自家房间。十平方米的地方挤了两张床、一张桌子、一个衣橱，行李箱只能踢到床底下。

他还没把书包拉链拉开，奶奶就端了一碗鸡汤走进来。鸡大腿的骨头直挺挺地杵着，下面是两个水煮蛋。闻笛脑门开始冒汗，他对过年的鸡汤过敏。

"你爷爷早上新宰的。"奶奶把碗放在桌子上，"吃菜帮子长大的，跟城里的鸡味道不一样。"

闻笛抱着碗啃土鸡腿。奶奶就坐在床边上目光炯炯地盯着他。

"今年菜卖得怎么样啊？"闻笛问。

"也不知怎么搞的，便宜得不得了！"奶奶拍着大腿说，"我和你爷爷拉了一车去县城，才卖了三十块钱！北京的菜可贵吧？"

节假日不去学校的时候，闻笛偶尔也去附近的生鲜市场买菜。他回忆了一下，说："冬天青菜五块多一斤吧。"

奶奶的眼睛瞪得像铜铃："那还得了！"然后开始絮絮叨叨，"棚子里的辣椒都卖不出去，菜市场里不知烂掉多少。我做了两坛子辣椒酱，你走的时候带点……"

闻笛一面撕鸡腿肉，一面点头。他和爷爷奶奶能聊的话题不多，每次回来，除了菜价就是一日三餐。

感叹了一会儿大城市的奢侈，奶奶去饭厅望了眼钟表，嘟囔着闻笛的父母怎么还不回来，说了今天早点收摊的。

闻笛的父母早年拉着流动车在县城里卖早点。攒了十几年钱，终于在闻笛上高中的时候盘下了县城里的一间商品房。二十几平的铺面，用隔板隔出两层，下面卖早点，上面当卧室。除了逢年过节，他们一般都睡在店里。

"最近生意好吗？"闻笛问。

奶奶摇头摆手："不行啊，打的烧饼卖不完……"然后她又开始絮叨，说闻笛姨婆家拆迁了，拿到好几套房子，还补贴了十几万呢！可他们村迟迟没动静，左邻右舍为了增加拆迁面积，把院子全盖满了，也没听见消息。

闻笛不知道该怎么说。这个村子地段太差了，根本没有拆迁的价值。

大门忽然被人拍得砰砰响。打开门一看，是隔壁张阿婆。她拎了一篮子土鸡蛋，上面盖了一层洋萝卜，说是地里刚挖的。奶奶抱出来两小桶辣椒酱——桶是徐福记的家庭装糖果桶——递过去。

张阿婆眼神一下溜到闻笛身上，"哎呦"一声，用手拍了拍他的胳膊："这是你家大孙子吧，考到北京的那个？"

奶奶挺直了腰，瞬间比平常高出好几厘米："是啊！都读博士了！"

"了不起啊，"张阿婆说，"以后赚大钱的。你可真有福气！"

奶奶笑开了花。

"我们家那个成绩不好，等他回来了，让他过来取取经。"张阿婆感叹道，"你家风水好啊。村里哪听说有人考上这种好大学啊。以后当大官了，要请我们吃酒，沾沾福气……"

闻笛听了心脏一颤一颤的。什么赚大钱、当大官，他一个月五千四，将来就算进了高校也工资低、压力大。阿婆，这福气可要不得啊！

张阿婆又用赞叹的眼神扫射了闻笛一遍，走了。

李大娘又来了。李大娘家里挖了个鱼塘，她带着一篓子鲫鱼过来了。

辣椒酱又少两桶。

"哎呀，T大的高才生啊，"李大娘上过两年学，词汇也更丰富，"以后都是行业精英，年薪百万的！"

大冬天的，闻笛开始擦汗了。

张家长李家短地聊完、夸完，闻笛身上已经插满了高才生、大款的标签。在五道口，一个石头扔出去能砸到三个TOP2的学生。但松台还没有迎来学历贬值的北风，老一辈的人还拿他当个宝贝。闻笛深深悔恨起来。早知道，他考上 T 大的时候就不让家里在村口放鞭炮了。现在他走到哪里都不想说自己是 T 大的，生怕引来任何夸奖、期待、预设——预设最可怕的。

晚饭荤素都有了。奶奶去了厨房，在灶上烧好火，把鱼煎得喷香。闻笛蹲在院子里，给竹栏里的鸡撒菜叶子，看着它们脖子一伸一伸的，耀武扬威般地踱步。

手机在裤兜里振动着。闻笛拿出来，看到屏幕上的新消息提醒，纠结了一阵，还是点开了。边城给他发了一张照片，点开来看，是那副春联。

死鬼邻居："贴上了。"

闻笛蹲了半天，突然觉得腿麻。他站起来踢腾了两下，在鸡栏旁边陪公鸡遛了会儿弯，才高冷地回复了一个字："哦。"

"对面正在输入"持续了很久，即使看不到真人，闻笛也能想象出边城纠结的样子。

过了几秒，死鬼邻居缓缓打出几个字："我也给你买了新年礼物。"

闻笛继续高冷："哦。"

死鬼邻居："你给我个地址，我寄过去。"

敢情在这儿等着呢："等我过完年回去再给好了。"

死鬼邻居："那就不叫新年礼物了。"

搁这儿纠结什么定义呢，强迫症！

死鬼邻居："你肯定会喜欢的。"

闻笛咬着指甲。这情商为零的人，能知道他喜欢什么？"是什么？"

死鬼邻居："你看到就知道了。把地址给我吧。"

好奇心是天性，是本能。闻笛挣扎了一会儿，把父母店铺的地址发了过去。村里没有快递点，但父母的早点摊对面有一个，闻笛平常寄东西都是寄到那里。

发完地址，闻笛又倒回去欣赏春联照片，心想这人还真敢贴。仔细看了一会儿，他忽然发现横批有点奇怪。

闻笛发出疑问："横批上怎么有那么多花花草草的？"

死鬼邻居："哦，江羽觉得字太难看，就描了个花边。"

闻笛沉默片刻，退出微信，痛悔自己问出了刚才的问题。他不应该主动搭话，连地址都不该给！这家伙能送出什么好东西？不把他气死就不错了。

他在母鸡的咯咯声里盯着手机，咬牙切齿，忽然看到 QQ 群久违地弹出新消息。是初中的班级群。

"大家春节都回来没？毕业十周年啊！不聚聚？"

"聚聚聚，能来的嗷一声。"

群里响起了一片"嗷"声。

闻笛初中在县一中读书，县一中是当地最好的中学，但升学率并不高。毕业后，同学们大多都留在本地，聚起来很方便。

大概是发现他在线，初中比较熟的哥们@他："闻神来不来？"

闻笛对着古早名号苦笑："来来来。"

群里立刻有人起哄：

"哎呦，大佬来了，各位都让让。"

"给大佬开门。"

"给大佬擦地。"

"给大佬点烟。"

闻笛惭愧地忽略"大佬"的称呼："去哪聚？"

有人提议："人民路有家新开的火锅店，就在大润发隔壁，我尝过，还不错。"

众人纷纷赞同，于是地点就这么定下来了。时间上纠缠得久了点，最后定在大年二十九晚上。

上高中之后，闻笛只有过年才回来，就和松台脱节了。小时候一起打闹的朋友也多年没见了。这么多年过去，当年的同学都过成什么样了，他也很好奇。好奇中还有一丝隐忧——要是都比他过得好怎么办？

他越想越觉得可能性很高。之前他看朋友圈，一个二本毕业的同学，学电子信息的，现在在省城做工程师，年薪近三十万，怎么看都比自己前途光明。他忽然后悔了，自己应该装作没看到群消息，或者随便找个借口不去的。

可是都答应下来了。如果他们发现，当年众星捧月、寄予厚望的所谓学神如今混得也不过如此，会有什么感想？如果粉饰一下读博的生活，会不会让自己感觉更好些？他一边纠结临阵脱逃和编造假话哪个更容易，一边为自己残存的虚荣心感到惭愧。

在朋友中，于静怡大概最能懂他现在的心情——她T大毕业，顶着语言学天才的光环上了剑桥大学，中途休学之后再也没回去，如今在留学中介机构教一群天天挑剔老师外貌的学生。闻笛知道她也回老家过年了，他点进微信，说了句："我年纪越大，心理越阴暗了。"

对面很快回:"怎么说?"

闻笛:"之前看小说,我都站在主人公这边。你看,他们跟我们一样,家里不富裕,但特别努力,成绩特别好,考上了好大学——哎,基本还都是 T 大——然后要么做高管,要么创业,走上人生巅峰。我当年可喜欢这种逆袭、莫欺少年穷的剧情了,但现在不一样,现在我希望他们失败。"

对面沉默了一会儿,回:"我懂。"

闻笛笑了笑:"不知道是该庆幸还是该觉得不幸,老家还有很多人相信这是真的,觉得上了好大学就前途光明,觉得我在大城市过得很好。"

过了几秒,界面上跳出来一句:"大城市本来就不是实现梦想的地方。"

"大城市,是不让别人发现自己没有实现梦想的地方。"

\ 自从离开了你,我的骨髓都浸酥了 \

伴着鸡汤和红烧鲫鱼的鲜香,门口响起电动三轮的马达声,闻笛的父母回来了。

闻笛走进饭厅,看到父亲左手拎着一扇排骨,右手提着一只羊腿,风风火火地走进来。母亲正从三轮上卸货——装着麻花、油果子、芝麻脆片的塑料袋。原来是置办年货去了。

闻笛的父亲是个内敛的中年男人,见到儿子回来了,也只是朝他点点头,停住脚问了句:"什么时候到的?行李重不重?"

"不重。"

母亲就不同了。她余光瞥到闻笛,马上把麻花往桌子上一搁,双手张开,在儿子全身上下一顿猛拍,然后和天下所有母亲一样,大声埋怨道:"瘦了瘦了。"

闻笛不得不从食堂物价开始重新辩解一番。其间父亲把年货都放置在厨房后头的小储物间里,又把饭菜端上来。鲫鱼烧得黑乎乎的,一看就放了过量老抽,他直皱眉头:"都跟你奶奶说了,等我回来烧。"

闻笛的父亲完成九年制义务教育后,就去了厨师学校,拿了个中级厨师证。原先在县城的一家酒店后厨做工,后来生意不景气,酒店倒闭,他就下岗了。家里没有开饭店的本钱,盘算来盘算去,只能先买辆流动车做点小生意,于是就摆起了早点摊。做了十几年油条、烧饼,父亲当年学的厨艺无处施展，只有过年时还能露两手。

菜上桌，饭盛好，叔叔一家也回来了。叔叔婶婶都在南京打工，孩子也带去那边上学，是村里常见的家庭类型。堂弟正上高三。叔叔一见到闻笛，立马将自家儿子拎出来，耳提面命，让他向哥哥学习。

"小笛啊，你好好跟他讲讲学习技巧。这家伙数学不灵，作文也差得要死，期末考了年级一百多名。"叔叔说着又呵斥自家儿子，"一放假就抱着手机打游戏，哪有快高考的样子！"

闻笛的婶婶立马护起儿子来："好好过个年，骂孩子干什么？他们学习也辛苦的。"

"现在不苦，将来下车间、打烧饼才苦呢！"闻笛的叔叔指着儿子说，"一天到晚想着赚大钱，连个大学都考不上，做什么白日梦！"

高考生苦着脸，不忿地说："哥哥考了T大，现在也没赚什么钱啊。"

闻笛平白无故遭受暴击，十分冤枉。

闻笛的叔叔不满儿子开教育的倒车："现在穷不等于将来穷，好大学起点就不一样，你的人脉更好，眼界更高。别老想着什么游戏主播，那东西没有长远发展，听到没有？！"

闻笛挠了挠脑袋。这套说辞，从中学起，他听过无数遍了。他也想过去T大见见世面，抱个大佬的大腿。可这么多年下来，大腿没抱到，自信心塌得像战后废墟。

大佬确实有，可人家为什么要提携你啊？大佬也是跟大佬混在一起的，你就是个普通同学而已。再说了，难道尤珺在金融圈混得好，他就能搭上顺风车，成为投行精英吗？他首先要有这方面的实习经验和能力吧。他跟投行八竿子打不着，攀高枝也攀不上啊。

叔叔疾言厉色，继续喝令儿子向闻笛虚心求教，还提起了闻笛当年熬夜学习的事情。闻笛只希望他们能赶紧换个话题，别再揪着自己学生时代的破事不放了。

然后婶婶问了句："小笛有女朋友了没有？"

此话一出，爷爷奶奶、父母叔婶，六双眼睛探照灯一般射来。闻笛握筷子的手颤抖起来——快把话题转开！

"都二十六了，也该谈一个了。"婶婶说，"隔壁世友都当爸爸了，小女娃长得白白胖胖的。"

闻笛口中的饭吞了一半，噎在喉咙口下不去："没找到合适的。"

这敷衍的理由显然没有说服奶奶:"老大不小了,眼光不要放得太高。"

"我们现在结婚都晚,"闻笛暗示,"还有不结婚的呢。"

奶奶一拍大腿:"那怎么行啊!都不生还了得!"

爷爷本来闷头吃饭,看到孙子讪讪的样子,以为是有什么难处,特意安慰他:"咱家条件不好,女孩子看不上是不是?没事儿,你要是有中意的,你爸把店铺卖了,爷爷把老底掏出来,怎么着也给你凑出彩礼钱。"

闻笛"呜呜嗯嗯"支吾一阵,用学业搪塞过去:"现在都没毕业呢,工作没着落,结什么婚啊。"

"先谈着也行。"婶婶说,"你小表哥不就是高中定的亲,房子也是家里给盖的,毕业的时候孩子都有啦。"

闻笛在脑子里搜索着小表哥是哪家的亲戚。七大姑八大姨太多了,他走出去之后断了联系,记忆逐渐模糊,每次过年,都得重新认一遍脸。

大概是看出儿子为难,闻笛的母亲开口说:"现在跟我们那会儿不一样了,孩子自己有打算,我们就不操心了。"

爷爷颇不赞同:"世道再怎么变,生儿育女不还是一样的?"

松台和北京是两个世界。闻笛挠了挠头,决定保持沉默。

吃了顿郁闷的晚饭,奶奶去厨房洗碗,爷爷去屋外的池塘里挑水——因为不舍得交水费,洗碗、洗菜一向都是挑水回来用,只有喝的开水才用自来水烧。叔叔婶婶监督自家儿子写作业,父亲在饭厅里揉明天烙饼用的面团。

闻笛坐在院子里,借着厨房门口的灯跟母亲一起择菜。母亲看了一圈,各人都忙着,就低声对儿子说:"你爷爷奶奶也就每年唠叨这么几天,你别放在心上。不想谈对象就不谈,缘分这种东西求不来的。"

闻笛眨了眨眼,"嗯"了一声,心里像是被熨斗熨过,把饭桌上的不适熨平了。

母亲会说出这番话,他并不惊讶。他上高中时,在家做题,母亲给他送水果,偶尔会凑个热闹,问问那条辅助线是什么意思。闻笛一解释她就明白了,反应速度并不亚于省重点高中的学生。只不过,她初中毕业就辍学打工,在只需要计算油条、烧饼总价的店铺里,这种聪明完全没有用武之地。

近几年流行的小镇做题家、整顿职场等话题,她也有关注,悄悄在评论区看人家讨论。"老人嘛,这辈子没出过县城,也不知道时代变了,跟不上你们的想法。你听听就得了。"

"不就唠叨两句嘛,没事儿。"闻笛说,"你们不逼着我出去相亲,我就谢天谢地了。"

母亲把手上的一把菜扔进篮子里，笑了："我帮你注册过相亲网站呢。"

闻笛心里一凉。夸早了，他对形势的估计过于乐观。难道家里唯一的支持者也要倒戈了吗？

"挺新的网站。"母亲收起笑容，"你往里面填信息的时候，它会看个人条件给你分级，级数越高，你能匹配到的对象就越好。"

"好残酷。"闻笛说，"那我是几级？"

"五级。"

"最高几级？"

"十级。"

闻笛放下手里的菜叶，捂住胸口。他已经数不清这是今天遭遇的第几次暴击了。他这辈子还没有拿过不及格的分数："我有那么差劲吗？"

"那个级数是变动的，"母亲说，"我填个人信息的时候，你还是八级来着。"

"那为什么……"

"等填完家庭背景，就变成五级了。"

闻笛哽住了。

"所以啊，你的生活，我就不瞎掺和了。"她把手放在儿子胳膊上，"你比我们见得多，走得远，看问题也比我们看得深。"

"那得分情况。"闻笛说，"你们更有生活经验嘛。"

"活得久不一定更有经验。"母亲说，"有时候只是肝上脂肪更多，血压更高而已。"

闻笛低着头笑，把叶子和菜茎分开。过了一会儿，他忽然说："妈，你在网上有没有看到过，有人不结婚，一直和朋友生活在一起的？"

"看到过啊。"母亲很自然地说，"我还关注了好几个这样的主播呢。"

"你觉得他们奇怪吗？"

"不奇怪啊，都是搭伙过日子，有什么奇怪的。各自有各自的活法，我觉得都行。"母亲说，想了想，又补充，"只要不是自家孩子，我都没意见。"

闻笛笑了笑，站起身，拿来笤帚，把地上的菜叶扫起来："明天还开店吗？"

"开到九点，"母亲说，"然后就关了，一直歇到初六。"

"我去给你们帮忙吧。"闻笛说。

"好容易回来一次，帮什么忙，"母亲说，"放假了多睡会儿。"

"以前又不是没帮过。"闻笛说，"管管账，数数钱，反正我在家也是闲着。"

母亲点点头："那行吧，明天我们出门叫你。"

闻笛答应着，晚上倒头就睡。第二天，外面还黑漆漆的，母亲就把他推醒了。闻笛揉揉眼睛，打着哈欠，坐上三轮。土路颠簸，没过一会儿他就清醒了。

闻笛小学时常在摊子上帮忙。他长得好，嘴甜，站在那兜售烧饼，很能激起大娘大婶的怜爱之情。上初中之后，他突然觉得当街叫卖不雅观，父母叫他他也不去了。

时隔多年，早点摊变成了小小的店面。没有座位，只能外带。店门口一张大合金桌，上面摆着蒸笼、铁盘，盘子里是做好的烧饼和韭菜合子。店里面放着油锅、案板、电烤箱、打蛋器。

闻笛带着一脸微笑，站在桌子后面招呼每个驻足的客人。

"什么？咱们家油不隔夜的，都是新鲜大豆油！"

"这个啊，这是红糖麻花，用的玉米面，特别筋道。"

"甜豆腐脑、咸豆腐脑都好吃，要不要香菜？"

"好嘞！"

"不要香菜，多加点葱，少放香油。"

闻笛转头朝后厨报单子，忽然感觉有什么地方不对劲。他猛地回过头，瞪着站在店门口的边城。对方正望着墙上的红色纸板菜单，认真研究每一种餐点的价格。

"你怎么在这儿？！"

\最幸福的人就是最伟大的人\

长江以南，气温零下的冬天，所有人都穿着羽绒服、围巾、棉裤，一年到头穿西装的教授也一样。不过，即使穿着厚重的衣物，边城依然和县城的其他人泾渭分明。闻笛姑且承认，世上有种东西叫气质——只要这人不说话。

"豆腐脑和油条。"闻笛把塑料袋递过去。

边城接过来,问:"你们开到几点?之后来找我吧。"

闻笛扭头瞟了眼在后厨忙活的父母,怒目圆睁看着边城:"你疯了吗?"

"我住在旁边的依林宾馆,"边城说,"房间号是306。"

闻笛浑身一激灵:"跟我有什么关系?"

"不是说了吗,"边城说,"我要给你新年礼物。"

这家伙要干吗?!

特殊客人滞留的时间太长,闻笛的母亲从后厨探出头来。

闻笛哆嗦起来,挥手赶人挥出了残影:"快快快,我爸妈一会儿就出来了。"

"你过不过来?"

"来来来。"闻笛歪着身子望向边城后面,大声问,"大姐要点什么?"

边城拎着塑料袋走了。闻笛一面装麻团,一面心里打鼓。县城太小了,有点风吹草动,第二天就会尽人皆知。这家伙脑子又缺根弦,要是搞出什么新闻,那他就别活了。

临近年关,生意不错,九点不到,餐点都卖完了。看着父亲把桌子拖进店里,关上店门,闻笛就说:"我去街上逛逛,跟同学约好了中午吃饭。"

"那你待会儿怎么回去?"母亲问,"好几里地呢,我们这儿可没共享单车。"

"我走回去,消消食。"闻笛推着她往三轮车旁边走,"都二十大几的人了,还担心我找不到家?"

看着三轮车消失在远处,闻笛把手插在羽绒服兜里,往宾馆走去。他一路左顾右盼,看有没有熟人。他悄摸摸地走到306门口,抬手敲门。

边城的脸很快从门后露出来。大概一时没了暖气不习惯,房间里空调温度开得很高。闻笛受到温暖的诱惑,立刻进去了。

垃圾桶旁边放着三个袋子,里面分别是吃干净的塑料碗、纸巾、矿泉水瓶。在宾馆还要进行垃圾分类,闻笛倒吸一口凉气。

他交抱双臂,站在门口看着边城:"真没想到,你还能干出这种事。"

这家伙说的礼物居然是自己,他怀疑世界要毁灭了。说着,他上下扫了眼边城的新装扮,"你怎么不在自己身上绑个蝴蝶结呢?"

边城奇怪地瞥了他一眼,觉得他刚刚说的话匪夷所思,然后从床头柜上拿起一个盒子递给他:"我去快递点,他们说物流马上停了,估计送不过来,我只能自己送来了。"

闻笛无语地看着面前的盒子。连这盒子都没扎上蝴蝶结。

"拆开看看。"边城看他久久不动弹,又把盒子往前送了送。

闻笛叹了口气,他觉得边城也不会送出什么……盒子里面是一部手机。新手机。闻笛看了看光洁的屏幕,又看了看边城。

"重头戏在下面。"边城说。

闻笛大概预料到会发生什么了。他拿起手机,抠出下面的塑料垫……盒子底部整整齐齐放了七张纸钞,上面的富兰克林头像正侧着脸微笑。闻笛看了看钞票,又看了看边城。

边城看上去对这个礼物颇为自得。"我复盘了一下,"他献宝一样地指着盒子,"终于找到了问题的根源。"

闻笛拿着手机跟盒子,手臂在半空中僵住了。他语气平板地说:"你觉得我是想要钱。"

"外加手机,"边城说,"我之前答应过你的。"

闻笛磨了磨后槽牙——他应该把期待放得再低一点的。就这个人类正态分布置信区间外的脑袋,能得出什么有效结论。他把盖子合上,还给边城:"又不是你抢的,不用赔。"

边城没有接:"我都在直升机上发誓了,怎么能反悔呢?收下吧,不用觉得不好意思。"

敢情这人觉得他是在客气呢!

闻笛对教授的脑回路十分绝望,但他知道从北京到这里有多麻烦,人都来了,好歹要尽地主之谊。既然边城不肯接,他就把盒子放到桌上:"中午请你吃顿饭吧。"

"不用,"边城说,"我一会儿就回去。家里还有未成年人,丢下他出来这么久已经很不负责了。"

闻笛真是无话可说:"你过来一趟,就只为了送这七百美元?"

"怎么能说'就'?"边城说,"它对你多重要啊。赌场忘了,日出忘了,就它还记着。"语气虽然平淡,但话里话外透着不忿。

闻笛眯起眼睛:"看来你对我有很多意见啊。"

"没有很多,"边城说,"就这一个。"

闻笛瞪了他半天。这家伙是来求和还是来吵架的?"你还有意见,你……"他说到一半,摇了摇头,"算了,我一个五级的人,怎么配指导十级大佬呢。"

207

"什么五级十级？"

"我妈注册的一个相亲网站，你要是上去，估计是十级吧。"闻笛咂着嘴摇头，"要我说，结婚不能只看硬性条件。要是加上性格，你少说得倒扣二十级。"

"相亲网站？"边城狐疑地看着他，"你要相亲？什么时候？在哪里？为什么？"

"谁说要相亲？我妈就是注册着玩玩的。"闻笛说，"哎，我做什么凭什么跟你汇报？"

边城长久地盯着他，盯得他觉得自己做了什么需要心虚的事。

闻笛还没来得及说什么，边城就拿起房间里的钥匙，拔掉房卡，大步离开。走过闻笛身边时，他俯身轻声说了一句："新年快乐。"

闻笛因为突然的祝福蒙了几秒，等反应过来，房间里只剩下整洁的床铺、分好类的垃圾和桌上的手机盒。他难以置信地扭头，望向走廊——空荡荡的，连个人影都没有了。跑这么快？

这人突兀地出现，又突兀地离开，只留下了手机和七百美元。闻笛只能把礼物收起来，琢磨这个新年插曲。琢磨了一会儿，他明白了：这人走得这么急，就是怕他不收钱。智商一百八的脑袋，想了这么久，得出的结论就是他喜欢钱，但碍于面子不好意思收。所以他就跟过年时亲戚给红包一样，放桌上就跑。

像是为了印证他的想法，手机上随即跳出一条消息："别忘了拿钱。"

这家伙还觉得自己干得漂亮！闻笛盯着屏幕，回想自己和人类奇点的种种过往，对未来感到绝望。

更绝望的是，紧接着还有同学聚会。

县城不大，找到大润发之后，闻笛很快发现了旁边的火锅店。同学订了一间大包厢，两张大圆桌，每桌能坐十四个人，每人面前一个小火锅，肉菜都摆在圆桌中心，十分时髦。

闻笛一进门，就从重重缭绕的白雾间认出了许多熟悉的脸：高个的是当年的体委，翻墙的一把好手，曾经带头逃学去网吧；圆脸的是城东熟食店老板的儿子，现在瘦了许多；女生们添了几分成熟风韵，打扮得新潮，比以前漂亮了。包厢里还有个小女孩，吮着棒棒糖在席间跑来跑去，大概是服务员的孩子。

"这不是闻笛吗！"闻笛当年的死党噌的一下站起来，"我们的T大学神来了,大家快让让。"

其他人纷纷投来目光,搞得闻笛脸上泛红。初中时他确实是风云人物,霸榜年级第一,甩第二名好几十分,全校都知道有这么个天才。上了高中之后闻笛才意识到,原来是他们学的太简单了。

"来来来,坐我这儿!"死党指着旁边的一个空位。

闻笛在众人目光的注视下小步溜到空位上坐下。小女孩见到新来的好看哥哥,拿着棒棒糖颠颠地跑过来,瞪大眼睛看着他。闻笛不自在地笑笑,然后听见体委隔着两桌酒席朝这边吼:"苗儿,别乱跑,小心火锅汤溅着了!"

闻笛震惊地看着小女孩:"这是他女儿?"这年纪都快上小学了!

死党挑起眉毛:"你不知道?人家先上车后买票,当年还是大新闻呢。"

闻笛算了算,那年自己大三,在国外交换,不怎么看群,过年也没回来,错过了八卦的最佳时机。

"舟哥、欢哥都结婚了。"死党掰着手指,看了眼对面的女生,"那一桌也都结了,晓艺的孩子刚出生,芳芳家的今年已经上幼儿园了。"

闻笛眨了眨眼,感受到时间的流逝。老家的同学已经孕育了下一代,而他连学生阶段都没走完。

"都升级了啊。"闻笛说。

"嗐,留这儿不就是这么回事吗?"死党把桌上的羊肉端过来一盘,用筷子扒拉了半盘,倒进红汤里,"哪像你啊,高才生,大城市,多自在啊。"

闻笛决定顺着别人的想象走,给童年的自己留点面子:"还行吧。"

"欸,你是不是读博了来着?"死党一边涮羊肉一边说,"之后打算干什么啊?大学老师?欸,你们副业收入是不是特别高啊?网上那些很火的 UP 主,不都是名校教授吗?我看赚得可多了。"

那是幸存者偏差,闻笛想,一年到头吃死工资,职称升不上去,甚至在"非升即走"的关口被校方开除的多不胜数。不过他保持着神秘的沉默,在老同学面前,他还想保留一丝当初的骄傲。

"你呢?"闻笛问,"最近在哪发财?"

"就跟着我爸搞几个小工程。"死党叹了口气,"天天陪领导喝酒、端茶送水,给人当狗,混混日子。一年到头,累死累活,也就挣个二十来万。"

闻笛差点脱口而出"比我强多了",想了想,没吭声。

"舟哥在省城做工程师,"死党小声说,"听说挣得挺多。"

"嗯。"这个闻笛知道。

"欢哥去县委了。"

"都混得挺好啊。"

"你说什么呢？你肯定能赚大钱。"死党拿起啤酒咕嘟咕嘟灌了几口，拍着闻笛的肩说，"那会儿大家都翘课、打架、上网吧，逮着美女照片看一宿。就只有你，没日没夜地学习，周围吵成一锅粥了，你眼睛都不抬一下。我当时就觉得你是个干大事的人。"

"是吗？"闻笛苦笑，"那借你吉言了。"

"等你出人头地，要把你们家房子翻成别墅了，可得找我啊。"死党说，"兄弟给你打八折。"

闻笛说："一定一定。"

赚大钱，盖别墅，能有这一天吗？

饭桌上聊得热火朝天，闻笛却吃得索然无味。他听着当年的同学谈家长里短，说工作辛酸，油然而生一种羡慕感。是，留在家乡，娶妻生子，和父辈、祖辈以及无数先人那样，日复一日，庸碌终生，不美好也不诗意，但他在大城市勤奋学习到而立之年，所得也只有骇人的学历、微薄的薪资。和他们相比，他只是多折腾了几年而已。

这顿饭吃完，闻笛的心情甚至比刚回家时还要低落。

他回到家，坐上属于自己的小床，看着母亲在对面织围巾。竹针翻飞，发出有节奏的轻微哒哒声。围巾一点点变长，夜色一点点变得浓郁。

母亲看儿子小半个钟头不动弹，放下围巾，用竹针挠了挠后脑勺："怎么了？跟同学吃饭还吃郁闷了？"

闻笛看着昏黄的灯光，缓缓地眨眼，问："妈，我要是一直没出息怎么办？如果同学全都比我混得好怎么办？穷一辈子怎么办？"

母亲诧异地看着他，默然想了一会儿，说："那就多吃两碗饭。"

闻笛一脸痛苦："什么？"

"多吃饭，多运动，保持身体健康。"母亲说，"二三十岁的时候，你还能聊事业、聊对象。等你到了四五十岁，就只能聊关节炎、三高、心脏病了。能炫耀自己工作好、赚得多的日子没几年，不用那么在意。"

闻笛稍稍宽慰了些："是吗？"

"再说了，我们家可不是普通的穷。"母亲说，"我们家是五代单传的穷。"

"咱能换个东西传吗！"

母亲坐了过来，搂住儿子："仔细想想，有钱人的生活能好到哪去？

澳洲龙虾跟普通龙虾的味道差不了多少，豪华跑车堵在高速上，不也跟破三轮一样。"

闻笛惋惜地说："可是我没吃过澳洲龙虾，就是想吃，就是好奇。"

"你听没听懂妈的意思？"

"我懂我懂。"闻笛痛心地说，"可惜我像我爸，不然肯定天天都开心。"

母亲推开他，站起身来，转身出门："怎么说话呢？你爸听说你二十七回来，腊八就开始卤牛肉了。"

闻笛在背后问："去我爸那告状？"

"让你爸开市了去水产市场看看，"母亲说，"给你买澳洲龙虾。"

\过度的善反而会摧毁它本身\

博士的寒暑假时间跟大学生不同，主要看导师有没有吩咐。法定假期一过，闻笛就接到了导师的传召——国际莎士比亚论坛即将召开，麻溜地滚回来干活。

闻笛收拾行李启程赴京。不知为何，每次过完年回去，行李总会比回来时多出一倍。那些零零碎碎的东西——芝麻糖、桂圆干、龙须酥，即使闻笛强调多次"现在网上也能买到"，仍然被一股脑地塞进了箱子里。这就算了，奶奶居然拿出了一个蛇皮袋，里面装着小青菜。

闻笛大惊失色："我是回校，不是去菜市场。"

"拿着，都是刚从大棚里摘的。"奶奶说，"北京的菜多贵啊！五块多一斤，那还了得！"

"我平常在食堂吃饭！"

"食堂的青菜不好吃！"奶奶严肃地说，"家里的菜甜！你现在在外面住，晚上拿出来炒炒，放点盐就行了！"

"这么多得吃到什么时候啊！菜要烂掉的！"

"你多炒一点。青菜看起来多，一炒就没了！"

闻笛苦恼地看着袋子，叹了口气。让老人开心比较重要。他定定神，接过袋子："那我多吃点。"

"胖点好！你们年轻人天天减肥，瘦了不好看。"

于是闻笛拖着蛇皮袋和行李箱，先坐巴士，后坐地铁、火车，把千里之外的蔬菜背回了荷清苑。

于静怡赶着上工挣钱，比他回来得还早，此时看到蛇皮袋，大吃一惊："你要改行？"

闻笛把冰箱腾空，将菜整齐地摞进去，然后转身对室友下达指令："从今天开始，我们不吃肉了。全素宴。"

于静怡沉默良久，说："真健康。"

可惜，全素宴虽然健康，但饱腹感不强。一盘青菜下去，两小时后，又饥肠辘辘。他们像过冬的松鼠一样出来觅食，找到的仍然只有青菜。

三天后，两人濒临崩溃。而且菜叶水分流失，口感明显没有之前清脆，眼见要坏了。千里迢迢背来的心意，他们不舍得扔掉。闻笛用研究文献的劲头钻研了两天，想出了绝妙的主意：包饺子。味道鲜美，且可冷冻保存，锁住水分，延长保质期。

于是两人卷起袖子，买皮、剁馅，一口气消灭了所有青菜。他们在家常干活，包出来的饺子外形还算美观，煮了也没露馅。闻笛满意地吃了两顿清汤水饺，两顿麻酱水饺，两顿芝麻锅贴，两顿煎蛋抱饺，崩溃了。

"我现在看你都像个饺子。"于静怡说。

在因为饺子崩溃的第三天，中小学开学了。闻笛整理好证件、证书和其他材料，去兴城中学报到。

学校管饭，面试时他去食堂遛过一圈，菜品精美，还是自助餐。此时想起食堂泛着油光、香气扑鼻的牛排，他几欲落泪。

私立学校财大气粗，在寸土寸金的首都也建起广袤的校园。一进校门，首先看到的是雕塑、喷泉和红砖点缀的图书馆。再往前是一片人工湖，几对鸳鸯拍打着翅膀，从湖心桥下悠然游过。

学校包含初中部和高中部，课程设置参照国外，政史地生、文学、经济都是英文授课。这里的学生都是瞄着出国去的，语文对他们来说不重要。偶尔也有归国华侨的子女想融入当地环境，所以学校专门开设了小班课，像教外语一样教中文。相比于师生，这里学生和老师的关系更像顾客和服务人员。

闻笛要去高中部行政楼报到。他放大地图，左右滑动，还是没找到行政楼的位置。时值第一节课，穿着英伦风校服的学生们都在教室里，他想找个学生问路都找不到。正在犹豫要不要去办公室找老师，一个学生突然出现在他的视野里。

那是个瘦削的男孩,中等个头,长相很清秀。他正推着两个叠起来的箱子往前走,看样子很吃力。天气寒冷,他气喘吁吁,嘴里喷出一阵阵白雾。

"同学?"闻笛叫住他,"同学?"

男孩直起身,看着闻笛,满脸茫然。

"你知道高中部行政楼在哪吗?"闻笛问。

"高中,"男孩重复着,"高中。"想了想,他说,"我是初二的。"

"哦,"闻笛有点失望,"你不知道?"

"高中在那边。"男孩指了指闻笛身后,"那一排。"

好吧,总算有个范围了。闻笛转身继续搜寻目的地,但总感觉心里压着点什么。他望向男孩,对方继续往前推箱子。箱子上印着一个挺贵的矿泉水牌子的标识,闻笛在综合商场里见过,一瓶好几十块。箱子上写着"二十四瓶装",这么两箱得有四十斤吧。

闻笛问:"现在不是在上课吗,你怎么在外面?"

大概是有人教过男孩,别人问你问题,你要认真回答。他停止了推箱子的动作,直起身来,一本正经地回答:"老师说,我可以不上课。"

老师还允许学生上课时间自由活动?贵族学校的风气就是自由。

男孩接着说:"老师说,'你别待在教室里打扰我'。"

敢情是开小差被赶出来了。不过,这里的学生非富即贵,老师也能随便赶人出来吗?这得是多调皮的学生。"你干了什么啊?"

男孩想了想,说:"我举手了。"

闻笛糊涂了:"举手?"

"老师说,上课要积极举手,直接站起来也行。"男孩叹了口气,"我每次举手,老师都不叫我。我站起来了,老师就说我捣乱,让我出去。"

闻笛更糊涂了。难道还有不喜欢学生举手的老师?"那你就出来买矿泉水了?"初二的男生,力气说大不大,说小不小。不过这孩子一副营养不良的样子,搬几十斤的箱子太勉强了。"你买那么多水干什么?"

"同学要喝的,每人两瓶。"

闻笛记得校门口有个学生超市,这水大概是从那里买了一路推过来的。"他们要喝,自己去超市买不就好了,为什么让你一个人全搬回来?"

男孩看起来十分自豪:"我是生活委员。"

生活委员是干这个的?闻笛上学的时候可没听说过:"你们生活委员

还管什么?"

"可多了,"男孩掰着手指,"拖地、擦窗户、倒垃圾……"男孩越说越骄傲,腰板挺得笔直,好像自己的行为印证了那句话:力量越大,责任越大。

闻笛叹了口气。贵族学校的校园霸凌也没什么新意,都是逮着班里最弱小、最没权势的人欺负。这孩子脑袋还不怎么灵光,被人欺负了还觉得自己是为集体做贡献,在这傻乐呢。

闻笛看了眼手机,报到的时间快过了。自己的"钱途"要紧。他没再管男孩,转身朝高中部跑去。

终于找到行政楼。人事带他去见高中部教英国文学的外教。闻笛主要的任务就是帮他备课、批作业,指导学生写essay(文章),跟助教的活差不多。同时,闻笛需要到处听课,熟悉这里的教学模式,等待哪天外教慷慨批准——这种机会都是求来的——他上一节课。等他积累了经验,学校才会考虑让他正式授课。

跟他在组里的状况差不多,这活他熟悉。

第一天上班很顺利,外教说话比老刘顺耳许多,且对闻笛的教案大加赞赏,让他久违地找到了自信。高中部下午三点半放学,余下的时间,学生们各自参加社团活动,实习老师们就可以下班了。闻笛回校之后,去了图书馆继续写论文。不知是不是时来运转,论文写得也顺利。

久违的完美一天,闻笛快乐之余,突然对指路的男孩产生了愧疚。这傻孩子过得怎么样?水搬回去了吗?大冬天的,出汗了会不会着凉?

惦记着家里还没消灭的饺子,他没去食堂吃晚饭,准备等闭馆了回去做汤饺,直接当夜宵吃。今天他往锅里加了番茄,做成了番茄味的。虽然努力翻新花样了,但内核不变,闻笛强忍着才没有吐出来。

好像嫌他不够难受,他刚刚平复胃里的不适感,熟悉的焦煳味儿就顺着窗户缝飘了进来。好比水入热油,闻笛春节期间积攒的怒气瞬间炸开。他拿出手机,终于——终于——用大号质问隔壁:"谁让你烧饭的?"

过了一会儿,那边回复:"饿了不能吃饭?"

边城的本意,这回复委屈巴巴的。但闻笛在脑子里一读,语气就变成了挑衅。

闻笛:"你每次下厨,祸害的都是我。"

边城:"你也没吃过我做的饭啊。"

是没吃过,闻到就五内俱焚了,吃了还不当场去世?闻笛又想起边城的弟弟，虽然只从猫眼里看见过一回，但闻笛记得他挺瘦弱的，估计是边城糟糕厨艺的受害者。孩子正是长身体的时候，居然每天给他吃这种东西，遭天谴啊。

闻笛抓起剩下的番茄，当当当去皮、切块，熬出汁水，又做了一锅饺子。他找出橱柜里最大的汤碗，把饺子倒进去，端着碗走到隔壁，咚咚咚敲门。

边城很快打开门。"冷静点，"他说，"你买的春联，别给敲坏了。"

闻笛瞟了眼红纸上的字，"天道几何"，天道怎么没把这人收回去？

"拿着。"他把碗塞给边城，动作粗暴。对方被烫得一哆嗦，还是稳住了，紧紧抱着汤碗。

"你包的？"边城看着他。

"你可别误会。"闻笛说，"我们家饺子过剩了，而且这也不是给你的。你天天烧那种东西给孩子吃，人家能活到成年吗？"

边城沉默了一会儿，问："那以后我们能去你家蹭饭吗？"

"凭什么？"

"你不是不让我做饭吗？"

天哪！这人好生不要脸！

"不能。"闻笛冷漠地拉住把手，关上门。

\ 命运有意向叛徒卖弄风情 \

实习的第一个月风平浪静地过去了。外教某天把教案交给闻笛，让他试着上上课。

闻笛大学时做过家教，不过一对一辅导跟在学校上课很不同。学生多了几十个，要留心的地方就翻了几十倍。讲知识点的节奏、台下学生的反应、提问的技巧、给学生的反馈……他需要全身心投入，每时每刻精神紧绷，才能保证一节课顺利完成。

不过，最难的是纪律问题。富家子弟中有三好学生，也有混世魔王。这些混世魔王除了讲笑话的时候，其他时间都心不在焉，玩手机、睡觉，甚至公然聊天。闻笛不敢管，也管不了。他一介平民，惹这些未来的达官贵人干什么？

工作间隙，闻笛开始思考：他读博的很大一部分原因是高校老师的社会地位比较高,如果最后过的是这样低声下气的生活,明显违背了他的初衷;但有钱,显性收入和隐性收入都高。钱和初心之间,闻笛需要纠结一会儿,于是暂时做了下去。不就是伺候人吗?就当教室里坐着二十几个老刘呗。

说到老刘,他没把实习的事告诉对方。他的导师从不为学生有光明的前途而高兴,知道他们在工作日实习,只会因为自己的廉价劳动力翘班而大怒。之前有师姐去外企实习,不知怎么被老刘给知道了,那个师姐在组会的时候成了枪靶子,被老刘挑刺挑得当场哭出来。而老刘下的结论是:把时间都花在杂事上,不但学术能力变差了,心理承受能力也变差了。

前车之鉴,闻笛决定严防死守,做好保密工作。好在文科生不用去实验室打卡,平常都是去图书馆之类的地方。只要老刘不突然传召,他按时出席组会,就不会露馅。

日子就这么流过。冬去春来,窗外的树枝抽了新芽,鸟鸣婉转。推开窗,春风拂过脸颊,让人心神荡漾。

闻笛深吸了一口大地苏醒的气息,雀跃地走进厨房,起锅开火。今天是于静怡面试的日子,早餐要改换口味。他把水煮沸,放鸡蛋进去,关火,然后下楼买油条。等于静怡走进厨房,热腾腾的早餐已经摆好了。

"快吃快吃,"闻笛说,"一根油条,两个鸡蛋。"

于静怡笑着拿过鸡蛋,在桌沿上把壳磕破:"笔试的时候就吃了,面试还来一次?"

"你笔试不是拿了第一吗?"闻笛说,"再吃一顿,面试说不定满分呢。"

"面试上八十都算高分了,哪有满分的。"

闻笛充耳不闻:"有耐克鞋吗?"

于静怡摇了摇头。

闻笛叹了口气,随即振作精神:"没事,没有对钩加持,你也能把他们打得落花流水。"

"你也太小看外国语的口译硕士了。"

"我对上他们当然没胜算了,"闻笛说,"但你不一样啊。当年的演讲比赛,他们就是你的手下败将,更别说现在……"

于静怡把鸡蛋囫囵吞下,抬手止住他的"彩虹屁":"好好好,借你吉言。"她无奈又感激地看了闻笛一眼,"你把我捧得太高了,整得我像什么旷世奇才一样。"

"你本来就是。"闻笛坐在她对面,也开始吃早饭,"你不知道你对我的人生有多大影响。"

"你又在夸张了。"

"真的。"闻笛边剥鸡蛋壳边追忆往事，很是感慨，"大一，你第一次拿希望杯冠军的时候，评委问你是不是从小跟着外教上课啊，是不是有出国经历啊。你在台上淡定地说，爸妈都是电子厂的工人，你没出过国，也没请过外教，小时候妈妈从厂里带回来一台收音机，你是跟着那个练的。"

于静怡茫然了一会儿："有这回事吗？"

"嗯，"闻笛把鸡蛋壳收集到一个碗里，"从那开始，我就释然了。"

"什么？"

闻笛摇了摇头，没有回答，只是说："面试顺利。"

"等我上岸了，请你吃大餐。"她三两口吃完油条，背上露着线头的包，起身出门，"文化节玩得开心。"

闻笛拿起另一根油条啃起来："加油！"

今天是兴城中学的国际文化节。

兴城中学有着极其丰富的课外活动。闻笛第一次看到社团宣传的小册子时，差点看花了眼。除了各种学习俱乐部和兴趣小组，还有音乐会、戏剧舞蹈表演、户外探险活动、模拟联合国、游园会和帆船、攀岩等体育竞赛活动。他回想自己的高中生活，似乎只有学习、考试、课外辅导班。

国际文化节是兴城中学的传统活动之一，以班级为单位挑选世界各地的民族文化进行展示，旨在拓宽学生视野，培养文化敏感性。

文化节下午不上课，闻笛本来可以早些回校，但他对这群富家子弟的创造力感到好奇，想留下来逛逛，看他们能搞出什么名堂。

人工草坪上早就搭好了一圈帐篷，喧闹声不绝于耳。每个帐篷前都有身着民族特色服装的学生，帐篷里有各种手工艺品和文化活动。闻笛晃了一圈，得出结论：跟大学的百团大战差不多。

他逛到角落，看到了一块牌子：中国传统文化。

中华文化博大精深，这个班的选题也太大了。

闻笛走过去看了看。帐篷前有张木桌，上面摆着围棋和笔墨纸砚，供参观者们体验。帐篷中央有一个竹筒模样的东西，旁边有几支削钝的木箭。闻笛对古代文化知之甚少，但语文、历史课都认真听讲。这应该是投壶。

这边游客稀少，只有一个男孩在捡地上的箭。闻笛站在帐篷前面探了

217

探头，忽然惊呼："是你啊。"

男孩直起身，眨了眨眼，露出灿烂的笑容，显然也认出他来了。看到他盯着竹筒，男孩就走过来，把木箭都递给他："要玩吗？"

闻笛摆了摆手："我不是学生。"

男孩把木箭塞进他手里，摇了摇头："没有其他人。"

闻笛拿着箭，望着空荡荡的帐篷："你们班其他人呢？"

"他们有事，"男孩说，"让我待在这里。"

看样子是自己玩去了。闻笛看着手里的箭。既然是男孩好意给的，那他就却之不恭了。他拿出一支箭，眯起眼睛瞄准竹筒，投了过去。没想到距离看着不远，却很难投准。木箭擦过竹筒掉在后面。

"没关系，"男孩在旁边鼓励他，好像怕他因为一次失败就失去自信，"再来。"

闻笛不在乎能不能投中，男孩这么加油，让他有点不好意思。他打起精神寻找规律，准头终于变好了点。不幸的是，因为竹筒在人工草坪上放不稳，每次箭投中或者擦过，竹筒就倒下了。闻笛手上的木箭还没投完，男孩已经跑过去扶了好几趟。

"谢谢谢谢。"闻笛用完木箭，朝男孩挥手，"我玩得很开心。对了，你叫什么名字？"

男孩朝他微笑，嘴边露出小酒窝："我叫江羽。"

看着男孩开心的笑容，闻笛忽然有些不忍。结合之前推矿泉水箱子的情景，他可以断定，江羽正经受着某种程度的校园霸凌。但他犹豫了几秒，还是走了。他只是个实习老师，连正式授课的权利都没有，没什么资格管教学生。何况他属于高中部，干吗越俎代庖，跑去管初中部的事。

闻笛前脚刚走，江羽班里的一群男生就回来了。为首的是个高个子，跟江羽一样十三四岁的年纪。他走到木桌后面的椅子上坐下，其他人也都找地方坐下了，只有江羽站在一旁。

不多一会儿，有几个学生走过来，看到投壶，感觉很新奇。江羽也把木箭递给他们。几个学生排着队，尝试投壶。

竹筒还是不稳，一投就倒。高个子皱着眉，觉得很麻烦，指着江羽说："你有没有眼力见？还不过去扶着！"

"可是我还要捡这个。"江羽抱着木箭说。

"你不能两个都干啊？"高个子火气上来了，"脑子连个弯都转不过来。"

于是江羽走过去蹲下，双手扶住竹筒。这回稳了，怎么投都不倒了，但准头不好的学生经常把木箭投到他身上。虽然箭头是钝的，扔到身上还是有点痛。有一支箭差点扔中了他的眼睛，他抬起手挡了一下，竹筒又倒了。

　　高个子烦躁地站起身，走过来，扇了一下他的后脑勺："不是让你扶着吗？"

　　"痛。"江羽指着被砸中的地方说。

　　"真是服了你了。又不是真的箭，能痛到哪去？"高个子说，"你就不能有点用处？"他指着周围的一圈人，"你是能策划活动，还是能写文书、租场地？大家都有自己的任务，就你一个人吃白饭。让你干点事，你还叽叽歪歪的？"

　　江羽一脸茫然，刚才那些话他一大半没听懂。

　　"白痴。"高个子又扇了他一下，"你知不知道什么叫为集体做贡献？"

　　江羽点头："我知道。"

　　"你是不是只会给大家添麻烦？"

　　江羽摇头。

　　"那你就给我好好扶着，不准动，听到没有？"

　　江羽于是不动了，乖乖地用双手扶着竹筒。木箭砸到他的胳膊上、肩膀上、腿上，他都没躲开。

　　高个子看了会儿，忽然朝旁边的同学说："你觉得这是不是比投壶有意思？"

　　对方饶有兴致地观看半响，点头："是哦。"

　　高个子勾起嘴角，站了起来，捡起地上的木箭。班里的其他同学默契地笑了笑，在他后面排成了一排。

　　"计分吧。"一个人出主意，"打中腿两分，胳膊三分，肩膀四分，头五分。"

　　"行，"高个子摩拳擦掌，"我先来。"

　　江羽看着他们聚拢到木桌前面，投去疑惑的眼神。高个子拿着木箭，笑着对他说："我们觉得这个文化活动要优化一下。你待在那儿，让我们测试测试新规则。这也是为集体做贡献，听到没？"

　　江羽没听懂，不过看到所有人都盯着他，等他回答，于是就像所有他拿不准该作何反应的时候一样——点了点头。

　　木桌前的男生们哄笑起来。江羽还没弄明白发生了什么，木箭就像雨点一样朝他砸过来。他想抬手捂住脑袋，又记起来不能动，只能尽量低下头，不让木箭射到脸上。

　　班里的其他同学三三两两地回来了，有的默默站在旁边，有的干脆走开了。偶尔有人小心地说"别玩了吧"，被高个子看了一眼，又闭上了嘴。也有老师经过，但他们都目不斜视地走了过去，没有人停下来，也没有人出声制止。

　　江羽不喊不叫也不躲，高个子玩了一会儿，觉得有点腻了，就拍拍手，悻悻地说："算了，没什么意思。"又问，"谁赢了？"

　　一个男生举起手："我五十八分。"

　　众人都鼓起掌来。声音传到帐篷里，江羽抬起头，看到大家都在鼓掌。班里发奖杯的时候、运动会的时候，大家都是一起鼓掌的，于是他也跟着鼓起掌来。

　　门口的笑声更响了。

　　隔壁班的主题是太平洋岛民文化，一个身着萨摩亚传统服饰的女生看不过去，说了句："你们别太过分了。"

　　"什么？"高个子挑起眉毛，"我们怎么了？大家只是闹着玩，他不是挺开心的吗？你看，还笑着呢。"

　　女生看向江羽。他走过去把别人丢的木箭捡了起来，脸上和平常一样笑盈盈的，好像真的不难过。女生觉得自己多管闲事，转身走了。

　　高个子旁边的同学拍了拍他："你看她。"

　　男生们笑而不语，显然是都注意到了。萨摩亚位于热带，传统服饰也比较清凉。女生们穿着类似抹胸的紧身上衣和草裙，谁发育得比较好，一目了然。

　　高个子忽然有了个主意。他走到江羽旁边，拍了拍他的肩，问："你知道什么叫义气吗？"

　　江羽缓缓地眨了眨眼，摇了摇头。

　　"就是兄弟想做但不敢做的事，你帮兄弟做到了，"高个子竖了个大拇指，"这就叫义气。男人都佩服讲义气的人。你想不想大家都佩服你？"

　　江羽眼里放出光芒，点点头。

　　高个子揽住他的肩，指着隔壁的女生："你看到她背上的那根带子了没有？"

　　抹胸后面确实有系带。江羽说："看到了。"

　　"你去把那个带子扯下来，"高个子拍了拍他的肩，"你就是讲义气的真男人。"

周围的男生们发出窃窃的笑声,目光都集中在隔壁的女生身上。这个傻子听风就是雨,好哄好骗,还逆来顺受。这回有好戏看了。

江羽看了看同学们,又看了看女生,站在原地没有动。

高个子推了他一把:"等什么呢?"

江羽问:"她知不知道?"

"什么?"高个子皱起眉,"谁?"

"妈妈说,碰女生之前,要先问她同不同意。"江羽问,"她同意了吗?"

高个子不耐烦了,他没想到要看个戏还这么麻烦。

"你妈妈说的那是普通男的。"高个子说,"你不一样,你是白痴,你打人都没事。"

江羽坚定地摇摇头:"这种事情不对。"

不管高个子怎么说,他都一根筋地重复"这样做不好"。高个子气得踹了他一脚:"你一个白痴,还教育起我来了?"

江羽摔倒在地上,木箭撒了一地。他把箭收好,又自己爬起来了。

"桦哥,我们走吧,"旁边的同学看了眼表,"雅思课马上开始了。"

确实,大部分班级开始收摊,文化节结束了。收摊后,帐篷由校工拆除,其他东西都是学生自己带来的,也得自己带回去。棋盘、笔墨纸砚、竹筒、箭,单个都不算重,但加在一起还是挺累人的。高个子指着江羽说:"我们急着去上课,你把东西搬到教室去。"其他同学纷纷附和,有的说要去陪爸妈打高尔夫,有的说要去上马术课,把杂七杂八的东西都丢给江羽。

江羽看着他们说说笑笑,并不像急着走的样子。有两个骑行社的同学还从社团活动室推了新款的山地车过来,向其他人介绍。拆帐篷的校工走过来,问能不能收摊。江羽就把桌上的东西都放到纸箱里,抱起来走了。

从操场到初二教学楼要绕过半个校园,江羽走到教学楼旁边的林荫道上时,胳膊有点酸了。他想放下箱子歇一会儿,突然听到身后响起了车铃声,转过头,发现高个子骑着山地车正朝他撞过来。

"喂!"对方大叫,"小心啊!"嘴上这么说,车子却一点也没转向。江羽赶紧往旁边躲,结果车子立马跟了上来,眼看车轮就要撑上他了。

"这刹车怎么不灵呢?"高个子疑惑地说。

江羽抱紧箱子,开始跑起来。几乎是同一时间,车子猛冲过来,车把直直地撞在他背上,让他往前一扑,倒在地上。

箱子翻了，黑白棋子滚落一地。山地车终于停了下来。

"你搞什么？！"高个子跨在车上，拧眉喝骂，"这些都是我从家里带来的，摔坏了你赔得起吗？"

江羽手上擦破了一大块皮，血珠从肉里往外渗。他茫然地看着地上散落的东西，然后一双手出现在视野里，把他拉了起来。他眨眨眼，看到了之前玩投壶的年轻男人。

"撞了人还大呼小叫，一个小屁孩张狂什么呢？"年轻男人瞪着高个子，"你是哪个班的？跟我去教务处，把家长叫过来！"

\还是像这样为世人所不容的好\

国际文化节办得很盛大，闻笛在塔帕、阿罗哈衬衫中间兜了一圈，充分体验了一把别人家丰富多彩的青春。就是太投入了，走得晚，结果碰上了事故现场。

山地车撞上人的那一刻，闻笛的震惊多于愤怒。他没想到光天化日之下，还是在校园大道上，竟然有人敢公然撞人。如此坦然、如此冷漠、如此理所应当。他是个普通人，不想惹麻烦，但这件事突破了他的道德底线。在老刘手底下受苦受难的时候，他发过誓，自己做上导师之后，一定不会成为这种视学生如工具的浑蛋。如果他就这么走过去，一名未来的老师对学生冷漠到如此地步，那他连老刘都不如。

他把江羽从地上拉起来，让对面的高个子男生叫家长来。

高个子仿佛听到了笑话一样："你是谁啊？不是校委会的吧？校委会的我都认识。"

"我是高中部的实习老师。"闻笛说。

"实习？"高个子挑起眉毛，"你是不想干了吧？"

看这姿态，闻笛还以为他才是校委会的。

"年纪不大，口气不小。"闻笛说，"实习老师也是老师，给我尊师重教一点。你爸妈呢？让他们来学校一趟。"

高个子坐在车上没有动弹："你知道我爸是谁吗？"

闻笛冷漠地问："哦，是谁？"

"华信的董事。"高个子说，"你后面的图书馆就是我们家捐的。"

听到那个词的一瞬间，闻笛的脸冷了下来："你是不是上过优学的雅思课？"

高个子皱起眉："是啊，我见过你吗？"

闻笛冷笑一声，脑子里闪过一个念头：这破小孩死定了。他上下扫了对方两眼，用英语说："你个脑容量还不如耳屎大的狗东西，我扇你一耳光，都怕把你这丑脸打得好看了。"

对方听得云里雾里："你说什么？"

"你娘老子出钱让你上雅思课，你就给我好好学英语。长得跟倭瓜一样，还敢挑人家女老师的长相？你也不找面镜子照照。"

"顶着个老师的名头，还真把自己当个玩意儿了？"高个子的脸涨得紫红，"我打个电话，马上能让你走人！"

闻笛一把攥住高个子的胳膊："好得很。既然你有空打电话，那就把家长给我叫过来！"他转头问江羽，"你们班主任在哪？"

江羽懵懵的，没理解现在的情况，但还是把闻笛领到了办公室。

班主任还没下班，正对着电脑写课件。看着一个陌生的男人领着两个学生走进来，他面露疑色，而看清学生的脸之后，立刻了然地叹了口气。

闻笛悄悄问江羽："你们老师姓什么？"

"张。"

"张老师，"闻笛松开高个子的手，严肃地对班主任说，"我刚刚在路上看见这个学生骑车撞人。你看，"他把江羽的袖子挽起来，"都擦出血了。"

班主任看了眼江羽的胳膊，咳了两声，像是嗓子不舒服，然后转向高个子，语气温和地问："杨天骅，出什么事了？"

"谁撞他了！"杨天骅指着江羽说，"我好好地骑着车，他走在我前面，我叫他让开，他不让，跟我有什么关系！"

闻笛难以置信："你胡扯什么？"

"你说，"他又盯着江羽问，"我是不是叫你躲开了？"

江羽仔细回想了一下，点了点头。闻笛更加难以置信地看着江羽：这孩子怎么还背刺他呢！

"看吧！真是倒大霉！"杨天骅愤愤地说，"白痴听不懂人话，反应又慢，明明是他的错，结果这人突然跑出来冲我一通乱叫。"

闻笛看着江羽愣神的样子，忽然明白了。这孩子智力可能真有问题，而知道这一点的所有人一直靠着它脱罪。这种恶心的利用让他怒气冲冲：

"你叫谁白痴?长这么大没人教过你礼貌吗?"

"我说的是事实。"杨天骅说,"他什么都学不会,那不就是白痴?"

大庭广众之下,闻笛不好意思骂脏话,而且他好歹算半个老师,不能做出暴力行为。双重枷锁之下,他跟这个姓杨的学生根本说不通。"监控呢?"他问,"把教学楼旁边的监控调出来,是不是故意撞的看一眼就知道了。兴城不是宣传监控覆盖全校园吗?"

班主任看了他一眼,缓慢地拿出手机打了个电话。闻笛不知道他在干什么,调监控不应该去教务室或者保卫处吗?

说了几声"好的",班主任就挂断了电话,对闻笛说:"我跟后勤处通过电话了,他们说教学楼旁边的监控坏了。"

闻笛彻底失语了。连查证都这么敷衍?

"那就叫家长过来。"闻笛对班主任说。

班主任嘶了一声,问:"有这个必要吗?"

"孩子都受伤了,还不叫家长?"闻笛震惊了,"江羽的父母能同意吗?"

"他没爸妈。"杨天骅在一旁懒懒地说。

闻笛狠狠瞪了他一眼:"那其他亲人呢?"

"哥哥很忙。"江羽说。

"我爸才忙呢。"杨天骅皱着眉头看着闻笛,觉得他很不识相,"就为了这点小事叫他过来,你知道他一个小时值多少钱吗?耽误了你赔得起?"

班主任和两名学生都看着闻笛,让他感到脸上火辣辣的,好像他是在场唯一一个不正常的人。不行,那个姓杨的学生似乎不想叫家长来,说明他对父母知道这件事还是抵触的。既然他抵触,那就一定要做。

"都忙那就报警。"他拿出手机,开始打110,"这不是故意伤害吗?今天学校要是不处理,我一定闹到警察局去。我就不信还没地方说理了。"

班主任叹了口气,为难地打开家校联系簿,开始打电话。闻笛看着江羽,对方绞着手,似乎有点紧张。闻笛猜想他不想让家里的人知道,说明类似的事情以前发生过很多次。

时间一点一点流逝,等待似乎永无止境。闻笛的腿都酸了,门外终于有了动静。

一个熟悉的身影推门走了进来。闻笛瞪大眼睛。

"你是他哥哥?"闻笛问边城。

"他跟他妈妈姓。"边城简单解释了一句。

闻笛没有问下去。不知为何,他突然有了气管即将疏通的预感。他指着江羽的胳膊说:"你看,被那个学生撞的,身上还有些青青紫紫的小伤,估计也跟他有关系。"

边城走上前,拉起江羽的手仔细检查了一阵,又问到底发生了什么。江羽磕磕巴巴地解释着。

又有一位穿着华贵的女士走进了办公室,闻笛看她这居高临下的气场,立刻意识到这是杨天骅的母亲。

"怎么回事?"女士问,"不是早放学了吗?辅导班的老师跟我说他没去上课,原来在这里。你们干吗扣着孩子不放?"

"你儿子骑车撞了我弟弟。"边城说。

"都说了不是我撞的!"杨天骅不耐烦地说,"妈,这就是我跟你说过的那个白痴。我好好地骑着车,叫他让开,他听不懂,现在还倒打一耙。我真是服了。仗着自己是弱智,什么事都往别人身上推!"

女士转向班主任。"张老师,这是什么情况?"她说,"我早跟学校反映过了,招生的时候要统一标准,不能什么人都要。班上有一个拖后腿的学生,很影响整体学习环境和教学进度的。"

"就是,"杨天骅说,"我们班的进度就是被他这个白痴拖慢的。"

"拉倒吧。"闻笛想起报到那天,"你们都不让他在教室里听课。自己蠢还赖到别人身上,脑子里的废料装得太满,缺氧了吧?"

杨天骅冷笑了一声:"你个实习的嚣张什么?我爸一根手指头就能捻死你全家信不信?"

听到杨天骅提起家人,闻笛一时有点心虚。他还在踌躇要不要反击的时候,边城放开江羽的手走了过来,挡在他前面:"你怎么跟他说话的呢?"

女士瞪着他:"你想干什么?你还要打人?"

"我不打人,"边城说,"我只打没教养、嘴贱、娇生惯养、智商只有胎儿水平的畜生。"

"你说什么?"女士难以置信,"一个大男人有脸骂孩子?"

"我说的不是他,"边城说,"是你,还有你丈夫,还有你们家其他人。养出这种儿子,说明你们全家都是一路货色。"

闻笛看到女士已经气得发抖了,手上的钻戒闪着细碎的银光。看着她想冲上来撕咬的愤怒表情,闻笛感到心情舒畅了点,忽然看边城顺眼了。

"你们这一家什么人啊!"女士深深吸气,"小孩是弱智,家长还出口成脏！"

边城转身问闻笛："他们是在哪撞上的？"

"操场和教学楼中间的那条道。"闻笛回答。

"那条道少说有六米宽，两辆车都能过。"边城说，"连弯都不会转，非得撞人，我看你儿子才是弱智。"

闻笛仿佛听见了某根弦崩断的声音。下一秒，那位女士就抬手冲过来，要不是班主任拦着，她差点用无名指上的金刚石割开边城的气管。

"边先生，"班主任恼怒地说，"你也是高级知识分子，怎么随便骂人呢？"

边城转向老师，语气严肃起来："这是很严重的校园霸凌，我希望校方能严肃处理。"

"什么霸凌？"女士走上前瞪着他，"小孩子闹矛盾，怎么就扯到霸凌了？而且根本不是我儿子的问题！"

边城没理会她："起侮辱性绰号、中伤、讥讽、贬抑也是霸凌。你儿子刚刚叫了多少次白痴，你耳朵有问题听不到？"

女士的教养濒临崩溃，脏话差点脱口而出："你他妈……"

"你儿子年纪小，没法负责，那就应该由监护人承担责任。"边城说，"直到校方给出满意的处理结果，我是不会罢休的。今天太晚了，我要带孩子回去疗伤。女士，我希望明天你能和你丈夫一起过来，给我一个答复。"

班主任刚想说点什么，边城就揽着弟弟的肩膀往外走了。出门前，他回头对闻笛说："我开车来的，送你回去吧。"

闻笛环顾战后现场，觉得自己也没必要待下去，就跟了上去。

两个大人夹着孩子，三条影子沿着林荫道缓缓前行。江羽左边瞅瞅，右边瞅瞅，看大人们一脸严肃，就低头看自己的脚尖。

大人们又因为他吵架了。他爱的人永远会因为他吵架。

边城先将车开到了社区卫生服务中心，让医生帮江羽处理好伤口。

等候的间隙，边城向闻笛郑重道谢。闻笛摸了摸鼻子。他见义勇为的时候一腔热血，觉得自己是世界上最勇敢的人，现在冷静下来了，突然有点怂。不过，在孩子面前，他还是挺直了腰板："不是什么大事。"过了一会儿，又说，"这么多天来，我第一次觉得你这人说话也有可取之处。"

边城看着他，为从天而降的认可感到惊讶。踌躇了一会儿，他问："一

226

起吃晚饭吗?"

闻笛努了努嘴:"江羽不是受伤了吗?"

"回我们家吃?"边城试探着问。

闻笛立刻戒备起来:"不会是你做吧?"

"点外卖。"

"那行。"

他们沉默着开车回家,期间江羽安静地在后座看风景。闻笛暗暗观察他,发现在撞车事件之后,他很快又高兴起来,此时跟着音乐摇头晃脑,好像在学校里度过了愉快的一天。

"江羽,"闻笛问,"你在学校受欺负,怎么不跟哥哥说?"

江羽睁着漂亮的眼睛,似乎觉得这个问题很奇怪:"谁受欺负?"

闻笛震惊了:"那你手上的伤哪来的?"

江羽看了看涂着碘酒的手,说:"后面有车,我没来得及躲呀。"

闻笛张了张嘴,看了眼边城。对方摇了摇头。他沉默下来,坐了回去。

一进家门,江羽就飞速跑到液晶电视前坐下,等着边城给他打开屏幕,调出动画片。画面里,火车"呜呜"地冒出蒸汽,画面外,江羽也举着拳头,跟着发出"呜呜"的声音。

边城关上江羽的卧室门,打开外卖软件,把手机递给闻笛。闻笛一边浏览一边问:"他……"闻笛不知道用哪个词合适,"智力发育是不是比较迟缓?"

"应该说已经停滞了。"边城在餐桌前坐下,接过闻笛点完餐的手机,替自己和弟弟选了菜,下单。

"你们的父亲……"

"他不喜欢江羽。"边城只简单地说了一句。

"他母亲呢?"

"过世了。"

"哦……"闻笛觉得自己踏入了危险领域,悄悄地转移了话题,"那你就决定抚养他?这不符合我对你的印象。"

"我吃人?"

"不是,我以为你不喜欢小孩。"

"是很不喜欢。"

"那你为什么养他?"闻笛问,"而且他不应该去特殊学校吗?怎么

227

会去兴城那种富家子弟扎堆的地方？"

　　边城放下了手机。外卖还有四十分钟送到，他还有时间回答这些问题。

Chapter 6

辛白林

逝去的人留下了一块空白,世界就在缺口的周围继续转动。

\ 遭遇不幸仍能微笑的人,反而夺回了点什么 \

边城对着地图找了好久,才找到短信上的地址。那一行字像是接头暗号似的:宝源路 23 号临河布帘后灰铁门。

他站在一间违建的棚屋前,反复核对。确实是临河,但这河窄小,也就是条扩建的水沟。河水是青绿色的,这么可疑的颜色,居然还有人在边上洗衣服。河边确实有个盖着布帘的门洞,掀开布帘,后面有扇未涂漆的铁门。

边城看着挂了几条口子的破布,觉得它存在的意义是路标。

没看到门铃,他抬手敲了敲门,里面很快响起了清脆的一声:"来了!"门哗啦一下打开,露出一张白净的脸,墨黑的眼珠很漂亮,就是大而无神。

"哥哥。"

边城没有礼尚往来喊他弟弟,"你妈妈呢?"

"妈妈在做饭!"江羽把拖鞋拿出来,"快进来!"

边城闻到了青椒和肉的香味,这种家常菜的味道总能勾起人的回忆。边城穿上拖鞋,走进门。里面是水泥地,其实没必要换鞋,但家具整洁、地面清爽,说明屋子的主人很爱干净。屋子虽小,主人也精心打理了。

"来了吗?"厨房里传来声音,"菜马上就好了,坐桌子旁边等一会儿吧。"

"不用了,"边城提高音量,"我聊完就走。"

"大老远跑来,怎么能连顿饭都不吃?"江云若把盘子端了出来,香气化为有形的白雾盘绕升腾。她嘴唇上抹着唇膏,这一点红是脸上唯一的血色。

江羽早就跑到边城旁边，把椅子拉开，端端正正地坐下了。他转过头睁大眼睛看着边城。边城犹豫了一会儿，在他旁边坐下，但没有动筷子。

"没想到你这么快就到了。"江云若把饭盛上桌，边城面前的那碗米饭盖了老高，像个冰激凌球，"很早就起了吧？现在肯定饿了。"

边城确实饿，但吃人嘴软，江云若请他过来估计是有事相求，他不接受怀柔政策。"还好，"他说，"你说有非常重要的事，一定要面谈，我才来的。先把事情谈完吧。"

江云若把汤勺放在碗边，在围裙上擦了擦手，对江羽说："妈妈和哥哥要说悄悄话，你回房间，边看动画片边吃吧。"

江羽什么都没问，听话地拿了个盘子，每样菜拨了一点，快乐地跑去里面的房间。江云若走到客厅的一个柜子前，从抽屉里拿出一个文件袋，放在桌上，推给边城。边城抽出文件，A4纸上方写着"监护权委托协议"。

边城看着醒目的黑字，难得震惊了："这是什么意思？"

江云若看了一眼卧室的方向，确认门关好了，才把文件袋下面的一张纸抽出来——诊断证明。即使是毫无医学基础的人，看到病名，也知道这是不治之症。

他想到了病房里的外公、几年前ICU里的父亲。不知不觉，他已经到了直面死亡的年纪。虽然这个女人与他没有血缘关系，在这张冷冰冰的诊断证明面前，他依旧因为生命的脆弱而惊心。

"还有多久？"边城问。

"大概三个月吧。"江云若微弱地笑了笑，"走之前，我得替他找到新家。"

"为什么是我？"

"说实话，我也没有别的选择了。"江云若说，"你知道他爸爸是什么态度，我绝对不会把孩子交给他……我也没有其他亲人，要是送到福利院，他这性子，肯定受欺负……"她停下来，长久地、恳切地注视着边城，"我和你没怎么相处过，但那天在医院，你们聊得挺开心的，他很喜欢你。我想……你大概也没有那么排斥他。如果你能……"

"抱歉，"边城把协议放了回去，"我不同意。"他拒绝得如此干脆，没有因为简陋的房屋、残酷的绝症犹豫一秒。

江云若拿着汤勺的手微不可察地颤抖了一下。"我已经打算好了。"她快速地说，"这些年攒的钱，边怀远给的抚养费，加起来也有好几十万，都存在卡里……"她掏出了一张银行卡，推给边城，但对方没有动弹。

"不是钱的问题。"边城说,"我不喜欢小孩,也不适合做家长。我工作忙,回家少,不会跟人沟通,而且不希望别人打扰我的生活。"

"他不挑食的,也不吵人,很懂事。"江云若说,"只要你跟他说别打扰你,他就不会……"

"抱歉,"边城重复道,"我不能答应。"

江云若的眼里一瞬间出现了绝望。边城有些害怕,怕她突然做出一些让人为难的举动。不是因为这样他就会答应,他无论如何都不会答应,他只是担心对方豁出了尊严却一无所获。

但江云若什么都没有做。眼神黯淡下来后,她垂下头,长出一口气,然后说:"那就算了。吃饭吧,快凉了。"

边城说:"不用了,我还得赶回医院。"拒绝了如此重要的请求,他觉得没资格在这里吃饭。

"吃一点吧,饿着肚子容易晕车。"江云若说,"这么多菜,我们两个也吃不掉。"

既然主人都这么说了,边城拿起筷子,夹了点青菜。不知是不是刚从地里摘的,非常清甜。

"多吃点肉。"江云若夹了几筷子青椒炒肉到他碗里,"这算是我的拿手菜,你尝尝。"

边城盯着米饭上的青椒和肉,半晌才拿起筷子,夹起来吃了。

"好吃吗?"江云若问,"我听你爸爸说,你可喜欢吃这个了,所以多炒了点。"

"我最讨厌青椒,"边城说,"我觉得有股很怪的苦味。"

江云若夹菜的手僵了一瞬,然后缩了回去。"果然。"她说。

"什么果然?"

"刚刚有一瞬间,我想道德绑架你,让你答应的。"江云若说,"跪在地上,拉着你的手,撕心裂肺地痛哭,说他是你的弟弟,脑子又不灵光,除了你,他什么都没有了。这是我最后的愿望,你要是不答应,我死也闭不上眼睛……"

"那为什么没有这样做?"

她摇了摇头,看着自己没动的饭。"一个绝症病人给你做的饭你都说难吃,那些话估计也没用。"她说,"再说了,我不希望你是被逼无奈才养他的。我那么宝贝的孩子,为什么要送到不情不愿的人手里?"

边城顿了一会儿，说："谢谢。"

"你吃别的吧。"江云若说。

他们沉默着吃完了这顿饭，期间文件袋静静地躺在旁边，里面存放着这个家庭悬而未决的命运。收拾好碗筷，江云若把它放回抽屉，锁好。

卡着这个点，江羽从卧室里出来，手里的碗和盘子都空了。他把餐具放到水槽里，又噔噔噔跑回房间，拿着一个硬壳的大本子出来了。

"又要去河边？"江云若问。

江羽点点头。

"小心点，别靠得太近了。"

江羽又点点头，跑出了门外。

边城站起身向主人辞行，对她准备的午餐表示感谢。

"辛苦你跑这一趟。"江云若说，"你本来可以让我在电话里说的。"

"你说得这么郑重，好像是生死攸关的大事，我感觉有必要来。"边城顿了顿，说，"确实也是生死攸关的大事。"

"我有一点私心。如果你看到他……"她的眼神扫过房门，"也许会喜欢他。"她没有继续往下说。

"我走了，"边城站起身，"保重身体。"

江云若点点头："路上小心。"

边城走出铁门，沿着河边寻找来时的路。走到栽着两棵泡桐树的路口，他看到了蹲在草丛里的江羽。男孩在地上仔细翻找，硬壳本摊开放在旁边，上面贴着很多叶子，看来是标本收集册。

江羽察觉到他的目光，抬起头，语气有些失落："你要走了？"

"嗯。"边城问，"你在找什么？"

"四叶草。"

边城本来想说"照顾好你妈妈"，但这个要求对男孩来说太过苛刻。然后他又意识到一个问题。这个家里只有两个人，一个是绝症患者，另一个是有智力障碍的孩子，如果有什么紧急情况发生……他蹲下来，问男孩："你会打电话吗？"

男孩看着手机，点了点头："会。"

"打给我看看。"

男孩手腕上戴着一块儿童手表。他点开屏幕，长按1，手表就开始自动拨号：120。在接通之前，边城把电话挂断了。江云若已经想到了这一点，

233

并且教会了他如何打急救电话。

边城握住男孩的手,长按2,不出意料,拨通的号码是"妈妈"。边城点开设置,把自己的号码输了进去。"一直按着3,就可以跟我说话。"他说,"如果有什么急事,你就打我的电话,能听明白吗?"

男孩想了好久,点了点头。

边城站起来,往马路对面走去。

他还要回医院,看望另一个生命即将走向终结的人。

\怀疑总是缠绕着内疚的心灵\

孟昌业有着漫长的辉煌人生。他是院士,能源领域的泰斗,国内火电系统的奠基人。学生遍布全国高校,省部级干部见了他也谦恭有礼。然而这些都没能阻止独女的早逝和病痛的侵袭。

边城走进病房时,孟昌业正拄着助步器站在窗边,手里拿着一根宝塔山。

边城走过去直接把烟抽出来掐灭:"病房里不准吸烟。高素质人才,注意点影响。"

"唉,"孟昌业心痛地说,"我求了老程好久,他才偷摸给我的。"

边城没听说过这个名字,大概是孟昌业新认识的病友。

顿了顿,孟昌业又叹了口气,淡淡的烟雾从嘴里飘出来:"他今天上午走的,不知道现在是不是在底下抽烟呢。"

边城把烟扔到垃圾桶里,看到旁边的地板上、床头柜上、衣橱里到处都是花束、水果篮和滋补品。每样东西上面都写着送礼人的名字,还有"祝早日康复",虽然大家都知道这是不可能的事。

他把水果篮整理了一下,在某个橙子下面发现了一串钥匙。他看着觉得眼熟:"爸来过?"

"嗯,"孟昌业看了眼钥匙,"冰箱里那果盘就是他削的。"

边城把父亲再婚的事和盘托出后,孟昌业就对女婿冷了脸。然而边怀远热情不减,还是三天两头往病房跑。

"他连钥匙都没拿,怎么走的?"

"谁知道,"孟昌业说,"反正他有司机。"

边城把孟昌业扶到床边,摇起床铺,托着他的背,让他慢慢靠在床板上。

孟昌业嘴里嘟哝着"躺得要发霉了",但还是乖巧地没动。

"昨天,我让小刘推着我去医院对面那条街。"孟昌业说,"还能走的时候,我不是一直喜欢吃那家的鸡汤面吗?"

"你又偷跑出去?"边城皱起眉,"想吃点外卖不就行了?"

"送来都坨了!"孟昌业不满地说,然后叹了口气,"结果到门口一看,店已经倒闭了,门上贴着一张红条子,上面写着'旺铺出租'。"

边城在床边坐下。

"最近我还经常梦到你妈妈,"孟昌业接着说,"她老埋怨见不到我,就像小时候一样。"

"别乱说。"

"这么多兆头,"孟昌业看着他,"我不死都觉得不礼貌了。"

"少讲这些不吉利的话。"

"你跟院士讲什么封建迷信呢?"孟昌业看着他的脸色,握住他的手摇了摇,忽然笑起来,"你怎么比我还死气沉沉的?"

也许是最近听到了太多死亡,边城想。

"别拉着脸。"孟昌业说,"人到这个岁数,有些遗憾也只有死亡能弥补了。"

边城为这句话感到惊奇:"你还有什么遗憾?"

孟昌业笑了笑,说:"当然是你妈妈了。"

边城回溯了一下记忆中母亲谈论的童年:"她一直说你对她很好。"

"是啊。"孟昌业说,"我在全国各地的火电站之间奔波,面都见不了几次,好不容易有时间在一起,当然往死里宠了。她想要什么都可以,想做什么都可以。我把全世界拿去补偿她,除了时间和陪伴。"

沉默了一会儿,孟昌业又说:"没想到,同样的事,在下一代又发生了。"

边城说:"妈妈确实很惯着我。"

"她比我愧疚,所以惯得比我还厉害,"孟昌业说,"把你惯成了这种没教养的兔崽子。"

"谁说的?我的性格差成这样是因为你。"边城说,"小时候你一直带着我,就因为你在旁边,企业家也好,达官贵人也好,对我都客客气气的。我受到了超出我能力的礼遇,所以就飘了。"

"哦,"孟昌业说,"原来是我的错。"

"当然了。"

235

孟昌业笑骂着"没良心",又伸手去够床边的水杯。边城比他动作快,瞬间就拿来给他了。孟昌业缓慢、小心地喝水,就像笨拙的婴儿。边城看着他,说:"所以外公对我感到愧疚吗?"

"你这小子说话越来越没谱了。"

"愧疚的话就补偿我吧,"边城说,"用时间和陪伴。"

孟昌业看着他,笑容逐渐黯淡。"这个要求太难了,"他说,"比重建热力涡轮机械系统还难。"

"是吗?"

"是啊,"孟昌业说,"不过我会尽力的。今天晚上见到你妈妈,我跟她道歉,说我晚一点再去陪她。"

边城替他盖上被子,把水杯放到桌板上。"那顺便帮我告诉她,"边城说,"我很想她。"

孟昌业长久地注视着自己的外孙,点了点头。

看护小刘回来,边城向他问了问外公的近况。也许是因为带老人家偷跑出去,小刘的语气有些虚。

将外公交给耳根子软的看护,边城回到自己的住所。他洗漱完毕,打开电脑。一天没看,邮箱里又多了几页未读邮件。他看到教务处发的通知,下学期又要课程改革,他又要重写课程大纲,烦闷的情绪汩汩流出。

然后手机响了。边城看了一眼,是陌生号码。

他接通电话,过了好一阵子,对面才传出声音:"哥哥?"

是江羽。边城一瞬间紧张起来:"你妈妈出了什么事吗?"

"妈妈?"一阵一阵的沉默让人心焦,"她今天很好。"很好给他打什么电话!

"她起床了,烧饭了,还浇花了。"江羽的声音很欢快。

"我很忙,"边城说,"没事就挂了吧。"

"等等!"

边城叹了口气:"你到底为什么打过来?"

"哦……"江羽说,"没声音……"

"什么?"边城看了眼手机,通话正常。

"妈妈总睡着,大家也不理我。"江羽说,"好安静,太安静了。"

"我有工作,没时间跟你说话。"

"不用说话,"江羽似乎察觉到他又要挂电话,马上补充,"放着就行。"

边城大概理解了他的意思："你让我开着通话？我工作时也没声音。"

"没关系，"江羽说，"我知道有人在那里。"

边城犹豫了很久，最终还是没挂断电话，而是把手机放在桌上。时间一点点流逝，打印机吐着文件，智能语音响起，键盘被敲动，他逐渐忘了还有另一个人共享着这个房间的声音。

处理完行政上的杂事，他把跟学生合著的论文调出来，但迟迟没有灵感。脑中千头万绪，他习惯性地站起身，拿出琴盒里的小提琴。在思路阻滞的时候，音乐总有奇效。他握住琴弓，脑中回放孟德尔松的回旋曲，开始拉奏。脑中的字符随着琴弦的震颤而跳动，像沙尘暴一样席卷而来。

等他睁开眼睛，分针又走过了半圈。缪斯女神还是没有眷顾他。他把小提琴放回琴盒，坐回桌前，余光瞟到手机弹出的低电量警告，才想起对面还有一个人。

他拿起手机："还在吗？"

对面马上回答："晚上好！"

"你怎么还不上床？"

"马上，"对面马上回应，"我在听音乐。"

"什么音乐？"边城回想了一下，难以置信地问，"我的小提琴？"

"嗯，"江羽说，"好听。"

边城沉默了一会儿，问："你的听力没有问题？"

"啊？"江羽像是没懂他的意思，又重复了一遍，"好听。"

"你不会是那种孩子吧？"边城说，"只要是妈妈做的菜都好吃，只要是哥哥弹的琴都好听。"

"妈妈做的菜本来就好吃。"

不知道为什么，边城忽然笑了笑。"睡吧。"他说。

"嗯，"江羽很有活力地说，"哥哥晚安！"

边城挂断了电话。

\ 我会不断道晚安，直到明天到来 \

接到病危通知的那一刻，边城一时不知做何反应。离别前有漫长的护理过程作铺垫，此刻既有重锤落下的震颤，也有尘埃落定的释然。

护士推开病房门,就像拉起最后舞台的帘幕。

他和父亲走到床前。干瘦的老人在被褥中几乎隐形,覆盖着老年斑的手上,生命肉眼可见地一点点抽离。

病房里响起轻微的抽泣声,边城转头一看,边怀远已经落泪了,就像当年妻子临终时那样。

"哭什么?"床上的老人还从容些,"我都奔九十的人了,可以去死了。"

"爸别这么说。"边怀远插话,"您看倪院士,九十多了,还全国各地跑项目。您挺过这一阵,还能办百岁宴呢。"

孟昌业没理会他空洞的安慰。他已经油尽灯枯,他自己早就知道。

"我要去见小洁和她妈妈了,我把她们抛下太久了。"老人用最后一点力气,转头看着女婿,"以后好好过吧。"

岳父难得说了句祝福,边怀远感到惊诧。孟昌业深深地望了他一眼,叹了口气,转向边城:"让我们爷孙俩单独聊聊吧。"

边怀远拍了拍边城的肩,走出病房。边城把椅子拉近了些,坐在床边。

孟昌业的面庞已经瘦削凹陷,唯有一双眼睛亮得惊人。也许是回光返照,他的声音比之前清晰了许多:"我是快死的人了,你有什么秘密,都可以告诉我。"

边城眼中闪过惊讶。

"你很聪明,但一点也藏不住事。"孟昌业看着他,"说吧,都到这时候了,外公还有什么接受不了的?"

他确实有秘密。掩埋了多年,已经腐烂的秘密。

"妈妈不太下厨房。"边城说。

这句话答非所问,不过孟昌业还是点点头:"是,她不喜欢做饭。"

"小时候,她有次出差回来,要带我下馆子。我说想吃家里的饭,她就试着做了做,"边城说,"查菜谱,折腾厨房,最后炒了一个青椒肉片。"

"很容易上手的菜啊。"

"嗯,"边城说,"太难吃了,难吃到我以后很多年都讨厌青椒的味道,觉得又涩又苦。"

孟昌业听着女儿的陈年往事,即使是糗事也开心:"然后呢?"

"她问我怎么样,我说很好吃。"

"你也有说人话的时候?"

边城笑了笑:"结果,之后很多年,她每次给我做饭,都会做青椒炒肉。"

孟昌业也笑了。

"有些话，如果第一次不说，以后就说不出口了。"边城回忆道，"她以为我喜欢她做的菜，直到她出事，我都没来得及告诉她真相。"

孟昌业沉默许久，微微颔首："是吗？"

"外公觉得我应该告诉她吗？"边城问，"把秘密说出来，她会更幸福吗？"

孟昌业想了想，说："你妈妈是科研人员，我也是。任何时候，我们都更想知道真相。"

边城望着濒死的亲人。心电监护仪发出规律的"嘀"声。

"我不会结婚。"边城说。

病房里的空气仿佛凝固了。微弱的呼吸声无限放大，到了让人耳内轰鸣的地步。

"这样啊。"孟昌业说。

"外公不惊讶吗？"

"我震惊得不得了，"孟昌业说，"只是我做不出那么大反应了。"

"所以，"边城问，"说出来更好吗？"

孟昌业咋舌："我真是自己挖坑往下跳。"他握住了外孙的手，"我希望你能够结婚，我真的希望。"孟昌业说，"但既然你这么说了，那也没有办法。"

"如果外公活下来，会支持我吗？"

"当然会。"

"真的？"边城很惊讶，"你刚刚还说……"

"没办法，"孟昌业叹了口气，"除了我，还有能支持你的人吗？你人缘差得连个朋友都没有。"

边城反驳："宋宇驰是我朋友。"

"过不了多久他也得被你气跑。"孟昌业瞪着他，"你以为我为什么天天管他们家闲事，从他爸妈棍子底下把他救出来，就是想让他对你好点。"

"……这样吗？"

"做异类太苦了，要受人指责，会成为别人的谈资，我希望你活得更轻松一点。"孟昌业说，"你已经有太多地方跟别人不一样了，何苦再添一条？"

"异类也没什么，"边城说，"我不怕孤独。"

"你觉得孤独没什么，是因为你不是真的一个人。"孟昌业说罢看着边

239

城,忧愁地摇了摇头,银发和枕套摩擦出轻微的窸窣声,"以后可怎么办呢?"

孟昌业咳了两声,对话戛然而止。空气中仿佛有实质性的东西压迫着神经,让人逐渐喘不过气来。

就到这里了。孟昌业的眼睛望着天花板,弥漫的白雾中恍惚是彼岸世界。

就到这里了。

边城猛地抓紧他的手:"外公。"

痰从气管里涌上来,在喉咙口咔咔作响,话也变得断断续续。"唉……"他说,"外公……还是做不到……"

边城看着死神的阴影从额头逐渐下落,带走了外公眼中明亮的色彩。

"见到妈妈,"边城说,"替我带一句,我过得很好。"

孟昌业露出隐约的笑意。边城想,他大概是看到了想见的人。

边城起身按铃,门外的护士应声而入,医生和边怀远匆匆走进来。老人的手逐渐脱力,监护仪上的曲线逐渐平缓,最终变成一条直线。

"7月18日17时35分,确认死亡。"

葬礼办得盛大。花圈摆满了灵堂内外,几大官方媒体都发了讣告,悼念老一辈科学家。

不知为何,虽然车水马龙,人来人往,边城却总觉得自己身处荒野之中,耳内充盈着呼啸的风声。大概是他知道,他已经失去了最后一个真正意义上的亲人。

目送骨灰入土后,边怀远接待一众院长、校长,他则自己开车回到了住所。

日光隐去,月色入帘,他坐在空荡荡的桌旁,望着墙上逐渐褪色的照片。适应了黑暗之后,他能看到窗外隐约的灯火。平稳的呼吸声里,屋内的陈设浮现出淡淡的轮廓。

铃声在此时刺耳地响了起来。边城大概知道是谁。他拿出手机,果然。

江羽几乎每天晚上都会给他打电话。有时他会说两句,有时只是接通后放着。这孩子也许真是寂寞得发疯了吧。

边城接起了电话。

"哥哥,"江羽说,"晚上好。"

"嗯。"

"今天……"江羽说,"不工作了?"

"嗯。"

"我在河边找到了好多四叶草。"江羽说。

"嗯。"

"今天下雨了,看到了很漂亮的彩虹。"江羽说。

"嗯。"

"嘴里长了泡,煎蛋盐还放多了。"江羽说。

"嗯。"

"哥哥最近没什么精神呢。"江羽说。

边城看了眼照片。夜色渐浓,人像已经模糊不清。"是吧。"他说。

"有什么伤心的事吗?"

伤心、难过、痛苦……表示负面情绪的词那么多,但好像没有一个能准确形容他的心情。"大概吧。"

江羽想了想,说:"妈妈说,伤心也好,失落也好,听到一句话总能好起来。"

"什么?"

"我在这里。"

边城沉默许久,说:"是吗?"

"嗯,"江羽说,"我在这里。"

\那小小的蜡烛射出多远的光\

逝去的人留下了一块空白,世界就在缺口的周围继续转动。

边城每天照常上课、推演、写论文,晚上和江羽通话、交谈,或者只通话、不交谈。他已经习惯了说晚安。

一个月后,边城在白天接到了电话。这一次,是出自他给江羽号码的最初用意——江云若病危了。

不过,边城赶到医院时,并没有见到想象中声嘶力竭的悲痛场面。江云若安静地躺在病床上,失去血色的脸对着身旁的儿子。江羽捧着收集册,阳光透过玻璃照在四叶草上。

这是边城今年第二次面对死亡了。只是这一回,病房里没有花束和果篮,也没有亲人团聚的独立空间,除了江家母子,旁边还有五名同病相怜的患者。

241

看到边城进来，江羽就站起来，把椅子让给他。边城摇摇头，他也摇摇头，坐到床沿上。

江云若看到他并不意外，儿子每晚打电话的事，她多少知道一点。

她照常问边城："吃饭了没有？"

边城给出了否定的回答。她想了想，说："医院也没什么好吃的。"然后从床边摸出一张纸钞，递给江羽，"去买两个苹果回来吧。知道怎么买吗？"

江羽点点头，跳下床，很快走出了门。

边城看着其他病床旁边的慰问品："带水果来的应该是我。"

"买来也是浪费，"江云若说，"我现在吃不下了。"

江云若比他大不了多少，面庞上还残存着青春的痕迹，只是被病痛啃噬得所剩无几了。

边城想起了自己的来意。他从公文包里拿出一个文件夹，递给她："我重新起草了一份，找律师咨询过，应该没有什么问题。"

江云若从夹子里拿出文件看了看，是抚养权转让协议，上面详细地写明了转让抚养权之后监护人的权利和责任，每月预计的生活费、教育费、医疗费用，孩子的居住安排、教育计划和医疗保健等内容。她的手捏着纸张的一角悬在空中，许久没有动弹。边城没从她的表情中读出什么，他不精于此。长时间的翻阅之后，江云若放下文件，问他："有笔吗？"

边城从包里拿出笔递给她，她小心地把纸摊平，在文件末尾工工整整签下了名字。把协议交给边城时，她说了一句："谢谢。"

边城说："没什么好谢的，我只是为了我自己。"

江云若看着他，他又说："最近，如果听不到有人跟我说晚上好，总觉得心里有空缺。"

年轻的女人就这样跟他聊起了死亡："听阿羽说，你外公过世了。"

"是。"

"节哀顺变。"

"他走之前，一直说'不死就不礼貌了'。"边城说，"身边的人拼命挽留，他自己满不在乎。"

"这是好话啊。"江云若说，"觉得现在去死也没关系，就是这辈子过得很值得。"

"是吗？"

"是啊。"

边城想了想,问:"那你呢?"

"我吗……"江云若说,"我当然不这么觉得了,我的愿望基本都没有实现过。"

"什么愿望?"

"很多很多,"江云若说,"爱我的父母、美满的家庭、漂亮的房子、喜欢的工作……想要的东西一次两次没有得到,就不会再敢奢求什么了。"

最后,她连生命都无法奢求了。

病房里温馨、和谐,好像大家都在平静地迎接死亡。但平静之下其实压抑着不满、愤懑,她想声嘶力竭地质问谁、痛斥谁。

"为什么偏偏是我呢?"江云若说,"为什么世界上那么多活得好好的人,我偏偏就要去死呢?"她望着窗外的树、天空、高楼大厦,"明天、后天,它们还会一直存在,只有我消失了。太不公平了。"

她把声音压得很低,生怕惊动了和儿女聊家常的病友。到头来,她也没有大声质问谁。

江羽回来了,手里拎着一个袋子,里面装了两个苹果。他把剩下的钱给江云若,江云若拿在手里数了数,摇摇头,小声说这里的店员不厚道。

江羽没听到母亲的叹息。他把苹果洗干净,坐在床边削皮,削得很慢、很认真。把苹果削得坑坑洼洼之后,他骄傲地递给边城,两个人把苹果分着吃完了。

晚上,边城带他去了医院附近的一家面馆。点完单,边城拿出手机想要付款,江羽连忙摆手。妈妈说过,不能让客人付钱。

边城想了想,没拦着他。看他从兜里摸出一把零钱,放在桌上,盯着看了好久,先是拿出一张二十块,然后又拿出一张五块,犹豫着要不要放上去,想了想,又收了回来,再拿出一张二十块。

"够了,小朋友。"店员说。

江羽看起来像是在发愣,店员就把两张二十块抽走,找了钱,放到他面前。他又一点一点把钱装回去,整个过程慢得让人发疯。

他们面对面在桌子旁坐下。不一会儿,热腾腾的面端了上来。香油散发出诱人的气味,金灿灿的鸡蛋旁边放了量很足的榨菜。

边城慢慢拨着面,看江羽鼓起腮帮子吹气,想快点吃到肉排。这时候问问题很煞风景,不过边城从来不考虑时机和气氛:"你平常上数学课吗?"

江羽点点头。

"做题吗?"

江羽点点头:"老师说,数学很重要,要好好学。"

边城问:"学过乘法吗?"

江羽开始发呆。边城想他大概是学过,又忘了。

边城把炒花生拿出来,放在旁边的一个小碗里:"乘法就是把相同的数加起来,乘以多少,就是多少个数相加。"他挑出四颗,"比如说,这是四。"

江羽点点头。

"如果是二乘四,就是两个四加起来。"他又放了四颗,"现在是多少?"

江羽一个一个地数:"八。"

"对。"边城又放了四颗,"如果是三乘四,就是三个四加起来。现在是多少?"

江羽又从头数了一遍:"十二。"

"那如果是八乘四呢?"

江羽盯着盘子看了好久,然后拿着筷子小心翼翼地往里夹了一个,又看了眼边城。边城没有给出任何反应。于是他又往里放了一个,再看了边城一眼。边城没说什么,他就继续往里放,然后愣住了——花生没有了。

边城叹了口气,把花生倒回去。江羽盯着碗看,因为没回答出哥哥的问题感到沮丧。然后边城意识到自己成了那种最讨厌的、在吃饭的时候谈学习的家长。

"以后不说数学了。"他没想到这辈子还会对人做出这种保证。他意识到自己对抚养江羽的难度的认知还不够。这条路会比他想象的更漫长、更艰难。

吃完这顿郁闷的晚饭,他们走回医院。回到病房,江云若的脸色看起来比白天更差了,白炽灯一照,阴惨惨的,像是包着薄薄皮肉的白骨。不过看到江羽,她还是露出了微笑:"晚饭吃的什么?"

"面。"江羽的声音又恢复了欢快,还强调,"我付钱了。"

"真棒。"

江羽露出灿烂的笑容。在病魔笼罩的白光中,这种笑容像太阳一样耀眼,很难把它和苦难联系在一起。他走过去,把剩下的零钱交给母亲,然后拎起水壶摇了摇。里面还有水,不过距离上次倒水有大半天了,可能凉了。他说"我去打水",就带着水壶走了。

江云若看着他离开,脸上的笑意减退,叹了口气,抬头看着他未来的监护人："这回钱付对了吗？"

边城摇摇头，然后说："我很佩服你。"

江云若勉强笑了笑，转头看向窗外："要不是没办法，我怎么会把他交给别人？"

边城个子太高，一直站在病床边有点显眼。他在椅子上坐下，突兀地说了一句："小行星 2009JF1 的运行轨道和地球很近。"

江云若的笑容变得茫然。

"太阳在生命晚期会变成红巨星，发出的强烈氦闪会使地球面临灭顶之灾。"边城说，"盖亚 BH1 可能是距离地球最近的黑洞，大概 1600 光年，虽然目前处于休眠状态，但对于黑洞我们了解甚少，说不定它会在某个时刻吞没地球。而且，未来也许会发生全面核战争。"

江云若说："你可千万别跟江羽说这些深奥的东西。"

"所以，"边城说，"可能不是只有你一个人消失。窗外的树、这片天空、高楼大厦，可能都会随你而去。说不定，在你走之后，全人类、全世界都会毁灭。"

江云若诧异地望着他，然后猛烈咳嗽起来，好像被他刚刚的话呛到了一样。好不容易舒缓下来，她看着边城说："帮我一个忙吧。"

"什么？"

"帮我牵着他的手。"江云若说，"你能做到的，我相信。"

边城不知道她是什么意思，但点头答应了，非常郑重地。

\有人生来伟大，有人努力伟大\

边城参加了江云若的葬礼。准确地说，他是葬礼上除工作人员外的唯一一个人。江云若提前安排好了身后事，医疗费也已经缴清。即使边城没有过来，后事也会井井有条地进行。

"不要让阿羽过来送我。"江云若嘱咐他。

于是，在那个阴沉沉的下午，江羽独自一人在家整理他的标本收集册。而边城看着遗体被火化、装入骨灰盒，最后送进一个便宜的陵园寄存。

葬礼结束后，他带着江羽回到北京，住进他之前租的公寓里。

听闻他骤然升级成监护人，宋宇驰按捺不住好奇心，赶来看热闹。一进门就看到桌上摊着至少二十所学校的宣传册。宋宇驰的眼睛瞪成平时两倍大,用口型问:孩子呢?

"在卧室看动画片。"边城说。

宋宇驰走过来坐下,扒拉桌上的宣传册,看着看着皱起了眉:"我以为你计划好了,要让他去特殊学校。"

"我在斟酌。"边城把宣传册放回原位,"这些我排好次序了,你别乱动。"

"这有什么好犹豫的?"宋宇驰说,"他不是……"觉得说出来不好听,他用手指了指脑袋。

边城翻着册子:"我去了几个特殊学校考察,它们都是把所有孩子集中在一起上课,没什么体系。如果真想开发他的智力,最好的办法是请私教。但他喜欢和同龄的孩子玩,一直闷在家也不好,所以我在想其他选择。"

"这也是选择之一?"宋宇驰把兴城中学的册子拿出来,"这不是富家子弟扎堆的地方吗?那些孩子疯起来没人敢管,我觉得不合适。"

"但我带江羽去很多学校看了,他最喜欢这所。"

"为什么?"宋宇驰翻来覆去地看,"这所学校有什么好的?"

"也许是因为社团吧。"边城说,"我带他去社团活动室转了一圈,他可能觉得射箭、绘画、陶艺什么的有意思。"

"哎哟,你还要培养个艺术家出来?"

边城摇了摇头:"从他的音乐品位来看,不太行。"

虽然边城平日性格不好,对孩子也敬而远之,但宋宇驰相信他的责任心。既然决定接下监护人的担子,他会尽其所能——就是不知道这人的情商和沟通能力够不够用。宋宇驰又看了眼学校的册子,拿手机出来搜了搜,问:"你不打算搬家?"

"为什么?"这个公寓是他精心挑选的,房子新、设备好、环境优美,交通也便利。

"这儿离学校太远了吧?"宋宇驰指了指册子上的地址,"你每天来回接送多麻烦。"

边城皱起眉。居住环境很重要,他宁愿跑远,也不想将就。

"你不能住教师公寓吗?"宋宇驰说,"离江羽上学的地方近,离T大更近,走几步就是食堂,吃饭也方便。"

边城的目光很是嫌弃,他不喜欢老破小。教师公寓的屋子排线有问题,动不动就断电,楼道灰扑扑的,空间还小得可怜,连个干湿分离的厕所都弄不出来。

"你现在是家长了，"宋宇驰强调，"不能光凭自己的喜好做事，得从孩子的角度考虑问题。"

"说得好像你养过孩子一样。"

宋宇驰往后一靠："你搬家的时候，我来帮你的忙。"

两天后，边城搬进了荷清苑301。

每次搬家都是一场令人身心俱疲的战斗。边城不能容忍视野里出现歪斜的家具、堆叠的箱子，当天必须把所有物品归置妥当。江羽倒是试图帮忙，可他不知道边城的习惯，白板和显示屏放的位置都不对，边城就让他回房去待着。好不容易收拾到能看的程度，已经过了午夜，地板、窗户和台面还没有达到边城的清洁标准，不过他第二天要上课，又有好几个会议，只能暂时放一放。边城心绪烦乱地躺下，洗手槽上的灰仿佛千钧重担压在他身上。

早上起来，他去食堂买了两个包子带回来，放到保温盒里，让江羽起来之后吃掉。幸而是夏天，食物不会太快凉掉，否则他还要担心江羽不会用他新买的智能微波炉。中午他从学校带饭回来，通过门缝送到孩子手里之后，就回去继续跟系主任吵架。开完会，赢得了系主任的两次瞪视，他匆匆赶回家，准备大扫除。清洁工具是齐全的，房子虽然小，藏污纳垢的地方还不少，是个大工程。经历了搬家和学术辩论，边城感觉身心俱疲。

然后他打开门，呆在了门口。

屋里整洁如新。地板像打了蜡一样反光，厨房台面闪闪发亮，窗户玻璃透明得像是融进了背景里。打开卫生间的门，马桶陶瓷和刚出厂时一样白净，盥洗池能照出人影，垃圾袋也全换过了。这不是普通的干净，这是边城标准的干净。

江羽的头从卧室里探出来，大声说："晚上好！"

边城环顾一周，难以置信地问："这是你做的？"

江羽点点头，自豪地说："我特别会打扫！我们班的地、桌子、窗户，都是我打扫的！"

边城回想他去江云若家里的那天，突然明白了。江云若病重，没有体力让房子这么干净，一定有另外的人在打扫。

边城说"这样啊"，然后把带回来的饭菜装到盘子里，放进微波炉加热。

他想顺便教会江羽那些按键都是做什么的,结果异常艰难。江羽适合"放进去,按一下"的简易微波炉。最后,他只能调整设置,把时间和功率设定在适合多数情况的数值上,把流程简化到按"开始"键就可以。

江羽说他会了。

边城和江羽吃了沉默的一餐,因为他不说话,而江羽找不到什么话说。边城想,江云若大概不会这样。这个念头一冒出来,他突然意识到一件很重要的事。他作为监护人必须解释的事——妈妈去了哪里。

江云若突然从生活中消失了,江羽反应迟钝,一两天可能还没什么,时间久了必然会问。而他必须给出合理的回答。很明显,他不能直接说"妈妈死了",事实在这里是不顶用的,需要更加委婉、感性的表达。这是他的致命缺陷。

边城在网上查了很多案例,各种说法让人眼花缭乱,比如"妈妈去了一个叫天堂的地方,那里特别好""妈妈变成了天上的星星,一直眨着眼睛看你""妈妈到很远的国家旅游了,她会经常给你写信的"……无论哪一种,都无法解释为什么。

为什么这么爱你的人会抛下你,去很远的地方?

边城摇摆不定,反复思索,仍然没能得出满意的答案。这个课题似乎比证明 Tate 猜想还要难。

不过,几天过去了,几周过去了,江羽依然没有问出这个问题。边城准备的诸多方案完全派不上用场。

直到秋日的一天,两个人坐在桌边,品尝墨西哥美食,边城被心里的疑惑压倒,问出了那个问题:"你不好奇妈妈去了哪里吗?"

江羽一边小心不让塔可(墨西哥卷饼)的辣椒粒撒出来,一边说:"去了死亡啊。"

他自己把那个词说出来了,边城一时不知如何反应。过了一会儿,边城问:"你知道死亡是什么意思吗?"

江羽想了很久,说:"是一个很大、很黑的地方。"

还挺接近死亡的真实意象。

"原来妈妈已经跟你说过了。"

"嗯,"江羽说,"我们约好了。"

一直都是这样的。

他从小就很怕黑。黑暗中仿佛蛰伏着未知的怪物,随时会扑上来把他吞没。有一天晚上，街区停电，夜里醒来，他想上厕所，但走廊里黑黢黢的，他不敢去。妈妈对他说："你在这里等一会儿，我先去看看。"妈妈去里面转了一圈，出来之后对他说，"没什么的，一点也不可怕。"于是他就放心去了。

搬家之后，他和妈妈住到河边的小房子里，不远处有片树林，灌木长得很密，人站在外面，不知道里面有什么。他想进去看看，又有点害怕。妈妈也让他在外面等一会儿，等她进去又出来，告诉他，里面一点也不可怕，他就不怕了。

在医院里，他问妈妈，为什么最近这么没有精神，为什么一直躺在床上。妈妈说，她马上要去一个叫死亡的地方。

"那个地方很可怕吗？"

"嗯，很大，很黑，一眼望不到头。"妈妈说，"而且，那个地方是每个人都要去的，阿羽将来也要去。"

他有点害怕。

"所以，"妈妈说，"你在这里等一会儿，妈妈先帮你去看看。"

他"哦"了一声，稍稍放松了些。

"不过，那个地方太大了，要转完一圈，可能要花很长很长的时间。"妈妈说，"你不要急，耐心等妈妈回来，好吗？"

他点点头。

"妈妈跟哥哥说好了，在这段时间里，你就牵着哥哥的手，在这里等我，好吗？"

"我会好好等的。"江羽说。

他会好好等的。他会牵着哥哥的手，走过剩下的漫长人生。

等到多年以后，妈妈会回来，从哥哥手中接过他。他会沮丧地问，她怎么去了这么久，也会好奇，死亡到底是什么样的地方。

然后妈妈会回答："没什么的，一点都不可怕。"

然后他就不怕了。

仲夏夜之梦

但是,你知道它是存在的,它是唯一的,它是茫茫数域里独属于这条孤独曲线的交点。

\ 以不义开始的事，必须用罪恶巩固 \

回忆完的那一刻，门铃响了。

边城起身把晚饭拿进来。闻笛坐在桌边，内心翻滚着的不知是诧异还是感叹。他试着想象边城和普通的孩子一样，对母亲的厨艺报以赞美和笑容。他想象得很艰难。原来教授也有这样的一面。

边城拿着外卖袋回来，看饭桌前的人一直盯着他，问怎么了。

闻笛摇摇头："对人性有了新的认识。"

边城叫看动画片的人出来吃饭。江羽虽然看得入迷，但听到自己的名字立刻就出来了，端端正正地坐在椅子上。边城把他的那份餐递过去，他掰开筷子，认真地吃起来。闻笛看着他一板一眼、令人毫无食欲的动作，从中窥见了某种相似性。

仿佛呼应他这个想法，边城在江羽对面像镜像一样开始进食。吃完后，三个人收拾了饭盒，江羽就从客厅的书柜里拿出一本收集册，迫不及待地举起来："哥哥你看！"

闻笛好奇地伸长脖子，江羽就把册子给他看，上面贴了很多四叶草。

边城向闻笛解释："他喜欢收集这种东西。"

江羽乐呵呵地一页页翻过去，叶子贴得很整齐，"终于贴满啦！"

闻笛还以为边城会夸赞一下，至少点点头什么的，结果他严肃地对弟弟说："把册子合上，我们得谈一谈。"

江羽难得见到哥哥这种表情，把册子合了起来，感觉自己做错了什么，又不知道错在哪里。

"我们要换个学校。"边城说。

闻笛露出赞同的表情。这学校不能待。

江羽的反应大大超乎两人的预料。这孩子平常逆来顺受,受了委屈都高高兴兴的,此时却强烈反对:"不行。"

"那个学校不适合你,"边城说,"我们去更好的地方上学。"

江羽不知道听没听懂,只是固执地重复:"不行。"

这孩子一向很听话,边城也觉得费解:"为什么?"

"有朋友在那里。"

边城叹了口气。这是个循环。江羽就像一个人形磁铁,每到一个地方,总会把最恶劣的那些人吸引过来。他们把江羽耍得团团转,而受害者一无所知,被卖了还帮人数钱。他头疼起来,苦恼怎么给这个阳光小傻瓜解释人间险恶。

这时江羽离开餐桌,跑向卧室。回来时,他手里拿着一个小小的金属片。他把这东西珍而重之地放在桌上,向两位大人展示:"朋友送给我的。"

闻笛凑过来看了看,是个金属书签。"他为什么送你这个?"闻笛问。

江羽想了想,说:"不知道,他不让我跟他说话。"

边城感觉头痛加剧了。这听起来不像礼物,像讽刺。送礼的场景可能是这样的:某位同学在看书,江羽好奇地问他在看什么,这人轻蔑一笑,说"白痴也想看书啊",然后把书签丢过去,和周围的人笑成一团。

"你以后离这种人远一点。"边城说,"他叫什么名字?"

"瞿睿衡。"江羽想在桌上写名字,结果写了个偏旁就停了下来,挠着脑袋想剩下的笔画,然后沮丧地发现自己给忘了。这人为什么不能起个简单的名字呢?

边城只得到了一个发音,但不妨碍他把这个人也计入被告名单。

闻笛沉默地旁观了一阵,望着边城说:"明天去学校的时候带上我吧。"

边城有些惊讶:"你去做什么?"

"辞职。"闻笛说,"把学校的大金主得罪了,我还待得下去吗?在开除我之前,我得先辞职,这样就是我看不上他们,而不是他们排挤我。这叫精神胜利法。"

"抱歉,"边城说,"你是因为我弟弟才遇到这种事,给你添麻烦了。"

"对不起。"江羽赶紧低下头。他知道"添麻烦"的意思。

253

"我正因为做英雄而自豪呢,你们别破坏气氛。"闻笛摆了摆手,"没事,我都习惯了,反正我倒霉体质,也不差这一次。"

"倒霉体质?"江羽咀嚼着这四个字。

"就是运气不好。"闻笛说着再次悲哀起来,他的霉运已经从做学术蔓延到了求职,希望秋招的时候运气能好一些。

饭吃完了,闻笛还有杂活要干,就起身告辞。虽然距离不过十来步,边城还是送他到了门口。

边城看了眼门上的对联,说:"我们好久没有这么和平地交流过了。"

"那不是因为孩子在旁边吗?"

"是。"边城说,"谢谢你帮他。你哪天有空,我请你吃饭。"

闻笛觉得这是应该的,就答应下来,然后忽然意识到一件事:"我去你们家吃饭,他怎么也不奇怪?他知道我是谁吗?"

"不,他只是喜欢你而已。"边城试图让他安心。

闻笛有些不好意思,捂住脑袋:"再见!"

他刚想关门,门外突然钻出一个脑袋。闻笛低下头,看到江羽的大眼睛满怀期待地看着他。

"要跟哥哥说再见吗?"边城问江羽。

江羽摇摇头,把收集册拿出来,递给闻笛。

闻笛看着册子,一时有些手足无措。"给我的?"他犹豫着接过来,"为什么?"

"幸运草。"江羽说,"以后一定会好起来的。"

闻笛低下头,看着纸张透出的绿色。四叶草被小心地采集、晾干,再用硬纸板压平,整整齐齐地夹在书页里。

"谢谢。"闻笛说。在这个瞬间,他忽然明白了很多事情。

第二天早上,闻笛刚洗漱完,边城就来敲门。有车接送上下班真是舒服。

到了学校,他先去高中部递辞呈,拿剩下的实习工资,边城则走向行政楼的校长室。

校长室很宽敞,进门先是一个会客厅,里面有两张面对面摆着的沙发,中间的玻璃茶几上摆着烟灰缸和茶杯。昨天边城接到管学生事务的方副校长的电话,说今天在这里谈。不过,等他走到里面,才发现只有自己一个人。

秘书皮笑肉不笑地走进来,给他倒了杯茶。

边城问:"杨天骅的家长呢?"

"杨先生和夫人今天有一个重要的酒会,没时间来,"秘书说,"他们的律师会跟您谈。"他看了眼表,"可能路上堵了,您先等会儿吧。"

边城皱起眉。对方的态度比他想的还要傲慢。

不久之后,门口出现了两个中年男人,一个大腹便便,一个西装革履。秘书指着胖的那位,介绍说这是方副校长,另一位自然是杨家的律师了。

看着副校长笑容可掬的样子,边城觉得今天必定是白来一趟。

果然,边城一开口提昨天的事,方副校长的笑容就消失了,眉头紧锁。"校园霸凌?我们学校绝对不存在这种现象。"他表情严峻地说。

边城把手机递给对方,上面是几张胳膊和腿部有瘀青的照片。

方副校长拿过去看了眼,摇摇头,把手机推了回来:"江羽家长,我们实事求是,这个年纪的男孩子,课间追逐打闹、上体育课都可能擦伤碰伤。我们学校有那么丰富的社团活动,学击剑、马术、曲棍球的孩子,身上的瘀青比这多多了。"

"他不会击剑、马术、曲棍球。"

"你怎么知道呢?家长有时候是不了解孩子的。"

边城看着他:"什么意思?"

"你也不是他的亲生父母,跟他相处的时间不多。"副校长说,"孩子有时候会夸大事实,我们作为家长要仔细分辨。"

一旁的律师也开口了:"边先生,法律讲究证据。如果是物理暴力,就要有验伤报告;如果是精神暴力,就要有诊断证明。不能什么都没有,上来就扣校园霸凌的帽子,那不是冤枉人吗?"

"如果他不断几条肋骨、留几道伤疤,就是没事?"边城冷冷地看着他,"只要他不疯、不抑郁,就是没事?"

"江羽家长,你冷静点,事情哪有你说的那么严重?"副校长说,"你又不在现场。"

"我在。"门口有个声音说。

站在沙发旁对峙的两人转过身,看到站在门口的闻笛。

副校长瞪了秘书一眼,似乎是埋怨他拦不住人:"这位也是江羽的家长?"

"我是目击证人,"闻笛说,"我亲眼看到那位姓杨的同学骑车撞人了。"

律师和副校长对视了一眼。"您确定是撞人?我的当事人说,只是对方反应慢没躲开而已,"律师问,"还是说您有录像?"

255

"看到自行车撞人，第一反应肯定是去扶人，哪有工夫录像？"

律师笑了笑："那……"

"但之后的事，我都录下来了。"闻笛拿出手机，放了短短两句话。

"你个实习的嚣张什么？我爸一根手指头就能捻死你全家信不信？"

"顶着个老师的名头，还真把自己当玩意儿了？我打个电话，马上能让你走人！"

副校长和律师脸沉了下来。闻笛关掉手机，感叹道："这要是放到网上，效果肯定是爆炸性的。巧得很，我有个朋友就是做自媒体的。"他给边城递个眼色——虽然他们这边也说了不少，但可以适当剪辑嘛。

"他妈妈的话也很精彩，"闻笛又补充，"可以说是卧龙凤雏。"

律师盯着他，似乎是在估量处理舆论的麻烦程度。过了一会儿，律师转过身问边城："你们的诉求是什么？"

"退学，把曾经对同学施加暴力的经历记入学籍档案。"边城说，"很合理的要求吧？"

律师皱着眉，似乎完全不同意"合理"这一措辞。他思考了一会儿，说："这样吧，虽然我当事人不是故意的，但毕竟让江羽同学受伤了，我们可以在经济上赔偿你们的损失。"

"不需要。"边城说，"我的要求已经说过了，我希望你们明天下午五点前给我答复。还有，让杨天骅的父母亲自来和我沟通，否则我就直接上传录音。"他站起身，绕过桌上放凉的茶，走到闻笛身前。闻笛自然地跟在他身后出了门，走向停车场。

一路上，生机勃勃的学生们打闹着，欢笑声充满校园。他们青春年少，前程似锦，好像人生中不会发生任何悲伤的事。

走过教学楼的转角，闻笛说："如果是我，我就直接退学了事了。不会声张，不会闹事，也不会想着讨回公道。"

这个事后保留证据，预料到协商不会顺利，赶过来救场的人，说自己会直接投降。边城感到惊讶。

"虽然我喜欢正义必胜那一套，但生活中很难实现啊。"闻笛说，"升斗小民嘛，反抗权贵，带来的麻烦远远比好处大，第一反应就是算了。"

"那为什么……"

"因为你在。"闻笛转过头，冲他轻松地笑了笑，"我相信你会负责处理麻烦的部分。"说完，他又带着点忐忑问，"你会吧？"

边城很快保证:"当然。"

闻笛点点头,仿佛不需要多余的证明,然后问:"那你为什么不怕麻烦?"

"学校不是社会,"边城说,"至少不能在义务教育的阶段,就用这种事让学生知道,只要你有权有势,做什么都是对的,做什么都没有后果。如果学校最后教给学生的是这种观念,那社会就没救了。"

他有这种想法闻笛并不惊讶。这个人在教学上、学术上都理想主义得可怕。

谈到学校,边城又想起闻笛刚刚辞职,于是再说了一遍:"连累你丢了工作,很抱歉。"

闻笛叹了口气:"我最近听你道歉听烦了。都说没事了,这种破学校也没什么好待的,而且我一直打算进高校。"

认识这么久了,他们还是第一次聊起将来的打算。边城好奇他的人生规划:"为什么想做大学老师呢?"

"也不算想吧,"闻笛说,"就是自然而然地……走到这条路上来了。"

"自然而然"在边城这里不算充分的理由。做学术既苦且累,酬劳又少,唯一的好处就是研究自由。如果不是真心热爱,走这条路也太亏了:"不想做学术,为什么读博?"

"很多人都不是想做学术才读博的啊。"闻笛说,"比如我吧,大学专业是调剂的,不擅长,前几年光顾着读书,没做什么职业规划,到大三结束了也没实习,对行业啊,职场啊完全没概念。大三暑假投了几个岗位,群面全程都是蒙的,根本不知道怎么跟别人抢发言。面试官问我有什么符合岗位的经历,我除了学习啥也说不出来。被拒了几次后,我突然觉得我最大的优势就是学习,最适合我的地方就是学校,那干脆一辈子待在学校里吧。所以就读了博士。"回头想想,这真不是个明智的选择。他本来就不擅长文学研究,选导师时又抽中了下下签,读博期间锻炼得最多的就是干杂活的能力。

"当然了,还有社会地位的因素。"闻笛补充,"跟亲戚朋友聊起来,他们问我在哪工作,我说是大学教授,谈话就会在双方都满意的氛围里结束了。"

"就为了过年谈话时不尴尬,就选择了做学术吗?"

闻笛皱起眉头看着他:"这是很充分的理由了!你没在熟人社会中待过,又不考虑别人的感受,当然不在意了。"

边城没有反驳,只是问他,既然觉得自己不适合学文,为什么不换一个专业。

"转专业哪有那么容易。"闻笛说,"大一、大二的时候学分、绩点不高,转不了。后来成绩上来了,又晚了。再说我转到哪里去?文科就业都差不多,没必要转。文转理可太难了。"所以,就像"自然而然"做学术一样,他也是"自然而然"留在了外文系。

边城看上去若有所思。不知为何,闻笛从他的沉默里听出了惋惜。

"怎么了?"闻笛问。

"你聪明,学习能力强,也能吃苦,"边城说,"如果一开始就走上合适的路,应该能做得很好。"

闻笛倒没有惊异于"你这种天才会觉得我聪明"。他望着抽条的柳树,过了一会儿,说:"你记得于静怡吗?我的室友。"

边城点头。在跟闻笛吵架时,他们有过一面之缘。

"她是我们那届的第一名,"闻笛说,"教授们公认的外文系十年来最优秀的学生。她的毕业论文在一场很重要的语言学会议上拿了奖,有个剑桥的教授很欣赏她,想收她做学生。"

"那不是很好吗?"

"是啊,而且她喜欢语言学。"闻笛想了想,改口说,"不能用'喜欢',应该是'狂热'。不过,她家虽然不算贫困户,但父母都是普通工人,并没有多少钱。"

这种故事边城听到过,数学系因为经济问题转专业的学生不少。

"她本来没打算去的。她父母知道之后把她叫过去训了一顿,说哪有不让女儿上剑桥的父母,然后把房子卖了,让她去英国读博。"闻笛顿了顿,接着说,"读了一年多,博二的时候,她父亲查出了肺癌。"

"她休学回来照顾父亲,治了一年,钱花完了,人还是走了。"闻笛说,"家里只有她妈妈一个人,快退休了,连房子都没有。她本来想在老家找份工作,陪着妈妈过完一辈子算了,但她妈妈劝她出来,说她留在那里是埋没她的才华,然后她就到北京来了。现在她一边在留学中介机构教雅思,一边考外交部。大学的时候,她可从来没想过要当公务员。你看,即使一开始就走上合适的路,最后也可能会脱轨。"

于静怡过去三年的人生如此痛苦,可浓缩成故事,一会儿就讲完了。闻笛看着校园里那些稚嫩的面庞。在他们眼里,人生还有无数可能,明天还充满希望。

"世界就是个巨大的草台班子,所有人都配错了角色,"闻笛说,"该研究语言学的在教雅思,该当导演的在投行,原来的理科生在研究文学。"

"一个两个错位还情有可原,怎么所有人都错了呢?"他叹了口气,望着边城,"所以我羡慕你啊,只有你一个人拿到了正确的台本,从始至终。"天赋、勤奋和运气,再加上家世的光环,让他直到今天也能闪耀着理想主义的光辉。

真好啊,理想主义。

闻笛感叹着绕过人工湖,往初中部走去。边城疑惑地叫住他:"停车场在另一边。"

"我知道,"他说,"我要去找一个人。"

\尽管贫穷却感到满足的人是富有的\

昨天大闹办公室的情景记忆犹新,闻笛很快找到了初二的教室。此时正值大课间,学生们或是三三两两地靠着课桌闲聊,或是在走廊上穿行。他走到江羽的班级门口,往里张望,没看到杨天骅的身影。他松了一口气,叫住一个男生:"同学,能帮我喊一下瞿睿衡吗?"

男生扫了他两眼,懒懒地冲教室里喊了一声:"小瞿子,有人找!"

这时闻笛才注意到教室角落里的一个男生。他坐在垃圾桶旁边,一个人安安静静地看着书。偶尔有人走过,往垃圾桶里扔瓶子或是纸团,东西没落到该去的地方,男生也不介意,等那人走了,他就把东西捡起来扔进垃圾桶,继续读书。

听到自己的名字,男生抬起头,往门口望去。闻笛对上他的眼睛时吃了一惊,这无疑是他见过的最好看的少年,五官标致得不像真人。男生站起来朝门外走。他个子挺高,嘴唇很薄,眼窝很深,但有种阴沉沉的气质,好像全世界阳光明媚,只有他的周围在下雨。

闻笛张嘴想说话,男孩却做了一个手势,示意他往楼道那边去。他们一直走到拐角的心理咨询室门口,周围没人了,男生才停下脚步:"找我什么事?"

"我是江羽的哥哥,"闻笛说,"听他说,你是他的朋友。"

男生的目光扫过闻笛的脸，不知为何，这孩子让他感觉脊骨凉飕飕的。"他看谁都像朋友。"男生最后说。

闻笛耸了耸肩："我倒是觉得，谁是他的朋友，他心里很清楚。"

"是吗？"

"他也许听不懂骂他的话、夸他的话，但他知道谁对他坏、谁对他好。"闻笛说，"他不说自己受欺负，是因为他知道说了之后，我们肯定会让他退学。这种事之前发生过一次。"

男生沉默地望着咨询室漆黑的玻璃。

闻笛看着他，说："他来这所学校是因为你吧？爸妈离婚之后，他在老家上过一段时间小学，你们那时候认识吗？"

男生张口，却答非所问："他不该来的，"顿了顿，又说，"他是个傻子。"

"确实是。"

许久之后，男生把目光转向闻笛："他还好吗？"

"挺好的。"

"他不会来上学了吧？"

"不会了。"

男生扯出一个微微的笑容，然后问了个匪夷所思的问题："你把车停在哪了？东边的停车场？"

闻笛疑惑了片刻，点点头。

"我待会儿去那找你。"说完，男生转身就要离去。

闻笛的目光落到他的后颈上，心跳忽然漏了一拍："你脖子上的疤……"

男生短暂地停住脚，回头看了他一眼。"不是别人打的，"他说，"是我打人留下的。"之后他再也没说一句话。

经过走廊的时候，刚刚那个叫他的男孩和其他几个学生靠在阳台护栏上，出声叫住他："刚刚那人是谁啊？你妈傍上的新姘头？""这回要改姓什么？""省点事吧，过两天被人踹了还得再改回来。"

男生一言不发，默默地绕过他们走进教室，看起来不像是会动手打人的样子。

闻笛走下楼梯，看到在花坛边等着他的边城。对方用眼神向他发问，明显是好奇他去做了什么。他简单叙述了和男生的会面。直到停车场，边城都没再说过话。

"很多孩子受到了欺负不说，有的是怕给父母添麻烦，也觉得说了之后情况会更糟。"闻笛想到了那个名字很难写的男生,"我以为江羽也是这种情况,所以想找那个男生收集证据。但看到他的时候,我突然明白了。"

那天江羽看到的不是社团活动,而是社团活动中的故友。

边城沉默片刻,说:"我确实不适合做家长。"

"别泄气啊,哪有一上来就做得好的。"闻笛安慰他,"再说了,孩子有小秘密很正常。"

对话在瞿睿衡走来的那一刻戛然而止。他原本站在停车场的一角,看到他们就快步上前,既不自我介绍,也不说明来意,直接从书包里掏出一个信封,递给闻笛,然后话也不说,转头就走。闻笛叫他,他也不回应。跟某位仁兄一样不礼貌。

闻笛得不到当事人的理睬,只得拿着信封坐上车。信封里的东西很多,回小区的路上,闻笛在副驾驶座上浏览了一遍,大为震撼:"他从哪弄来的这些照片?"

边城在等红灯时草草看了几张,表面不露声色,内心也诧异不已。

"而且他又不知道我今天要来,说明这些东西他一直带着。"闻笛回想起那个男生阴沉的气质,"他到底想干什么?"

"现在的小孩都很早熟。"边城最后下了句评语。

停好车,两人走到三楼,边城把手搭在门把手上,犹豫片刻,问闻笛:"照片怎么办,来我这商量一下?"

这是个很蹩脚的挽留理由,但闻笛还是停下了脚步。

"顺便一起吃顿午饭?"

"又点外卖?"闻笛说,"孩子长身体的时候,你也不注意营养问题。"

"……点正经馆子,"边城指了指北边,"小区北面那家餐厅。"

闻笛考虑了一会儿,转身跟着他走进屋。

江羽没在房间里看电视,而是趴在餐桌上,拿着笔写作业,学习态度催人泪下。他面前摊着各个学科的卷子,闻笛经过时瞟了一眼,英语的选择题全选了C。

江羽抬起头,看到有客人进来,响亮地打了声招呼:"中午好!"

"是不是待在家里无聊了?"边城把钥匙放进置物盒里,问。

江羽点了点头,笔从手里掉下来,他颓唐地说:"我想上学。"

"我在找新学校了,过两天就可以上学了。"边城把作业收起来,"这些卷子不用做。"

江羽看着自己辛勤劳动的成果，担忧地说："可是，老师说，一天不学，自己知道，两天不学……"后面的他忘了，反正是要努力的意思。

边城把数学卷子抽出来，看了一眼上面的方程题目，解答区写了几个歪歪扭扭的数字，明显是把题目里出现的数抄了一遍，他想叹气但是忍住了。

"这超出你的能力范围了，"边城说，"我以后找简单一点的题目给你做。"

江羽"哦"了一声，慢慢地把笔放下，有点沮丧："我还是学不会。"

闻笛这时候已经坐进了江羽旁边的椅子里，拿着水果盘里的散装饼干吃起来。听到江羽的话，他转头说："学不会也没什么大不了的。"

江羽眨了眨眼："老师说，学习不好，长大就没出息。"

"学习好和有出息是两码事，"闻笛说，"你看我就知道了。"

"可是，老师说，学好知识在平常也很有用。"江羽说，"我不会算术，算不清楚钱。"

"用计算器不就行了。"

"英语单词也记不住。"

"我们是中国人，说英语干什么？"

"历史也记不住。"

"我们活在当下，要向前看。"

"政治也听不懂。"

"政治这玩意儿，政治家自己都搞不明白。"

江羽露出惊讶的表情："是吗？"

"成绩好有什么了不起？"闻笛指了指边城，"你看你哥，连个老婆都找不到。"

江羽看了眼边城，用仰慕的语气说："可是哥哥是天才。"

"学习好就叫天才吗？"闻笛想了想，说，"我觉得时时刻刻都能感觉到幸福的人才是天才。"

他拉踩了兄弟俩一顿，转头看见边城正看着他，嘴角挂着微笑——真是令人不解，自己刚才不是在骂他吗？

\ 慈悲不是出于勉强 \

大人们决定增强吃饭的仪式感,于是把外卖盒里的菜倒进盘子里,摆到桌上,装成像模像样的四菜一汤。正经餐厅的外卖味道不错,一时间只能听到闷头吃饭的声音。

小小的餐厅里其乐融融,直到边城的电话铃响起。他接起电话,听到对面声音的一瞬间皱了皱眉,放下筷子,对另两张茫然的脸说:"你们先吃。"

他走到阳台,话筒里的声音变得更加清晰:"兴城的校长给我打电话了,你找他举报什么校园霸凌?"

边城收养江羽时,对外解释是远房亲戚的孩子。校长找到边怀远,大概是知道边城的出身。

边城说:"没什么。"

"是不是那个孩子的事?"边怀远问,"他受伤了吗?严重吗?"

听到父亲询问江羽的伤势,边城略微放松了些。到底是亲生儿子,还是有点情分的。"身体上的伤没多严重。"

"那不就得了!你连验伤报告都开不出来,闹什么?"

心又跌落下来。果然啊。"你既然不养他,就别干涉他的事。"

"你都要捅到媒体那了,我能不管吗?"父亲的语气绷紧了,"家里有个白痴,你觉得很光荣,还要宣扬得满世界都知道?!"

"这是重点吗?"边城的火气上来了。

"我早就跟你说过,不要让他上学。他能上出什么名堂?"边怀远说,"你收养他的时候我不是说了吗?给他租个房子,请个保姆,别让他出去。你不听,非要去什么私立中学。这不是自己找罪受吗?"

"他不想闷在家里,他想和同龄的孩子交流。"边城说,"我错了,并不证明你是对的。"

"这学校不行,你让他退学就好了,闹什么?"边怀远用警告的语气说,"别想着找记者、找媒体,要是真有消息爆出来,我第一个把它压下去。"

边城没指望父亲会站在他这边,但也没想到父亲会站在学校那边。

"挂了吧,"边城说,"您还有卸任的事要管呢,别在我们身上分神了。"

"什么卸……"

在对面发出完整的疑问前,边城放下手机,走回餐厅,脚步比去时沉重了许多。江羽差不多吃完饭了,此刻正把碗里的米粒一颗一颗拨到嘴里。

那段谈话闻笛听了一耳朵，此时看着边城阴沉的表情，说："我给你提供一句话，很适合这个时候用。"

"什么？"

闻笛清了清嗓子，郑重地说："我不敢冒渎我可敬的祖母，然而美德的娘亲有时却会生出不肖的儿子来。"

这句话如此精妙，闻笛说完了自己都啧啧赞叹，想到边城这家伙不懂得欣赏莎士比亚，又怨愤地看了他一眼，然后问："你父亲会对这件事有什么影响吗？"

"不会，"边城说，"他还有其他大事要管，没心思理会我们。"

闻笛回忆之前听到的只言片语："卸任？"

"嗯，正式的通知还没下来，不过是板上钉钉的事了。"

"那你怎么提前知道了？"闻笛问，"跟你有关系？"

"跟外公有关系，"边城说，"他是个把报复留到最后的人。"

边城大概说了一些派系斗争的事，闻笛模模糊糊地听懂了。老院士享受完女婿的孝顺之后，让自己的门生把他拽了下来。死后哪管洪水滔天。真是个坏心眼的老爷子。

然后边城想起一件事。他从信封里拿出一个吊坠，递给江羽："这是那个名字难写的同学给你的。"

吊坠很小巧，一根细细的银链子下面是一个圆形的金属盒，打开盒盖，里面却空无一物。

闻笛伸着脖子观察，想起了看过的电视剧："哦，这是那个什么……相框吊坠。"他指了指金属盒，"里面可以放照片。"

话音未落，江羽已经跑去了卧室。不一会儿，他拿着一张一寸照回来，然后对着吊坠犯难，似乎在思考下一个步骤。边城接过照片，用剪刀小心地把边角剪掉，然后打开盒盖，把照片嵌进吊坠里。

照片上是一个微笑着的年轻女人，闻笛猜想是江羽的母亲。

"他为什么送你这个？"边城问。

江羽想了想，说："我记性不好。"

大人们有些困惑。

"妈妈会来接我，但可能还要等好久。"江羽把吊坠挂在脖子上，"我记性不好，单词会忘，算式会忘，要是时间久了，连妈妈的样子也忘了，那怎么办？"

闻笛看着他试着开合吊坠，确认自己能看到照片之后，小心地把吊坠放到衣服下面。

边城沉默了一会儿，问："你想去谢谢他吗？我明天要去学校，可以带着你一起去。"

出乎意料的是，江羽摇了摇头："他说了，在学校里别跟他搭话。"

闻笛不知道怎么评价整件事，屡次欲言又止。

边城问闻笛："你明天去吗？"

"当然了，"闻笛说，"这么热闹的事，我怎么能错过。但现在有了照片，那些录音还用得上吗？曝光到网上虽然影响范围广，但受害者和施害者受到的关注是一样的。让江羽卷进网上的骂战，我觉得不大好。"

边城看着他："你想怎么办？"

闻笛想了想，露出微笑："我有个 plan B。"

双方会谈最后选在了行政楼的会议室举行。

杨天骅的父亲跟闻笛想象中的财团大佬差不多，西装革履，身姿挺拔，虽然精心剪裁的衣服遮不住岁月引发的躯体膨胀，但上位者睥睨众生的气质会让人把注意力从身材上移开。

从露面开始，大佬就隐隐散发着烦躁的气息。他在边城对面坐下，对负责调解的副校长说了句："尽快吧，我马上还有一个很重要的会议。"

边城刚要开口，对方就打断了他，明显是要把节奏掌握在自己手里："事情我听说了，开个价吧。"

上次边城已经表态，不接受金钱收买，所以对面的夫妇外加律师严阵以待，打算先听他据理力争，再击溃他的心理防线。

然后闻笛说："好的。"

上来就缴械，连副校长都愣住了。

"你们愿意和解？"对面律师难以置信地确认。

"是的，"闻笛说，"只要给的够多。"

"边先生昨天说……"

"那是他的意见。"闻笛说，"录音在我手里，我说服他了。"

杨天骅的父亲看了一眼身旁的律师，对方疑惑地从文件夹里掏出一张支票，推给他们。闻笛看了一眼，眉毛挑得老高。他跟边城对视了一眼，把支票收了起来，然后在和解协议上签字。

265

"你们比我想的明事理,"杨天骅的父亲看了一眼妻子,"看来是我太太夸张了。"

闻笛觉得,在对方眼里,他们大概跟闹事的员工差不多,自己让步就是给了他们天大的脸面,要是还拒绝,那叫得寸进尺。

"既然问题解决,那我们就告辞了。"边城站起身,然后像想起什么一样,拿出一个信封,"对了,这是我送给两位的和解礼物。"

他把信封滑到桌对面,杨天骅的母亲疑惑地把它里面的东西倒出来。照片哗啦滑出。她低头看了一眼,勃然变色。照片上是杨天骅的父亲和另一个女人,他们在一个商场里,女人一手提着奢侈品袋子,一手牵着一个男孩。另一些照片上是不同的女人、不同的孩子。

"杨太太,你最好去查一下杨先生的遗嘱。"闻笛说,"你儿子出了事,他连学校都懒得来,陪情人的儿子过生日倒是很积极呢。"

对面的两位极力控制肢体动作,企图保住上流人士的脸面,只有脸颊的颤抖泄露了内心汹涌的情绪。

"你给我好好处理掉!"杨天骅的母亲说,"要是这几个野种敢来分家产……"

"你有脸管我?"杨天骅的父亲拿起一张照片,上面是妻子跟年轻男人在健身房拥抱的情景,"花钱倒贴别的男人,你也不看看自己的脸皱成什么样了!"

"怎么,你要离婚啊?"杨天骅的母亲冷笑一声,"好啊,分我一半股份,我就走人。"

闻笛满足地看着豪门狗血洒落一地,像宣告完真相的侦探一样离开了犯罪现场。

今天和昨天一样是怡人的晴天,但阳光好像更明媚了似的。行政楼门口的迎春花开得炫目,像是在肆意燃烧北京转瞬即逝的春天。

两人走到花坛旁边,闻笛撞到了拿着手机急匆匆要上楼的杨天骅。他看到两位大人熟悉的面孔,停了下来,青春到残忍的脸上满是愤怒。

"是你们干的吧?"他手里的照片已经被捏得变形,"整个年级都知道了!"

一大早,坐在第一排的同学在讲台上发现了这些照片,短短一个课间,消息就传遍了整个初二。他不知道有多少同学手机里存了这些东西,每经过一个教室,都有无数双眼睛兴致盎然地看着他,无数人在低语。仅仅半个上午，他就觉得自己要炸了。

闻笛靠在花坛旁边，看着濒临崩溃的男生。"我见过很多像你这样的人，"他说，"整天嘴里说着什么我爸爸是谁、我妈妈是谁、我家里有多少钱。你知道每次我听到这些话，心里在想什么吗？"

杨天骅带着血丝的眼睛盯着他。

"我在想，原来你们也知道啊，"闻笛说，"知道自己的能力根本配不上自己的出身，所以只能把家境挂在嘴上。不过，鉴于你爸爸的孩子太多，"闻笛扫了他一眼，"就你这智商，我觉得继承人还轮不到你，说不定你哪天就被弟弟妹妹扫地出门了。"

杨天骅没有父母那么好的自制力，握紧拳头冲上来。边城很轻易地拦住了他。

闻笛往上指了指："你爸妈在三楼会议室，我觉得你还是先去处理一下家庭问题比较好。再没有人劝一下，他们真要离婚了。"

杨天骅在单挑两个大人和挽救家庭之间犹豫了一会儿，咬了咬牙，转身跑上楼梯。

穷寇莫追。会心一击之后，闻笛朝身旁的战友伸出手。边城不知道他要做什么，结果那只手只是跟他击了个掌。

既然全校都知道家里的丑事了，杨天骅应该也会退学。即使方式不同，最后还是到达了同一个终点。

他们往停车场走去，决定今后再也不踏入这所学校一步。

从霸凌事件爆发开始，一直到刚才，闻笛一直在想一个问题。看到凯迪拉克的车身时，他问了出来："你为什么不想让他们道歉呢？"

对着律师和杨家父母，边城提过很多要求，其中有他自己的，也有和闻笛商量后决定的，但他从来没要求过道歉。

"我也不想劝我父亲去做江羽的好爸爸。"边城说。

闻笛看着他："所以原因是什么？"

边城沉默了很久，正当闻笛以为他又要让这个理由成为永远的哑谜时，他开口了："慈悲不是出于勉强。"

闻笛愣了片刻，忽然地，他好像听到了第一缕春风拂过湖面时冰层裂开的声音。很快，这条裂缝会蔓延至四面八方，最后整个冰层轰然塌陷。

"是啊，"他说，"慈悲不是出于勉强。"

\ 转身拥抱，并不代表软弱 \

边城把车停在昨天的位置上，所以在同一个地方看到同一个阴沉的孩子，两人都不觉得意外。不知道他是不是在等江羽，听到脚步声，他迅速抬头朝这边扫了一眼，看是两个大人，又垂下头去。

"你不会一直等在这儿吧？"闻笛问。

男生似乎觉得这问题很傻："我看到杨天骅拿着照片跑出去，估计你们谈得差不多了，才出来的。"

"照片是你放到教室里的吧？"闻笛问。他和边城一来学校就去了会议室，根本没有时间放照片。而且两个陌生大人一早上在初中教室里乱晃，很显眼。他大概猜到了嫌疑人，但出于保护证人的考虑没有说出来。看这传播速度，男生大概不止在一间教室里放了照片。

对闻笛的怀疑，男生只是耸了耸肩。

"你一个十几岁的孩子，从哪搞来的这些照片？"闻笛又问。

男生沉默了一会儿，忽然露出一个微笑——是好看的笑容，但不知为什么，让人心惊肉跳的。"有点耐心就行了。"他说。

很明显，这些照片不会是一天之内收集的。在文化节之前，甚至在开学之前，调查工作就开始了。那这些照片是什么时候收集完毕的呢？总不至于是昨天吧。

闻笛抱起手臂，做出戒备的姿态："你为什么到现在才把照片放出来？"

"我在等你们。"男生说。

闻笛懂他的意思了。这孩子不想让人知道照片是自己放的，他要找几个大人当替罪羊，把自己从这件事里择干净。

"你把人家的丑闻群发，还赖到我们头上。"闻笛不忿地说。

"我看到杨天骅的爸爸来了。"男生说，"能让他亲自过来，你们要么有把柄，要么有背景，总比我一个孩子能扛事儿吧？"

"你真是孩子吗？"闻笛衷心发问。

男生似乎觉得这个问题没有回答的意义："帮我转告江羽，我要走了。"

"走？"

男生简单地说："家里出了点事，得去很远的地方。"

这种隐晦的话一般背后都有秘密，闻笛没有追问。从结果来看，男生走了，离开这个借用权势倾轧的地方，也是件好事。

男生等在车旁边似乎就为了说这么一句话,说完之后,又像上次一样,毫无礼貌地转身就走。

闻笛看着他的背影,对边城说:"你弟弟真是咸吃萝卜淡操心,还担心这孩子受欺负,他不害人就不错了。"

边城用沉默表示赞同。

车子驶出校门,顺着北四环的车流缓缓移动。两人回到荷清苑三楼,钥匙都插进了锁孔里,边城忽然回头问:"能帮我一个忙吗?"

闻笛觉得边城最近成长了很多,之前都要自己主动约见,现在他终于学会用各种借口挽留自己了,虽然有拿青少年当挡箭牌的嫌疑。"什么事?"

"我要告诉他这个男生转学的事。"边城说,"虽然知道这件事之后,江羽应该不会再反对退学了,但他们可能再也见不到了,我不确定他会是什么反应。"

"这我能帮上什么忙?"

"我觉得你挺会安慰人的,至少比我强。"边城说,"之前不是说要请你吃饭吗?趁这个机会一起吧。"

闻笛犹豫片刻,还是转过身来,嘟嘟囔囔地跟着他走了。

两个大人带着江羽去了五道口新开的一家铁板烧店。起锅开火,肉吱吱作响,边城就暗示闻笛开启话题。闻笛凭借多年与人类交流的经验,想出了一个保持气氛融洽的好办法——在抛出坏消息之前,用好消息做个铺垫。于是他拿出杨家给的支票,哗啦一声在江羽面前展开。

"这是你们班那个姓杨的同学赔给你的,"闻笛弹了弹支票边沿,纸张发出清脆的响声,"五十万!"

要是他上初中的时候,有人给他一笔五十万巨款的零花钱,他能乐得从村东头跳到村西头。但江羽愣愣地盯着支票,毫无反应。

闻笛想,他可能对五十万没什么概念。

"有了这笔钱,你想要的东西都可以买到,"闻笛说,"玩具、游戏机、各种各样的零食……"

江羽终于回过神来,眼神恢复了清明,应该是听懂了。他点了点头,把支票拿过去,脸上照常挂着傻傻的笑容。他看上去很开心,但闻笛觉得他内心并不激动。大概他平常不玩玩具,也不打游戏吧。

"等你长大,就知道钱有多重要了。"闻笛叹息着,"房租、交通费、伙食费，日常要花钱的地方很多。有时候给房东打完工，连件衣服都买不起。"

江羽歪着脑袋想了想，把支票递给他："送给你。"

闻笛经历过大大小小无数次令人意外的事件，但都没有这一次让他震惊。居然有人没有任何预兆地、眼睛眨也不眨地、轻描淡写地把他八年的工资送给他。

"你这是干什么？"

"我不会花钱，"江羽说，"你需要钱。送给你。"

闻笛带着如遭雷劈的表情转向边城："你弟弟要送我五十万，你也不管管？"

边城翻着菜单，一副置身事外的样子："给他了就是他的钱，他想给谁就给谁。"

闻笛还没遇到过这种天上掉馅饼的情况，一时不知如何应对。定下神来，他觉得是因为他没有向江羽解释清楚五十万的厉害。

"你喜欢吃什么？"他问江羽。

江羽欢快地回答："煎饼加肠。"

闻笛举起支票："这些钱够买十万个煎饼，十万个！堆起来能……"他往窗外看了看，指着远处一座摩天大楼，"能像那栋楼那么高！"

江羽看了看楼，又看了看支票，"哦"了一声。

闻笛很欣慰，看来自己很有做老师的潜质。

然后江羽说："可是，就算有一栋楼的煎饼，我一顿也只能吃得下两个呀。"

闻笛思虑良久，对边城说："我突然悟了。"

边城从菜单上方望过来："悟了什么？"

"就是悟了。"

闻笛想起来，自己的母亲说过，最满足的人就是最幸福的人，最幸福的人就是最伟大的人。从这个角度来看，江羽从不需要拯救。

支票还是不能收，五十万也太吓人了。

"你让哥哥帮你存起来，留着以后用吧。"闻笛感叹，"天哪，幸亏是我，这要是别人还了得？你以后在外面可千万别送人钱。"

"我不会随便送别人钱。"江羽说，"因为是你，我才送的。"

闻笛因为这句话露出了同样傻气的笑容。成为对某个人来说特殊的存在，无论何时都是幸福的。"想谢我的话，"闻笛说，"给我买副好点的降噪耳机吧，补偿你哥这半年来对我的折磨。"

江羽摇摇头，仍然举着支票。闻笛望向边城。边城把支票拿了过来，算是替弟弟答应了。

好消息没起到应有的作用，闻笛只能抱歉地说出坏消息。出乎意料的是，江羽在一瞬间的失落之后，点了点头，吃了两块肉，又迅速恢复了往常的快乐。

闻笛跟边城面面相觑。就这样？虽然江羽有强大的精神自愈能力，但他既然为了这个男生两度拒绝转学，他们的感情应该很深才对。

"你要是难过，就跟哥哥说。"闻笛怕江羽又藏着小秘密。

"挺好的。"江羽说，"去了另一个学校，他会更有精神吧。他在这里不开心。"

"我以为你想跟他在一起。"闻笛说。

"是，"江羽说，想了想，又说，"但我们总会分开的。"

"为什么？"

江羽用一种很超脱的语气说："我永远不会写他的名字。"

闻笛感觉自己又悟到了什么。

菜还剩了不少，闻笛问店员要了打包盒，打算带回去吃。边城比他吃得慢一些，他就先把塑料盒放在旁边，拿出手机回复信息。

最先跳出来的是老刘，问他开题报告准备得怎么样了。闻笛一边擦汗一边说在写了。即使将近博五，历经风雨，导师的问话还是让他心惊肉跳。

这消息击沉了今天的好心情。闻笛本来以为这就是低谷了，然而看到下面，瞬间，心情从谷底跌入地心。

久未联系的师兄——闻笛就是从他手里租的房子——发来问候，然后说自己的母亲最近查出了什么病，要上京治疗，所以他要提前回国陪护。北京的宾馆那么贵，他总不会放着荷清苑的公寓不住，花大价钱出去租房吧。所以他向闻笛道歉，说可能要提前把房子收回去。

当初租房的时候，两人也是约好租到师兄回国。闻笛回复了一个"OK"，脑仁就痛了起来。便宜房子没有了，他现在的选择有两个：一是继续跟之前的室友住在一起，享受他对自己厌恶和提防的眼神；二是和某些囊中羞涩的同仁一样，租住在通州甚至更远的地方。通州，来回地铁得仨小时吧。

他先向于静怡汇报了这一噩耗。她很平静，至少在电子屏幕上很平静。

闻笛想了想，也是，没必要激动："你进了外交部，应该就有宿舍住了，只需要考虑入职之前怎么办。"

于静怡显然很害怕半场开香槟："面试结果还没出呢，谁知道能不能进。"

闻笛紧张起来:"发挥得不好?"

于静怡回了句:"还不错。"

闻笛长吁一口气,苦笑着摇摇头。他了解于静怡,她是那种在出分之前拼命叫"没考好没考好",最后分数断层第一的学神。倒不是故意误导别人,这种人只是习惯预先降低自己和他人的期望值。演讲比赛的时候,闻笛问于静怡发挥得怎么样,她也是一句"还凑合",然后拿了冠军。从她嘴里说出来的评价,是比实际情况低两级的,这回她说"还不错",那应该是相当好了。

闻笛内心有了底,不说外交部的事了,只问:"那之后你住哪?"

过了一会儿,于静怡回:"去尤珺那蹭几天房吧。"

闻笛差点忘了,他们在北京还有个出人头地的同学。自从上回在日料店聚餐后,尤珺似乎事务繁忙,他们再也没有线下聚过。说到老同学,闻笛就顺嘴问了问情况:"她最近怎么样?"

"忙得很,每天只有闭眼的时候在家里。"

闻笛深深为现代卷王的身体感到担忧:"这么拼命?"

于静怡回:"她说四十岁之前要疯狂赚钱,实现财富自由。这样等四十岁之后,她就能又当投资人又当导演,天天拍自己想拍的片子了。"

闻笛笑了笑。看来老同学正试图战胜命运,修改自己拿错的剧本。

于静怡又问:"你之后怎么办?"

闻笛详细地告知她各项选择的利弊,结果对面发来了六个点。

闻笛:"?"

于静怡:"你跟边教授住不就好了?就在对门,行李都不用怎么搬。"

闻笛难以置信地瞪着屏幕。他跟边城做邻居都能吵得天翻地覆,还做室友?过几天就会出命案吧!他看了眼边城,又看了眼手机,猛摇头。

"怎么了?"边城问。

"没事。"闻笛问江羽,"吃完了吗?"

边城把打包盒一个一个装进塑料袋,跟弟弟、巨款和邻居一起回到荷清苑。闻笛站在 302 门口,对着上一年的春联长吁短叹。这么物美价廉的房子,虽然住了不到一年,但他已经产生了深厚的感情。

他久久地站在门前,然后发现边城也久久地看着他。

"怎么了?"闻笛感伤地问。

"没什么,"边城说,"只是感觉事情终于结束了。"

"那不是挺好的?"

"挺好的,"边城说,"只是之后就没有借口天天见你了。"

闻笛看着他,脸上带着难以定义的表情。面前的家伙真是难以预测,你不知道什么时候他会说出某句话,让你心旷神怡,或者火冒三丈。

"我有点不适应了。"闻笛说,"怎么突然想见我?"

"最近一直在想怎么让你消气,"边城说,"你回家的时候,送了饺子就摔门的时候,微信上不跟我吵架的时候。"

闻笛觉得世界可能真的要毁灭了。

"不见的时候要想借口约你,见了之后又担心你记恨吵架的事。"边城用研究般的语气说,"让你消气,好像比解决千禧年大奖难题还要难。"

闻笛看他的眼神确实比千禧年大奖难题还难解。

"我消气了。"闻笛说。

边城惊诧地看着他:"什么时候?"

"刚才。"

他们吵架以来,边城送过美元、手机,说过一万句对不起、抱歉和谢谢,但都没有选中正确答案。

闻笛说:"我只是想听这句话而已。"

\要一个骄傲的人看清他自己的嘴脸\

收到关于房子的噩耗之后,闻笛在艰难的选择里打了几天转,忽然灵光一闪:不是还有老同学在北京吗?距他不到两公里的蒋南泽打了个喷嚏。

在校园霸凌事件里,闻笛自称"有做自媒体的朋友",倒不是随口一说。

回国后,也许是找工作受挫,想转换心情,蒋南泽在各大社交平台上注册了账号,勤奋更新科普视频和段子,还经常直播。因为话题有趣,人好看,又是顶尖学府的高才生,粉丝数量增长速度惊人,蒋南泽迅速成为科普区新秀。不管他是否有志于此,能认真做视频,意味着他已经从情绪低谷中爬了出来,闻笛对此很是欣慰。

欣慰的同时,他认为,既然老朋友开始忙事业了,家里就需要有个人改善居住环境,自己吃苦耐劳,正是室友兼后勤的不二人选。

然而蒋南泽一开门,闻笛就听到了泡沫破碎的声音。

杂乱的衣物、颓废的主人、一箱箱的垃圾食品都不见了，地板光洁，家具整齐，角落里还摆放着喂食器和猫窝……猫窝？

一只暹罗猫从卧室里踱出来，伸了个懒腰。蒋南泽将它一把捞起来，挠了挠它的下巴："我们家挖煤工来了。"

闻笛张着嘴巴愣了半天，最后只能伸出手摸了摸猫。

春寒料峭，暖气已停，蒋南泽却穿着一件露肩的马甲，两条胳膊光溜溜地露在外面，闻笛不知道这是什么新潮搭配，好在人撑住了。

蒋南泽坐在沙发跟前的地毯上，瘫软下来。猫从他怀里跳出来，竖起尾巴，高傲地走了。

闻笛警惕地走过去，坐在侧面，跟他保持了一点距离："最近出什么事了？"

"为什么这么问？"

"你家能住人了，这不正常。"

"好伤心啊，我家有新成员了，收拾一下不行吗？"蒋南泽拿起一包薯片丢给他，"倒是你，我还没问你最近生活怎么样呢。"

过年他们线上聊天，闻笛顺便给他讲了拉斯维加斯的事，蒋南泽发了十几个震惊的表情包。这让闻笛感到意外，按说高中同学圈应该已经传得满城风雨了才对。结果蒋南泽说压根没人知道，还嘲笑他幼稚："何文轩才不会干这种丢面子的事。"

当时闻笛觉得，老朋友应该"有瓜共享"，现在突然有点后悔告诉他了，否则也不必接受七大姑八大姨式的采访。

闻笛盘起腿，敷衍地说："还行，还行。"然后决定把话题拐到对自己有利的部分，"不说这个了，我要找你商量一件正经事。"他阐述了自己的住宿问题，用期待的眼神看着老朋友，就像看着身披圣光的救世主。

然后蒋南泽残忍地、冷漠地一口回绝："不行。"

"我可以帮你照顾猫，"闻笛说，"我还可以帮你剪视频。"

蒋南泽挑起眉："你会剪视频？"

"之前老刘开了个自媒体账号，我剪辑、后期、粉丝群管理都搞过。"

他都说到这份上了，蒋南泽居然对他的多才多艺不为所动。"你跟边教授住不就好了？"蒋南泽说，"就在对门，行李都不用怎么搬。"

闻笛隐隐觉得这话有哪里不对劲。他一边无意识地拿起桌上的薯片放进嘴里，一边在脑中探索别扭感的来源。是因为于静怡说过吗？忽地，他灵光一闪,停止了咀嚼的动作,目光直直地射向蒋南泽。

"怎么了?"蒋南泽不自在地挪动身子。

"你怎么知道我们是邻居?"

蒋南泽沉默了两秒,疑惑地问:"你没有告诉过我吗?"

"我没有,"闻笛把薯片放下,脸上的笑意消失了,"我从来没说过他住在对门。"

蒋南泽目光飘开,望向灯罩里虫子的尸体。闻笛看着他装傻充愣的样子,突然想起了某些事。准确地说,是某些巧合。边城和自己在中关村的同一家日料店偶遇,边城和自己在酒店里与何文轩偶遇,自己在实习的学校和边城的弟弟偶遇——这地方就是蒋南泽介绍的。现在想想,过去半年的偶遇确实太多了点。闻笛又记起了一件事。蒋南泽五年前见过边城,但同学聚会那天,他一副第一次见面的样子。

闻笛站了起来,走到蒋南泽面前,弯下腰,直勾勾地盯着他。"你是什么时候知道他是我邻居的?"他质问道。

蒋南泽不自在地挠了挠鼻子:"比你早一点吧。"

"早多少?"

"半年多?"

"那不是一开始就知道了吗!"闻笛抓住他的肩膀,"你为什么不早告诉我?!"

闻笛上学期一边跟他骂邻居,一边跟他讲教授有多好,敢情他知道这俩人是同一个?

"等会儿,"闻笛觉得事情可能更严重一些,"你是什么时候知道我跟教授认识的?"

"嗯……"蒋南泽的目光躲躲闪闪,"比知道是邻居再早一点。"

闻笛感到窒息。所以蒋南泽早就知道全部真相。那站在他的角度,这几个月自己是在干什么?什么社会性死亡!给他一根铁锹,他现在就能挖到美国去。

"你怎么不早说!"

"我刚开始想说来着,谁知道你们做邻居做成了仇人,这就不太好开口了。"蒋南泽说着说着忽然笑起来,"然后事情就越来越有意思了,直接戳破多可惜啊。"好家伙,这人嗑着瓜子看起热闹来了!

闻笛随即意识到不对劲。蒋南泽怎么会知道江羽的学校在哪里?很多巧合，不掌握边城那一方的情报是做不到的。

"你——"闻笛用手固定住他的脸，眯起眼睛盯着他，"还有同伙吧？是谁？"

蒋南泽毫无做犯人的自觉，认罪态度极其敷衍："你猜不到吗？"

也是，闻笛想，边城不就宋宇驰一个朋友吗？

"你认识宋宇驰？"闻笛问，"什么时候认识的？"

"去年，"蒋南泽说，"他博五去美国交换，我们碰巧遇到了。"

那时间比闻笛搬进教师公寓还要早。

蒋南泽拍了下手："我们花了快俩月才搞明白，我朋友在拉斯维加斯被抢走七百美元，就是因为他的发小。刚好我知道你要住进荷清苑，他知道边教授扶养了弟弟，可能要搬家。他说可以让你们住得近一点，这样你们自己就能见面、相处，解除当年的误会。谁知道你们非但没见到面，还结仇了。我看你们磨磨蹭蹭的，你还老想不起来当年的事，寻思着可能得加点外部刺激，所以就把何文轩约到了你生日时去的那个酒店……"

"那日料店呢？"闻笛对他人脉之广感到惊奇，"日料店是尤珺选的，你还认识她？"

"宋宇驰认识。"蒋南泽说，"她是微电影社的社长，宋宇驰是她手底下的演员。你要是看过《马兰花开》的话……"

闻笛死去的记忆忽然苏醒了。对，这人是那年演邓稼先的人。他交抱双臂叹了口气。这俩人放着捷径不走，非得发动各自所有的人脉见缝插针地让他跟边城见面，实在是乐子人界的楷模。

蒋南泽还在愉快地回味自己的事迹："我这十年都没见过这么有意思的事，哈哈哈哈哈……"他靠着沙发笑得前仰后合。

闻笛眼神冰冷，半晌问："你五十米成绩多少？"

"十秒三？"

"你死定了。"

闻笛揪住蒋南泽的领子，对方发觉他是动真格的，急忙挣脱，把椅子放倒当路障，朝门口逃窜。闻笛紧追不舍，在楼道里将其擒获。

"你个看热闹不嫌事大的浑蛋，"闻笛扭住蒋南泽的胳膊，"还幸灾乐祸！"

他正要施以正义的制裁，一只手忽然伸了过来，把他的胳膊拉开，随即将蒋南泽往后一拉，分开了两人。

"学弟,"宋宇驰笑着挡在蒋南泽前面,"有话好好说嘛。"

蒋南泽还穿着那件扎眼的马甲,宋宇驰把风衣脱下来,披在他身上,裹住了他两条光溜溜的胳膊。

闻笛看着这一幕,心里的愤怒值达到顶峰:好哇,还二打一,不讲武德!

"你!"闻笛指着他,"你怎么能出卖朋友的情报?!"

"咱们辩证地看待一下这个问题,"宋宇驰说,"我们只是安排你们见过几次面,剩下的事完全是你们自己搞出来的。"

"你们直接跟我说明白不就行了!"

"唉,你们实在是太有意思……"宋宇驰看闻笛瞪着他,转换口气说,"我们给你们道歉。"

"对不起。"蒋南泽把头从宋宇驰身后探出来说。

闻笛冷哼一声,把手揣进兜里,用谴责的目光轮流扫视两个人,但重点盯着宋宇驰,因为这人看起来是主谋。

"大冷天的,别站在外面了,进去说吧。"宋宇驰说,"我给你赔罪。"

闻笛抿紧嘴,试图装高冷,心里对这两个人怎么混到一起的很好奇,最终被蒋南泽连哄带劝地推进了门。

"坐,"宋宇驰比蒋南泽更像主人,"要喝什么饮料?"

闻笛摇摇头,拒绝敌人的招待,昂首挺胸地从这狼狈为奸的两个人身旁走过,坐在沙发上离他们最远的地方:"不用了。"他看着那两个人在桌子旁边大大方方地坐下,不禁磨起了牙。

"你打算怎么跟你的老朋友交代?"闻笛看着宋宇驰,"你就不怕他跟你决裂?"

"那倒不会,"宋宇驰说,"他脾气可好了。"

闻笛跟他面面相觑了一会儿:"你说的是T大那个边城?"

"是啊,"宋宇驰说,"虽然他说话气人,但他很少被别人惹生气。"

"难道不是因为那些人全都被他气死了吗?"

宋宇驰笑了起来:"真的。给他的课打一分的学生,他照样帮忙写推荐信。他上学期一直以为你利用他气何文轩,也没记仇啊。"

闻笛万万没想到还有这么个清奇的论据。他回溯了一下和边城吵架的过往:"那他最后怎么又忍不住了?"

"他就是有点伤心。"宋宇驰说,"他这辈子唯一一次超常发挥,搞出了个连他都觉得疯狂的奇迹,结果你全忘了。"

闻笛哼了一声，跷起二郎腿，双手抱住膝盖。暹罗猫竖着黑耳朵跑出来，在他裤腿上蹭了蹭。这对平心静气有奇效，闻笛的怒火不知不觉熄灭了大半。

他看着对面的两人，意识到这里的整洁归功于谁了："你们住在一起？"

宋宇驰骄傲地点头："最近刚搬来，我死皮赖脸求了好久，他才答应的。"

"好吧，"闻笛说，"看来房子的事我得另想办法了。"

"什么房子？"

闻笛告诉他们师兄回国的事。宋宇驰的眉毛抬得老高，"你跟边教授住不就好了？"他说，"就在对门，行李都不用怎么搬。"

"你们是 NPC 吗！"

对面两个人动作一致地看着他，露出疑惑的神情。

闻笛无语地摇头，忽然意识到自己更像 NPC，被他们安排得明明白白。

"我觉得我们不适合长时间待在一起，"闻笛向他们解释，"容易吵架。"

宋宇驰亲历了那场争吵，赞同地点头。"不过，"他说，"最后肯定没事的。"

"你怎么知道？"

"他是个感情残障，"宋宇驰抨击起发小来毫不留情，"但他很在意你，有时候他自己都没意识到。"

"是吗？"闻笛面上没有表露出来，心里却隐隐升起期待，"哪看出来的？"

宋宇驰挠了挠耳朵，叹了口气："那可就说来话长了。"

在父亲病情平稳后，边城回到了美国。出乎宋宇驰意料的是，他买的是去拉斯维加斯的机票。

"你不会是想回去找他吧？"宋宇驰说，"这都多少天了，他肯定走了！"

"我知道。"边城说。千万分之一的可能，那个人还在那里，无论希望多么渺茫，他总要试一试。即使已经走了，那个人也许会给前台留下讯息，他也许能在酒店打听到线索。

令人失望的是，那个人没有留字条，也没有留电话。而酒店则表示不能透露客人的隐私，即使边城付了高额的"小费"。

他又去了他们初遇的酒吧、赢钱的赌场，仍然一无所获。他仔细回想之前两人的每一句对话，试图从中挖出一些关于身份的信息，最终所获甚微。他只记得护照上的出生日期、签发省份。不过，签发地是北京，并不意味着这个人常住北京。即使是，北京有数千万居民，面积一点六万平方公里，寻人无异于大海捞针。

"算了算了，"宋宇驰说，"希望渺茫。"

边城点点头，好像放弃了。但接下来，"灵异事件"开始接二连三地发生。

第一次，两人去三里屯吃饭。菜上到一半，边城突然站起来走了出去。

"怎么了？"宋宇驰一头雾水。

"我好像看到他了。"边城指着店前的长队。

但那个人不在。

第二次，宋宇驰请他去T大新建的溜冰场滑冰。溜冰鞋穿到一半，边城忽然站起来走了出去。

"又怎么了？"宋宇驰感到疲惫。

"我好像看到他了。"边城指着储物柜前的学生。

但那个人不在。

第三次，宋宇驰拎着保健品去探望边城的外公。门开了一半，边城忽然……

"好吧，"宋宇驰说，"这回又在哪？"

边城指着两公里外某座摩天大楼里的办公室。

"你不要太过分！"宋宇驰怒而大吼，"那玻璃幕墙反光！你能看见谁？！"

"真的挺像的。"边城说。

宋宇驰叹了口气，拍了拍他的肩："如果我是老天爷，一定会安排你们再见。"

可惜，连在T大这个只有几万人的校园里，他们也经过了无数次擦肩才相遇。

说完令人啼笑皆非的往事，这两个人又开始了新一轮的感叹。闻笛向他们告辞，沉思着走出楼道，望着首都的天空。

难得的澄净蓝天，白云一缕一缕地飘着，有种超脱时光流转的悠然。

他拿出手机，拨号。边城很快接通了电话。

"我们见一面吧，"闻笛说，"我有件事想跟你商量。"

边城立刻问："你在哪里？我去接你。"

闻笛说了小区的名字。等他踱到马路边，熟悉的凯迪拉克已经到了。

他看着从驾驶座上下来的边城："这么快？"

"巧得很，我正好在找你。"边城说。

279

边城请他上副驾驶座。他拉开车门，看到座椅上放着一个文件夹。正常情况下，他会认为这是边城的东西，但文件夹上面贴着便笺，写着他的名字。他拿起来，还挺沉，"这是什么？"

"想给你的资料，"边城说，"刚刚才整理好。"

闻笛满脸问号。他跟边城有什么纸质资料需要交接吗？

"这不会是卖身契吧？"他戏谑地问。

边城惊诧地看着他，他不得不解释这是玩笑，然后好奇地抽出文件："那还能是……"他停住了。

资料最上方写着"莎士比亚研究方向量化分析一览"，下面是分类目录，从作者身份和版权归属、作品风格和语言特征，到情感、主题、人物关系、历史和文化背景，每个方向都列出了有代表性的论文，参考文献将近十六页，他完全可以利用这些写出一篇博士论文。

闻笛看着文件，一动不动，好像谁突然给他按下了暂停键。

边城一直等着他发表意见，许久没等到，就把文件夹拿过来，从里面掏出一个 U 盘："这是电子版。"

闻笛盯着那个小金属块，好像需要费很大劲去理解这是什么。

"前一阵子跟计算机系的教授聊天，对方提到在 2016 年的时候，AI 生成的小说通过了星新一奖的初选，他对此很感兴趣，也开始用大数据分析文学作品。量化文本分析上好的期刊好像还挺容易，出论文的速度也很快。我觉得是个好方向，所以收集了一下文献。当然，只是一个建议。"

闻笛咽了几下口水，终于找回声音："你为什么要帮我找文献？"

"你不是想去高校吗？"边城说，"既然决定要去了，那当然是高一点的平台更好。再说了，这是文理交叉方向，宾大就把计算语言学放在计算机系，也算是某种形式的换专业了吧。"

闻笛接过 U 盘，把它和纸质资料一起收好，放在腿上。过了好一会儿，他才说："谢谢。"

"我其实很奇怪，"边城问，"你有理科背景，做文学研究，不应该早就想到量化分析吗？"

"我导师不是这个方向的，他不懂。"闻笛说，"我也不懂，我上了大学就再也没碰过数学。"

边城想了想，说："你学习能力那么强，肯定没问题的。如果有困难，我可以教你。"

闻笛露出微笑。他还是非常喜欢上课时的边教授的。

手里的文件夹并不沉重,但闻笛知道它的分量。一个极度讨厌莎士比亚的人,居然费尽心思去钻研关于莎士比亚的研究,翻阅上百篇文献给他做出这份综述。

他又道了一次谢:"辛苦了。"

"没事,我看论文的速度比较快。"边城想起他打电话的初衷,"对了,你刚刚说有事要商量?"

哦,对,被文献的事一打断,差点忘了正事。闻笛坐直身子。"租给我房子的学长马上就要回来了,"他说,"我跟博士生宿舍的室友有矛盾,但是北京的房租好贵啊。"他在心里默数:一秒、两秒、三秒、四秒、五秒。

然后边城开口了:"你缺多少钱?"

他绝望地闭上了眼睛。好吧,经过这么多次试炼,他明白跟边城交流的诀窍了。不要绕弯子,0.5度都不能绕。他叹了口气,说:"不是想要钱。"

边城沉默一阵,用试探的语气问:"你想搬过来住吗?"

闻笛感到欣慰。之前这人花了三个月才蒙对正确答案,这次只用了半分钟。真是孺子可教,孺子可教。

"我刚刚就想问的,"边城解释说,"但我怕你生气。"

"为什么?"闻笛不解,"你给我房子住,我还生气?"

"你不是说了吗,每次待在一起超过十二小时,我就会说错话,然后你会生气。"边城说,"如果住在一起,我担心我又把你气跑了。"

"放心吧,就算你把我气跑了,我也不会走远的。"闻笛露出无奈的微笑,"我会在那里等你追上来,到时候,你只要说心里话给我听就好。"

\你在我身边,黑夜也变成了清晨\

宋宇驰走出 WHOI(Woods Hole Oceanographic Institution,伍兹霍尔海洋研究所)的大楼,咸湿的海风扑面而来。这座美国北部最负盛名的深海研究所也是学术圣地,有着迷人的海滨风景。他穿过松树林,踏上通往海滩的小径,周围的绿色植被逐渐变成了沙丘。风中传来海鸥的叫声和大海的涛声。转过一座赭色的岩石,眼前豁然开朗。船只随着海面起起伏伏,云层低得仿佛触手可及。

天阴沉沉的，海是灰色的，海风也是灰色的，呼啸着逐浪而来，像是暴雨的前兆。就在这不祥的天气里，宋宇驰看到了沙滩上的那个人。

是个年轻人，看起来跟他差不多大，侧脸很美，在海滩上十分显眼，因为头发是蓝色的。在这灰暗的一天，只有这一小块地方残存着海的颜色。

年轻人蹲在沙滩上，脚边是一个浅坑，坑旁边有一个小沙丘。他小心翼翼地把一样东西放进坑里，然后珍重地捧起沙子，覆在上面。

"你在埋什么？"宋宇驰问。

年轻人像是全身心投入手上的事，没有注意到他靠近，闻言猛然一惊，推倒了身旁的沙丘。

"你是所里的博士吗？"宋宇驰又问，"你是哪个项目的？"

"水母。"年轻人说。

宋宇驰等着下文。按理介绍研究项目会更具体一点吧。

"我在埋水母。"年轻人指着沙滩说。

宋宇驰低头，看到年轻人的背后有几只水母，脚下也有透明的触手从沙子里探出来。沙滩上经常有搁浅然后被晒死的水母，但埋水母的人他还是第一次见。

年轻人只说了这一句，就继续手头的事情。宋宇驰看着他仔细地挖出浅坑，堆出一个个没有墓碑，随时会被海浪抹平的小坟。他全神贯注地做这份徒劳的工作，让宋宇驰突然有种错觉，好像他埋葬的不是水母，而是他自己。

"你是海洋生物学家？"宋宇驰问。

"以后不是了。"年轻人说。

"为什么？"

"不适合。"

"研究遇到困难了？"

年轻人看了他一眼，"嗯"了一声："三年了，所有努力都失败了，成果还跟刚读博的时候一样，一点进展都没有。"

"你能坚持努力三年，"宋宇驰说，"这已经很厉害了。"

年轻人没有因为他的夸奖而微笑。"我太高看自己了，"他又低下头，"本科的时候，参加学校的竞赛拿了个奖，就以为自己是科研天才。现在想想，只不过是当时导师给了一个好方向，又走了狗屎运，实验一点坎都没遇到。等真的干这行了，才发现自己什么都不是。"

282

宋宇驰不知道该说什么,有时候共鸣太强,反而会陷入失语状态。

年轻人倒了几句苦水,又接着埋葬水母。他的长发在海风里飞扬,耳朵被风磨久了,微微有些泛红,像是冻着了。

"你可以侧过来一会儿。"宋宇驰说。

年轻人迷茫地抬起头。

"假设人是一个均匀的圆柱体,风从正面吹来,"宋宇驰用手比画,"从流体力学的角度,风速会在圆柱体的中轴线上变为零,而在圆柱体的两边达到最大。所以冬天耳朵会比鼻子更容易冻伤。"

年轻人缓慢地眨了眨眼,似乎是用这个动作配合着思考。"那如果我侧过来,疼的不就是鼻子和后脑勺了吗?"

"可以正侧交替。"

年轻人露出一个微笑。他本来把一切都计划好了,埋葬水母,告别过去,然后在暴风雨前夕跳进海里。这样差的天气,谁都不会到海边来,谁都不会阻止他。

不知道在这漫长的海上航行途中,会不会有人发现他的消失,反正他的父母不会。

然而在他自杀之前,一个陌生男人突然出现在海滩上,讲起了流体力学。

"你是工程师吗?"他问。

"专业是能源动力,研究方向是光谱分析,Laser-Induced Breakdown Spectroscopy,简称 LIBS。"宋宇驰的语气一本正经,像是在说"看我示范怎么介绍研究课题",随后他又突然压低嗓门,神神叨叨地说,"我告诉你一个秘密。"

为什么要告诉他秘密?

"我其实,"宋宇驰小声说,"并不想做演员。"

这话莫名其妙,听得年轻人皱起眉。

"我今年博五,本来现在应该在论文答辩、找工作,结果我却跑到了这里,"宋宇驰说,"肯定要延毕了。"

年轻人"哦"了一声,仍然不知道他说这些干什么。

"他们都觉得我延毕是因为不务正业,脑子里净想着演戏。"宋宇驰说,"大三的时候,我就因为戏剧社排练耽误了申请学校,没有能够出国。"

年轻人困惑起来:"你刚刚说你不想做演员。"

"嗯,"宋宇驰说,"它只是我的一个借口。"顿了顿,他继续说,"我

283

延毕,是因为我写不出像样的毕业论文,写得太烂了,就连我都知道靠它绝对毕不了业。大三的时候也是,我知道我申请不了很好的学校,即使申请上了,我也跟不上学习进度。我四处宣扬我喜欢演戏,只是想安慰我自己、安慰我父母,不是我做不到,是我没尽力而已。"

父母一直认为他"有天赋""很聪明",墙上的奖状、柜子里奥数的奖杯似乎都能证明这一点。周围人说他是神童,每次见他都要夸赞一番。父母把手搭在他肩上,露出骄傲的笑容。他们都说这孩子一定前途远大。

但是,随着年龄的增长,在更高的平台上,那点童年的小聪明早就不够用了。他最终只是一个"小时了了,大未必佳"的方仲永,过去那些称赞再也听不到了。

他的父母不能接受这个事实。于是他找了一个借口,来证明那个所有人都信以为真的谎言——"他一直很聪明,只是不够努力而已"。在心底的某个角落,他知道自己也暗暗希望这是真的。

泛着泡沫的海水爬到他们脚下,抹平了他们来时的脚印。

宋宇驰说:"你怎么不劝我?"

"劝你什么?"

"劝我跟爸妈好好谈谈,把这一切都说清楚。"

年轻人摇了摇头,把手放得很低,让海水带走皮肤上的沙粒:"我知道世界上有些父母很难交流,即使你尽力了,他们可能也不信,觉得你还是在他们看不见的时候偷懒了。"顿了顿,他又说,"不过你比我好一点,至少你的父母还对你有要求。"

海浪越涨越高,已经盖住了他们的小腿。一瞬间,年轻人有点恍惚。他不知道这个人是想把他拉出去,还是想和他一起走进大海。

然后宋宇驰说:"那我们做个约定吧。"

年轻人露出迷茫的表情。

"你做那个对我完全没有要求的人,"宋宇驰说,"我做那个一直关注你的人。"

年轻人抬起头看着他,他的眼神诚恳而热切,似乎是认真的。"你要怎么关注我?"

宋宇驰拿出手机:"我们加个微信,从现在开始,我每天问你一个问题。"

"什么?"

"今天心情怎么样?"他目光炯炯地看着年轻人,让对方有种被看穿的错觉。

"那我呢?"年轻人问,"我需要做什么?"

"你从这些表情包里挑出一个回我。"宋宇驰把手机递给他,"看。"

是一套很可爱的暹罗猫表情包,每一只都有着不同的情绪:困倦、惊恐、忧郁、狂喜……

这是个很简单的请求,但对于一个生无可恋的年轻人来说,有点为时过晚了。

"我们可以先试两天。"宋宇驰说,"暴风雨要来了,接下来几天很难出门,反正闷在家里,试试怎么样?"

年轻人犹豫了一会儿,最终还是架不住宋宇驰的目光,拿出了手机。

看他能坚持多久,年轻人想。

"走吧,"宋宇驰朝他伸出手,"风越来越大了,小心感冒。"

宋宇驰的目光一直在他身上。有人看着,今天的计划很难实现了。他拉住对方的手站起来,拍拍身上的沙子。

他们一同沿着海岸小径走回去,他低头看着手机,发现好友申请已经发了过来。他填写备注的时候问:"你叫什么?"

宋宇驰告诉了他,并且补充道:"叫我的英文名也行。"

"英文名?"

"嗯,"宋宇驰说,"我叫 Thomas。"

\ 追求时的兴致总要比享用时浓烈 \

搬家,即使是只隔着走廊的搬家,也耗时费力,令人痛苦,所以闻笛决定徐徐图之。人先住过去,衣物和日用品慢慢搬运。

"师兄还有两周才回来,你现在就把房子让给我?"于静怡为从天而降的个人空间感到幸福万分,然后不知从哪变出一台咖啡机,向他献上诚挚的祝福,"祝你快乐。"

闻笛对礼物表示感谢,对祝福感到疑虑。未来真有那么美好吗?

边城显然也有同样的担忧。"要是我们的关系出现危机了怎么办?"他问。

闻笛想了想,说:"我们启动一个预警机制。"

他从于静怡那里薅来一根黑色橡皮筋,套到边城的手腕上:"如果你说了什么或者做了什么让我生气了,我就弹你一下。"

边城认为这是个好主意。错误能得到负面反馈,大脑就可以建立数据库进行分析,减少重复犯错的可能性。

于是,闻笛在一个黄道吉日搬到了对门。

既然房子是边城的,他觉得入乡随俗,最好对齐所有人的生活习惯。他把包放在椅子上,说:"讲讲你这儿有什么规矩,肯定有一堆。"

"不是很多。"

闻笛看着门口的三个大垃圾桶,表示怀疑。

边城顺着他的目光走过去,指着上面的标签说:"垃圾分类,这个你应该已经知道了。"

"刻骨铭心。"

"我在每个垃圾桶上都贴了图片,"边城说,"照着图片扔就行。"

闻笛弯下腰细看,"可回收"上面贴了图书、纸盒、衣服之类的图片,"不可回收"上面贴了药品、颜料等等,大概是为了方便江羽理解。

虽然刚搬进来,还没生产任何垃圾,他已经开始累了。

"食物不能带出餐厅区域。"边城又说。

"零食也不行?"闻笛头痛了,"哪有人在餐桌旁边吃零食的?"

如果不能盘腿坐在电脑椅里边吃薯片边看剧,生活还有什么意义?

然后边城指着浴室旁边立着的拖把:"最重要的是,每个人洗完澡,要立刻把浴室拖干净。头发、水渍,都不能留。"

闻笛深吸一口气。厕所这种麻烦又恶心的地方,他和于静怡都选择忍无可忍时再打扫。一周一次已经是极限了,一天一次?还是三个人每人一次?浴室瓷砖的摩擦力都拖没了吧!

闻笛已经有了逃回对门的冲动。这不是个好开头。他认为自己需要调整心态,于是把话题从生活习惯转到正事上:"我在哪工作?"

"卧室里有书桌,你可以在那办公。"

"那你呢?"

"我有一块活动桌板,可以放在餐桌上,应该挺好用的。"边城说着把桌板搬出来。那桌板面积还不小,放一个显示屏、一盏台灯外加一台笔记本电脑正好,侧面有个按钮,按下去可以调节高度。

"卧室里不是还有你演算用的白板吗?搬来搬去挺麻烦的,我用桌板吧。"闻笛说,然后只剩下最后一个重磅议题,"我睡哪?"

边城惊讶地看着他:"当然是跟我睡一个房间啊。"

"哦。"

"沙发就是张懒人椅,你睡不下。"边城指着餐桌旁边的一张黄布沙发说,"显然你也不可能跟江羽睡,我的房间里只有一张双人床……"

闻笛伸手扯住橡皮筋,弹了他一下。

边城对突然的惩罚感到茫然:"我干什么了?"

"废话太多。"闻笛摆了摆手,把电脑从包里拿出来,"要没有别的事,你先忙你的吧。"

拿到那份量化分析的资料之后,他用极限速度浏览了其中几个方向,在 2010 年 *Shakespeare Quarterly* 的一篇对莎剧口语词汇应用的研究中找到了灵感。他颤抖着写下论文构思,向老刘汇报。期望这次导师能做个人,毕竟导师不同意,他就无法换方向。

过了两个小时,老刘回复:"快四年了,你终于肯动脑子了。"

这人有种神奇的能力,哪怕是夸赞也能激怒别人。

然后就是惯常的训导:"我早就跟你说过,不能我让你研究什么你就研究什么,没有点创新能力你在学术界是混不下去的……"

系里有一位声名远扬的师兄,他在拿到毕业证之后跑到文南楼,把老刘办公室的门板拆下来了。闻笛很理解他。但在脱离苦海之前,闻笛决定忽略任何负面评价,只看结果:这人同意了。

突入另一个领域是很艰难的,闻笛戴上耳机,打开电脑,一边看先行研究,一边啃计量的教程。他正奋力地记笔记、捋逻辑,把键盘敲得哗啦响,卧室里突然传出了熟悉的……刺耳的……要命的……音乐……噪音!

闻笛一推桌子站起来,气势汹汹地推开卧室门。拿着琴弓的边城好像被抓包的贼。他拽过边城的手腕,拉起橡皮筋狠狠弹了他一下。

"你这个人是怎么回事?"他指着边城手中血红的"凶器","为什么要阻止我工作?"

"我以为你戴了降噪耳机就听不到了。"

"听得到!"闻笛头痛欲裂,"这个琴你非拉不可吗?"

"我在想一个算式,"边城犹豫着说,"拉小提琴的时候容易有灵感。"

"这是什么破理论?"

"真的,"边城说,"音乐是和缪斯女神交流的方式。"

"还交流呢,"闻笛说,"缪斯女神早被你拉聋了!"

边城把琴弓放了下来:"有那么夸张吗?"

"商战都不用毒鲤鱼、浇发财树,只要你站在公司门口拉琴;三体人都不用派出水滴,只要让智子在地球上循环播放你的琴声。"闻笛真心发问,"你听不到你自己在拉什么鬼吗?"

"我在想算式。"

"那江羽呢?"闻笛转过头,看到江羽从房间里跑了出来,站在门口,全神贯注地看着他们。"你听不到你哥哥拉琴?"

江羽说:"好听。"

闻笛仰天翻了个白眼。好家伙,满门音痴,只有他一个正常人。

"我不拉了,"边城把琴盒盖上,"你工作吧。"

闻笛回到餐厅坐下。在怒火中勉强啃了一节计量课后,他合上电脑,拿出包里的一瓶果汁,一口喝完。

他刚要把瓶子扔进垃圾桶,忽然看到门口摆了个纸盒,里面装满了瓶盖。纸盒上贴了张说明纸条:制造瓶盖的塑料和制造瓶身的塑料不是同一种类型,混在一起会降低回收效率。他看着说明,眉头紧锁,内心涌出一股破坏的冲动。深呼吸几次,他最终还是把瓶盖拧下来,和瓶子分开扔了。

做完环保先锋,他忽然意识到自己现在急需一个恢复平和的理由。他走到主卧,看到边城对着白板冥思苦想,显然还没找到思路。

看到闻笛,边城从密密麻麻的公式旁转过身来:"怎么了?"

"我刚刚有个地方没看懂,你来给我讲讲。"

边城很快走了过来。

还是讲课好,讲课能最大程度凸显室友的智力优势,就连他要命的沟通能力,在讲课的时候也会神奇地提升到正常水平。闻笛翻涌的情绪像退潮的海浪一样逐渐平息。弄懂知识点后,他伸了个懒腰,看着电脑上的笔记,开始了对时移世易的感叹。

"唉,现在脑子不如以前了,学数学好慢啊。之前蒋南泽花了好几天给我解释扎里斯基拓扑,我都没明白。"闻笛说,"岁月不饶人啊,我高考数学还考了一百四十多呢。"

"这跟岁月没关系。"边城说,"中学数学只是数学里非常非常小的一个角落,和现在研究的数学问题是两回事。如果没学微积分,你学的就是一千年以前的数学,学了微积分,那算是沾了一点三百年前的数学的边。"

拓扑是一百年前的数学……"

"我懂了，"闻笛说，"你是说我的数学还是唐朝人的水平，看不懂民国数学这么先进的东西。"

"一千年前是宋朝。"

闻笛深吸一口气，感觉刚刚升起的愉悦也像退潮的海浪一样缩了回去。他盯着橡皮筋看，边城顺着他的目光望去，拉开橡皮筋，自觉地弹了自己一下。

"我累了，我们睡吧。"闻笛说。

睡觉好，不说不动，能去其糟粕，取其精华。

他带着对救命稻草的憧憬，走到床边缓缓躺下。片刻后，顶灯熄灭，卧室陷入黑暗。

闻笛侧过身，面对着身旁的人，然后发现边城也望着他。眼神在昏暗的光线中交汇，淡淡的月色里只剩下了呼吸声。然后，边城忽然坐了起来。

闻笛吓了一跳："怎么了？"

边城抬手开灯，闻笛被光刺激得眯起眼睛。

"这个标签应该对着床脚的。"边城捏着被子的一角说。

闻笛还没来得及问"为什么"，边城已经把被子一百八十度大旋转。被子腾空而起，掀起的风吹散了热气，然后重新落下。

"刚才那个角度，原来盖脚的地方就盖到头了。"边城解释道。

闻笛的嘴张开又合上，最后只吐出一句冷冷的命令："睡觉。"

灯熄灭，人躺下。

睡吧，闻笛闭上了眼睛，明天又是新的一天。

呼吸逐渐放缓，意识也慢慢松弛下来，正当他离入睡还差临门一脚时，旁边的人忽然又坐了起来。

闻笛一个激灵，瞬间清醒了，怒火终于抑制不住地从天灵盖喷发出来："你又干什么？！"

"这个被芯没整好。"边城摸索着调整被套，让它和被芯对齐，"这边都卷起来了，很难受。"

闻笛的后槽牙磨得咯咯作响。他摸索着握住边城的手腕，把橡皮筋拉到极限，然后松手，黑暗中响起了嘹亮的"啪"的一声。

"最让人难受的就是你！"闻笛说，"我求你了，睡觉吧！"

"这样我睡不着。"边城揉着疼痛的手腕说。

闻笛深深吸气，提醒自己是成年人，要管理好个人情绪，抑制暴力冲动。

被子的窸窣声持续了好久,每一秒都在增加命案发生的概率。

终于,被套变得平整完美,边城满意地躺了下来。

闻笛用手捂着脸,死气沉沉地问:"你打呼吗?"

"除非太累,一般不打。"

"很好。"闻笛把手放下来,"我睡眠浅,一有动静就醒,你要是再打呼,估计就要发生刑事案件了。"

边城惊恐地看着闻笛,对方翻了个身,背朝着他睡了。

屋内又沉寂下来。十分钟、二十分钟……

半夜,鼾声如雷。边城睁开眼,久久地看着天花板。

谁问谁?!身边的人看起来文文弱弱的,打起呼来怎么跟交响乐似的!一会儿像风箱,一会儿像口哨,一会儿像沸腾的火锅,时高时低,时断时续。每一次呼噜声卡顿,他快要睡着的时候,下一波雷鸣般的攻势就会骤然响起,简直是精神酷刑!

几度辗转反侧之后,边城起身看了眼表,快到一点了。他叹了口气,小心地走出卧室,轻轻合上门,然后去储藏间里拿了床被子,别扭地把自己塞进沙发,在难得的清静里昏昏睡去。

\ 我们的意志是园圃里的园丁 \

第二天早上,闻笛神清气爽地醒来,伸了个懒腰。睡眠洗去了烦躁和怒气,昨晚的不快已经消弭,生活又变得欣欣向荣,一片美好。

起床时,身边的床铺已经空了。他走出卧室,看到边城顶着黑眼圈坐在餐桌前,喝着于静怡送的咖啡机生产的提神饮料。桌子左边摆着热气腾腾的包子、油条和豆浆,右边是一袋吐司和牛奶,可谓中西结合。

"你早起去买的?"闻笛问。

边城点点头,示意他坐下吃饭,动作蔫蔫的,眼睛里没什么神采。

闻笛坐进椅子里,醒来就有现成早餐吃的感觉真好。

不一会儿,江羽推门出来,响亮地说了一声:"早上好!"

"早上好!"闻笛说。

"早上好……"边城说。

江羽坐在闻笛旁边,抓起一个肉包咬了一口。闻笛喝了半盒牛奶,才注意到对面的人半阖着眼睛,昏昏欲睡的样子。

"昨晚没睡好?"闻笛问。

边城缓慢地抬起头,这个动作跟《疯狂动物城》里的水獭如出一辙:"你知道自己打呼吗?"

闻笛回忆了一下:"听室友说过。很响吗?"

"就像喉咙里装了个迫击炮。"

闻笛喝了口牛奶:"有这么夸张吗?"

边城用沉默表示肯定。

闻笛窘迫地问:"是不是吵到你了?"

"没事。"边城问,"你吃包子还是吐司?"

"吐司。"闻笛拿起一片,"有果酱什么的吗?"

"有草莓酱。"边城起身打开柜子,拿了一瓶未开封的果酱递给闻笛。

闻笛接过来拧了拧瓶盖,没拧开,又用衣服包着拧了拧,瓶盖还是纹丝不动。他走到厨房,戴上洗碗用的橡胶手套,用尽最后一丝力气,还是没成功。这也太诡异了,一般到最后一步肯定能拧开。

"好像卡住了。"闻笛说。

"给我。"边城说。

闻笛把果酱递给他。他接过来,先是随意地拧了拧,发现轻敌了,然后开始用力拧,仍然没效果。闻笛看到他手臂上的青筋都凸显了出来,果酱仍然不给面子。

"没事,"闻笛说,"我吃吐司就行。"

边城点了点头,把手放到了餐桌下面,问:"今天去图书馆吗?"

"对,"闻笛问,"你去学校吗?"

"嗯,打听了一下,新街口那边有所启智学校还不错,今天让江羽上一天课体验一下,我开完会之后去接他。"边城说,"晚上一起吃饭?我找到一家不错的馆子。"

"好啊。"

闻笛吃完早饭,把桌上的食物残渣收拾干净,看到边城面前的早餐还是原样放着。"你不吃早饭?"

"等会儿再吃。"

闻笛沉默了一会儿,问:"你不会还在开那个瓶子吧?"

边城没有回答。闻笛突然弯下腰,朝餐桌下面望去。果然,对面的人两只手还紧紧拧着果酱瓶子。

空气安静了几秒,边城解释道:"我刚才没有转对方向。"

"嗯嗯。"

"这种情况还是第一次出现。"

"我知道,是瓶子设计得不好。"闻笛安慰他。

这个理由显然没有说服边城,但他暂时放下了瓶子。

"赶紧带江羽去学校。"闻笛说。

新的一天一如往常,看文献,干杂活,替导师写专著。除了中途去了一趟校门外的琴行跟荷清苑,其余时间闻笛都在图书馆奋力补充新领域的知识。

等到窗外日光隐没,晚风微凉,周围的学生纷纷去吃晚饭,他才起身伸了个懒腰,活动了一下筋骨,顺便看了眼手机。边城发来信息,说开车带着江羽回来了。

闻笛让他们在校门口等,坐进车之后满脸期待地问:"去哪?"

边城开了一会儿,把车驶到一家顺德菜馆门前。三人找了靠里的卡座坐下,闻笛扫码,点开菜单,喜滋滋地往下滑:"一看就是我喜欢吃的。"

边城诧异地看了他一眼:"当然了,你告诉过我的。"

闻笛在点餐间隙发出疑问声。

"我们去听音乐会,你睡着的那次,"边城提醒他,"我们讨论过各自的喜好。"

闻笛听到"睡着"二字,露出不堪回首的痛苦表情。这人永远也不懂得去其糟粕,取其精华,总是给出多余的信息。不过效果挺好,那次音乐会让人印象深刻,他立马想起了种种细节。

"现在吃饭按我的喜好来了?"闻笛有种恍如隔世的感觉,"就我一个人吃得开心,你吃不喜欢的菜,岂不是每一口都在痛击我的良心……"

"不会的。"

"你这是自相矛盾。"闻笛指出。

"不喜欢花,如果你送给我,收到也会高兴;不喜欢吃的菜,跟你一起吃,味道也很好;"边城说,"不喜欢《乱世佳人》,但如果是和你一起看,那也很开心。"

闻笛看着他,过了很久之后,发出困扰已久的疑问:"你这人是怎么回事?"

边城赶忙看了眼手上的橡皮筋:"我怎么了?"

"情商忽高忽低,差距极大,语言艺术真是给你整明白了。"

边城在脑内翻译了一会儿,认定这是对自己昨天的表现的批评,对刚才说的话的表扬。他想起昨天疯狂被弹的惨痛经历。仅仅依靠负面反馈,没有具体的解释,他没法做出改进。他决定开一个复盘会议:"对了,我还没问你,昨天到底为什么生气?"

闻笛一边下单一边问:"你指的是哪次?"

"介绍住宿安排和睡觉那两次我搞明白了,"边城说,"讲课的时候你为什么想弹我?"

闻笛向他投去深沉的目光,然后发现他是真的不知道。

"我感觉你在藐视我的数学水平。"闻笛说。

边城震惊地看着他:"我有吗?"

"那你在干什么?"

"我在阐述拓扑学难懂的原因,"边城说,"文科生学不会很正常。"

这话听起来又不对劲了。闻笛怀疑地问:"你不会是那种人吧,觉得学文科不需要多高的智商,理科好才是真聪明。"

边城的表情好像刚有人在法庭上指证他犯了死罪:"怎么可能?这本来就是两个不同的领域,需要的能力是不一样的。你让我写感情充沛的文章,我也写不出来。再说了,从实用的角度,数学也不比文学强。"

"是吗?"

"虽然有些数学理论在其他领域被应用,比如柯西-施瓦茨不等式就证明了海森堡不确定性原理,但我研究的问题很偏、很冷门,并不一定有实用价值,我研究它只是因为有趣,谈不上推动科技发展,更谈不上为人类做贡献。"边城说,"而且,纯数学研究也不怎么受重视。你可以查查两院有多少院士是做纯数学研究的,自然基金委每年给这些项目批多少钱。地位和经费是挂钩的,宋宇驰的导师去年的大科学计划一期经费就三千万,还在教职工大会上作为代表发言,我一辈子申请的经费加起来也达不到这个量级。从任何角度,我都没资格藐视文学院的同事。"

闻笛眨了眨眼,忽然觉得自己有点以小人之心度君子之腹:"哦。"

"可能我的表述有问题,"边城说,"但这不是我的本意。"

"好的。"闻笛说。

"如果以后……"

"没关系,"闻笛说,"我知道你的想法了,不管你表述成什么样,我都不会再误会了。"

边城深深地看着他。

"汽锅鸡来了,"闻笛说,"快吃快吃。"

因为招牌菜看上去一道赛一道诱人,闻笛一不小心就点多了。店家给的米饭也实在,闻笛从小接受不能浪费粮食的教育,吃了大半碗实在吃不下了。粒粒皆辛苦,但还是肠胃健康更重要。

江羽还在细嚼慢咽,他就看了一会儿手机。于静怡给他发了消息,说外交部的面试结果出来了,她通过了。闻笛发了多个感叹号,想着多年的水逆迎来结束的曙光,他们得小小地庆祝一下。他问尤珺什么时候有空。因为是给于静怡开庆祝会,大忙人倒是说随时都有空。

他们选了一会儿餐馆,江羽也吃完了,边城挥手叫来服务员结账。闻笛低头看向餐桌,忽然意识到了一件事。他看了看自己的餐具,又看了看边城的,脸上交替出现了震惊、无措和惶恐的表情。

"你……"他盯着面前的空饭碗,"你把我的剩饭吃掉了?"

边城正拿着手机付款,闻言回头:"怎么了?你没吃饱?"

"不是……"闻笛说,"你……竟然把我的剩饭吃掉了?"

对方越来越困惑:"要不我给你再点一碗?"

闻笛盯着他,想弹橡皮筋和想拥抱的冲动同样强烈。想起自己中午回荷清苑时放在客厅角落的东西,他露出了微笑:"我们回家吧。"

走进家门,江羽照常回卧室看动画片。闻笛本来要取放在客厅的物品,突然被门口多出来的东西吸引了视线。"这是什么?"他指着垃圾桶大家族的新成员问。

"你扔垃圾的地方。"边城说。

闻笛歪着头观察这个新垃圾桶。家里扔垃圾的地方够多了,还给他新置办了一个?

"你以后不用分类,直接扔这儿就可以。"边城说。

闻笛好像听到了小行星撞击地球的声音。垃圾,竟然,不用,分类?

"你放着让我分类就行,"边城说,然后指向浴室,"洗完澡也不用拖地了,叫我过来。你想在卧室吃零食也行,只要……"

"吃完了叫你过来打扫?"

边城点点头。

闻笛感觉自己像个有随身侍从的奴隶主:"这也太麻烦了……"

"这些规定是我们的生活习惯,不是你的。"边城说,"我和江羽对清洁的要求比一般人高,所以做起来不觉得麻烦,但你不一样。既然是我定的标准,那就应该由我来打扫。"

闻笛看了他一会儿,笑了。

"怎么了?"

"垃圾分类是有点烦,"闻笛说,"不过习惯了也还好,就当为环保做贡献了。"

边城的目光热切而长久地停在他脸上,然后余光扫到了客厅角落的一样东西:"那是什么?"

闻笛一个激灵,他险些忘了自己放在那的礼物。他望着边城,一脸严肃地说:"我要给你一样东西。"

边城脸上忽然露出惊恐——惊恐?——的表情。闻笛有些纳闷,不过还是走到墙角,拿出一个黑色琴箱。他把琴箱打开,取出里面的物品,双手托着递给边城:"送你的。"

边城低头望去,是一把黑色的小提琴。

"静音小提琴。"闻笛补充,然后指着小提琴尾部的一个接口,"这里插上耳机,就可以听到自己的演奏。如果想外放,可以接上音箱。"他想了想,说,"还是别了。"

边城抚过枫木的琴颈。当他再转向闻笛时,目光中蕴含的感动好像闻笛是他的救命恩人。

"不用那么夸张,"闻笛说,"就是个小礼物而已。"

"谢谢,"边城说,"你这么爱财如命的人……"

"不用谢。"闻笛打断他。

边城珍重地把小提琴拿回卧室,和原来的老伙计并排放着。

闻笛交抱双臂靠着墙,看他放置礼物的手和恢复正常的表情,突然问:"你刚刚为什么一副要被吓死的样子?"

边城直起身,走到他面前:"我还以为你要跟我决裂。"

闻笛吓了一跳:"为什么?"

边城抬起手腕,橡皮筋下面有隐隐的红痕。

闻笛握住他的手腕，把橡皮筋拿下来。"你想什么呢，"他说，"就算我们有不合拍的地方，也不至于决裂啊。住在一起本来就需要磨合，你已经做得非常好了。"

"但是，有些地方我可能改不了。"边城说，"在我意识不到的时候，我还是会说一些奇怪的话。"

"嗯……"闻笛仔细想了想，耸耸肩，"改不了也没关系。"

"你不觉得这是缺点吗？"

"缺点也不一定要改啊。"闻笛望着他微笑，"有的时候，如果把缺憾补上了，原来完美的地方也会变得不那么完美。"

对方看了他很久很久，久到他以为时间在这一刻静止了。

闻笛忽然大笑起来，然后边城把橡皮筋套到他手上，弹了一下。他止住笑声，但嘴角仍然勾着："打呼的事，我去医院看看能不能解决。"

边城一瞬间感觉胸膛里有什么东西膨胀到了极点。

\ 黑夜怎样悠长，白昼终会到来 \

两人都倒头睡到了天亮。闻笛哼着歌起来，对江羽说了带感叹号的"早上好"，然后坐到餐桌旁，拿起吐司。

"不蘸果酱吗？"边城问。

"不用了。"

"蘸一下吧。"

闻笛看了眼手里的面包，再看了眼边城："就这么吃也挺好的。"

边城从柜子里拿出昨天的草莓酱。

闻笛难以理解他的执着："行吧，那就抹一点。"

边城仿佛就在等这个暗号似的，用力一拧，瓶盖脱落下来。

闻笛盯着瓶子看了半天，夸赞了一句"厉害"，然后用勺子把果酱抹到吐司上。

边城看着啃面包的室友，在心里长叹一口气。

昨天，他先用毛巾、纸巾、手套增加摩擦力，无果；再用吹风机吹、浇热水，想借助热胀冷缩原理打开瓶盖，仍然无果；又用勺子和刀背敲瓶盖的边缘，企图让内部和外部的气压平衡，依旧无果。在用了三种物理原理外加打了两个厂商投诉电话之后,他把开罐器、钳子和小刀插入瓶盖下方,终于!把盖子!撬开了!

他盯着果酱瓶,有种一雪前耻的快感。

对此一无所知的闻笛则只顾着吃早饭。

生活在短暂的脱轨后迎来漫长的平稳期,闻笛也开始慢慢把衣物和日用品搬过来。

一周后的下午四点,他写完论文,活动了一下筋骨,决定回去搬最后的几本书,然后彻底告别302。

他踏入熟悉的客厅,看到于静怡一反常态,没上班、没看书,而是坐在桌前发愣。她手里拿着一张纸,眼神空洞地落在纸上。闻笛坐到她旁边,目光瞟到纸上的三个字——体检单。他忽然紧张起来:"怎么了?"

于静怡像是刚从沉眠中惊醒,反应还有些迟滞。过了一会儿,她把单子慢慢放下,说:"我可能进不了外交部了。"

"为什么?"

"体检过不了,肝功能异常,谷丙转氨酶偏高,"于静怡说,"初查没有过,复查也没有。"

闻笛看着室友。她最近脸色有点偏黄,但他从来没往这方面想。

"去找专科医生看了吗?"闻笛的声音很轻,仿佛是害怕吓到还未清醒的人,"医生怎么说?"

"肝炎,熬夜太多了,作息、饮食不规律,再加上病毒感染。"于静怡说,"医生让我好好休息。"

闻笛知道,她近两年拼命攒钱,想买回父母为她卖掉的房子,疯了一样上雅思课,又要备考,时不时还用闻笛的账号翻看语言学方面的文献。她脑中一直紧绷着一根弦,想榨干自己的最后一丝精力。他应该早点提醒她的,这样下去身体迟早会吃不消。

但他没想到,这次崩溃来得这么猝不及防。

看着她的表情,闻笛有种一脚踏空的感觉,喉咙像是被堵住了,安慰的话一句都说不出来。

"没事的,医生说不严重,我吃一段时间药就好了。"于静怡指着另一张椅子上的塑料袋,闻笛看到里面装着很多盒药。

"那你先去床上躺一会儿吧。"闻笛说,"晚饭想吃什么?要不我帮你煮点粥？"

"别担心，我没什么特别难受的感觉。"于静怡拿起手机，"我先跟尤珺说一声，本来今天约了她见面的。"

"你先把身体养好吧。雅思课是不是也先停两天？"

于静怡"嗯"了一声，用手撑着桌子站起来，慢慢往房间走，走到一半，恍然想起没有拿药，又返回来拎起塑料袋。闻笛看着她的背影，心脏痉挛一样抽痛起来。

看着卧室门关上了，闻笛走回自己的房间，拿出手机，跟尤珺聊了聊，看看最近能不能抽出两天陪于静怡去哪个风景优美的地方散散心，休养休养。

他们列了几个方案，闻笛看了看时间，已经过了晚饭的点。他走进客厅，问于静怡想吃什么，没有回应。他又敲了敲门，门里没动静。他轻轻打开门，看到床铺平平整整的，没有睡过人的痕迹。窗户开着，窗帘伴着夜风飘舞，时不时拂过床脚。书桌上放着熟悉的医院的塑料袋，在风里簌簌作响。没人。

他又看了看黑黢黢的客厅，不安油然而生。他拿出手机给于静怡发了条微信，说自己打算去日昌吃饭，要不要给她带点纸包鸡翅回来。对面很久都没有回复。他问尤珺，于静怡是不是去了她那，尤珺说没有。他又给于静怡打电话，发现她的手机关机了。

胃被一团又冷又硬的东西堵住了。闻笛放下手机，坐在客厅里，思考于静怡会去哪里。来京之后，她一直是机构和家两点一线，很少去其他地方。在北京的同学虽然有几个，但除了尤珺，于静怡都不算太熟，按她的性格，不会随便上门打扰。

麻烦了，北京这么大，要找一个人简直是大海捞针。

闻笛冒出一身冷汗，想了想，发消息给尤珺，问她知不知道于静怡会去哪里。

尤珺说她马上过来一起找。

闻笛拿钥匙下楼，在小区门口原地踱了半个小时。一辆出租车停在路边，尤珺开门下车，朝他跑过来。两人商量了一阵，决定还是先去学校。学校离得最近，对于静怡来说也最熟悉。

"这样吧，"尤珺说，"你去学堂路西边，我去东边，找到了发条消息。"

闻笛点头同意。尤珺在路边扫了辆共享单车，刷校友卡进了学校。

学校西侧风景最好。二校门、大礼堂、草坪、荷塘，都是游客的打卡胜地，常年人满为患，不过现在已经晚上九点多，这边只有零星的几个学生。

尤珺走过水木清华的匾额,看到假山旁那个瘦削的人影,长舒了一口气。

她给闻笛发了条微信报平安,走到于静怡旁边,坐在另一块假山石上。

"我想过你会不会在这里。"尤珺说,"还记得吗?大三的时候,你也是在这找到我的。"

那一年,尤珺在学业和感情的双重压力下生物钟紊乱,经常失眠,褪黑素因为经常服用已经完全失效。实习上司是个绣花枕头,只会用打压实习生的方式获取成就感,对她的报告百般挑剔、阴阳怪气。就在濒临崩溃的时候,她发现男朋友劈腿了大一的学妹,他们三个在同一专业,消息瞬间传遍了整个外文系。

那天晚上,她突然失联后,于静怡也是在这里找到了她。

于静怡看着眼前的荷塘,沉默了一会儿,问:"你当时在想什么?"

"跟你一样。"尤珺说,"我觉得我是全世界最不幸的人,觉得老天爷不长眼睛。想到一觉醒来又要看到那个上司,想到全系都知道我被绿了,我就好累,好害怕,好不想看到明天。"

但她没有跳下去。她们在荷塘边上坐了一夜,一起看到了第二天的日出。

"你还记得你当时说了什么吗?"晚春的夜风吹来,荷塘里暗影浮动,尤珺裹紧身上的外套,"人生是幸运还是不幸,不到死之前是没法下定论的。如果你跳下去了,那你的人生就框死在不幸里了。"

于静怡盯着池塘,陷入了沉思。尤珺安静地坐在旁边,看着月亮一点一点沉下去,沉到树梢上。

很久之后,于静怡开口问:"我这么不幸,是不是因为我经常去追求不属于我的东西?"

尤珺感觉胸腔里有什么东西沉重地坠落下去:"你怎么会这么想?"

"我非要去剑桥读书,非要去外交部,"于静怡说,"我不该奢求的。"

尤珺看了她半晌,时隔五年,对所谓的命运产生了深深的怨恨。"这个世界真是疯了,居然让你这样的人产生这种想法。"她说,"你什么都值得,最好的机会、最好的平台,本来就应该是你的。"

于静怡没说话。资源应该是按照能力分配的,可事实上,她最后什么都没得到。她想起了过年时闻笛说的话:小说里的主人公,我希望他们都失败。

这很正常,因为他们终究不是主人公,没有主人公的气运。她这样的人要成功,本来就需要一路顺遂。高考要正常发挥,选专业要选对,找工作要顺利,选的行业要处于上升期,上司要慧眼识才,身体要健康,家里

299

人要平平安安……其中任何一个环节出了错，一切就完了。她错了两个。

尤珺看着她，脑中长久悬着的一个念头变得越来越清晰。她握住于静怡的手："回去读博吧。"

月色沉寂下来。

很久之后，于静怡开口说："你在开玩笑吧？"

"不，"尤珺说，"我知道你一直想做学术，你是我见过的最适合做学术的人。你有能力，有天赋，认真踏实，肯钻研，又那么喜欢语言学，为什么不回去读博？"

"我已经放弃了。"

"放弃了不能再捡起来吗？"尤珺说，"你的导师那么欣赏你，她也觉得你退学很可惜，你去找她谈一谈，说不定今年剑桥会给你奖学金。即使剑桥不给，你还可以申请其他有 funding（资金）的项目。为什么不试一试？"

"这……"于静怡说，"不行啊，我读的是语言学，不是 CS，就算我读出头了，我去剑桥当了教授，能赚多少钱？它值得我再赔上几年吗？"

"你在做你喜欢的事，你实现你的梦想了，这才是最重要的。"

于静怡笑了笑："要是我有钱，这么想还可以，普通人追求什么梦想啊。"

"谁说的，"尤珺说，"梦这么虚无缥缈的东西，本来就是普通人追求的。有钱人才不会追求梦想，对于他们来说，那叫实现目标。"

于静怡看着她。

"去吧，"尤珺说，"我们两个里面，至少得有一个在做自己喜欢的事。"

于静怡沉默了很久，摇了摇头。"万一我今年申请不到奖学金怎么办？"她说，"我攒了一点钱，但那是给我妈买房子用的。"

"我借给你。"

于静怡彻彻底底呆住了。尤珺的表情很严肃，就像在参加 IPO 前的汇报会议。她是认真的。

"那你呢？"于静怡问，"你不是要攒钱，等到四十岁之后拍电影吗？"

尤珺笑了起来。"我在拍电影啊，"她说，"我在等一个贫困县的女孩成为剑桥教授。"

于静怡看着她，突然有种抱着她号啕大哭的冲动。虽然夜色还是漫无边际，但她觉得身体是温暖的，这温暖撕破了黑暗，在夜里燃起一束光。

这时，一个人影顺着荷塘边的石板路走过来。女孩们抬头，看到拿着手机的闻笛。他把手机递给于静怡："伯母给你打的电话。"

于静怡接过手机，犹豫着放在耳边："妈。"

对面沉默了一瞬，只说了一句："你去吧。"

于静怡顿了顿，泪水忽然涌了出来，像冲破堤坝的洪流一样肆意流淌。

"我知道你在攒钱，想把房子买回来。真是的，那房子本来就是给你读书用的，你老想着它干什么？自己的身体不要了？"对面说，"妈这两年在姥姥家不也过得挺好吗？你不给我买房，我就只能住在大街上了？"

"可是……"

"那套房子你买不买回来，我一辈子都只能住在这个县城里。"她说，"你要去更远的地方。"

于静怡一边叫着"妈妈"一边落泪。也许这个词有一种神奇的魔力，仅仅是它的声音，就能治愈一切伤痛。

闻笛看着伏在朋友肩头上痛哭的室友，突然有一种预感。

也许，这一次，奖学金是会出现的。

也许，剧本并不是一成不变的。

也许，冥冥之中有一股修正力，那些错乱的人和事经过时间的沉淀，绕过无数弯路，终究会去到该去的地方。

\别在树下徘徊，别在雨中沉思\

庆祝会推迟了几个月。

那时，闻笛已经完成了开题报告，而于静怡正在苦恼如何选择。她联系了剑桥的导师，如果办理重新入学的手续，她可以试着申请国内留学基金委的奖学金，加上助教的工资，应该足够生活。但她同时找到了瑞士的一个项目，有 funding，每月的工资更高一些。那边的导师很乐意接收她，鉴于她在剑桥大学修完了一部分课程，可以抵一些学分，不用从头读起。

脱离了备考和疯狂上课的生活，于静怡的脸色比往常亮了许多。

闻笛思来想去，决定把庆祝会和乔迁宴放在一块办，不去餐馆，就在公寓里做顿便餐，纪念这段黑户岁月的终结。

聚餐地点在 301，参加人员除了三楼的住户，就只有尤珺、宋宇驰和蒋南泽。

宋宇驰一进门就四处晒猫，指着照片上的黑脸暹罗猫说："长得像我吧？"仿佛这是他和对象的爱情结晶。

边城不认为这两个有生殖隔离的物种相似："哪里看出来的？"

宋宇驰指着猫猫说："你看这小黑脸，像不像挖煤工？"

能源动力专业的学生常被戏称为"烧锅炉的"。宋宇驰看着猫一脸宠溺："她是挖煤的，我是烧煤的，这不就是天生的一家人。"

闻笛看着照片十分嫉妒。他也想养猫，但以边城的洁癖程度，他肯定无法接受家里猫毛四散。

蒋南泽一进门就听到了江羽房间里动画片的声音，他一个激灵，叫了声"托马斯小火车！"就跑过去盘腿坐下，和江羽一起跟着汽笛声举起手，发出"呜呜"的声音。

"我喜欢托马斯。"江羽说。

"好眼光，"蒋南泽夸赞道，"我也喜欢。"

"都别聊了，"闻笛用锅铲敲了敲煤气灶，"过来盛饭。"

电饭锅冒着滚滚热气，边城拿着饭勺打开锅盖，听到宋宇驰在旁边赞叹："好美的流体啊。"他举着手机走过来，打开手电筒照着白烟，冲蒋南泽说，"你看你看。"

"这锅是我八十买的。"闻笛说。

宋宇驰继续赞叹："好美的流体啊。"

端饭上桌，七个人坐下，举杯庆祝闻笛找到落脚之处，以及于静怡重回象牙塔。江羽跟着他们举杯子、喝饮料，然后端着碗一边认真吃饭，一边竖起耳朵听他们聊自己不懂的事情。

"真好啊。"尤珺放下杯子，对着闻笛感叹道，"上次看到你这么容光焕发，还是小学期的时候。"

"小学期"三个字像一道惊雷，瞬间击中了闻笛。他飞速思考着如何不着痕迹地略过这个历史污点，可惜晚了，另外两位老同学已经意识到了此事的重要性，眼里冒出令闻笛胆寒的光芒。

"边教授，"尤珺慢慢拿出手机，"你看过我们小学期的视频吗？"

"没有。"边城说。

闻笛提起尤珺的其他事迹，企图转移话题："那时候我就看出来你是干大事的料。你一天只睡五个小时，除了小学期还去……"

"那个不重要。"尤珺摆了摆手，继续向边城介绍故事背景，"我们大一小学期的任务是莎士比亚戏剧排演，全班演了场《仲夏夜之梦》的舞台剧，那时候的视频我还留着……"

闻笛伸手抢夺尤珺的手机："没什么好看的……"

"你这叫欲盖弥彰。"于静怡提醒他。

闻笛转过头,绝望地看到边城正一脸期待地盯着尤珺的手机,还问他："你演什么角色?"

"你不是讨厌莎士比亚吗?"

"你演的话我就喜欢。你是哪个角色?"

为了看他的黑历史,这种鬼话都说得出来!

"我才不想让你边看边吐槽《仲夏夜之梦》的逻辑。"

"不会的。你是哪个角色?"

于静怡替闻笛回答："他演泰坦妮娅。"

边城把目光转回闻笛身上,闻笛惊恐地发现他跟两位老同学一样兴致勃勃："泰坦妮娅是仙女。"

"她是一个非常有深度的角色,象征着自然、力量和神秘。"

"她是仙女。"

"她的故事线展现了莎士比亚对人性、爱情和幻想的洞察。"

"她是仙女。"

"别提这两个字了!"

尤珺已经按下了播放键。伴着优雅、舒缓的背景音乐,闻笛穿着浅色的纱裙入场了。餐桌旁没看过视频的几个人发出惊叹,伸长脖子欣赏他富有光泽的假发,蒋南泽甚至举起了手机开始录像。

视频中的闻笛穿着一条轻盈的淡蓝色长裙,裙摆上绣着藤蔓,长长的假发编织成辫子盘在头上,戴着用雏菊和叶片编成的花冠。大概是脸上扑了粉,他的皮肤熠熠生辉,配上花冠和裙子,整个人显得既温柔又优雅。

"这是你们导演组的恶趣味吗?"蒋南泽一边录像一边问,"我好像有点理解。"

尤珺摇了摇头："往下看,我选角可是很专业的。"

场景转到下一幕,泰坦妮娅被滴了具有魔力的药水,注定会爱上睁开眼看到的第一个人。然后,尼克·波顿入场了,他的头被人施法变成了驴头。

穿着长裙的闻笛睁开眼,看到眼前长得像驴子的男人,忽然双手抚胸,大声表白："我的耳朵沉醉在你的歌声里,我的眼睛为你的相貌迷惑,在第一次见面的时候,你的美貌已使我不禁说出而且矢誓着我爱你了!"情真意切，令人动容。

"看看，"尤珺点评，"这是本色出演才能达到的效果，Sam 是我见过的最优秀的体验派演员。"

"不愧是他。"蒋南泽点评道。

"灵魂演技。"宋宇驰点评道。

"你真漂亮。"边城点评道。

闻笛愤怒地啪的一声按倒手机屏幕，狠狠地瞪了一眼边城："这是为了集体牺牲小我。"

"你真漂亮。"

"你真变态。"

除了闻笛，众人都继续入迷地看着视频，餐桌旁洋溢着欢乐的气息。视频最后，英语专业 2 班全体演员手牵着手向台下的教授们鞠躬谢幕。虽然演员台词说得磕磕绊绊、错漏百出，虽然服化道简单，但青春的蓬勃生气还是令现在的几人感动。

"那时候好阳光，"于静怡说，"好有活力。"

大家同时叹了口气。大学也有学业压力，但跟工作之后的生计压力比，大学还是人生中最五光十色、自由自在的时光。

他们开始回忆大学生活。尤珺跟宋宇驰谈起舞台剧排练，于静怡谈起斗山的枫叶，闻笛谈起东北门的小火锅，蒋南泽谈起水母蜇刺。

然后边城谈起国际学术会议。餐桌旁的众人把目光投向他。

"你的大学生活没有什么美好的事吗？"闻笛心如死灰地问，"跟朋友出去旅游？聚会？喝酒？"

"我那时候才十三四岁，不能喝酒。"

宋宇驰贴近蒋南泽，悄悄说："我们把这人踢出去吧，他和我们不是一路人。"

闻笛被这话惊醒，恍然大悟，加入了迫害教授的队伍："你是我们这里唯一一个顺利毕业的博士。"

桌对面的三位纷纷点头。

宋宇驰向后靠着，胳膊搭在椅背上，叹息着畅想："要是能回到本科的时候就好了。再来一次，就算爸妈打死我，我也不读博。"

蒋南泽拨着碗里的虾："我要是大学就开始认真搞自媒体，现在已经是'百大'了。"然后他转向闻笛，"你肯定想回到高考填报志愿的时候。

你会去其他学校,选个电子信息之类的专业。"

"不。"闻笛说。

边城有些惊讶。在他的认知里,进错专业是闻笛一生的遗憾。

闻笛托着下巴,像是在畅想:"我想回到小学。"

"怀念童年了?"宋宇驰打趣。

闻笛摇了摇头。"那个时候,我还相信自己是主人公。"他笑着说。

那个时候,他还相信自己是所有人和事的中心,相信世界就是为了自己诞生的。他会想象自己被媒体记者采访,想象自己在会议室里指点江山。不知道从什么时候开始,他突然失去了成为主角的自信,自己不过是芸芸众生中的一员,而那些花团锦簇、众星捧月的场景,终究属于其他人。

聚会结束,边城把盘子运送到厨房。水流从堆叠的汤碗边沿落下,形成一道喷泉。江羽正用抹布擦着桌子,闻笛竖起案板,擦洗刀具。

"你有什么想去的地方吗?"在厨房忙活的间隙,边城突然问。

"啊……"闻笛仓促间想了想,"草原?我一直想去内蒙古,总是没机会去。"

"那我们去吧。"边城说。

闻笛转过身,握着的菜刀上还沾着番茄的尸体,"什么?"

"还记得拉斯维加斯吗?"边城说,"有时候,脱离现实才能实现一些事。"

闻笛有些云里雾里:"比如?"

"假装自己是世界的主人公。"

\ 命运之书里,我们同在一行字之间 \

数学是一门需要缜密分析的学科。刻板印象中,数学家的旅行计划应该是周密的、经过多方比对的,就像边城那辆打了七五折的凯迪拉克。然而,经过拉斯维加斯一行,闻笛知道他也有另外一面——心血来潮的、无法预测的。

他们乘动车来到额尔古纳,入住酒店,闻笛震惊地发现卧室里挂着水晶吊灯,浴室里躺着熟悉的大理石浴缸,客厅看起来能同时招待十二个宾客,书房外还有一个三百六十度的全景露台,可以俯瞰城市的壮观景色。

"你订这么大的房间干什么?"闻笛靠在露台的栏杆上,看着夜幕下寂静的银河,一边舒适地眯起眼睛,一边心疼逝去的金钱。

"我总结了一下小说主人公的特征,"边城说,"他们每天睡在一千平方米的卧室里,在三百米长的大床上醒来。酒店没有这么大的房间,但是我们可以在三米长的大床上醒来。"

闻笛觉得他可能分析错了小说类型。不过没关系,按照任何小说的设定,他现在都该是大集团的高管或者创业公司的 CEO 了,当然要住总统套房。

"我们吃什么?"他问。

"鹅肝、鱼子酱、白松露。"

"我们是在草原上。"

"全羊宴、手把肉、红柳大串。"

"跟我想象的一样。"闻笛评价道。

边城带他去了一家声名在外的餐厅。餐厅位于额尔古纳湿地保护区附近,内有人造草原景观,食客可以坐在蒙古包里品尝全羊宴。虽然食材单一,但闻笛对这顿饭感到很满意。

另外,总统套房虽然浪费金钱,但提供了多元化的娱乐选择。客厅、餐厅、厨房、书房,每个地方都能对应不同的小说场景,更别提里面竟然还有个按摩室。

"我们可以开车逛逛。"边城说。

闻笛本来以为边城报了什么旅行团,但他从一千平方米(想象中)的卧室里醒来,走到酒店门口时,发现租来的 SUV 里只有边城一个人。

"我是你的私人司机。"边城说。

主人公怎么能跟团呢?

车顺着草原上的小路前行。草绿得鲜亮,点缀着野花,像是抛过光的油画。白云与地平线交织在一起,悠悠地飘浮着。偶尔,他们遇到穿梭于草丛中成群的牛羊,它们抬头望向行驶的 SUV,发出好奇的叫声。

车速并不慢,但眼前的景色太辽阔,让人有种车子停滞不动的错觉。草原是一片无垠的旷野,冻住了空间和时间。

"草原的落日肯定很美。"闻笛把头探出 SUV 的车顶,带着微微草香的夏风迎面拂来,他深深吸气,望着远处的天际线,"草原的雷雨肯定也很美。"

"不过,"他又说,"这俩好像不能同时出现。"

"那也未必。"边城说。

闻笛把头缩回车内,疑惑地看着边城。边城抬起手腕看了眼表,说:"还有两个小时。"

闻笛问什么两个小时,边城让他留心风景。

过了一会儿,天边的云越积越多,光线逐渐暗下来。边城把车停在路边,打开双闪,车轮一半没在草丛中。

"要下雨了吗?"闻笛观察着远处的乌云。

"你听。"边城说。

草原逐渐被一种压抑的静谧所笼罩,天空变得灰暗而深沉。

突然,天际闪过一道亮光。雷声先是远远地滚动,然后逐渐增强,变成震耳欲聋的轰鸣。紧接着,闪电接二连三划破天际,在厚重的云屏上勾勒出耀眼的银边。每次闪光时,草原上星星点点的花短暂地亮起一瞬,随即又陷入灰暗。

风变得越来越强劲。草丛在风中摇曳,似乎在为即将到来的雨水欢呼。忽然,雨倾盆而下,如同瀑布一般,像是要填补天与地之间的每一丝空隙。牛羊已经被主人赶了回去,只剩下车里的他们,像海洋中的一叶孤舟。

草原上的雷雨有一种令人恐惧的美。

边城拿出手机,点开一个股票软件,递给闻笛。

闻笛有些莫名其妙:"我又不理财。"

边城指了指页面上方的公司名称。闻笛仔细一看,"啊"了一声。是何文轩在纳斯达克上市的公司。

闻笛紧闭着眼睛推开:"你给我看它干什么?"

"许个愿吧,"边城说,"然后等我发出信号,你就睁开眼。"

"啊?"

闻笛满腹疑惑地听着连绵的雨声,在心里隔空下了诅咒。然后边城说:"睁眼。"闻笛睁开眼睛,公司股价的曲线图映入眼帘。绿色线条抖动着,以惊人的速度向下坠落。他一把抢过手机,难以置信地盯着屏幕。

"不是说了吗?"边城说,"你是世界的主人公,你想要的一切都可以实现。"

闻笛看着股价从开市的 120 跌到 100,眼看直逼 80,突然爆发出欢快的笑声。

他当然知道世界上没有奇迹。天气预报会说今天有短时雷雨,而何文轩的公司恐怕发了什么通告,宣布最新产品发现严重缺陷,需要全球召回。边城不是神明,只是善于搜集信息而已。但是,在这短暂的一瞬间,他愿

307

意相信,这一切都是自己在内心祈愿的结果。在他们两人第二次的现实逃亡途中,他是主人公,是所有人和事的中心。

暴雨转为连绵细雨。

"我小时候很喜欢下雨,"闻笛说,"晚上听着雨声睡觉,感觉很惬意。"

"那就睡吧。"边城说着打开了车载音响。

舒缓的抒情歌伴着雨声流淌出来,眼前是一望无际的草原。苍茫而广阔的世界里只剩下他们两个人,还有永不停歇的雨滴。

闻笛闭上眼睛,赶论文的疲惫涌上心头,睡意蔓延开来。他在雨声中睡着了,就像漂浮在海上。

不知过了多久,滴答声渐渐止息,有人轻柔地推他的肩:"雨停了。"他迷迷糊糊地撩开眼皮,然后猛地睁大。

太阳垂在地平线上,一小半隐没在起伏的山丘后。积雨云已经消散,天边只剩被夕阳点燃的云霞。在落日余晖的映照下,草原染上了一层温柔的金色光晕。草尖和花瓣上挂着晶莹的水珠,闪烁着点点光芒。

闻笛情不自禁地打开车门,踏上了雨后的公路。

边城跟在他身边,指着不远处一个隆起的小丘:"我们去那里。"

世界的主人公就这样被带到了丘顶。然后边城指着天边说:"你看。"

一道彩虹悄然升起,弯弯地横在天空中。它的颜色如此纯净透亮,好像一触即碎。闻笛仰望着这道天空的奇迹,心中涌现出感动和敬畏。

"再看那边。"边城的手指偏移了一些。

闻笛发出赞叹声。还有第二道彩虹。它比第一道暗很多,不仔细观察很难发现。闻笛一边欣赏一边问:"你怎么一眼就找到了?"

"彩虹的位置是折射和反射的几何关系确定的。"边城说。"主虹通常跟观察者、太阳形成大概 42 度的圆心角,副虹形成 51 度的圆心角。因为是光线在水滴内部经过两次反射后形成的,副虹的颜色顺序与主虹相反,而且亮度比较低。"

闻笛咂摸了一会儿,觉得非常合理。谁说不能在辽阔的草原、浪漫的彩虹底下算观察角度呢?"要是我们以后去看极光、看星星、看花,你是不是也要谈一谈数学?"他问。

"很多花的花瓣排列方式都符合斐波那契数列,"边城说,"比如向日葵的花序。"

闻笛看着他,点点头:"好吧,什么都跟数学有关系。爱情是不是也有个公式?"

边城说:"这有点极端了。"

"哦。"

"不过,"边城又说,"硬要把爱情比作数学公式的话,它是满足压缩映射条件的一元五次方程。"

那个人刚刚认为自己知道什么叫极端,闻笛想。他揣起手:"你知道这句话我有三分之二没听懂吧?"他本没想让边城解释,但对方还是开口了。

"你学过一元二次方程吧?"边城说,"在这种方程里,存在一个求根公式,只要你知道方程的系数,带进求根公式,就能算出方程的解。"

"嗯,"闻笛说,"这个我知道。"

"一元一次方程、二次方程、三次方程、四次方程都是有求根公式的,"边城说,"五次以上就没有了。满足压缩映射条件的一元五次方程当然也没有。"

闻笛一头雾水:"哦。"

"但是,"边城说,"它存在唯一解。"

你不知道这个解在哪里,即使你知道所有系数,也没法用任何固定的公式求出它。但是,你知道它是存在的,它是唯一的,它是茫茫数域里独属于这条孤独曲线的交点。

"幸运的人,"边城说,"就能够找到它。"

就在这片雨后的草原上,在逐渐隐没的夕阳里,在一个明亮、一个稍暗的彩虹下,面前的人这样说。

闻笛久久地注视着他,然后露出了一个微笑。

也许世界还是美丽的,即使是极品音痴、感情残障、人类奇点、垃圾分类狂热爱好者、三维世界里的一点二六维生物,也可以找到那个唯一解。

生活在两个国度的人会来到一间小小的酒吧,在第一句歌词响起时相遇。

"You had me at hello。"

♪正文完♪

Extra Chapter 1

皆大欢喜

我会写你的名字了。
我只会写你的名字。

\ 良心使我们都成了懦夫 \

按键、确认,密码锁发出短促的解锁声。

许戚打开门,一踏上玄关的地毯,就听到客厅传来震耳欲聋的罐头笑声。他条件反射地皱起眉,原本阴沉的脸上添了几分不耐烦。他拐过餐厅的酒柜,看到母亲许知雅歪在沙发上,把一只脚垫在另一条大腿底下,边看综艺边发出笑声。

许戚走到沙发旁,拿起遥控器关掉电视。他比母亲高不止一个头,一站一坐,俯视感更明显:"你怎么又来了?"

"给你做晚饭啊。"许知雅抬头望着他,"菜都凉了。你怎么每天都加班到这么晚?这样下去身体可吃不消。"

"我说过很多遍了,晚饭我可以自己解决。"许戚看着她,"我也说过,这是我的房子,来之前要跟我打招呼。"

"你饿了没有?"许知雅站起来,"唉,肉得回锅热一下,南瓜还要再蒸一蒸。"

许戚的脑子又开始嗡嗡响。他跟母亲之间好似隔着一条天堑,是世界上距离最近却永远无法交流的邻岛。

"对了,你请的新家政不错,"许知雅边往厨房走边说,"屋子干净得跟新的一样,连床底下都没灰。"

这么说,就是她已经进过卧室了。许戚失去了继续交流的欲望,回到书房,将客厅里的声音隔绝掉。灯光照在落地窗外的阳台上,他站在玻璃前望了眼阳台地砖,发现母亲所言不虚——确实非常干净。

公司走上正轨后,他几乎没日没夜地加班。连轴转之后回家,最烦的就是看到家里一团糟。因此,搬来这里之后,第一件事就是打听靠谱的保洁。楼里其他住户向他推荐了一家公司,于是他预约了一次日常保洁。一般在家政上门时家里都会留一个人,以免丢失贵重物品。但许戚在家的时间已经不是工作时间,所以他预约后直接把门锁密码发了过去。家里监控全覆盖,能有什么问题。

从这一次的表现来看,这里住户的眼光不错。

许戚看着焕然一新的阳台栏杆,察觉到手机振动了一下。他拿出来看,是"家事无忧公司"请他对今天的服务做出评价。他犹豫了一下,点进了链接。难得遇到满意的家政,留意一下吧。

在常见的评价栏上面,写着提供本次服务的员工名字:工号058,江羽。

许戚盯着这个名字看了半晌,攥着手机的手出了汗都浑然不觉。

重名吗?这不是罕见的名字。

他忽然转过身,走到书桌前,打开显示屏,点开监控回放。下午两点,一个人影出现在门口,蹲下去穿上鞋套。下一秒,那人抬起头,许戚看到了一张熟悉的脸。他缓慢地往后靠在椅背上,手指逐渐松开鼠标,大脑一瞬间一片空白。

然后,就像黑暗中亮起的一束光,回忆奔涌而来。

那个时候他还叫瞿睿衡。

小升初那年夏天,本来为学区房、北京户口发愁的母亲忽然兴冲冲地告诉他,从今往后,他可以去一所名为兴城中学的私立学校上学。

"老师都是一水的博士,海归!"许知雅喜上眉梢,"你好好念,将来也出国弄个洋学位回来!"

他问上学的费用从何而来,母亲神神秘秘地说,以后就知道了。

几天后,许知雅把他领到一个中年男人面前,让他叫叔叔。男人旁边站着一个跟他差不多年纪的男生,许知雅让他叫哥哥。他盯着父子俩看了半晌,还是叫了。

"我一说你上学的事,你周叔叔马上打电话给兴城的校长。"许知雅摆弄着新烫的长鬈发,"现在啊,我们店长对我说话都客客气气的。你周叔叔还说要给我盘个店面呢。"

他看着母亲眼里熠熠的闪光,知道母亲又想起了南长街那家被人砸掉的店铺。

在住进那个男人家之前,许知雅告诫他:"你热情一点,嘴甜一点,别成天拉着张脸,他以后说不定是你爸爸呢。"

"你们结婚了吗?"他问。

许知雅眉头皱了皱,随即舒展开。"人家家大业大,多考虑一下也正常。"她说。

就像之前的无数次一样,"这次肯定是个好人""这次肯定有希望了"。

没有。那位地产开发商并没有和许知雅结婚,她和她的儿子一直只是借住在那里的身份尴尬的外人,但许知雅依然对明天充满信心。

而他不是。从进兴城中学开始,他就跌进了无边的地狱里。那位新哥哥和他上同一所学校,他的身份很快尽人皆知。就像一众珍珠里的鱼眼睛,他很快就被人挑出来,成为众矢之的。他成为球童、服务员、清洁工,给在一个教室里的同龄人端茶送水。回家时,许知雅问他新学校怎么样,他说同学不太友善。

"都是娇生惯养的,脾气差也正常。"许知雅看了眼二楼书房,"不是大事的话,忍一忍算了。别像以前一样打架啊。人家都是娇生惯养的少爷小姐,打伤了可不得了。"

许戚看了眼母亲。

忍一忍算了。

然而,要忍的事情越来越多。

某天傍晚,他在一楼吃饭,吃得稍微久了一点。他刚要回去做作业,就听到开锁的声音,然后房子的主人——他的叔叔——走了进来,脚步虚浮、浑身酒气,明显是喝醉了。

那人让他倒杯水去,他从保温壶里倒了一杯,端了过去,放在那人跟前。玻璃杯底和茶几撞出响声。

那人忽然站起来,扇了他一巴掌:"你甩脸子给谁看呢?"

他看了那人一眼。这一眼又被理解成了挑衅。那人拿起茶几上的檀木摆件朝他砸过来,他没吭声,转身抬起手护住脑袋。余光里,新认的哥哥靠在二楼扶手上,冷冷地看着他。

睡前他看了眼后背,有块碗口大的青紫。

忍一忍算了。

这样的日子过了一年。这一年漫长得像是把一生的忍耐和幸福都消磨完了。

初二，九月的一天，棒球社比赛，他不是社员却被拉来做后勤。新哥哥让他去活动室找球棍。他刚走进房间，就听到咣哪一声，等他回过头，门已经关了。

他走过去拧锁，发现拧开了锁也推不动门，大概是外面被什么东西堵住了。

他呼喊求救，没人应。时间一点一点流过，他忽然有种恐惧——他会不会死在这里，直到变成一具白骨，直到整个世界没有一丝他的踪迹。

然后，突如其来地，水从活动室门缝涌了进来。水流凶猛，迅速淹没了他的小腿、大腿，很快跟他的肩膀齐平。下一秒，水就会从他的鼻腔灌进去。他无法呼吸，他要死了，他肯定要死了。

水淹没了他的头顶，他死死攥着门把手，声音越来越小。然后，在他即将窒息的一刻，门开了。瞬间，水流消失得无影无踪。

照进门里的阳光刺目，他眯起眼睛，看到一个男孩站在他面前。

对方看到他，先是呆滞了一阵，然后忽然绽放出一个笑容。

"是你呀。"那个男孩说，"你怎么在这里呀？"

他坐在地上，等眼睛逐渐适应了阳光，面前人的脸庞变得清晰起来。白皙清瘦的脸，下巴有点尖，黑眼睛永不疲倦地笑着。他在光芒中眯起眼睛："边羽？"

"是江羽。"对方纠正他。

他们上次见面还是在老家。那时候，南长街的命案刚刚尘埃落定，他父亲背着三十五年的刑期进了监狱，所有人看他的眼神里都带了点什么，除了江羽。江羽总是粘着他，问他在干什么，他说看书。问了一次还要问，好像看书是什么很难懂的事。有次他实在烦不过，就把书签送给了江羽。江羽高兴得眼睛都笑弯了。

那笑容让他短暂地幸福了一瞬间。但不久之后，他发现，江羽对谁都这么笑。

每次看到江羽的笑容，他就觉得心里憋着一股气。这股气日渐膨胀，终于在一次打架时爆发了。他一打四，把同班的几个男孩打得鼻青脸肿，然后拿着其中一个人的美工刀往自己后背上来了一下。

在办公室里，他坚称自己是被欺负的那个。许知雅按着他的伤口，血从她的指缝往下流。在这个骇人的场景下，对面几个家长哑口无言。

他一直不觉得这跟江羽有什么关系，虽然那几个男孩叫江羽"白痴"，但主要原因是他们看不起自己。

之后，江羽很快就转学了。他也没有想到，他们会在北京的学校再见。

"你怎么在这？"他问。

"哥哥带我来的，说让我看看学校。"江羽看着他，"他们都跟朋友在操场上打球，你怎么一个人在这里？"

"我没有朋友。"他说。

江羽想了想，眼睛亮起来："我来这里上学怎么样？我可以做你的朋友！"

他看着江羽，许久没有回应，然后江羽朝他伸出手。

"我浑身都湿了。"他说。

江羽往四周望了望，感到很奇怪："这里哪有水啊？"

他没有动弹，江羽就走过来握住了他的手。阳光从活动室的天窗洒下来。

他以为江羽是随口一说，没想到过了几天，老师当真把江羽领进了教室，说这是班里转来的新同学，学习上有困难，大家要多帮助他。

傻子，他在心里默念。傻子，傻子，傻子。

这个傻子居然真来了，他以为自己能帮他什么？

傻子确实什么也不会做。可是，从江羽转学过来的那天起，许戚的处境突然变好了。因为江羽变成了新的目标。

相比于他，傻乎乎的江羽显然更好玩，随便一个简单的谎言都能把江羽骗得团团转。他们让江羽去校门口接不存在的"讲座老师"；让他把四十几斤的矿泉水从超市搬到三楼；在国际文化节上让江羽做靶子，用木箭砸他的脸。即便如此，江羽看起来仍然高高兴兴的，好像世界上没有什么能让他不开心。于是他们变本加厉地欺负他，好像觉得他不配开心。

而许戚就这么默默地旁观这一切。他好不容易脱离了旋涡的中心，获得了一丝喘息的机会，他希望这段时间能久一点。

但江羽对此毫无察觉。江羽既不因为他的沉默而委屈，也不因为他的疏远而失落。江羽仍然像小时候那样，热情地、积极地找他说话。

江羽会在课间跑到后排，蹲在他旁边，问他："你在看什么书？"

他还没有回答，杨天骅就兴致盎然地问："你们很熟啊？"

几张熟悉的脸朝他望过来，里面还有他的新哥哥。

他的心一沉。糟了，他们关注的焦点不能再落到他身上。他现在需要做一个隐形人，而江羽就像一座灯塔，吸引着所有人的目光。

"离我远点，"他冷冷地推开江羽，"别跟我说话。"

江羽睁大的眼睛里满是不解，可到底没有说什么，只是低着头走开了。

他松了一口气。

后来，江羽果然没再来烦他，他成功做回了那个默不作声的旁观者。

直到某次体育课，老师组织他们班跟隔壁班踢足球对抗赛，抢球的过程中，一个同学绊了他一脚。他摔倒在草坪上，抱着腿，额头上滚下豆大的汗珠。

老师让那个同学搀着他去医务室，那人抱着手说："老师，比赛还没结束呢。"

另一个男生说："不是有个人不比赛吗？"

老师看向草坪边缘。从比赛开始，江羽一直坐在那里，没人愿意跟他组队。"江羽，"老师说，"你送他去医务室。"

江羽小跑过来，可一直在他两米外徘徊。他咬着牙忍了好久，江羽还是不靠近。

"你在干什么？"他快疼疯了，"快点过来。"

江羽"哦"了一声，走到他身边。他把胳膊搭在江羽的肩膀上，借着力站起来。江羽比他矮一些，头发上有股阳光的味道，暖烘烘的。

他们缓慢地挪到了医务室。医生检查完了，给他敷上冰袋，让他躺在休息室的床上歇一会儿。医生询问他的伤势时，江羽就在背后扭着手，局促地站在旁边。他躺下了，江羽先是坐在他的病床边上，才刚挨上床单，又站起来，跑到另一张病床上坐着。

休息室里只有他们两个人。江羽低头捻床单，时不时悄悄抬眼瞟他，再迅速低头，好像以为这样他就发现不了了。

"你为什么还能笑得出来？"他问。

江羽没搭理他。

"你真觉得他们是你的朋友？"他又问。

江羽抿紧嘴，望向窗外。

"你能听到我说话吗？"

江羽慢吞吞地转过头，看着他："哦，现在我可以跟你说话了？"

他感到心脏被什么东西重重地锤了一下。

"你的脚扭了，我才能跟你说话？"

他张了张嘴，但最终没有出声。

然后，江羽忽然想到了什么，眼睛一亮："那你天天扭脚就好啦。"

他难以置信地看着江羽。对方望着他，表情很认真。

他是个非常记仇的人。这个带着诅咒的愿望，他记了很多年。

当然，诅咒没有成功，他的扭伤很快痊愈。这是件好事，因为他还要去收集照片。这花了他很大工夫，有时候他需要一整天不吃不喝，蹲守在一个不认识的女人门外。他一直不觉得这跟江羽有什么关系，虽然他们欺负江羽，但主要原因是他们也欺负过自己。

照片事件后，江羽退学了，而他随母亲南下，在另一个城市生活。考上大学、创立公司、拿到投资、衣锦还乡，但不知为什么，他觉得胸膛里有一块巨大的空缺。每逢回忆靠近痛苦的童年，原本是心脏的地方就会充满呼啸的风声。

此时，他看着录像里熟悉的面庞，忽然站起身，冲出书房，差点撞上许知雅。

"你是什么时候来的？"他问，"你看到新来的家政了吗？"

"没有啊，"许知雅问，"怎么了？"

他望着光洁的地板，呼吸逐渐变得平稳。"没什么，"他说，"我想见他一面。"

许知雅有点糊涂："你见他干什么？"

许戚忽然顿住了。

是啊，他想。他见他干什么？他到底想做什么？

那风声久久没有停息。

\ 愚者自以为聪明，智者知道自己愚蠢 \

许戚没有回答母亲的问题。他走回书房，盯着屏幕上熟悉的身影，看对方有条不紊地拿出清洁工具，戴上手套，走进厨房。他看着江羽拿出嵌着钢丝的抹布，认真擦拭灶台上的污垢，突然想起十几年前教室窗台旁的身影。

胸膛里的风声更响了。

他拿出手机，点开 App，预约了明天下午的家政服务。连续两天需要清扫，不知道来的那个人会不会觉得奇怪。距离明天下午还有十几个小时，他已经开始忐忑了。

许知雅的催促打断了他的思绪："快来吃饭！刚热好的菜又要凉了！"

许戚走进餐厅时，许知雅正把盘子从微波炉里拿出来，嘴里念念叨叨："冰箱跟个雪洞似的，买来干什么？最近又天天吃外卖吧？没看新闻吗？那都是合成肉、地沟油。"

他接过盘子放在桌上，只说："没时间。"

"煮个面能花多久啊？"许知雅指着盘子说，"要是你肯吃点健康的东西，我至于天天跑过来吗？"

开始了，许戚在心里倒数。三句之内，他们必定会吵起来。

许知雅把筷子递给他，自己靠在椅背上，似乎没什么食欲。"没煮米饭，"她把一盘南瓜推过来，"吃这个，养胃的。"

许戚没动南瓜。他已经过了被家长逼着吃蔬菜的年纪。

"医生说了，这个适合胃溃疡的人吃。"许知雅说，"我看你床头柜里的药没少，你是不是又忘了？"

许戚停下了夹菜的动作："你又翻我的卧室？"

"那我怎么知道你吃没吃药？我给你发消息你又不回！"

"我在开会！"许戚放下筷子，胃开始隐隐作痛，"你别一天到晚盯着我，找点事干吧。"

"我还能干什么？店已经盘出去了。"

"报个班，学乐器、画画、陶艺，都行。"

"这把年纪还上学，累都累死了。"许知雅抱起手臂，"再说了，我哪有钱报班。"

许戚深吸一口气："盘店的钱呢？"

"那不是套在房子里了吗？"

"你把那套商品房买下来了？！"许戚抹了把脸，"我不是跟你说了吗？那个开发商就是骗子！"

"当时看着挺好的呀！"许知雅瞪着他，"你凶我干什么？赔的是我的钱，又不是你的钱！再说了，我买房也是想投资，想给你攒点创业资金嘛。"

"我说了我不需要你的钱！"许戚觉得太阳穴突突地疼。想了想，他叹了口气，拿出手机，"我给你转两万，你出去旅旅游吧。"

"你干什么？"许知雅皱起眉，看上去像受到了冒犯，"我来是找你要钱的吗？"

许戚倒宁愿是这样。

319

"行吧行吧，"许知雅叹了口气，"你嫌弃我也不是一天两天了。"

"我什么时……"许戚掐断了话头，这段对话进行下去也没意思。他打开手机，还是转了钱，然后看到了日历跳出的提醒。

"明天晚上别来了。"他说。

"怎么了？"许知雅望着他，"我这么碍眼？"

他长久地注视着自己的母亲，想确认对方是不是真的忘了。岁月流逝，那双漂亮的眼睛却一如往昔，完全没有留恋过去的痕迹。

"后天是爸的忌日，"他说，"我要回老家一趟。"

不出所料，母亲瞬间沉默了。

"你去吗？"他问，"这么多年了，总该去一趟吧。"

许知雅盯着他，然后猛地站起来，拎着包走了。密码锁在沉重的碰撞声后清脆地锁上。

南瓜还冒着热气，他坐在餐桌旁，看了眼盘子里的食物，拿起一块放入嘴里。每次都是一样的结局。他把菜吃完，再把盘子洗好，放到水槽上方的不锈钢架子上晾着。屋内一时间只剩下水珠落下的滴答声。

他走进卧室，打开床头柜，想拿出药瓶，结果发现瓶子不见了，取而代之的是一个棕色的药盒。打开来，里面有七个小胶囊，每个胶囊分了三格，上面标明了早、中、晚，格子里是对应时间要吃的药片。他盯着药盒看了一会儿，取出药片吞下，然后走到门口，换掉了门的密码。

输入最后一位数字，疲惫忽然涌了上来，好像身体刚刚才意识到损耗过度的事实。他走回卧室躺下，临睡前，脑中浮现出活动室门打开时的阳光。

也许是因为回忆了往事，这一夜他睡得比往日更浅，等到天亮，他的神志还徘徊在学校的门廊上。大脑并没有得到充分的休息，但他感觉异常清醒。

下午，他就要见到江羽了。

随着时间一分一秒逼近，他越来越忐忑不安。敲门声响起时，他几乎感觉全身的神经末梢都在震颤。

他打开了门。十几年过去了，江羽不再是那个傻里傻气、身材瘦弱的初中生了。他个子高了一些，五官线条变得更加清晰。不知为什么，他觉得这就是江羽会长成的样子，好像现在的江羽是岁月按照他的想象一笔一画描摹出来的。

他看着门外的人，都没意识到自己心跳加速了："好久不见。"

江羽背着一个帆布包，包看起来很沉，肩膀被背带勒出了两道凹痕。

他盯着雇主，呆呆地看了半晌，毫无反应。

许戚心一沉。他想过无数种江羽的反应。对方可能会因为久别重逢而欣喜，也可能会记恨他当年的冷漠，后者可能性很小，因为江羽总能保持乐观，尽管他不理解这是为什么。但他没想到，江羽竟然会把他忘了。

他等待了很久，也没有等到当年活动室门外那样的微笑。

许戚被巨大的失望击中，一瞬间全身上下都冻住了。过了很久，他才找回一点知觉。他安慰自己，可能只是因为他的长相和十几年前相比有所改变。他提醒江羽："我们都上过兴城中学。"

大大的黑色瞳仁迷茫了一会儿，忽然亮起来。

"你……"他的睫毛颤动着，显示出主人的激动，"你是瞿……瞿……"

"那是我以前的名字，"许戚说，"我现在叫许戚。"

江羽用口型重复他的新名字，露出灿烂的笑容，连小虎牙都露了出来。

就是这个。许戚想，他熬过上千个不眠之夜，跨越大半个国家，把业务拓展到北京，就是为了这个笑容。

他抓住江羽的手，连人带包一起拉进来，关上门，更近、更仔细地看着对方。

江羽还是和以前一样，乖乖地任由他拉着手，眼睛只顾盯着他的脸看，好像在欣赏一件艺术品。

"你跟以前有点不一样，"江羽端详了他一会儿，补充说，"更好看了！"想了想，又问，"你换名字啦，现在怎么写？"

他把江羽的手摊开，用手指在上面写自己的名字。写完了，他发现江羽没反应，眼睛都没往手上看，视线还粘在他的脸上，他就笑了笑，拿出钱包，从里面抽出一张名片。"许戚。"他指着名片上的字说。

江羽这时候才顺着他的手指看过去，盯着汉字研究了半晌，点点头。虽然他不记得之前那三个字怎么写，但应该跟现在的不一样。

"简单好多。"江羽说。

"会写吗？"

江羽觉得练一练应该能写出来。余光扫到自己的包，他一个激灵，想起了来意。"不说了，"他拉开挎包，拿起清洁工具，"我要开始干活了。"

许戚拦住他："休息一个下午吧。"

"不行，"江羽说，"不能因为是熟人就糊弄了事。手册上说了，要展现良好的专业素养。"他说着就拿起抹布，"哪里灰尘多？"

许威叹了口气,伸手拽住江羽的胳膊:"你昨天刚打扫过,怎么会有灰尘?"

江羽看了眼光洁的地板,确实,没什么改进的空间。

许威松开手,靠在餐桌边沿,拉开了旁边的一把椅子:"陪我聊聊吧。"他用手示意对方坐下。

江羽有些茫然地看着他。聊天不是他的长项,还要聊三个小时?

见江羽坐了下来,许威没有动作,只是视线跟随着他:"这些年过得好吗?"

江羽点点头。他在特殊学校上到十八岁,之后几年一直待在家里,闲暇的时候做点零工——一般都是帮亲友打扫卫生。刚开始只是帮忙,后来发现可以当成谋生手段,就入职了一家家政公司。

"我和两个哥哥住在一起,"江羽说,"每个月拿到工资,他们就帮我存起来。"

五险一金实在太复杂了,复杂到世界知名数学家要挂起白板,像解释费马大定理那样讲解,他才勉强弄清为什么每个月公司要"克扣"他那么多钱。

许威还记得停车场的那两个男人。他稍稍松了口气,看来江羽这些年过得不错。

"你呢?"江羽问。

许威回忆了一下。事故发生之后,他和母亲连夜南下——更准确的说法是逃亡——到深圳,母亲还改掉了他的名字。大学毕业后,他和同学创立了一家科技公司,主营LED驱动器芯片设计、半导体模组研发和物联网场景开发。公司还处于起步阶段,他一个人要同时负责市场营销、项目融资和对外关系。

江羽基本没有听懂,不过他跟两个大学教授住了这么久,已经学会了在合适的时机给予点头等反应。

"阿姨好吗?"江羽又问。

"你还记得我母亲?"

江羽点点头。"阿姨好漂亮,"他说,"你很像她。"

这话许威从小到大听过无数遍,每一遍都让他厌烦。不过说这话的是江羽,他暂时把反驳的话按在心里,回答对方的问题。

到了深圳,许知雅找了家高定礼服店上班。这次当真有一位年过花甲的港商看上了她,替她盘了家店,给她资金,让她从街角小店的老板变成国际品牌的区域总代理。不过,对方依然没有和她结婚。

他们就这样聊了三个小时,大部分时间是许戚在说话。他问了许多江羽工作上的事。

"这栋楼里的很多住户都是你们公司的客户,"许戚说,"我是从其他住户那听说的。你还打扫过这栋楼里其他的公寓吗?"

江羽仔细回想了一下:"好像去过楼上。"

"你们每个人负责一片固定的区域?"

"不是,"江羽说,"我们是排班的,谁排到谁去。"

"所以我今天遇到你是巧合了?"许戚说,"就算我每天都预约,也不一定能碰上你?"

江羽皱起眉:"为什么要每天预约?主管会觉得我没打扫干净。"

"你们公司在哪里?"

江羽睁大眼睛,警惕起来:"你要投诉我吗?"

"我没……"

"投诉会扣很多钱的,"江羽有点委屈,"你为什么要投诉我?"

"我不是想投诉你,"许戚说,"我只是想知道去哪里可以见到你。"他也不想说得这么明白,但在江羽面前很难拐弯抹角地说一件事。他正在思考要不要直接说"我想接你上下班",江羽就说:"我们是在家接单的。"

许戚沉默了一会儿,说:"这样啊。"

他们又聊了一会儿,许戚通晓江羽家里所有成员的生平的时候,差不多就是预约结束的时间了。

江羽发现聊完了工时,站起来把清洁工具又原样装回去,有种无功不受禄的惶恐。

"我送你回去吧。"许戚拿起车钥匙。

"不用了,"江羽说,"我坐地铁回去很方便。"

江羽从来没有警惕心,许戚知道他只是怕麻烦别人。

"没关系的,"许戚说,"我正好出门有事,顺路。"

江羽眨了眨眼:"真的吗?"

"真的,"许戚说,"你还住在五道口吗?"

其实稍微想想就能明白,在不确定对方住址的情况下说"顺路"很可疑。但江羽老实地说:"对。"

"我要去西苑。"

江羽应了一声,但还是没有动弹。许戚站在门口,投来疑问的目光。

"你为什么想见我?"江羽问。

许戚叹了口气。一刻钟前的靴子,他现在才听到落地的声音。

"那你呢?"许戚问,"你当初为什么来兴城中学?"

江羽看着他,没有回答。也许是不知道答案,也许是根本就没有答案。

于是许戚走了过来,伸手贴上江羽的侧颈,那里有一根细细的链条。他轻轻一拉,一个吊坠从领口掉出来。

"我换个问题,"许戚盯着他,"你为什么一直戴着这个吊坠?"

十几年过去,吊坠的底座已经被磨损得暗淡无光,是长期佩戴才会有的痕迹。

"你戴着它,还花了这么久才认出我?"

江羽似乎不习惯他长久的注视,"我记性不好呀,"他小声说,"你连一张照片都没留给我。"

许戚望着他,胸膛里的风停止了,心跳声逐渐响了起来。

"走吧,"他说,"我送你回去。"

\魔鬼也能为自己的目的引用《圣经》\

许知雅对祭拜的抗拒,许戚并非不理解。他也讨厌回到这个地方。南长街的店铺、中心小学的操场、低矮民房间的小巷,每一个都能唤起心底最难堪的回忆。

随着车一点一点逼近墓园,许戚的呼吸也一点点急促起来,仿佛气管被一个夹子慢慢夹紧,只剩最后一点够气流通过的缝隙。他抬起手,松开领口的两枚扣子。

车在墓园门口停下,许戚去附近的花店买了几枝鸢尾和菊花——没有扎起来,就这么用手握着,走进墓园里的安息堂。里面摆着一排排不锈钢架子,隔出了几十个小空间。那些没有单独安葬、也没有入祠堂的骨灰盒,就归在此处。

许戚走到架子前,轻轻地把花放在檀木盒前。

父亲原先只是个老实本分的小商贩。他们家租了南长街角落的一间小铺面,开了一家精品女装店。母亲负责销售,父亲负责进货、搬运。母亲卖衣服很有一套,店铺位置虽然不好,但走货在南长街数一数二地快。

平静的日子并没有持续多久。

南长街的尽头是市场物业管理处,里面的几位老油条都不是省事的,时不时就来商铺揩油,领着兄弟姐妹、亲戚朋友用"折扣价"买东西。这已经成了南长街的潜规则,店主们都睁一只眼闭一只眼,吃哑巴亏了事。毕竟赔几十块钱事小,惹了这些地头蛇,他们隔三岔五来检查,一查出什么"消防问题""卫生问题",直接让你关张整改,那更不上算。

遇上手头紧的时候,他们还会想出各种名目扣押商铺的货物。要把东西拿回来很容易,给几张票子就行。要是不想给钱,也有其他办法。勾住那些老油条的脖子,说上几句软话,让他们摸摸手、揩揩油,哄得他们开心了,就能省去一笔开销。

许知雅是当地有名的大美人,自她来到南长街,管理处几个人的眼睛就在她身上转悠。她家货物被扣押的次数比别家要多一倍。

刚开始,许知雅让丈夫用钱去赎。结果扣押愈演愈烈,她实在无法忍受辛苦赚来的血汗钱以这么荒谬的形式丢掉。于是她开始亲自去管理处交涉。

货物倒是要回来了,但流言四起,而且越传越难听。

压死骆驼的最后一根稻草很快来了。某天,许知雅的丈夫刚把新到的货卸下来搬进店里,管理处的人就走了过来。那人在店里转了一圈,说他们衣架摆得太密,侵占过道,影响消防,要把店中间的两排衣服拉走。

临走前,那人拍了拍许知雅丈夫的肩膀,贼兮兮地笑着说:"待会儿让你老婆来拿。"

几乎就是一眨眼的工夫,那把用来拆箱的刀捅进了那个人的肚子里。然后,这个平日里沉默寡言的男人拿着带血的刀平静地走出店铺,往街道尽头走去。如果不是几个人死命拽住他,他差点血洗管理处。

许知雅当时去工厂看新式样了,回来的时候,只看到店里的一片血迹。隔壁店主浑身发抖,颤着声音告诉她,她丈夫被警察带走了。

许威的父亲被判了三十五年。他最终没有熬过漫长的刑期,死了监狱里。许威接到骨灰的时候,族里吵翻了天。南长街的案子闹得沸沸扬扬,人人都知道他们家里出了个杀人犯。他们不希望这个有污点的族人进祠堂。

于是他最终安息在墓园里,跟其余三十几个安静的灵魂摆放在一起。

在他十余年的刑期里,只有许威一个人去看过他。每次探访结束的时候,

325

他总是欲言又止。许戚知道，他是想问许知雅过得怎么样，能不能再见她一面。但许戚无法回答。他不能细数母亲自那之后交往过的男人，也不能直白地告诉父亲，母亲不会来看他。生前、死后，都不会来看他。

就像现在，五周年祭日，也只有许戚站在这里，看着那个孤单的木盒，双手合拢，在心里默默祝祷。

他每年都会告诉父亲自己的生活发生了什么变化。当然，是去其糟粕、取其精华后的版本。头两年实在没有话说，这两年才终于有了一点令人慰藉的改变。

今年不一样，今年发生了一个重大事件。

"爸，"他看着灵位说，"我又见到他了。"

这一次和之前不同，他不再是无力自保的孩子，不会再无法掌控自己的人生。

从墓园出来，他长出了一口气，拿出手机。江羽不擅长读写，好在手机都有文字、语音互相转换的功能。但他想听到江羽的声音，还是拨通了电话。

回铃音响了很久对面才接起来。听筒里传来轻轻的一声："喂？"

许戚的内心忽然柔软了："是我。"

"哦……"一阵布料的摩擦声，"我在工作呢。"

许戚脑子里浮现出一个场景——戴着口罩的江羽蹲在橱柜边，脱下一只手套放在台面上，一边小心翼翼地通话，一边悄悄观察雇主有没有发现自己在摸鱼。

"那我长话短说。"许戚问，"迪士尼的新电影上映了，你想去看吗？我们可以一起去。"

"好呀。"声音仍然是压低的，"但我今天下午还有工作……"

许戚笑了笑："你想今天就见到我吗？"

电话那头沉默了下来，大概是在冥思苦想对方是怎么知道的。过了很久，才响起一声："嗯……"

许戚感觉自己又可以呼吸了："那你什么时候有空？"

"下午四点？"

许戚看了眼时间。开车回去的话，大概三点到北京，时间还有富余。"那我去接你。"许戚说，"你会用手机发定位吗？"

江羽很快说"会"。许戚心生敬佩："你现在这么厉害？"

"我会的东西可多了。"江羽不满地说，然后加快了语速，"哎呀，房主在看我了，我挂了。"

许戚看着黑屏的手机，出神了半天才发现倒影里的自己在笑。

他伴着舒缓的音乐开车回北京。

在小区楼下等江羽的时候，他才想起来自己没有吃药。许知雅给的药盒设计精良，但架不住主人忘性大。许戚没有把当天要吃的药带回老家，现在也来不及回去拿了。他还没有深入思考，江羽就出现在视野里。脑中的疑虑不知不觉消散了，他直起身，迎了上去。

江羽把包放到后座，坐进副驾驶座，又开始盯着他看。

"怎么了？"

"你的黑眼圈好严重，"江羽担忧地问，"没睡好吗？"

"最近比较忙，"许戚说，"没事，晚上回去睡一觉就好了。"

事实上，他很久没有好好睡上一觉了。有时是因为加班，有时是因为压力过大。不过，像他这样年纪的创业者很少有睡眠充足的时候，这种生活状态很普遍。

许戚选了一家私人电影院，有双人小包厢，他们可以不受打扰地观看电影。到了地方，许戚让江羽等一会儿，自己去买了一桶价格昂贵的爆米花。两个人走进3号包厢，在宽大的皮质沙发上坐下，许戚把爆米花递给江羽。

江羽接过来放在面前的台子上，说："睡吧。"

许戚一时间没反应过来。

"睡一觉吧，"江羽说，"等电影结束了我叫你。"

许戚看着他："是我约你出来玩的，怎么能睡觉呢？"

"为什么不行？"江羽认真地说，"反正我接下来要看电影，你睡着还是醒着没有区别。"

许戚刚想反驳，江羽就抓住他的手摇了摇："嘘，电影开始了，睡吧。"

江羽的手大了不少，但触感还跟当年一样柔软。许戚靠在舒适的靠背上，意志和睡意搏斗了一会儿，最终落败了。

这是他最近难得的纯粹的睡眠，一觉醒来，电影已经结束很久了。

他猛地清醒过来，看到江羽正小心地推他的肩膀。

"刚才老板来催了，"江羽说，"再不走要加钱。"然后又晃了晃手机，"哥哥打电话问我去哪了，他们在等我吃晚饭呢。"

许戚看了眼时间，遗憾地站起来："那我们走吧。"

江羽坐在沙发上没有动弹，好像陷入了沉思。

"怎么了？"许戚问。

江羽看起来像是在认真研究问题："你刚才说今天是你约我出来玩的。"

"是啊。"许戚说。

江羽思考了一会儿，激动地站了起来："原来和朋友出来玩是这样的！"

许戚想向他解释，出来玩不是一个人看电影、一个人睡觉的旅程，下次自己绝对不会睡着了。但江羽看起来很高兴，一个劲说着新电影有多么好看，他甚至插不上话。

等到坐进车里，江羽才安静下来。他们在晚高峰的车流里缓慢前进，看夜色一点点占领城市。

车子驶过三环的一座高架桥时，江羽忽然坐直了身子："我们的学校！"

许戚扭过头，看到兴城中学的校区在路灯的映照下熠熠闪光。更远的夜色里，教学楼耸立着。隔着栅栏，许戚隐约看到了操场、篮球架，看到了人造草坪，看到了远远蛰伏在黑暗中的活动室。

突如其来的死亡预感击中了他。

他猛地一打方向盘，驶出主路，停在路边的树荫下。车还没停稳，水流就从天窗、车门缝隙、座位下方汹涌而来。水位迅速上涨，空气变得越来越稀薄，水从耳朵、鼻腔猛灌进来，很快让他无法呼吸。他想从水中逃离，手却抖得握不住门把手。他肯定要死了。他马上就……

"许戚？"一个模糊的声音从很远的地方传来，"许戚？"

忽然间，车门被猛地拉开，水流从车里冲向外面。大量的空气涌进来，他大口大口地呼吸。

"你怎么了？"一只手握紧他的胳膊，"你生病了吗？"

他缓缓转过头，看到熟悉的脸、熟悉的眼睛。江羽紧张地看着他，眼里满是担忧。嘴唇麻痹得张不开，他试了几次，气流才找到合适的出口，"我忘了带药。"

"你得了什么病？"江羽看上去比他还恐慌，好像怕他真的就这么死去。

许戚余光还能看到兴城中学的栅栏。他闭上眼睛，思考着怎么跟江羽解释自己的心理疾病。然后他感受到温暖的靠近。副驾驶座上的人解开安全带，隔着操纵杆别扭地抱住了他。头发上还是有阳光的味道。暖意慢慢涌上来，心跳逐渐恢复，他睁开眼睛。远远地，兴城中学的校区闪闪发光。

"我会一个一个把他们找出来。"他说。

毁掉他童年的人，毁掉江羽童年的人，还有站在他们身后的漠然的学校。

"一个都不能放过。"

\ 人间有潮汐，在鼎盛时抓住它 \

诊室明亮且安静，许戚坐在圆凳上，望着周围熟悉的陈设。

不发作的时候，他看上去就像一个正常的年轻男人——当然了，濒死只是他脑中的幻想，他的各项身体机能都很正常，甚至比同龄人还健壮一些。

"所以，最近发作的间隔变长了。"

许戚的目光从思绪中拉回，转向面前的医生："是，除了忘记吃药的时候，基本没有发作过。"

"时长呢？"

"一般十分钟左右，"许戚停顿了一下，"特殊情况下两三分钟。"

医生停止了记录，抬头望着他："特殊情况？"

许戚沉默了一会儿，说："安全阀。"

医生点点头，像之前无数次一样，用温柔平和的眼神等待他的解释。

"有一个人，"许戚补充道，"他在我身边的时候，就好像多了个安全阀。我知道他会在我被水淹没时打开一个缺口。"然后他就可以呼吸了。

医生说："他让你感到绝对安全、绝对信任？"

"是。"

"他跟你发作频率降低也有关系吗？"

"也许吧。"

"有情绪支持的社交关系确实可以作为一种保护措施，降低压力对你的负面影响，"医生说，"不过，就像药物一样，它们都是外在的支持。骑车的时候，在两边加上辅助的轮子能让你骑得更稳。但如果有一天，这两个辅助轮被拆掉了……"

如果有一天，这个安全阀消失了……结果会是什么样？

他不知道。可能一开始他患上这个病，就是因为江羽的离开。

车子负荷过重，没有辅助轮，骑起来歪歪扭扭，最终重重地把他摔在地上。

他拎着新开的药，慢慢踱进门诊楼的大厅。人潮涌动的分诊台前站着一个熟悉的身影。似乎是有心灵感应，他走进大厅的同时，江羽就转过身朝他挥手："看完了吗？结果怎么样？"

329

"挺好的，"他说，"只要按时吃药就行了。"

江羽长出了一口气。那天在兴城中学的门外，江羽被他吓了个半死，坚持要陪他去看医生。他说最近实在抽不出时间，还说他已经看过很多次了，知道了是怎么回事，江羽还是不放心。许戚拗不过他，只得答应他去一趟医院。

江羽一向是别人说什么就信什么，许戚说没事，他就不多想："那太好啦。"

许戚刚要开口，电话就响了起来。挂断之后，他抱歉地看着江羽："公司有点事，我要去一趟。"

江羽点点头，问："药什么时候吃？"

许戚一时没反应过来。

"这个，"江羽指着他手里的塑料袋，"一天吃几次？什么时候吃？"

许戚低头看了看处方，告诉他。

江羽默念了几遍这几个数字。"我会提醒你的，"江羽说，"这样你就不会忘了。"

许戚不知道一个记性不好的人怎么提醒别人，只想着每天都能听到他的声音有多好。

"我估计下午可以处理完，"许戚问，"晚上一起吃饭？"

"好啊！"江羽答应得很快。

许戚笑了笑："不太确定是几点。我下班之后先回趟家，放一下药，到时候给你打电话。"

江羽开开心心地走了。

因为这个约定，许戚在文件上签字的速度都比之前快了很多。事情进展得太顺利了，连客户都一反常态地和气，这样下去，今天会结束得很完美。

傍晚，他收拾好文件，回到熟悉的小区，在车库里给江羽打了个电话，说自己下班了。他走进电梯，不锈钢厢壁上还有住户搬家造成的磨损痕迹。楼道宽敞明亮，地面铺了抗磨损的瓷砖，既美观又方便清洁。楼内安装了感应照明系统，听到他的脚步声，灯光自动亮起。

然后许戚看到了门口的母亲。许知雅一手拎着保温桶，一手捶打着大腿。看到儿子的那一刻，她直起身，如释重负地叹了口气："你怎么改密码了啊？"

许戚的目光从她的手扫到她的脸，不带感情地说了句："以后过来之前跟我说一声。"

"你不如直接说别过来了。"

"我不是说……"许戚在声音变大之前停住。他把车钥匙扣回腰带上,用身体挡住许知雅看密码盘的视线,打开了门锁。

许知雅把保温桶放到餐桌上,正要打开碗橱,许戚说了句:"不用拿出来了,我晚上约了人吃饭。"

许知雅的手在柜门前停了两秒。"哦,"她说,"那我给你放到冰箱里,明天吃。"

"其实……"

"虾不好放,最好早点吃掉,"许知雅说,"蔬菜就扔了吧,肉丸可以放电饭锅里蒸……"

许戚叹了口气,在客厅里踱了几步,然后转过身来面对母亲。"别这样,"他说,"我求你了,别这样。"

许知雅扶着灶台站着。她以前当售货员时经常久站,腿部静脉曲张,一不小心就会抽筋。"哪样?"她问。

"做一个好妈妈。"许戚说,"真的用不着。"

许知雅的脸色变了。在这么多次碰壁后,她终于被刺伤了。

"你还是恨我。"她说。

"我不恨,"许戚说,"我只是觉得我们没必要母慈子孝。上中学那会儿我还渴望母爱,你没有给我,现在已经晚了。"

许知雅紧抿嘴唇,说:"所以还是因为那件事?你上兴城中学的事?"

"现在追究这个也没有意义了。"

"还是因为你爸?"

许戚沉默了。

"是吧,"许知雅盯着他,"你为你爸打抱不平。"

许戚咬着牙开口:"你非得提这件事吗?"

父亲的死是一道还未消毒就匆匆缝合的伤口。拆线之后,他们就各自赶往各自的生活。多年过去,表面上看只是一道丑陋的疤痕,内里其实已经腐烂流脓,伤至骨髓。现在,他们非得把它剥开,一直剥到皮开肉绽,把肌肉纤维一丝丝地拉出来展示、分析,感叹这伤口怎么会恶化到如此地步。

为什么?

"你不是已经忍了很久吗?"许知雅看着他,"想说什么就说。"

"我没什么可说的。"

"是吗?"许知雅笑了笑,"你爸还在看守所里,我就跑出去勾三搭四。他在铁窗后面吃糠咽菜,眼巴巴地想见我,我从来没去过……"

"我不想跟你谈这件事……"

"我怎么这么没有良心?一个为我杀了人的男人,我怎么能抛弃他?"

"是!"许戚忍无可忍,"是!他坐了十几年的牢,你怎么能一次都不去看他?你知道他每次问你过得怎么样时是什么表情吗?他直到死,都没有听到你的一句解释!"

"我怎么去看他!"许知雅怒吼,"我要怎么跟他说,我一点都不感激他!我怕我见到他就想掐住他的脖子,问他为什么这么做!"

许戚怔住了。

"谁让他为了我杀人的?"许知雅把保温桶砰地一摔,"他凭什么让我欠他一条命?他有没有想过,那把刀捅进去,我以后的日子会变成什么样?你会变成什么样?他们家的人,你爷爷奶奶、叔叔婶婶会怎么看我?你在学校里会怎么被人嘲笑欺负?南长街的铺子怎么办?以后我们靠什么活?他没想!他什么都没想!"

喘息了几声,许知雅忽然笑了出来。"他多男人啊,他多爱我啊,他这一刀下去,我一辈子也还不清。"她笑着坐在了椅子上,"他都为了我坐牢了,我还有脸幸福?我下半辈子还好意思笑?我要是不等他出来,不一辈子守着他,那不得天打雷劈?"她看着自己的儿子,情绪喷涌而出,"我没求着他杀人!我没求着他为我出气!他凭什么把这笔债扣到我头上?!"

许知雅几乎是嘶吼着说完最后一句话,然后客厅陷入了死一般的沉寂。

许戚看着她,逐渐恢复了冷静。过了很久,他开口了。

"我也没求着你送我进私立学校。"

许知雅抬起头,目光在撞到许戚的一瞬间颤抖起来。

"我没求着你给我找有钱的后爸,没求着你让我住别墅,"他说,"你凭什么自作主张?我跟你说过,你赚的钱不够用,我就去打工,我去做家教,我来养你。上农民工子弟学校又怎么样?住地下室又怎么样?总比在那里挨打强!"

"还有你找的那些男人!"他说,"你不记得我们是怎么逃到深圳的吗?那个姓周的打我还打你,我们上火车的时候,你的胳膊还吊着呢!"

当年的一幕幕实在太过鲜明,他久违地感到怒火抑制不住地往外涌。

"我被打了,被欺负了,精神崩溃了,心理出问题了,你突然想做个好妈妈了？"

许知雅站起来想握住他的肩膀，他躲开了。

"不用了，"他说，"你真的越帮越忙。"

她努力的方向完全不对。规定他的三餐；发短信炮轰，让他吃药；随意进出他的房间，换他的药盒……这种高压式的嘘寒问暖只能加重他的焦虑。

"别拿我的前途当借口，说找他们是为了让我过好日子。你就是想开店，在你心里，那家店比什么都重要。"许戚说，"我明白，所以你也不用因为愧疚来弥补我，我不需要。"

许知雅的手开始颤抖。她张嘴想说什么，最终却一言不发，只是从他身边走出了客厅，关上门。

听到门的闭合声，许戚闭上眼睛，双手撑着桌沿。

又变成了这样。这好像是一种诅咒，他们只要单独相处，最后总会互相攻讦。每次吵架都像是在试探对方的底线，许知雅想知道她可以多大程度走进他的生活，他想知道做得多过分才可以阻止她。

情绪还未恢复平稳，门铃响了。

他以为是母亲去而复返，但门外响起了一声清脆的"在家吗"。

许戚站起身来，打开门。江羽脸上的微笑在看到他脸色的一刹那变成了担忧的表情："你额头上怎么都是汗？"

许戚避而不答，从他身旁探出手关上门："你怎么来了？"

"你工作一天很累，接我多麻烦呀，"江羽说，"反正我今天没事，就来找你啦。"

许戚突然伸出手，紧紧抱住面前的人。江羽最初惊讶了一瞬，但很快平静下来，没有动，没有说话，就这么让他抱着。

过了一会儿，许戚放开他时，脸色已经恢复如常。

"要是不舒服，我们就不出去吃了。"江羽说着看到了餐桌上的保温桶，"那是阿姨做的菜吗？"

"嗯。"

"阿姨带了晚饭来，怎么人不在这里呀？"

许戚沉默了一会儿，走到餐桌前，打开保温桶，将菜一个一个拿出来，放进盘子里。

"我们吵了一架，"他最后说，"我说了很多难听的话。"

"哦，"江羽说，"所以阿姨走了？"

"我其实……"许戚说,"能理解她。"

在之前母亲到处攀附的日子里,他曾经问过她,真要再婚,为什么不找个好男人,穷一点也没关系。母亲的回答是:找个有钱人,她确实会受欺负,不过只用受这一个男人的欺负,但找个普通男人,她要受全世界的欺负。

南长街事件之后,她不再寻找这个世界的公道。她努力过了,没什么结果。那她接受规则,她去走捷径。

"我理解她,但是我很怨她。"许戚停了一瞬,仿佛是在追溯过往几年的生活,"我是故意气她的,可能我就是想伤害她。"

这种感情上的纠葛对江羽来说太复杂了,他只有和自己母亲相处的经验:"你怎么会不喜欢自己的妈妈呢?"

许戚看着他:"不是所有母子关系都像你们家那样。"

他年少时没有得到母爱,现在呢?现在那好像也不是母爱,是愧疚、忏悔和补偿。他嘴上说不需要,其实只是因为得非所求吧。

屋子里突然响起了铃声。许戚条件反射般地看向自己的手机——上面没有显示。

"哦,是我的。"江羽从兜里掏出手机,摁掉声音。

"有什么事吗?"

江羽点点头,拿起桌上放着药的袋子:"吃药。"

许戚看着他郑重其事的眼神,把药拿过来,拆开包装把药吞下。

"我们去拍照吧。"他对江羽说。

话题转得太快,江羽有点蒙。

"你说过没有我的照片,"许戚看着他,"我也没有你的照片。"

江羽眨了眨眼,很快答应了:"好啊!"

如果有一天,安全阀消失了,会怎么样?

那就不要让他消失。许戚想,他总要抓住一些东西。

\ 梦是由你构成的 \

环球影城门外的阵势让人想起春运。

早上八点,拱门外就人头攒动,充分展现了大都市的人口密度。写着 Universal 的标志性蓝色球体周围聚满了拍照的游客,这让许戚立刻放弃了在门口合影的念头。

江羽一点也不关心仪式感，他心心念念要去霍格沃茨城堡。

哈利·波特区在影城的东北角，许戚循着指示的箭头很快找到了。四大学院的旗帜在城堡前随风飘扬，霍格莫德村古朴而温馨，蜂蜜色的石头小屋，草顶的酒馆，还有售卖各种奇异魔法物品的商店，每一处都能让人想起银幕上和书中的场景。

作为园区最火爆的打卡圣地，斜角巷里早就到处是身穿巫师袍的游客了。

如果他们中有任何一个人提前做过攻略，就会知道这些装备要在园区外租好，园区里的每一间商铺都带着准备割韭菜的气息。但许戚没有时间，而江羽不懂怎么做攻略。此时江羽看着拿着魔法棒的哈利·波特迷们，眼里满是羡慕。

许戚拉着他的手腕，把他带进了一家商店，里面有各个分院的巫师袍、围巾和领带。江羽一边赞叹一边围着它们转了两圈，最后拿起绿色的魔法袍递给许戚。

"这个适合你，"江羽说，"你肯定是蛇院的。"

既然江羽这么言之凿凿，许戚就把袍子套上了。江羽又拿起围巾，许戚配合地低下头，让他把围巾套在脖子上，虽然气温有二十度，自己已经开始冒汗了。

江羽打扮好同伴，退后两步，满意地点点头，然后就要付钱。

"等等，"许戚拦住他，"我来买。"

江羽坚定地说："我有钱。"

虽然许戚知道很多家政的工资并不低，但这件魔法袍加上围巾价格破千，都是华而不实的品牌溢价，怎么能花江羽的辛苦钱。而且还是给他买的！他对哈利·波特及其周边产品没有兴趣，进这家店只是觉得两个人可以穿一样的衣服。

"你呢？"许戚问，"你要哪件？"

江羽给许戚挑的时候动作迅如闪电，轮到自己却踌躇起来了。犹豫了半晌，他说："不知道。"他回忆起电影里小主人公们分学院时的情景，"如果分院帽遇到我……"江羽试着想象了一下，"它在我的脑袋上可能会急出汗呢。哪个学院都不能去的人怎么办呢？"然后，他又摇摇头。"不对，"他说，"我就不会收到入学通知书。"

许戚看着他，沉默了一会儿，然后走到店门口问了问店员。对方笑着把货架上的一样商品拿下来。许威拿着它折返，走到江羽面前，把它戴在江羽的头上。

"我是分院帽？"江羽眼睛往上瞟。

"你是我见过的最能看透本质的人。"

江羽凝神思考的空当，许威已经把钱付了。江羽在自己的抗议声中被他拉出了店铺。他们在城堡的尖塔前、霍格沃茨特快列车前、挂着海德威的笼子前拍照。许威把手机交给其他游客，请他们帮忙拍照。他把胳膊搭在江羽肩上，江羽靠过来，头发扫过他的鼻尖——还是那股暖洋洋的味道。

他时常为江羽交付信任的轻易感到惊讶。

拍了一会儿，江羽忽然从他的胳膊里挣脱出来，跑到几米开外。

"怎么了？"

"太不公平了，"江羽说，"都是用你的手机拍的。"

许威没有说话。

江羽拿出自己的手机："就站在那里别动。"

他一会儿站在许威正前方，一会儿站在斜对面，一会儿半蹲着，试图用自己独特的审美找出最合适的角度。好在许威怎么拍都好看。他连拍了几张，收起手机，露出小虎牙。"现在我有你的照片啦。"他说。

许威看着江羽，这个人的一举一动他都觉得可爱，即使是这种莫名其妙的兴奋劲。

"我们去买黄油啤酒。"许威说。

"我要付钱。"江羽说着立刻跑去排队了。他选了一杯冰沙的、一杯热的，这样他就能喝到两种了。许威在听到他的计划之后庆幸，做一个简单的人真好，既不介意共用吸管，也不在乎饮料和衣服的价格差距。

他们在斜角巷的小广场上找了张长椅坐下。魔法世界的休息区域和其他地方也没有什么不同，都是一张方桌两条凳。

他们面对面坐着，喝着名叫"黄油啤酒"但完全不含酒精的饮料。江羽喝了半杯热的，转头看了看四周，突然说："我以前好像来过这里。"

许威把自己的饮料和他的对换："你还记得？"

"嗯，"江羽说，"因为是和妈妈一起来的。"

许威看着人潮涌动的石板路，眼前浮现出江羽十几年前的样子。那时候，他和妈妈也许就坐在这里，也许他们也各自买了一杯黄油啤酒。

一切都没有变，除了坐在这里的人。

"你能答应我一件事吗？"许威问。

江羽问是什么。

"十年之后，我们再来这里，"许威说，"再回到这个地方。"

江羽立刻就说："好啊！"

许威看着他，又感觉到心里的震动："怎么我说什么你都答应？"

江羽抿了抿嘴，好像他在说傻话。"当然啦，"江羽说，"只要我能做到。"

就在这个瞬间，许威知道自己站在了岔路口。他看着对面毫无防备的小傻瓜，选择了沉默。

许威再度来到那栋别墅前时，天上下着蒙蒙细雨，是北京不太常见的湿润天气。

十几年前，他就住在这里，度过了人生中最难熬的一年半时间。他看着熟悉的盆景、熟悉的门廊，抬手摁下门铃。

他等了一会儿才听到开锁声，里面的人似乎是想延宕不幸命运的到来。

门打开，露出一张熟悉的脸。岁月是残忍的，凌乱的皱纹、浮肿的脸颊，把原本的五官都挤得变了形。许威看了一会儿，才确定这就是朝自己砸过镇纸的男人。

他怀疑男人是否记得自己，毕竟对方没怎么正眼瞧过他。不过从男人逐渐露出的惊讶表情来看，对方还没有忘记他。幸好。

"你来干什么？"男人问。

许威举起手里的文件袋："送收购协议。"

"这跟你有什么关系？"

"卫总是我的投资人，我有时会帮他处理一些事务，"许威说，"他把这项工作委托给我了。"

男人站在门口没有动弹。

"进去签字吧，"许威说，"我也很忙的。"

男人攥着门把手的手紧了紧，转身进屋。许威跟在他身后走进客厅。男人一屁股坐在沙发上，面前的茶几上放着酒瓶和酒杯。许威站在电视机前，扫了眼客厅。

"你重新装修了。"他说。

"协议书呢？"男人冲他伸出手。

许威把文件袋丢过去："笔在里面。"他看着男人在协议书的最后签上名字。从这一刻开始,奥源地产就正式易主,成为另一家集团产业链里的一部分了。

男人签好字之后丢掉笔。许戚把协议书拿过来确认了一下,装回文件袋。

"你申请破产了吗?"许戚问。

男人看了他一眼:"你现在得意得很吧?"

许戚面无表情地看着男人。收购公司的不是他,但向有关部门举报建材问题,让奥源项目停工,资金链断裂,市值暴跌的确实是他。

"你今天来我这干什么?"男人动了动嘴角,"看笑话?耀武扬威?"

"要不然呢?"

男人两颊的肌肉抽动了一下:"我送你上学,给你饭吃,哪点对不起你?真是白眼狼……"

许戚忽然走到茶几前,抄起酒瓶往桌沿一砸。琥珀色酒液伴着碎裂声流了一地,无数玻璃碎片闪动着银光。他一把抓住男人的衣领,将他按在沙发上,用尖锐的玻璃碎片抵着他的脖颈。

"你凭什么打她?"许戚低头看着他,攥着瓶口的手暴出青筋,"你怎么敢打她?"

男人想大声呼救,但玻璃碎片的触感太过清晰,他最终只是张了张嘴。

"她什么都没有了,背井离乡跑到这里,好不容易有了点盼头,你怎么能就这么毁掉?"揪着男人衣领的手逐渐攥紧,"你怎么能骗她?怎么能给她希望又夺走?你凭什么?!"

"你……"男人额头上冒出汗珠,"你冷静点!"

"你以为我忍那么久是因为你是大人?"许戚笑了笑,"我早该在你第一次动手的时候就这么干的,那你也不会有命打她……"

"什么?"男人涨红了脸,"我打她?"

"你不要告诉我她是自己把胳膊撞折的!"

"胳膊?"男人大吼,"她折条胳膊算什么?我都被她打出脑震荡了!"

十几年前,一个普通的下午,就在上面的书房里。他正在办公桌旁打电话,就看到同居的女人走进来,脸上的表情有些异样。女人的一只手背在身后,眼里流露出他从未见过的愤怒。他想,她该不会又想起结婚的事了吧,女人虽然漂亮,哄起来可真麻烦。他挂断电话,打算找个借口敷衍过去,却看到女人朝他走过来。在他开口之前,女人抬起了手。紧接着,一根防暴棍直直地砸在他脑袋上。

"你竟然敢打孩子？"女人没有停手，棍子又挥舞过来，"你还是不是人？！"

他猛地挨了一棍子，脑袋嗡嗡响，接下来只觉得后背又一阵剧痛。

这女人疯了！

"怎么，"女人说，"碰上个会还手的你就怕了？"

他当然不会平白站着挨打。被打了几下之后，他就握住了棍子，试图夺过来。女人陷入了歇斯底里的状态，力气大得惊人，他一开始甚至没法逼她松手。不过男女的力气毕竟有差距，他最终还是占了上风。女人撞在了书架上，胳膊被他打折了，漂亮的嘴角破了一大块。

这场争斗没有持续多久，楼下很快响起了警笛声。男人不知道谁会这么多管闲事报警，后来才明白是女人自己报的。

警察到来时，他的脑门往下滴着血，女人则鼻青脸肿，抱着胳膊痛呼。在警察面前，两人各执一词。女人坚称是他先动手家暴，自己是正当防卫。他的意见当然与她相反，他甚至说的是实话。

他去了医院，把脑科的检查做了个遍，还在病床上躺了两天。出院后，他放话出去，一定要找人弄死那个女人。但这项追杀令最后不了了之。刚绑上纱布，女人就带着孩子逃跑了，还改了名字。他们在遥远的城市里住了很多年才回到这个地方。

而这段故事，兜兜转转，现在才传到另一个当事人耳朵里。

许威放下了残破的酒瓶。

他试着想象母亲拿着防暴棍冲进书房的情景，大概，就跟他小学打那场群架时一样。他用美工刀划破了自己的背，母亲挨了那让她骨折的一棍。

他们总是这样，杀敌一千，自损八百。也许外人的眼光一直很准，他很像他母亲。

\人类是自己命运的主人\

江羽的生活一向很简单。成年之前，是上学、看动画片、打扫卫生；成年之后，是打扫卫生、看动画片、打扫卫生。他不会乐器，不阅读，不旅游，不运动，甚至连热门的短视频也不爱看。放假在家往往过于空闲，有大把放空、发呆的时间。好在他很擅长发呆，思考一样东西丢在哪了或者晚上吃什么，就可以花掉小半个下午。

不过，自从某次家政服务后，生活突然变得复杂起来。

他要想尽各种办法鬼鬼祟祟地溜出门，避开哥哥们的诘问，这就够伤脑筋了。更别说还要打各种各样的电话——老房子隔音实在不好，要是被隔壁听到只言片语，那就全露馅了。时间越久，这件事就变得越困难。

暑假前的一个早晨，在边城宣布今天要在家办公之后，江羽就感觉脑仁像泡发的木耳一样涨得疼。他苦闷地喝着粥，正想着找什么借口晚点回来，就看到闻笛怒气冲冲地从卧室里出来。

江羽挺直了背。这是他们吵架的前兆，是他溜走的好机会。

天哪，他怎么这么不注重家庭和谐。

"你，"闻笛比边城矮一截，但每当他站在桌边，露出这种兴师问罪的表情，看起来就好像有两米高，"你是不是又看了我的论文？"

边城一如既往地给出了诚实的回答："看了。"

"你凭什么看我的论文？"

"不是有意的。"边城说，"你去上厕所了，论文界面就这么开在那儿，我刚巧路过……"

"然后移动鼠标滑了六七页？"

边城无辜地说："我只是想知道你最近在研究什么，你一直不给我看……"

"那是因为你上次看完之后给我写了二十条批注！"

"我说过以后不会再写了，"边城说，"也不会发表任何评论。"

闻笛瞪着他："Word 上没写，脑子里写了！"

"想想也不行？"

"我看着你的眼睛就能听见你想说什么！"

边城对室友想管理自己的大脑感到震惊。"那你也看我的论文好了。"他说。

"我看得懂吗？"闻笛抄起手边的一本数学刊物，指着其中一篇文章的题目——代数曲面上的 Bridgeland 稳定性条件与共轭几何的联系，"你有没有听到你自己在说什么？"

"我可以跟你解释……"

"不需要！"闻笛说，"我干吗要看在世的五十岁以下最优秀的代数几何学家的论文？"

江羽已经晕了，连边城都愣了一会儿："什么？"

340

"《数学年刊》是这么评价你的，"闻笛说，"在世的五十岁以下的最优秀的代数几何学家。我这辈子只在莎士比亚的戏剧里看过比这更长的定语。"

边城指出："这是很高的赞美了。"

江羽放下筷子，尽量自然地插了一句："我今天不在家吃。"

将吵未吵的两个大人停了下来，一起把脸转向他。

"你最近怎么经常在外面吃饭？"闻笛问。

江羽心里一紧。一般情况下两个大人是不会问的，何况他们现在还在吵架。

"嗯……有同学……"

"哪个同学？"边城问。

"就是……"他现在只要随便说一个名字就好，但他一紧张大脑就一片空白，名字就像流水一样从指尖溜走，"嗯……"

他挣扎了一会儿就放弃了。他又不擅长撒谎，家里有两个绝顶聪明的大人，追问几句就暴露了。"就是兴城中学的那个。"他说。

事情已经过去了十几年，但闻笛立刻就锁定了目标人物，并提出抗议："那人可不行！"

"他怎么了？"江羽本能地维护起来。

"心思太重了，"闻笛语重心长地说，"你哪能玩过他呀？他见我第一面就把一口锅扣在我头上，小心之后他也把锅扣在你头上。"

江羽马上抗议："他人很好的！"

闻笛看着他，就像看着每一个行将失足的少男少女，叹了口气。

"好吧，"闻笛说，"劝也没用，这个跟头总是要栽的。"

言至此，大人们就真的没有再阻拦他，就这么让他出去了。出门前，闻笛的眼神慈爱而沉重，好像他是一只全速冲向灯泡的扑棱蛾子。

今天许戚破天荒说要自己做饭，据他本人"供述"，在小时候那段生活在地下室的艰苦日子里，他学会了用电饭锅煮出十一道不同的菜，而且每一道都好吃。

赴约路上，江羽一边期待中午营养均衡的伙食，一边思考怎么劝说哥哥们，让他们相信，许戚美丽的外表下包裹着一颗不污浊的心灵。

他快走到大楼门口时，有个男人突然出现在他面前，叫住了他："你

341

是不是江羽？"他抬起头，看到一个和他差不多年纪的男人。

"果然是你。"男人冷笑着说，"你来找那个姓许的吧？"

天哪，江羽心想，怎么今天人人都知道他要干什么？

"真没想到，傻子也有傻子的用处。"男人说，"我居然也有被你坑的一天。"

江羽还沉浸在上一个问题带来的震惊里，没有反应。

"别不承认。"男人盯着他，"我看过举报材料了，那里面有些事情我只在自己家里说过。"他拿出手机，点开一个App，"你来我家做过保洁。实话说吧，你是不是在我家放了什么东西？"

江羽像是才回过神来。他抬起头，仔仔细细地把男人从上到下看了个遍，然后真心发问："你是谁？"

那人看了他一会儿，企图从他的表情里找出蛛丝马迹："你是装傻还是真傻？"

"不好意思，"江羽说，"我真的不记得了。"

"你开什么玩笑？"男人难以置信地问，"当初你的课本就是我丢下楼的，砸到你脑袋的箭也是我扔的。我说是在帮你的课本消毒，你还乐呵呵的。"

"哦，"江羽说，"好像是有这么一个人。"

"不可能吧，"男人怀疑地看着他，"我都还记得，你居然忘了？"

"我脑子不好啊。"江羽说，"要是这样的事都记得，我的脑袋早就装不下了。"

男人仍然拿不准。如果江羽所说的是真的，那"报复"这个动机根本就不存在。但如果不是江羽做的，那举报材料里的内容，许戚是怎么查出来的？

"你来做保洁的时候，居然不知道那是我家？"

江羽觉得很头疼："你也才知道保洁是我啊。"

谁会认真看保洁的名字？再说了，他去的时候，男人也未必在家。

"我好多次见到你和许戚走在一起，"男人仍然不信，"他背地里干了这么多事，把我害得这么惨，你肯定知道点什么。"

江羽看起来像是陷入了沉思。男人死盯着江羽，这家伙脑袋不灵光，从他身上下手容易多了。等江羽开口时，男人以为他会说出点什么，结果江羽只是说："不是许戚做的。"

男人冷哼一声："你倒还挺护着他啊。"

江羽摇摇头："不是许戚做的。"

男人抓住江羽的胳膊，想要继续质问。有个人从绿化带间的小径上快步走来，拦住了他。

男人的脸抽动了一下："我还以为你要一辈子缩在家里不出来了呢。"

"少牵扯无关的人。"许戚回头对江羽说，"这里跟你没关系，你先走。"

江羽还想留下来听听到底发生了什么，许戚低声说了句"在家里等我"，他就乖乖走了。

男人看着江羽一步三回头地走向电梯，然后转回头来盯着许戚。

"你跟当初变化不大，"许戚说，"还是那么欺软怕硬。"

男人一把揪住他的领口："你这人心理到底有多阴暗啊，十几年前的破事，你现在还揪着不放？"这家伙甚至搬到了他住的小区，警察上门的时候，这人就站在阳台上，面无表情地看着他坐进警车。

许戚扯了扯嘴角，抓住他的手腕，把他的手从衣领上拽下来："我不太明白，你们的建材有问题，不好好反思自己，怎么成天把罪过往别人身上推？"

"你等着，"男人指着他的脸，"我不信你的手段有多清白。从你这里撬不出来没关系，那个白痴……"

许戚左手猛地抓住他的手腕，右手挥拳直击他的腹部。肉与肉的碰撞发出闷响，男人捂着肚子半蹲下去。

许戚也蹲下去，盯着男人皱成一团的脸："你再叫他一声白痴试试。"

"你……"

许戚摇了摇头，缓慢地说："你用力的方向完全不对。你真以为这事跟江羽有关系？你在家里找到窃听器了？"他扫了眼男人的表情，"看样子没有。"

"那你怎么会知道？"

"你又不是跟鬼通的电话，你不说，另一个人不会说吗？"许戚站起身，"不过有一点你说得对，我确实心理阴暗。"

许戚丢下老同学，很快回到家里。江羽在厨房里揣着手检视食材，眼里闪着新奇的光。听到开门声，他立即转过身来，大声问："是排骨饭吗？是吗？是吗？"

许戚笑了笑，走进厨房，挽起袖子。电饭锅冒着蒸汽，两人坐在餐桌旁。江羽一脸期待地盯着白雾，仿佛刚才楼下的插曲从未发生过。

许戚看着他，说："你没有什么想问我的吗？"

江羽的眼珠转了转："问什么？"

"我最近到底在做什么？为什么有人说我害他？"

"哦，"江羽说，"我知道。"

许戚吓了一跳："你知道我在做什么？"他确实跟江羽提了一嘴，说自己正在追究之前的事，但从来没跟江羽说过具体的情况。

"嗯，"江羽说，"你在打碎那间屋子。"

在他遥远的记忆里，母亲经常为了他和父亲吵架，最后往往以怒吼和哭泣告终。母亲很直白地告诉他，她对他父亲有着深深的怨恨，甚至到了一想起来就痛苦的地步。

江羽问她，那怎么才能不痛呢？母亲想了想，说，有三种办法：遗忘、原谅、打碎。每个人性格不同，选择的方法也不一样。

"你有遗忘的天赋，"母亲说，"有时候我不知道这是好事还是坏事。"

江羽想，许戚这样聪明的人注定遗忘不了，他所能做的就是打碎那间活动室。

江羽说的是真话。做那些事的不是许戚，是十四岁的瞿睿衡。如果他不打碎，那个十四岁的少年就会一直被关在那里，大水漫灌，水流会淹没他的脖颈、耳朵、眼睛，直到他窒息而亡。

"你不介意吗？"许戚问，"你不会害怕我、远离我，觉得我是个坏人吗？"

江羽摇摇头："在你从那间屋子里出来之前，我会一直陪着你的。"就像当年一样，他会打开那扇门，抓住溺水之人的手，将他拉起来。

\ 我的王冠是满足 \

虽然是正午，餐厅里的光线却调得很柔和。桌上铺着雪白的餐巾，上面放着水晶酒杯。侍者将许戚引到座位上时，对面已经坐了一位瘦削的中年人。

"卫总。"许戚把手里的文件夹递给他。

中年人接过去，交给身边的秘书，示意他坐下。

"谢谢卫总慷慨相助。"

"只是做生意罢了，你就感谢你自己把收购价压得这么低吧。"中年人看了他一眼，"你很有打信息战的天赋。"

"卫总不想知道那些信息是怎么来的吗？"

中年人笑了起来："我又不是律师，也不是法官，跟我说什么程序正义？"

秘书看完了文件，把它放回文件夹里交给中年人。中年人把手掌放在上面："我看到你们第二季度的财报了，今年的项目进展不错，到年底，公司应该可以开始盈利了吧？"

"是。"许戚说，"谢谢您信任我们，第一笔投资的恩情，我永远都不会忘记。"

公司刚刚成立时，他奔波于各大招商会，甚至去拦截刚在大学做完讲座的企业家们，却处处碰壁。他们只是一个没有人脉、没有背景的大学生团队，初出茅庐，也没有能说动投资人的舌灿莲花的人才。就在他们心灰意冷的时候，有一个来过创业园的企业家给他们打来电话，说愿意给他们一笔资金。

三轮融资里，有不少出资更高的投资人，卫总本人之后也投过更多的资金，但第一笔的意义是不一样的。它意味着认可，意味着他们的构想有实现的可能。对于这份认可，许戚深深感激。

然而，桌对面的中年人却浅浅地皱了皱眉头，略带惊讶地问："你还不知道？"

许戚比他更加迷惑。

"我以为你母亲已经告诉你了，"中年人说，"第一笔钱是她委托我投给你的。"

许戚感到太阳穴嗡鸣了一声："什么？"

"她是我的服装导购，我们还算熟悉。"中年人说，"她来求我，让我用她的钱以我的名义给你投资。我愿意继续投资，是因为你们之后证明了自己的价值。但刚开始的投资人是你的母亲。"

许戚不知道自己是怎么走出那家餐厅的。

他打开手机，找出母亲的号码，手指在拨出键上悬停了好久，最终没有按下去。他回到了自己的办公室，在办公桌前坐了好久，做出了决定。

他回到家时，客厅亮着灯，不过电视没有开着，许知雅只是坐在餐桌旁刷着手机上的短视频。这场景真像是一个轮回。

许戚走到她对面，拉开椅子坐下："你是怎么知道新密码的？"

许知雅关掉手机屏幕："那个男孩子告诉我的。"

许戚深吸了一口气："你见到江羽了？"

"嗯。"许知雅说，"他在书房里，说不打扰我们聊天。"

345

许戚看着自己的母亲，沉吟半晌，还是说出来了："他对我很重要。"

许知雅陷入了沉默。许久之后，她开口说："那真是太可惜了。"

"为什么？"

"他看起来像是被爱着长大的孩子。"

许戚转过头，看向书房紧闭的门。"其实也不全是这样，"他说，"他只是……有种特殊的能力。爱与被爱，对他来说都很轻松。"

许知雅没有回答。许戚不知道她是不是在想，为什么那对他们来说如此困难。

他打破了沉默："你为什么不告诉我投资的事？"

许知雅用令他心痛的眼神看着他："因为你那时候需要的是投资人的信任，而不是一个母亲的忏悔。"

许戚低头看着桌面："你没有什么好忏悔的。"

"如果不是我那么执着地想开店，你也不会变成现在这样。"许知雅说，"我满脑子都是重新开始，没有考虑你的感受。你说过不需要我的钱，我也不想用钱买你的原谅。"

"这些事的源头不是你，"许戚说，"是我现在报复的那些人。没有什么原谅不原谅的。"

他们同时陷入了回忆。从来到北京开始，从那场命案开始，甚至在那之前，生活就好像已经破败不堪。

许知雅问："你为什么不告诉我你被打的事？"

在这漫长的沉默中，许戚仿佛看到了过往的一切。他们一家都不善于交流，包括死去的父亲。谁都不知道拿起刀的那一刻，他心里在想些什么。

许戚拿出了一份文件和一张卡，推到对面的母亲手里。

许知雅低头看了看卡，摇摇头："我不需要你把钱还给我。"

"这不是还钱，是分红。"许戚说，"你是公司的第一个投资人，有股份是理所应当的。"

许知雅的目光从卡转移到文件上："那这又是什么？"

"打开看看。"

许知雅慢慢抽出文件，手在黑体字标题出现的那一刻顿住了。这是一份店铺租赁协议。

"重新开店吧。"许戚说，"在我的记忆里，做生意时候的妈妈最开心。"

许知雅盯着那份文件看了许久，抬起头，欲言又止。

"不用时刻发短信过来催我吃药,不用每天跑到这里看我发病了没有,不用因为我没回电话就焦虑得到处打听。"许戚说,"现在,有人陪我去医院、提醒我吃药、让我好好休息。我也会好好吃饭、好好休息,健康地活下去。"

他们或许不能做那种日日贴心交流、亲密无间的母子,但他们能各自发展,两相安好。"你不用担心,我会没事的。"

许知雅深深地看了一会儿自己的儿子,然后站起来,走到桌子对面。许戚张开手拥抱她。

送走了母亲,许戚走进书房,看到江羽坐在桌前,居然拿着一本书在看。

见他走过来,江羽露出不好意思的笑容,把书签放回书里。"我有点无聊,正好看到它,想看看认识几个字,"江羽说着探头往门外看,"阿姨走了吗?"

"嗯。"

"我把密码告诉她了,"江羽有些心虚,"她说要跟你说话……"

"没关系,"他抬手抚摸江羽的头发,"你做什么都没关系。"

江羽得到了万能许可,神神秘秘地说:"我给你看一样东西。"

"什么?"

江羽拿起笔筒里的一支签字笔,又从旁边拿来一张单面有字的打印纸,翻到背面,开始在上面写字。他握笔的姿势不标准,写起来很费劲,又很用力,在纸上留下了深深的印子。许戚看着他一笔一画地写完,然后举起纸张骄傲地展示。

上面是两个深深陷在纸里的字:许戚。

"我会写你的名字了。"

许戚用手抚摸那歪歪扭扭的字迹,感受那一点点凹陷里聚集的心意。他把这张纸叠起来,郑重收好。

"我只会写你的名字。"江羽难得用这么郑重的语气说话,眼睛认真地看着面前的人。

过了一会儿,许戚才明白他的意思。

夕阳的余晖从窗户照进来,整间屋子盈满了金色的光。

许戚伸手紧紧地抱住他,好像是要抓住阳光。

"对不起。"

江羽不明白这是为什么,但还是抬起手放在他的背上。

他问江羽家政服务员工作方式的动机,确实和那位老同学想的一样。这是一个绝好的下手机会,获取信息的难度基本为零。而且计划的关键是江羽。

只要他随便编一个借口，江羽就会替他去做这件事。不，甚至连借口都不用，江羽就会答应。江羽会来到他的世界。他们会成为共犯。这几乎算是世界上最牢固的关系。

这个念头冒出来的瞬间，他悚然心惊。他这是在做什么？他确实没有底线，但如果连江羽都沦为计划中的一颗棋子，那他连人都算不上了。

从前在老家时，很多亲戚信佛，每天早晨都会焚香跪拜。他不信任何宗教，也不信世上有什么救苦救难的神佛、因果报应、转世轮回。但如果说他的生命里有什么接近神佛的存在，那就是江羽。一切都理解，一切都宽宥，一切都度化。

他母亲说得对，太可惜了。他所拥有的，江羽都不在乎；他所缺少的，江羽早就得到了。他无法给江羽任何东西，可江羽还是来到了他身边。他所渴求的、所期盼的，就这样得到了。如此轻易，如此慷慨。

许威余光看到书桌上的诗集，"你还记得这本书吗？"他问。

江羽瞪圆了眼睛："我见过它吗？"

"嗯，"许威说，"十几年前，在学校医务室的时候。"

当时，他扭伤了脚，敷着冰袋。而江羽坐在另一张病床上，小声地"诅咒"他。

很长一段时间，他都只能躺在床上，一动不动。江羽大概是怕他无聊，问他："你要不要看书？"他记得他喜欢读书。

他说桌上有本没看完的诗集，江羽就跑回教室帮他拿了过来。

"你好厉害。"江羽递给他的时候说。他们那个年纪的孩子爱看诗集的不多。江羽不懂诗，但知道能看懂这个是很了不起的。

病床上的人把诗集拿过来，注意到房里的另一个人还没有走："我看书，那你做什么？"

江羽想了想，说："你读书给我听吧。"虽然不懂诗，但他想听他的声音。

于是病床上的人打开夹着书签的那一页，低声读起来。

　　一个人的到来
　　其实是一件非常浩大的事情
　　因为他
　　是带着他的过去　现在　以及未来　一同到来
　　因为这是一个人一生的到来

是脆弱易碎
因此 也可能曾经破碎过的 一颗心的到来
一颗唯有微风小心抚慰 才能不被触痛的心
我的心若能效仿那风
必将对它盛情款待

第十二夜

在你夹起来的时候，是全世界最好吃的东西；在我嘴里的时候，比发霉的墙灰还要难吃。

\ 我们不满的冬天已转变成荣耀的夏天 \

闻笛最近像个膨胀到极点的气球。基金申请、论文发表和教学计划挤在一起，让他焦虑、烦躁、寝食难安，只要有谁轻轻一戳，他就会立刻爆炸。

哪怕那个"谁"是正在做家务的室友。

"你为什么要现在洗衣服？"闻笛空洞的双眼望着边城，"衣服有必要穿一次就洗吗？"

边城拿着洗衣液的手停在空中。

"你为什么要开扫地机器人？"闻笛又质问，"地上不是干净得很吗？"

圆筒状非生物在边城脚上磕了一下，他俯下身去，把电源摁掉。

本以为这就是终点了，过了一会儿，闻笛又回过头来瞪着他。

"怎么了？"

"你的呼吸声太吵了。"

边城沉默片刻，走过去，把因为压力而额头长痘的闻笛摁到怀里。这会儿闻笛也不嫌心跳声吵了，颤抖着伸出手，抱住人形抱枕不放。

"刚开始几年都比较累。"边城摩挲着他的后脑勺。

闻笛长长地叹了口气，好像整个人都瘪了下去。他去年进了语言大学，光荣成为万千"青椒"中的一员。虽然语言大学并不是双一流高校，但在本专业领域排名靠前，又在北京，闻笛应聘的时候竞争也很激烈，千辛万苦才进去的。学校考核采取3+3+3模式：如果达到要求，最快三年就可以从讲师升到副教授；如果没达到要求，九年之后就很难再往上升。闻笛志存高远,觉得应该把目标定得有紧迫感一些,结果就是现在这样——对室友的呼吸声恶语相加。

"休息一会儿吧。"边城说。

"不行啊,"闻笛扫了眼屏幕,"教育部青年基金的申请书还没填完,论文还有一章没写,还有两门课的教案……"他又发出一声哀号,"还是T大好,"他喃喃自语,"T大都不管评教。"

各个大学的考核标准不同,有些大学重视教学,课程评估就会被算进考核指标里。但T大完全不看这些,上课好坏跟评职称没关系。费不费心思备课,全凭老师良心。不像闻笛,如果连续三年课程评估不在前百分之六十,校方就有权辞退他。

"我们科研压力更大,"边城提醒他,"对项目的要求更高。"

闻笛想起电脑里的申请资料,痛苦地闭上眼睛。申请项目,费脑子就不说了,关键是写完资料还要到各个办公室盖章签字,这种流程也很耗费时间和精力。然后他想起还有一堆发票没报销,头痛得更厉害了。他得赶紧评上硕导、博导,招人来给自己跑腿,把自己从琐事中解放出来。

念及此,他忽然打了个哆嗦。什么叫屠龙少年终成恶龙啊。

"唉,难道世上没有不剥削人的导师吗?"他抚摸胸口,问边城,"你是怎么处理杂活的?"

"我有秘书。"

闻笛停住了动作。他倒是听说过大教授有私人秘书,不过那是因为人家和企业有合作项目,行政、财务、外事、产学研的杂务很多,秘书是项目需要的,工资可以走公家的账。但项目经费中劳务费的占比是有规定的,不能超出一定份额。闻笛的项目规模太小,肯定发不了一个秘书的工资,他怀疑边城也够呛。

"我自己花钱雇的。"边城说。

闻笛心里有千言万语,最终只汇聚成一句:"我还没秘书工资高呢!"

"那我帮你雇一个。"

"啊……"闻笛踌躇起来,"我一个刚入职的讲师,还自带秘书,是不是太高调了一点?别的同事会不会有意见?"

"管他们干什么,花的又不是他们的钱。"

闻笛继续焦虑地啃指甲,觉得脑子嗡嗡的,论文一个字都蹦不出来,于是决定休息一会儿。他倒在床上,打开手机,看到老朋友又来骚扰他了。

蒋南泽的粉丝数量增长迅速，压力也随之增大，对选题的焦虑不亚于闻笛。他最近在找各个专业的博士做访谈节目，请他们分享专业前景和工作心得。闻笛以事务繁忙为由冷酷地拒绝了他，他还三顾茅庐。

蒋南泽："考虑一下嘛，我们这么多年的交情了。"

闻笛："你要找就找大佬，我不是把于静怡的微信推给你了吗？"

蒋南泽："她在英国呢，我们这个节目是面对面访谈。"

闻笛："要求真多，线上连线不行吗？"

蒋南泽："她最近在忙一个特别重要的学术会议，我跟她关系没那么铁，不好意思麻烦人家嘛。欸，你们出去玩，江羽不是我们照顾的吗？"

闻笛："行吧，你等我忙完这一阵再说。"

蒋南泽："我当你答应了啊！回头请你吃饭！"

闻笛："……"

蒋南泽："到时候顺便把你室友也拉过来。"

闻笛冷笑了一声。这家伙真会打算盘，惦记着买一送一呢。

闻笛："小心他口不择言，到时候掉粉可别怪我。"

蒋南泽："要的就是这种戏剧效果。（苍蝇搓手.jpg）"

闻笛回复完了开始后悔，为什么又给自己找事做，还接受了劝说边城的任务。他望了眼身边的人，想到边城从不答应不知底细的事，就点开蒋南泽的视频号，翻给边城看："人家想请你做访谈。"

边城拿过手机，点开一个视频，开倍速看了两分钟。

"随便说说就行。"闻笛说。

边城居然轻易地答应了，闻笛感到出乎意料。

"说不定能让更多的学生进入数学专业。"边城说。

闻笛深深怀疑这一点，但没有作声。边城关掉访谈视频，视线从一排生化环材（生物工程、化学工程技术、环境科学与工程、材料科学与工程四个领域的统称）的醒目黄字上掠过，停在几个标着"Vlog"的视频上。"这是什么？"他问闻笛。

"用来记录自己生活的。"闻笛说，"他的 Vlog 一般就是日常，去什么地方玩，拍一个；逢年过节、庆祝生日，拍一个，算是粉丝福利。有的时候，他纯拍自己一天的工作也能凑一个视频。"

边城沉默良久，发自肺腑地问："为什么有人看这种东西？"

"看帅哥不快乐吗？"

"人家的生活有什么好看的？"边城指着其中一个视频说，"这是什么？

接帅哥下班？这种东西也值得拍出来？"

"你不看有其他几十万人想看呢，废话真多。"

闻笛把手机抢了回来，伸了个懒腰，又从床上爬起来，万分不情愿地坐到人体工学椅上，苦闷地继续写申请书。边城不能洗衣、扫地，只好拿了一本双有理几何的专著看。要做数学研究，理论学习是一辈子的事。

他看完第三章，就到了睡觉的时间。边城一边惦记着没洗的衣服，一边拿起手机，看到父亲发来了几条信息。罢免通知出来后，边怀远的心脏病又发作了一次，同时引发了肠系膜动脉梗塞，虽然抢救回来了，但身体一直不好。他索性收拾了一下北京的事务，跑到国外一个疗养院里住着，既能避免碰见老熟人，又能养病。

边城下周要去参加ICM（International Congress of Mathematicians，国际数学家大会），准备顺道去看看父亲。边怀远问他什么时候到，他回复之后，对方问了问他最近的身体和工作状况，倒是没问感情方面的事。青云路断，病魔缠身，边怀远对自己的人生都不再留恋，儿子的人生就更不在乎了。这两年，他没问过边城的感情生活，边城也没告诉他任何事。

由此及彼，边城突然想起来问闻笛："你父母还催婚吗？"

"我跟他们说，工作头几年特别重要，干不好就会被学校扫地出门，"闻笛说，"先得把饭碗保住再谈恋爱吧。"

"那几年之后呢？"

闻笛摸了摸鼻子："我就跟他们说，其实我老早就谈了个对象，年纪比我大，结过婚，带着个孩子。我怕他们生气，不敢带回来给他们看。不过放心，现在对象、孩子都有了，不用催了。"

边城沉默了一会儿，说："我觉得你这迟早会被拆穿。"

闻笛摆摆手："到时候再说呗。我妈是不催的，我爸平常不怎么说话，爷爷奶奶只能在过年的时候唠叨唠叨。这就是在北京的好处，山高皇帝远，他们管不着。"

边城对"船到桥头自然直"有着天然的抵触，于是开始思考各种预案。闻笛转过身，歪着脑袋看了他一会儿。"怎么办，"他叹了口气，"我下周就见不到你了。"

"我会给你打视频电话的。"

"我可不一定接得到，"闻笛说，"我可能会因为没人安抚我的焦虑情绪而卧床不起。"

"那不行，"边城说，"你还有论文没写，基金申请的截止日期不就是下周吗？"

闻笛冷冷地看了他半晌，用手拍了拍他的脸颊，力度很小，但边城觉得是种威胁。

"今年的菲尔兹奖有你吗？"闻笛说，"你离四十岁也不远了，就剩两次机会了，还不抓点紧？"

边城没有回应室友过高的要求。

洗完澡，闻笛擦着头发出来，看到边城还专心致志地看着手机屏幕。闻笛坐在他旁边瞟了一眼，讥讽地说："为什么会有人看 Vlog 这种东西？"

边城看着屏幕上飘过去的"啊啊啊，好甜啊"的弹幕，皱起眉点评："国企很闲吗？天天拍视频？"

宋宇驰去年终于成功毕业，去了国家能源集团旗下的一家二级事业单位。

"人家感情好。"

"为什么要带花到公司去？"边城说，"不会引发围观吗？"

"人家感情好。"

闻笛准备躺倒睡觉，却听见边城又点开了一个新视频，这回是旅游 Vlog。

"青海挺漂亮的，"边城说，"我还没去过。"

闻笛翻了个白眼，这家伙分明就是在羡慕！

过了几秒，视频的背景音又变了，响起了蒋南泽唱跑调的"祝你生日快乐"。

"过生日跟女装有什么关系？"边城皱着眉说，顿了一会儿，又说，"他穿女装没有你好看。"

闻笛终于忍无可忍地把手机从边城手里拔出来，放在床头柜上："睡觉。"

被夺去视频观看权利的边城躺下来，捏了捏被子的角——位置正确，棉絮平整，他满意地闭上了眼睛。

接下来的一周，两人的日程都很满。边城去了一趟疗养院，然后参加 ICM。ICM 是交流最新的研究成果、理论进展和数学应用的盛会，但连续听几天的学术报告让人腰背酸痛。边城在讲座间隙给闻笛打视频电话。明明是国内的下午，却没有人接。

病倒了的念头在边城脑中一闪而过，很快被理智否定。

过了一会儿，闻笛回复说太忙了。边城想了想，写了一则招聘公告，贴到各大高校的论坛和招聘平台上。

等 ICM 结束，边城面试完几个候选人，还是没能成功和闻笛进行长时间通话。他开始怀疑到底是对方太忙了，还是他又说了某句话把人惹生气了。

数学家们握手告别，他穿过令人眼花缭乱的学术海报海洋，走出会场。午后的阳光明媚耀眼，照在台阶下抱着花的人身上。

大概是连夜赶工，闻笛脸上带着疲惫的表情，但看到他出来的那一刻，眼里的笑意还是一如往常。

天哪，边城想，我好幸运。

他走下台阶，来到远渡重洋的室友身边："你怎么来了？"

闻笛微笑着把花递给他："我来接你下班。"

他接过花束，生平第一次觉得这些植物如此美丽。他看着面前的人，突然觉得胸腔里的感动激荡到无法忽视的地步。

"谢谢。"他说。

闻笛拉了他一下："我把论文和教案都处理好了，走吧。"

"去哪？"

"拍旅游 Vlog，"闻笛说，"留着你以后睹物思人。"

\ 我祝愿你能拥有世上所有的快乐 \

毕业典礼那天，天公不作美，一大早就热得像蒸笼。系里要求男生穿衬衫，外面再套上学位服，起到让人汗如雨下、生不如死的效果。

坐在操场中央的塑料椅上，闻笛一边擦汗，一边往两边看台上瞟。来参加毕业典礼的亲友们纷纷打起了伞，台阶上一片花花绿绿的蘑菇。

这样重大的日子，闻笛的父母自然要到场，爷爷奶奶难得起了远游的兴致，也要来观礼，再加上叔叔认为毕业典礼能"熏陶"儿子，于是堂弟也跟着来了。

这下可有了麻烦。

首先是亲友票。T 大的一贯风格，本科生是亲儿子，硕士、博士是养子。闻笛享受过亲儿子的待遇，如今变成养子，落差尤为明显。本科毕业时学校直接发了五张亲友票，现在却要靠抢。幸好同系的几个博士家里人来得少，答应把票转赠给他，他东拼西凑，总算凑齐了，只是两张在东二区，两张

357

在西三区,一张在学堂。一家人被拆得七零八落。他朝看台招手,还要东边招一次,西边招一次。

其次是行程。家人好不容易来趟北京,交通费、住宿费都可观,自然还要顺带游玩。这两天,在北京夏日的骄阳下,闻笛又见识了一把故宫、长城等热门景点的人流量,晒成小麦色的皮肤健康喜人。

忙着陪玩,这一周来,闻笛都没见边城的面——家人来了,怕他们担心,他连衣服、枕头都搬回了宿舍。幸好工作找在了北京,不然母亲一定会替他收拾行李寄回家,那可真是自讨苦吃了。

想到这里,闻笛又抹了把汗,把贴在额头上的头发拨开。他看了眼黑红两色的学位服,有些遗憾。家人来当然是好事,不过有这么多人围着,他估计没法跟边城合影。毕业典礼这样重大的人生节点,不留张照片纪念,怪可惜的。

人文学院的座位离主席台远,台上书记和校友的讲话传到那里,只剩连成一片的轰轰声。等到毕业生代表上台,有几句话闻笛倒是听清了。博士毕业生代表是化工系的,即将赴某所西部211院校任正教授。

博士毕业当正教授,这是可能的吗?怎么做到的?

闻笛和周围的同学讨论了一下,得出结论:够强就行。

对这样的人才,他不但没感觉到嫉妒,连羡慕都没有了,只有"这是人吗"的赞叹和"倒也不奇怪"的平静的混合感受。

典礼只持续了一个小时,但感觉像是过了一个冰河期。等校歌响起,闻笛的背已经湿透了。广播开始喊学院的名称,被喊到的学院学生们站起来排队,去接受拨穗。

闻笛站在队伍里,用帽子扇着风。又流了一小时的汗,才完成这最后一道程序。结束后,他正要去找父母,却看到台阶上有一个熟悉的人影。他眉毛挑得老高。

边城穿过"毕业快乐"的门楼装饰,朝这里走来。他也穿着外袍,不过和学位服略有不同,是导师服。

闻笛站在门口,等他走到自己面前,脸上带着压不住的笑容:"你怎么来了?"

边城很认真地说:"你现在正式毕业了,不是T大的学生了,当然要留影纪念。"

闻笛"啧"了一声,故意质疑:"合影就合影,穿导师服干什么?"

"要是伯父伯母看到了,你就说我是给你拨穗的学位委员会成员。"

闻笛笑起来,把手机交给一个同学,然后抬起手,把已经拨到左边的流苏再拨回右边。

镜头对准他们。边城望着闻笛,抬起手,慢慢把他的帽穗拨到左边,露出笑容。

"恭喜毕业,"他说,"闻博士。"

\ 如果你没被及时追求,问题就出在音乐上 \

事情发生得很快,边城自己也没看清是怎么撞上去的。

他从大学开始攀岩,工作后,闲下来时也会去攀岩俱乐部。闻笛参与进来,起初是因为写基金本子久坐不动,肌肉僵硬,想出出汗,后来也觉得这是项有趣的运动。

那天,闻笛选了条难度中等的路线,扬言要"提升技巧",结果爬到半途,他就大汗淋漓,手脚发软,一下踩空,瞬间失去平衡,整个人往下滑落。虽然有安全绳保护,但撞到岩壁也是很痛的。边城本来在下方做"监护人",看他的额头快撞到突出的岩点了,就伸出右手挡了一下。

边城一开始没什么感觉,等卸下装备回到家,才发现手指已经肿胀,疼痛难忍。闻笛看他的手指肿成青紫色,吓了一跳,赶紧带他去了附近的医院,才发现是骨折了。医生说程度轻,用夹板固定住手指,开了止痛药物,就让他们回去了。

伤势不严重,顶多有三周不方便活动,问题是受伤的手指——是中指。上了夹板,中指不能活动,全天直挺挺地竖着,社会影响极其恶劣。

从诊室一出来,闻笛就竭尽全力不去看他的手。可眼睛看不到,脑子里也时时浮现它的样子。笑容就像水面的波纹,抑制不住地荡漾开来,闻笛强忍笑意,脸部神经简直要错乱。

边城看着他"精彩纷呈"的脸色,感叹人心冷漠:"我是为了你受伤的。"

闻笛怕自己一开口就笑出声,死命深呼吸几次,盯着防诈骗宣传单看,才把表情收拾好:"我的心和笑肌在打架,我也没办法。"

"应该一边倒的,居然打到现在?"边城盯着手指看了半响,"我明天还要上课。"

想到边城竖着指头被全系学生围观的情景,闻笛趴在方向盘上,笑声震天骇地。

边城觉得人心真是易变,才几年时间,室友就对自己的伤势毫无同情心了。"你这声音都扰民了。"

"对不……起,对不起。"闻笛笑岔了气,道歉都断断续续的,毫无诚意。

"上课的时候,这种笑声的分贝还要乘上八十,"边城说,"我还能讲话吗?"

"这是他们唯一能在你的课上露出笑容的机会了,你就让让他们吧。"看边城的目光逐渐变得尖锐,他止住笑声,"我错了,我晚上给你烧专属套餐,行不行?"

"专属"这两个字,带着奢华,带着偏爱,让边城的心情轻松了一些。

晚上,边城端坐在餐桌前,等饭菜上桌。闻笛戴着手套、穿着围裙,全副武装,端了一个汤碗出来。看到汤的颜色,边城的心沉了下去。

边城望着汤里漂浮的鲍鱼,如临大敌:"这又是你的新菜式?"

闻笛隆重介绍:"鸡、鸭、鹅、猪大骨、甲鱼、鲍鱼、大枣、冬笋、肉桂、茯苓,十全大补。"

边城头痛起来。若是普通的家常菜,闻笛的手艺都算过得去,但他时不时就要推陈出新,试验"新中式菜肴",结果往往是场灾难。边城不希望他把科研创新精神用在这种地方。

而且,闻笛做起菜来兴师动众。边城往厨房里望去,果然,一碗汤动用了三口锅,光洗碗就要耗上半天。这道菜所费不赀,闻笛这么小气的人,出大血买食材,肯定还是心疼的。想到这里,边城心中涌出一点绝望:吃是必须吃了。

闻笛看他不动筷子,以为是手伤的缘故,于是夹起一块鸡腿肉送到他嘴里。

就算是冒着泡泡的魔法汤药,也是有好处的嘛。边城没怎么咀嚼就咽了下去。

"怎么样?"闻笛问。

"分阶段,"边城说,"在你夹起来的时候,是全世界最好吃的东西;在我嘴里的时候,比发霉的墙灰还要难吃。"

闻笛眯起眼睛,睨了他一眼,倒也没生气。边城的脾气他已经习惯了。

"第一次做总会失误的,"闻笛把汤碗挪过来,"明天改进一下,换种烧法,这个汤煮面吃鲜得很。"

边城绝望。"食堂也很不错,"他说,"最近紫荆翻新了,你知不知道?"

闻笛这回狠狠瞪他一眼。不过第二天,餐桌上出现了丝瓜、毛豆、干烧丸子,都是难夹的菜,一般右手受伤的人自然需要协助。然而边城没告诉闻笛,他左右手都能用。除了饭桌上时不时爆发的笑声,这顿饭吃得还是幸福的。

当然,除此之外,受伤带来的都是麻烦。

首先是上课。为了掩盖伤情,边城全程将右手插在口袋里。幸而是冬天,裤子口袋捂得住臃肿两倍的指头。他忽然换手,又这么插兜写字,学生们在下面议论纷纷:边教授怎么突然耍起帅来了?然后边城就会放下粉笔,点名让说话的人起来解题。

其次是和人碰面。初次见面,总要握手以示友好。边城仍旧插着兜,只伸出左手。对方迟疑半晌,见他没有换手的意思,只得也伸出左手,别别扭扭地完成见面仪式,回去就说,边教授真是好大的架子。好在边城本来就声名在外,多个虱子也不愁。原本跟他打招呼的人就没多少,这下更是绝迹了。他非常满意。

"其实你可以直接伸右手的。"边城的室友如是说,"这手势本来就代表了你对世界和人类的态度,现在这态度直接外显出来了,多么方便。"

最后是采访。

闻笛几周前答应了蒋南泽,闲下来要拍一个职业指导视频。现在正是闲的时候,不是因为闲,他们也不会跑去攀岩。

于是,虽然多有不便,闻笛还是开车带着一手插兜的室友去了老朋友家。

宋宇驰盯着边城的手看了半晌,而后爆发出嘹亮而磅礴的笑声,吓得猫噌的一声躲进茶几底下。边城早预料到这反应,懒得搭理。

暹罗猫冒出头来,警惕地望着边城。入冬后,它脸上的小煤圈变成了大煤圈。边城盯着它,问憋笑的蒋南泽:"以前那只猫怎么了?为什么不养了?"

蒋南泽对着猫摇头叹气:"明年就变成小黑猫了。"

他把两位客人请进工作室。这是书房改造成的房间,墙壁漆成了米黄色,加上柔光灯,显得温暖、舒适。一面墙是高大的深色木材做的书架,用作采访背景。中间有几把蓝灰色的扶手椅,一张小桌,上面放着一个小盆栽。

蒋南泽让他们在椅子上坐下,宋宇驰开始调试设备。自从成为专业科普博主,蒋南泽就开始自学摄影,如今也能弄出像模像样的采访视频了。

蒋南泽翻看着笔记:"畅所欲言,说错了也没关系,反正之后会剪辑。"

闻笛戒备地看了眼边城:"你别乱说话。"

边城把手放进兜里。

"好的,那我们开始吧。"蒋南泽放下笔记,看向采访对象,带着期待暴风雨来临般的笑容,"欢迎两位博士做客我们的高校就业系列访谈,能请两位介绍一下自己的研究方向吗?"

"我目前做的是莎士比亚戏剧的量化分析。"闻笛说,"大数据技术为研究莎士比亚戏剧带来了新的可能性。通过对大数据进行分析,我们可以对莎士比亚作品的语言模式进行更深入的研究。"说完,他望向边城。对方带着严肃的表情开口说:"我们想象一个拥有两个变元的方程……"

"等等等等,"宋宇驰从摄像机后探出头,"你怎么上起数学课了?"

边城说:"要理解我的研究方向,得从代数的起源说起。"

闻笛捂住脸。蒋南泽嗫嚅片刻,问:"能不能用两句话说完?"

边城似乎觉得这样太过简化,但思考片刻,还是说:"我们都解过方程,有些方程有多个解,有些方程有无穷个解,这无穷个解连起来,可以画成一个几何图形,或者几何空间。我们通过研究这些图形的性质和结构,去理解这个方程,这就是我从事的代数几何研究。"

其他人听了这解释,松了口气。蒋南泽正打算往下问,边城又开口说:"比如这个方程,$xyz+yzw+zwx+wxy=0$,如果循环地解,就能得到 Cayley 曲面……"

"好了好了,"闻笛抬手按住他,"不用举例子了。"

"这不是让我不要乱说话,"边城不满道,"这是让我不要说话。"

"人家视频只有十分钟!"

蒋南泽用感激的目光望向老朋友,随即问:"两位为什么选择这个职业方向呢?"

"凑巧吧。"闻笛摊了摊手,"选导师时,其他同学都仔细研究教授的论文啊,课题啊,我看了眼,没看出什么名堂,就认识莎士比亚,所以选了研究莎士比亚的导师,然后就不知不觉走上了这条道。"

蒋南泽说:"我其实也差不多。大学的时候,对研究方向没什么概念,碰到哪个是哪个。等深入了解了,拥有选择的智慧了,已经错过了最好的时机。"他望向边城,"边教授肯定不是这样。"

边城没有反驳，回想了一下，说："大概是进国家集训队之后，我知道能保送了，所以那一年没有学其他的，只找了一些数学分析、抽象代数的书来看。我在看到代数几何的时候，眼前好像闪过圣光一样，特别激动，特别兴奋。以前学的数学，代数就是代数，几何就是几何，分得很清楚，现在，它们竟然可以统一在一个学科里面。我当时觉得不可思议，对自己说，就是它了，这就是我这辈子要研究的东西。"

闻笛的目光触到蒋南泽的，立刻知道对方和自己所想的一样。"就是这个，"他说，"智商、家世、学术地位，这些我都不羡慕，我最想要的就是这种直觉，知道自己想要什么的直觉。我那一届，有个分数和我差不多的同学，她能上T大，但选不了专业。她特别喜欢建筑，因为上不了T大的建筑系，宁可放弃T大，去上海的另一所高校，只因为那里建筑专业好。之前我们一直在学习成绩上较量，但我从来没有像选专业的时候那么佩服她。"

"现在建筑专业也不好就业。"摄影师又插嘴。

"好像学英语就前途光明一样。"

"不走弯路的人生太难得了，别盯着稀有的那几个嘛。"宋宇驰着重盯了眼边城，"绕一大圈，多耗费几年，能回到原本的轨道上就很幸运。像我，不适合做学术还硬读完博士，三十岁才开始当自媒体博主，而有些博主才十几岁就做到百大了，那也没办法。只能说，人生是守恒的，就算运气差，一时败落了，只要能力还在，最后还是会拿回应得的东西。"

屋里的人都笑了，这鸡汤他们从小学开始就不知道被喂过多少碗了。

"我以前可讨厌鸡汤了，"闻笛说，"但现在觉得，这些鸡汤都是经历过的人写出来的。人家经历过这一番苦难，还来安慰你，说没关系，总会成功的。这是好意，信也未尝不可。"

在这个话题上停留太久，蒋南泽打了个手势，示意他们结束。"回到现在吧，"他问，"现在的生活怎么样？"

"高校老师都差不多，上课、写本子、申课题，"闻笛说，"我没有助教，还要批改学生的作业。"

"他建了一个莎士比亚的论述题题库，"边城说，"里面有一半连莎士比亚自己都答不上来。"

"你好意思说我，"闻笛反唇相讥，"你知道复几何的挂科率多高吗？"

在话题跑偏前，蒋南泽出来打圆场："对想选这两个专业的学生，两位有什么建议？"

363

闻笛沉默良久，爆出一句："别读博，快跑！"

"这么夸张？"

"要是真心喜欢英语文学，那另说。如果只是为了工作稳定，其实有很多其他选择。"闻笛说，"越往上读，就业面越窄。虽然我现在过得还行，但让我再选一次，我不会读博。"

蒋南泽望向边城："边教授呢？"

"如果只是认为把数学基础打好对跨考其他专业有帮助，那就没必要选数学专业。"边城说，"很多领域并不需要完整的数学体系，学得太广、不精，未必有优势。选择好专业，再去学需要的数学理论，更合适。"

"如果喜欢纯数学呢？是不是需要提醒一下，没天赋就慎重考虑？"

"天赋当然很重要，但也不是只有高斯、黎曼才能做数学。"边城说，"大部分人都不是天选之子，这不妨碍我们做一个普通的数学家。数学有它自己的好处，如果是其他领域，你需要积累一定的资历、经验、人脉，才能拿到研究经费做想做的实验，但纯数学不需要太多外界的帮助，所以有那么多年轻的数学家。而且，数学是个慢节奏的学科，可能几年都在思考一个问题。如果你喜欢慢一点、深入一点，我觉得研究数学是一份很好的工作。"

"没什么烦恼的地方吗？"

"大部分跟数学没关系。"边城说，"论资排辈、学术造假都说腻了，整个研究氛围非常浮躁，很多科研工作看起来高大上，其实就是拿纳税人的钱生产学术垃圾……"

闻笛迅速伸出手捂住边城的嘴，用眼神示意蒋南泽：剪掉！

蒋南泽从容地笑着，说："重来，重来。"

闻笛盯着边城，对方用眼神表明不会再乱说话，他就松开了手。

"生活和工作总是有烦恼的，"边城说，"对那些烂人和烂事，正确应对就行了。"

"怎么应对？"

边城从兜里抽出了右手。

图书在版编目（CIP）数据

别读博，会脱单 / Llosa著. -- 北京：中国致公出版社，2025 1. -- ISBN 978-7-5145-2284-6

Ⅰ.I247.5

中国国家版本馆CIP数据核字第2024VX8079号

别读博，会脱单 / Llosa 著
BIE DU BO HUI TUODAN

出　　版	中国致公出版社
	（北京市朝阳区八里庄西里100号住邦2000大厦1号楼西区21层）
出　　品	湖北知音动漫有限公司
	（武汉市东湖路179号）
发　　行	中国致公出版社（010-66121708）
作品企划	知音动漫图书
插图绘制	葛生GS　画者不语　煤球　八二年de二锅头
责任编辑	邓　苗
责任校对	魏志军
装帧设计	王　钰
责任印刷	翟锡麟
印　　刷	中印南方印刷有限公司
版　　次	2025年1月第1版
印　　次	2025年1月第1次印刷
开　　本	889mm×1230mm　1/32
印　　张	11.75
字　　数	383千字
书　　号	ISBN 978-7-5145-2284-6
定　　价	52.00元

版权所有，盗版必究（举报电话：027-68890818）
（如发现印装质量问题，请寄本公司调换，电话：027-68890818）